Didier Cornaille *est un amoureux de la terre. Tout d'abord journaliste spécialisé dans le monde agricole, il s'est ensuite consacré à l'écriture où il connaît depuis des succès réguliers, dont* Le Vol de la buse *(Prix Sully Olivier-de-Serres 1992).*

La Croix du Carage

Du même auteur

Aux éditions De Borée

La Photo de classe
Le Forgeron d'Eden, Terre de poche
Le vent des libertés soulevait la terre, Terre de poche, prix du roman populaire, 2008
Le Vol de la buse, Terre de poche, prix Sully-Olivier de Serres, 1992
Les gens du pays, Terre de poche, prix Henri-Perruchot, prix Marcel E. Grancher

Autres éditeurs

Adam en héritage
Étrangers à la terre
Histoires racontées de Bourgogne et du Morvan
Inuksuk
Je reviendrai vers vous
L'alambic
L'héritage de Ludovic Grollier
La Croix de Fourche
La Muse dans le grenier
Le pays d'où je viens
Le périple du chien
Le réveil des villages
Les labours de l'hiver, prix Emile Guillaumin, 1995
Les quatre saisons de Romaric
Les terres abandonnées
Les Voisins de l'horizon
Sur les cendres des ronces

Imprimé en U.E.
Dépôt légal : décembre 2012
ISBN : 978-2-8129-0648-0

Didier Cornaille

La Croix du Carage

De Borée
Terre de poche

… la jeunesse, comme tu disais,
c'est la passion de l'inutile.

Jean Giono

I

Il pleuvait… Un doux crachin obstiné, froid et triste dont Germain avait décidé qu'il allait bien à la banalité de cette place de gare. Là plutôt qu'ailleurs…

Deux jours qu'il faisait la manche à la porte de cette fichue gare. Entre deux trains – ce qui lui laissait amplement le temps d'un ou deux arrêts au bistrot du coin –, il montait jusqu'à la poste, histoire de changer de clientèle. Il s'installait en tailleur, en haut des marches, juste pour ne pas déranger mais sans risquer de passer inaperçu. Il posait un béret élimé devant lui, un vague bout de carton crasseux sur lequel il avait expliqué, une fois pour toutes, qu'il était chômeur en fin de droits et sans ressources, « à vôtre bon cœur, M'sieurs Dames », et, parfaitement immobile, il s'enfuyait dans ses songes…

Sa vie, ses songes… Tout ce qui lui restait… L'essentiel, heureusement ! Les autres, tous les pressés qui lui défilaient au ras des genoux, devaient le sentir, quelque part, inconsciemment, que ce pauvre type-là, ce crasseux, c'était la part de rêve qu'eux-mêmes n'avaient pas su saisir. Et comme pour rien au monde ils n'auraient admis qu'elle leur manquait cruellement, c'était plus fort qu'eux, à s'en étonner eux-mêmes, ils se montraient plutôt généreux…

Qui a dit qu'on ne pouvait pas vivre de ses rêves ? Clochard, trimard, paumé, le Germain, mais heureux comme un roi !

Heureux ? oui… il l'avait été. Mais il savait qu'il était au bout du voyage. Et cette idée-là, au fond, lui gâchait tout. Elle n'était pourtant pas nouvelle. Des années qu'il le savait, Germain, qu'il fallait bien que ce jour-là arrive. Des années qu'il l'attendait, au fond de lui, tout en le redoutant. Et puis l'échéance s'était rapprochée. De semaine en semaine puis de jour en jour, l'idée dérangeante qu'on relègue au fond de soi-même, d'un vague froncement de sourcil, quand elle a le mauvais goût de se faire trop présente, cette idée-là avait peu à peu recouvert toutes les autres, comme une hydre, une vilaine boue, cette boue gluante qui reste quand s'est retirée une eau qu'on croyait claire…

Allons, il fallait bien faire ce dernier pas. Ainsi en avait-il décidé depuis tant d'années. Ce n'était pas maintenant qu'il allait renoncer.

Il exécrait la ville, Germain. Et il avait bien des raisons pour ça. « Mais, après tout, se disait-il, je ne suis pas le seul à être contraint d'y vivre pour gagner ma croûte ! » Et, de temps à autre, lorsque les affaires avaient bien marché, lorsque les rêves avaient bien rapporté, il partait, au hasard, comme toujours, pour quelques jours de congé à la campagne.

Ça faisait combien ? Deux ans, trois ans peut-être, allez savoir, qu'il allait ainsi. Partir, un beau matin, partir avec rien d'autre que sa peau et quelques hardes avait été pour lui une sorte de délivrance. C'est ce jour-là qu'il avait vraiment retrouvé la liberté. Il était parti avec la conviction faite que plus rien ne pourrait le faire devenir l'homme rangé et travailleur, le père de famille qu'avait rêvé sa jeunesse. Il avait tout tenté, de bonne foi. Et c'était pourtant sans la moindre amertume qu'il avait fini par conclure à cette sorte de normalité de son exclusion.

Il était exclu comme d'autres ont la bosse des maths ou le goût du dessin. C'était ainsi. Il l'avait simplement admis et avait décidé que la meilleure vie qui puisse se trouver pour un exclu de son acabit, un exclu paysan, c'était le chemin. Et il était parti.

Le chemin ! Il savait dès le premier instant que ce ne serait pas facile... Mais à ce point-là ! Il avait pourtant mis comme un point d'honneur à marcher, à ne jamais rester plus de deux ou trois semaines à la même place, aussi bonne soit-elle, comme s'il avait eu peur de s'enraciner et plus encore peut-être d'entrer dans les habitudes des autres.

Les autres, il en avait vu de toutes les couleurs. Mais c'était dans sa nature. Seuls, ceux qui lui avaient souri restaient dans son souvenir. Et, ma foi, dans ses longues rêveries, sur les marches de la poste ou au coin de la porte de la gare, son petit cinéma à lui en faisait une bonne galerie de portraits qu'il aimait à se faire défiler. Les autres… Ils étaient si nombreux qu'ils se confondaient dans une sorte de brouillard où il préférait les maintenir. Rien de plus chaud qu'un bon souvenir qu'on caresse, qu'on polit à force de le revivre et Germain, bon bougre, estimait qu'il en avait bien assez pour son bonheur.

Un temps, il avait pensé que plus rien ne changerait pour lui. Ainsi allait sa vie. Ce n'était évidemment pas celle qu'il avait rêvée lorsque, gamin, on lui répétait dix fois par jour que, avec des résultats comme ça à l'école, il deviendrait un « Monsieur »… Le « Monsieur » était bien loin. Mais il ne le regrettait pas. Avant d'en arriver là, il aurait fallu avoir tant d'autres regrets ! Dure la vie de trimard. Mais libre. Et Germain, en somme, ne s'estimait pas plus malheureux qu'un autre. Alors, changer ? Pour quoi ?

Quand donc cette idée-là avait germé dans sa tête ? Allez savoir. Un jour, peut-être, où l'abri avait été trop sommaire, le froid trop vif, les songes inopérants et les coups de pied au cul trop nombreux... Peut-être ; il n'en avait plus le souvenir. Peut-être était-ce plutôt par un beau jour d'été, un de ces jours au fil desquels, sans but bien précis, sans rien connaître des pays où il errait, il aimait marcher le nez en l'air au spectacle permanent et passionnant des oiseaux qui s'aimaient.

Grelottant de froid sous le vent et la neige, le ventre vide ou bouche bée devant une haie aux fleurs d'aubépine et de chèvrefeuille agitée doucement de la joyeuse sarabande que menait là-dedans une famille de mésanges ou de bouvreuils, qu'est-ce que ça pouvait faire ? L'important, c'était cette vision impérative qui s'était imposée à lui. Il s'était revu gamin. Ou plutôt non : il avait revu la haie, le long du chemin, ce chemin au vieil empierrage élimé qu'il suivait quatre fois par jour, par les temps d'école, et dont il connaissait le moindre caillou, la moindre niche, entre deux pierres, où dormaient des trésors, la moindre branche fourchue où aller s'installer pour mieux rêver, entre ciel et terre, face au trou béant de la vallée derrière laquelle se dressait la masse sombre de cette montagne dont, longtemps, il n'avait pas très bien compris pourquoi on l'appelait « la ville ».

Cette haie dont jaillissait le fût massif d'un noyer, tout à coup, remontant d'un pli ombreux de sa mémoire, elle avait été là, devant lui, dans les moindres détails de ce début de printemps que le vieux noyer, comme tous les ans, s'obstinait à ignorer. Et lui, Germain, gamin haut comme trois pommes, dans sa blouse grise, planté au fond de l'ornière, le nez en l'air, la tête penchée et faisant bêtement des grimaces à l'intention d'un grisou, un petit écureuil qui avait jailli du talus, traversé le chemin comme une flèche, queue basse, juste devant son nez, avant de fuser au long du tronc du noyer, jusqu'à la plus haute branche d'où, curieux, il observait ce petit d'homme tout grimaçant.

Pour sûr qu'il avait été heureux, le Germain, dans des moments comme celui-là ! Il lui en fallait si peu pour nourrir ses rêves à l'infini. Mais ce dont il se souvenait surtout, ce qui lui avait fait le plus chaud au cœur, c'était la main qui s'était appuyée, l'espace d'un instant sur son épaule de gosse. Surpris, il avait levé le nez en ébauchant déjà le geste de la fuite. Et il avait plongé entier dans le sourire de son père.

Un sourire, rien de plus. Il n'était pas causant le vieux. Pas tendre non plus. Est-ce qu'il avait jamais eu du temps à perdre à ces gestes inutiles ? Mais ce sourire ! Rien de plus et l'espace d'un instant, là, entre hommes, et dans la complicité de la solitude. Rien qu'eux deux pour qu'une fois, un instant si court, il puisse sans gêne montrer à son fils qu'il l'aimait jusque dans ses bizarreries de gamin plus doué pour le rêve que pour manier la bêche.

Une scène de tous les jours de campagne. Une scène qui n'avait certainement pas duré plus de trois minutes. Mais elle lui était apparue avec tant de netteté et tant de vigueur qu'il en avait revu les moindres détails. Et puis elle était revenue. Celle-là et d'autres. Peu à peu, son esprit qui, avec le temps, s'était totalement détaché de cette époque, avait repris l'habitude d'aller puiser dans les tiroirs les plus profonds de sa mémoire pour lui flanquer ces coups qu'il ressentait de plus en plus durement à chaque fois qu'un de ces maudits souvenirs remontait ainsi.

Alors, un jour, il avait décidé que son voyage aurait une fin. Il fallait bien qu'un jour il s'en revienne de sa longue errance vers ces habitudes de vivre ensemble qui font tant et tant qu'un sourire y prend valeur pour toute une vie. Quand ? Par quel chemin ? Peu lui importait. Ce serait demain ou dans dix ans. Mais ce serait. Et cela suffisait à changer toute sa vie. L'errance devenait cheminement. L'idée du but à atteindre, d'abord vague, s'était peu à peu imposée à lui. Mais, en même temps, s'étaient élevées toutes les objections qu'on pouvait formuler face à ce beau projet. Une sorte de retour, en somme ? Mais vers quoi ? Vers qui ? Qui l'accueillerait ? Et comment ? Quand le cœur et l'âme, à l'unisson des jambes, ne savent plus que marcher, décider de s'arrêter n'est rien. Il faut arriver. Et cette arrivée-là, il se doutait qu'elle ne se ferait pas sans mal.

Ainsi avait grandi en lui un profond malaise. Sa décision de mettre un terme au voyage, il n'avait pas envie d'en revenir. Mais il redoutait par-dessus tout l'atteinte à cette grande liberté qu'il s'était forgé et qui était son plus grand bien, même s'il le payait de toutes les misères du monde.

L'errance avait encore duré longtemps. Mais, peu à peu, elle avait tourné à ce que Germain redoutait le plus : la fuite. Partir avait été, pour lui, un choix délibéré. Une solution et non un renoncement. Une sorte de nouveau départ même si c'était pour l'univers le plus rude et, parfois, le plus désespérant qui soit. Partir, cela avait été aussi, pour lui, le moyen d'échapper à l'absurdité de situations sans issues. Il s'était voulu l'esprit libre. Il l'avait été au-delà de ce qu'il avait espéré et c'était tout le bonheur qu'il avait retiré de ces années de chemins.

Mais, en s'insinuant en lui, cette idée de la fin du voyage lui avait fait perdre ce bonheur. À nouveau, il savait qu'il allait devoir affronter des regards, des jugements qu'il ne pourrait pas ignorer, comme il le faisait, dans son royaume de rues et de halls de gares. Il savait pourtant qu'il n'y échapperait pas.

Quelques mois encore, il avait louvoyé de ville en ville. Il avait pris son temps, retardé de jour en jour l'échéance inéluctable. Puis il s'était laissé porter par le courant. Entre la gare et la poste d'Autun, il avait encore traîné quelques jours. Mais il savait, au fond de lui, que, cette fois, la fin du voyage était là. Alors, l'air de rien, pauvre type habitué à se faire oublier, tassé sur une chaise de café ou traînant son désœuvrement entre les étales du marché, il avait écouté, et il avait compris beaucoup de choses. Une idée lui était venue, terrible, qui avait balayé ses dernières hésitations.

Dédaignant tout à la fois le crachin qui rendait son accoutrement plus lamentable encore, et les regards soupçonneux des vieilles chargées de cabas qui s'en revenaient du marché hebdomadaire, il avait longuement louvoyé entre les autocars de la gare routière, prenant son temps et persistant, une fois encore, la dernière, peut-être, au plaisir douteux d'assumer sa différence. Quelques vieilles distrayaient leurs regards, l'espace d'un instant, de la surveillance soupçonneuse qu'elles apportaient à l'embarquement de leurs paquets dans la soute du car. Dans les lueurs tour à tour furieuses et apeurées que lançaient leurs yeux, il lisait tout le mépris et les troubles inquiétudes que leur inspiraient ses cheveux longs, sa barbe hirsute, son long manteau gris élimé et effondré sous lequel tirebouchonnaient des pantalons sans forme terminés de baskets crasseuses.

Il le savait, Germain, qu'il avait triste allure. Il savait aussi qu'il aurait pu paraître bien plus à son avantage sans grand effort. Grand et fort, l'œil aussi noir que le cheveu, il avait connu, jadis, le plaisir de plaire. Mais maintenant… À quoi bon ? Pour qui ? Et puis, c'était sa tenue de travail ! Vous imaginez un clodo vous quémandant trois sous sapé comme un bourgeois ? Pas sérieux !

Ces regards convergeant, ce mélange de haine et de frousse parfaitement veule… Il y était habitué, bien sûr. Jusqu'à ce plaisir un peu trouble de les provoquer. Mais, là, cette fois, au bord de cette foule se pressant à la porte d'un autocar déjà trop plein, il eut la sensation d'un risque, d'une formidable provocation qui lui laissait un goût d'amertume au fond de la gorge.

II

LE JOUR N'ÉTAIT PAS ENCORE FAIT. Alphonse Bonaventure aimait cette heure-là. Il avait largement ouvert les portes de sa forge, relancé le foyer de quelques pelletées de charbon attisées d'un bon coup de soufflet. Et il allait et venait, rangeant ses outils, ruminant son travail de la journée, pas encore sur un chantier plus que sur un autre, mais les envisageant tous à la fois.

Il savait qu'il allait venir. Où voulez-vous qu'il aille, par un pareil matin, si ce n'est à la forge ?

Planté devant son établi, il avait entrepris le réglage d'une tronçonneuse. Un outil de Parisien qui traînait là depuis des semaines et qui l'encombrait plus qu'autre chose. Un bricolage pas trop utile qu'il remettait tous les jours, plus facilement occupé des travaux toujours urgents que lui confiaient les quelques paysans restant au pays. Mais, avec les beaux jours qui arrivaient, pour sûr qu'ils allaient débarquer, les Parisiens. « Ces oiseaux-là, c'est comme les grenouilles, marmonnait le père Bonaventure, en démontant la tronçonneuse. Ça rapplique au premier soleil ! »

Le travail ne le prenait pas de trop. Ses outils, apparemment dans le plus grand désordre, étaient en fait très exactement là où sa main savait qu'elle les trouverait toujours. Et il démontait, réglait, remontait, essayait, recommençait ses réglages sans y prendre vraiment garde tout en surveillant la place, au travers des vitres crasseuses de la forge.

« Il allait venir, sûr, il allait venir. »

Et il ne savait plus, le père Bonaventure, si ça lui faisait plaisir ou si ça l'inquiétait.

Bien sûr qu'il l'avait remarqué, la veille au soir, lorsque l'autocar d'Autun était arrivé. À l'air offusqué de la mère Blanchard, la première apparue, à l'ouverture de la porte, ils avaient tous compris qu'il se passait quelque chose.

Ils étaient attablés au coin de la fenêtre du café, à taper le carton autour d'une chopine, comme tous les soirs, avec, en plus, l'attente hebdomadaire du spectacle qu'offrait toujours l'arrivée de l'autocar retour du marché. Bien rare qu'il n'y eut pas à commenter et même souvent à rigoler !

Mais, pour le coup, s'ils s'étaient attendus à celle-là !

Un grand escogriffe tout gris, le cheveu en bataille, un drôle de sac sans forme à l'épaule, qui était apparu à la porte de l'autocar… Il était resté là quelques instants, perché sur ses marches, comme s'il voulait qu'on le vît, détaillant la place, ses châtaigniers en quinconce, la fontaine toute ronde, les toits bas et aussi gris que les murs des maisons l'entourant. Et tout ce petit monde s'en revenant du marché s'égayant par les rues avec des regards en coin, des longues lapées de regards en dessous vers ce mal léché, ce rien du tout dont la seule silhouette longiligne, là, sur ses marches d'autocar, réveillait déjà toutes les terreurs passées et à venir de « l'étranger ».

Calmement, un drôle de sourire aux lèvres, il avait fini par mettre pied à terre. On aurait dit l'autre Américain, voilà plus de vingt ans, faisant « un petit pas sur la lune, un grand pas pour l'univers »... Comme si c'était tout un événement de la toucher, la terre des Rambarges, leur terre, celle-là seule où leurs pieds se sentaient solides, rivés, plantés comme poireaux en planche ; celle-là qu'ils aimaient au-dessus de tout même s'ils en crevaient de misère et plus encore de la voir possédée par d'autres.

Et voilà ce grand escogriffe gris qui la foulait, leur terre. À grandes enjambées lentes et souples – « une démarche de paysan » ne put s'empêcher de penser le père Bonaventure – il arpentait la place, contournait la fontaine, s'arrêtait pour contempler, comme un qui veut apprécier tout son saoul. Et il revenait lentement vers le café. « Bon Dieu, il nous nargue ! » Regard tout droit, sourire presque ironique, sûr qu'il les savait, tous ces yeux qui le dévisageaient, là, derrière le rideau et que la pénombre du soir lui dissimulait.

Il venait tout droit, tranquille, sourire de plus en plus large, de plus en plus ironique. Même que déjà quelques-uns se reculaient, derrière la vitre, comme s'il les repoussait de la seule gouaille de son regard. Il venait tout droit et l'on entendit le silence fracassé, l'espace d'un instant, par un poing furieux s'abattant sur la table où les chopines dansaient la gigue. « Se fout de notre gueule, Bon Dieu ! »

Pour sûr ! Il avançait toujours, toujours aussi droit, aussi lent, aussi large, aussi sourire. Il posa calmement son sac sur une table de la terrasse restée là, malgré le froid, on ne savait pas très bien pourquoi, fit encore trois pas et… vint tout à coup coller son regard à la vitre sur laquelle son nez s'écrasa comiquement.

D'un seul mouvement, ils avaient tous bondi en arrière. Il y en eut même un qui, surpris par la masse, bascula avec sa chaise dans un grand fracas de tables renversées et de chopines boulant au sol. Un grand fracas très bref juste derrière lequel retentit, très clair, très pur, un grand rire, là, de l'autre côté de la vitre, très bref aussi.

Et rien pour lui répondre que le cliquetis dérisoire d'une chopine s'obstinant à rouler sur les inégalités du carreau !

Et il avait tourné casaque et disparu dans la nuit qui se faisait.

– C'est qui c't'oiseau-là ? avait tonitrué le Fonse.

Massif, éternellement vêtu de grosse toile bleue, comme au temps où il allait d'un chantier de bûcheronnage à l'autre, la tronçonneuse à bout de bras, la casquette rivée au-dessus d'un champ de rides dominé par une trogne pour toujours réjouie des chopines qu'il ne lui comptait guère, le Fonse vivait une retraite heureuse entre son potager et les bons moments partagés, chez la Julienne, avec quelques autres « vieux gars » de son espèce.

Mais, pour le coup, il en était tout remué, le Fonse !

– C'est qui c't'oiseau-là ? répétait-il bêtement sans rien trouver d'autre.

Un trimard, un vrai, aux Rambarges, un plus pouilleux encore que permis et qui, par-dessus le marché, allait jusqu'à se foutre d'eux !

– Et où c'est-y qu'il est passé ?

Ils s'étaient tous précipités dehors. Mais il n'y avait plus rien que la nuit percée, de loin en loin, par le halo jaunâtre de quelques rares lampes de rue.

– S'est bien foutu de notre gueule !

Le Fonse releva sa casquette d'une chiquenaude et reflua vers la salle du café.

– La Julienne, Bon Dieu, qu'est-ce que t'attends pour ranger tout ce bordel et nous resservir une chopine ? Ce sera sur mon compte.

Fallait qu'il passe ses nerfs sur un coup de gueule, le Fonse. Ils avaient beaucoup commenté, bien rigolé, beaucoup bu. Et ils s'étaient quittés sur la conviction hautement clamée qu'on allait voir ce que l'on allait voir, dès le lendemain.

– Faudra bien qu'y s'montre, ce loustic-là !

Et il attendait, le père Bonaventure. Il fallait qu'il vienne. Il ne pouvait pas faire autrement. Il ne pouvait pas lui faire ça à lui, père Bonaventure dont la forge était le centre de vie, le cœur battant de tout le village. Et que voulez-vous qu'il fasse, dans le pays, s'il ne se montrait pas, s'il ne venait pas là, à la forge, dire blanc ou noir, d'où il sortait, ce qu'il voulait ?

Il attendait, le père Bonaventure. Et l'heure passait. Il y avait belle lurette que cette fichue tronçonneuse pour bricoleur parisien tournait comme une horloge. Il l'avait tripotée encore un moment, essuyant là, resserrant ailleurs, l'observant bêtement, sans raison, sous toutes les coutures. Puis il s'était décidé à la reposer. Il s'était longuement essuyé les mains, sans plus de raison, sur son grand tablier de grosse toile bleue, tournant sur lui-même, lentement, au milieu de sa forge, et s'était tout à coup abattu sur le pulvérisateur du Félix Parrot. Il allait venir le chercher tout à l'heure, son pulvérisateur. Et avec sa grande gueule, celui-là, depuis qu'il était « un gros », il ne s'agissait pas d'être en retard.

Il avait reçu les pièces la veille, par le même autocar qui leur avait amené ce grand loustic gris qu'il persistait à attendre. Et, pendant qu'il alignait les disques à changer, qu'il débloquait l'axe et commençait la dépose des pièces usagées d'avoir trop râpé la couenne de leur terre aux défenses de cailloux, il ne parvenait pas à s'interdire des regards bêtement trop fréquents vers la rue. Ça vous avait l'air de quoi, cette impatience de gamin ? Il ne voulait pas venir ? C'était son affaire, après tout. Finirait bien par y passer, comme les autres. On ne vit pas aux Rambarges sans faire un petit tour, de temps à autre, à la forge.

C'était bien tout ce qui restait au Félix, justement, du temps où il était simplement le gamin au Gaston de la Croix du Carage. Comme tous les gamins du pays, génération après génération, il en avait passé des mercredis après-midi, au coin de la forge, à pérorer et à mijoter ses coups ! Ça vous arrivait comme une volée de moineaux, aux premiers froids, à la première pluie qui empêchait d'aller traîner les chemins. Ça s'envolait de même, à la première percée du soleil. Et ça vous faisait du bien au cœur et à l'ouvrage de les savoir là, heureux, tous les gamins du pays.

Maintenant… Bien rare qu'il y en ait deux pour réjouir la forge de leurs rires et de leurs chahuts. Pas bien nombreux, les gamins qui restaient. Et puis, cette sacrée télévision qui vous les bêtifiait, à longueur de mercredis et de veillées…

Quant au Félix, sûr qu'il aurait pu devenir un de ces paysans comme les autres qui défilaient à la forge à longueur de journée sous prétexte de travail, d'un outil à réparer, d'un chantier à envisager, d'une clef à emprunter. Ils le savaient bien que Bonaventure était trop bonne poire pour savoir refuser ! Mais la forge, de tout temps, cela avait aussi été le lieu de vie du village, celui où l'on aborde les sujets sérieux, où s'échangent les informations essentielles, celui aussi où l'atmosphère est faite de solidité quasi corporatiste. Au café, il y a tout le monde et n'importe qui. Même les femmes maintenant ! À la forge, on était entre hommes du travail. Ça vous crée des liens. Comme un langage à part, fait d'abord des silences, de ces choses qu'on n'a pas besoin de dire, qui vont de soi. L'économie de ces mots, pour lesquels ils n'étaient pas faits, était le meilleur ciment entre ces hommes de la même terre.

Bien rares étaient ceux qui savaient encore les heures de ces chaudes retrouvailles, autour de la forge du père Bonaventure. Et le Félix, maintenant, paysan, bien sûr, mais paysan solitaire qui ne parlait plus le même langage…

Ces longs silences qu'il prenait lui-même jadis le temps d'apprécier, maintenant, pour lui, c'était du temps perdu. Il n'avait plus de temps à perdre le Félix. Courir, il lui fallait toujours courir. Et, malgré tout, aussi vite qu'il courait, la traite de fin de mois arrivait toujours à le rattraper…

Plus d'amis, pour le Félix, plus de petits services qu'on se rend comme ça, pour dépanner, de simples claques dans le dos, pour le seul plaisir de savoir qu'on n'est pas seul. Il n'y avait plus que l'efficacité, la rapidité minutée d'une mécanique qui jamais ne doit s'enrayer.

Sûr qu'il bossait, le Félix. Tous ceux, et ils étaient nombreux, qui avaient triomphalement annoncé que jamais il ne pourrait s'en sortir, avec tous ces hectares qu'il s'était mis sur le dos, toutes ces fermes qu'il avait reprises, en étaient pour leurs frais. Il n'en avait pas manqué une. À chaque fois qu'un vieux renonçait, qu'il se résignait à la retraite, à croire qu'il le devinait avant tout le monde. Et c'était bien souvent que l'occasion s'était présentée, ces dernières années.

Alors il se pointait, tout sourire. On buvait un coup, sur la toile cirée de la cuisine, on tournait autour du pot juste ce qu'il fallait en parlant de la pluie et du beau temps, des foins qui s'annonçaient, des malheurs des uns et, plus rarement, des bonheurs des autres. Il avait le don pour amener la conversation, en douce, sans en avoir l'air, sur un des derniers à avoir ainsi renoncé. « Heureux qu'il est, l'Auguste, à cette heure ! Tu l'as vu ? Rajeuni de vingt ans qu'il est ! Tu penses : n'a plus à se soucier que de son potager ! Un tour, de temps à autre, chez la Julienne. La vie de château quoi… Et toi ? Quand c'est que tu raccroches ? Tu sais que t'as pas de souci à te faire pour la reprise ? Je te reprends tout, le bétail avec. Comme ça, t'as la retraite complémentaire. Et si tu veux garder une bête ou deux, affaire de t'occuper, c'est pas moi qui trouverai à redire… »

Les uns après les autres, ils avaient accepté. Pensez donc. Il avait tellement bien mis son coup au point, le Félix, qu'il leur remplissait même les papiers. Il les connaissait par cœur ! Alors, le soulagement de ne pas avoir à affronter cette épreuve des formalités et la perspective de pouvoir garder une vache ou deux, à l'étable, histoire de ne pas se sentir trop vieux, trop vite…

Une vraie bête de travail. Mais une tête aussi ! « Ça n'a pas de sens de travailler comme ça pour rester vieux gars » brocardaient encore ceux que minait quelque part le regret d'avoir vu leurs prédictions pessimistes mises en échec. Jusqu'au jour où les bans apparurent au tableau d'affichage de la mairie. Un mariage au pays, c'était devenu chose bien trop rare pour que la nouvelle n'en courût pas sur l'instant jusqu'aux écarts les plus reculés. Surtout celui-là ! Félix épousait la Delphine du Marius des Maraudes. Pour une nouvelle, c'était une nouvelle !

Oh, bien sûr, elle n'avait jamais prétendu être un prix de beauté, la Delphine. Soigner les cochons et les vaches, faire le potager et donner un coup de main aux betteraves, au besoin, ça n'a rien pour vous soigner l'esthétique. Et même si elle avait été gironde, cela aurait remonté à pas mal d'années ! Celle-là, on l'avait cru perdue définitivement pour le mariage, restée à jamais dans le giron de papa et maman, vouée sur ses vieux jours à la triste solitude de ces fermes sans espoir de regain que mine peu à peu le découragement, le dessèchement et l'absence de raison de croire au lendemain...

Et voilà que le Félix allait marier la Delphine. Pour le coup, elles s'étaient mises à courir, les langues. C'était trop clair, trop évident. Pour sûr qu'ils avaient besoin d'un sérieux coup de ravalement, les bâtiments des Maraudes. Mais, tout miteux qu'ils étaient, c'étaient les plus grands et les mieux placés du pays. Un des rares coins où la vallée s'élargissait assez pour que s'étendent, tout autour de bâtiments au carré, des champs qui n'avaient pas l'allure de mouchoirs de poche chiffonnés !

L'affaire avait été vite menée. Le mariage avait tout eu d'une formalité à laquelle on avait donné juste ce qu'il fallait de pompe pour faire taire les commentaires et rien de plus. Et il s'était remis au travail, le Félix. En même temps qu'il y remettait la Delphine. Devenue, et de loin, la plus grosse exploitation du pays, la ferme des Maraudes avait vite retrouvé une allure décente. Ses vieux bâtiments qu'on avait restaurés juste ce qu'il fallait s'étaient complétés d'une vaste étable très fonctionnelle faute d'être esthétique. Avec son matériel ultramoderne et les méthodes « extensives » que lui inculquaient les techniciens, sûr qu'il y en avait plus d'un qui avaient grimacé en contemplant ce que Félix avait fait du paysage... Le vieux mur de pierre sur lequel on se souvenait du grand-père cassant la croûte pendant que les bœufs soufflaient, il n'avait pas fait long feu !

Des prés et des champs immenses dont pas une haie, pas un muret ne venaient briser la monotonie, des coteaux entiers, inaccessibles aux volumineux tracteurs, abandonnés aux fougères et aux ronces, des « fonds » trop humides couverts de joncs au milieu desquels pataugeait un bétail couvert de boue... Il lui avait bien fallu faire la part du feu, au Félix.

C'était triste. Mais c'était efficace. Il limitait les frais au maximum, réservait toute son attention et son activité débordante aux plateaux ou aux coteaux les plus accessibles et, tout seul sur son immensité, il parvenait, jusque-là, à tirer de tout ça suffisamment de sous pour rembourser ses traites.

Mais pour vivre, c'était autre chose...

C'était front baissé et longs silences, aux Maraudes. On ne devait pas y rigoler bien souvent. Même le Gaston, qui n'avait jamais été bien causant, s'était montré de moins en moins souvent dans le pays. Et si vous lui demandiez ce qu'il pensait de ce que son fils avait fait de sa ferme, il vous tournait carrément le dos...

Sa ferme… Ils y étaient encore restés quelques années, à la Croix du Carage, le Gaston et sa vieille Émilie. De loin en loin, on voyait leurs filles débarquer de la ville et monter là-haut avec maris et marmailles. Et puis les visites s'étaient espacées. Le fils aîné, on ne l'avait même jamais revu depuis qu'il avait quitté la ferme, encore tout gamin. À ce qu'on disait, celui-là, il avait tant et si bien fait sa pelote, à la ville, qu'il n'avait plus été question de lui faire se souvenir de ses origines.

Et puis, un jour, on avait appris que le Gaston et l'Émilie étaient installés à l'hospice des vieux d'Autun… C'en était fini de la Croix du Carage. On avait vite su que Félix avait fait son choix. Sûr qu'il devait même être fait depuis longtemps et que les plants de sapins n'attendaient que le départ des vieux pour prendre le chemin de tous ces grands prés qui entouraient la vieille ferme solitaire, là-haut, sous son col. Trop froids, trop pentus, trop loin… Encore quelques années et, des vieilles bâtisses abandonnées, il ne resterait que quelques pans de murs suintant d'humidité entre les fûts tristes des sapins de Douglas.

On lui en voulait de tout ça, au Félix, mais en silence. On ne disait rien mais, pour tous ces vieux gars dont toute la vie se résumait à deux vaches et à un bout de champ où dérouiller la charrue, au printemps, ce n'était pas facile à avaler d'avoir dû en passer par les décisions de l'autre et dire encore merci pour leur avoir royalement abandonné un bout d'ouche mal commode, trop en pente ou trop éloignée des immenses prés qu'il constituait. Ce n'était pas ça qui l'empêchait de se pointer tous les ans, à la Saint-Martin, tarif officiel en main, pour se faire payer le loyer. Allez donc lui chanter la chanson dont se contentaient les Parisiens, jadis. « Trop loin, trop petit, pas rentable... » On payait d'une charrette de fumier pour le jardin et l'affaire était réglée...

Il l'avait trop pratiqué lui-même, ce cinéma-là, le Félix, pour s'y laisser prendre. Alors, il se pointait. Et il fallait payer. Oh ! c'était pas pour la somme... Quelques sous. Mais ce ne sont pas des façons. Les traiter comme même des étrangers n'auraient pas osé... Il était pourtant trop évident qu'il s'en fichait complètement, de ce que l'on pensait de lui. Et puis, il faut bien le dire, ce n'est pas l'habitude de s'en prendre aux « gros ». Et c'était devenu un « gros », le petit gars du Gaston.

Le père Bonaventure n'aimait pas remuer toutes ces choses-là. Mais c'était plus fort que lui, elles revenaient toujours à la surface quand il travaillait sur un outil du Félix. Il n'était pourtant pas question de perdre sa clientèle. Jadis, du temps qu'ils étaient une bonne cinquantaine de paysans sur le pays, c'était bien un peu lui qui faisait sa loi ! On avait besoin de lui. Et s'il y en avait un qui ne marchait pas comme le père Bonaventure l'entendait il ne se gênait pas pour le lui dire. Risquait pas de perdre sa clientèle vu qu'il était le seul forgeron à des lieux à la ronde !

Aujourd'hui, ce n'était plus la même chanson. Bien sûr que c'était commode, pour Félix, ce forgeron au village. Mais ça l'aurait gêné d'aller porter son matériel chez les gros concessionnaires de la ville, là où il l'avait acheté ! Alors, même s'il ne lui confiait que les bricoles, le petit entretien, il fallait bien qu'il fasse avec, le père Bonaventure, et qu'il oublie un peu sous son mouchoir tout ce qu'il aurait aimé lui lâcher, au Félix.

– Quoi que tu nous racontes, ce matin, Bonaventure ?

Lachenaye avait surpris le forgeron que ses sombres pensées et son travail absorbaient totalement. Le vieux avait débouché d'un pas décidé du coin de la forge. Il l'avait traversée comme un qui sait où il va. Et il était venu s'installer sans façon sur une chaise un peu boiteuse dont il était évident qu'elle était sa place réservée, son privilège, à mi-chemin de la bonne chaleur de la forge et de la vieille armoire dans laquelle Bonaventure serrait ses outils les plus précieux.

Grand, solide, le cheveu, le sourcil et l'épaisse moustache grisonnants, vêtu, été comme hiver d'une veste de velours côtelé et de larges pantalons gris tombant sur d'épais brodequins, Lachenaye savait qu'il impressionnait et il en jouait. Il avait quitté le pays tout gamin et on ne l'avait revu qu'à sa retraite. Même qu'ils n'étaient pas bien nombreux ceux qui se souvenaient de lui et de sa flopée de frères et sœurs, tous plus dépenaillés les uns que les autres que poussaient devant eux des parents ne parvenant guère à faire survivre leurs huit enfants qu'en exploitant la pitié qu'ils inspiraient.

Le retour avait été plus triomphal ! On avait alors compris pourquoi la masure familiale, contre toute logique, n'avait pas été mangée par la ronce une fois pour toutes. C'est que, à sa façon, il avait réussi, le Lachenaye. Réussi quoi ? On ne le savait pas bien. Il en parlait peu. Et comme, manifestement, il n'avait aucune envie d'être plus loquace, on en était resté au souvenir des galvachers qui, en ce temps-là, l'avaient emmené avec eux, plus par charité qu'autre chose. Ils étaient revenus sans lui. Et personne, pas même ses parents, ne s'était soucié de ce qui l'avait fait abandonner l'attelage de bœufs en cours de route.

Il avait simplement trouvé à s'embaucher dans une grande ferme de Champagne. Et il y avait passé sa vie, gagnant peu à peu la confiance de ses patrons, vivant de peu et économisant sou par sou. Il avait mis toutes ses économies dans l'entretien de cette maison lointaine vers laquelle il n'était pas revenu une seule fois durant près d'un demi-siècle.

Retraite acquise, il avait débarqué un beau jour d'octobre, à l'heure de midi, apparemment totalement indifférent à la stupéfaction qui se lisait sur le visage de tous les spectateurs de cette arrivée, manifestement orchestrée, lorsqu'il était descendu d'une grosse voiture si rutilante et d'un modèle tellement ancien qu'on aurait cru que c'était pour la télévision. Cette voiture, c'était, pour lui, plus encore que la maison, le luxe de toute une vie.

Il s'était fait reconnaître. C'était un gars du pays, il n'y avait rien à redire. Et comme il savait payer son coup et rigoler avec les autres, sans fierté, on l'avait vite admis, sans trop de questions et sans plus s'étonner de sa veste de velours qu'il portait comme un uniforme.

Vite, il avait pris ses habitudes. Et le père Bonaventure, sans le dire, avait ressenti une grande fierté à voir l'autre descendre chaque matin ou presque, depuis sa maison où il vivait seul, jusqu'à la forge où il avait bien compris que battait le cœur du village. La chaise, c'était lui-même qui l'avait apportée, un jour, sur son dos, depuis chez lui.

– Je me fais vieux, avait-il décrété. À rester debout, comme ça, au milieu de ta forge, je fatigue. Alors, tu permets ?

Pour sûr qu'il permettait le Bonaventure !

Et la chaise, de cet instant, avait fait partie des meubles de la forge.

– Et notre loustic d'hier soir ? Des nouvelles ?

Tiens, c'était bien vrai, à ruminer toute cette vieille histoire du Félix Parrot, il l'avait presque oublié, celui-là, Bonaventure.

– Pas vu, lâcha-t-il, laconique.

– N'a tout de même pas pu s'envoler. Faudra bien qu'il se montre.

Déçu, Lachenaye, c'était évident. Mais surpris aussi par l'air bourru du forgeron.

– Oh, Bonaventure ! C'est-y que tu t'es levé du gauche, ce matin ? Ça n'a pas l'air d'aller comme il faut.

L'autre, sans lâcher son travail, avait haussé les épaules.

– Il y a simplement que je travaille pour le Félix. C'est bien parce qu'il faut...

Ce fut au tour de Lachenaye de hausser les épaules et de se renfrogner. Il y a des jours comme ça où on attend beaucoup et où tout ce qui vient ne vaut rien... Il y eut un long silence. Un de ces silences sans gêne entre des hommes qui se contentent de se taire parce qu'ils savent qu'il n'y a rien à dire et que ce qui serait dit le serait de travers. C'est une maladie de Parisien de ne pas savoir se taire et de toujours s'imaginer qu'il faut « entretenir la conversation », comme ils disent.

Ils se taisaient et se satisfaisaient des bruits de la forge, des outils énergiquement maniés par Bonaventure, du tintement métallique d'une pièce heurtant le sol.

Des jours comme ça…

En somme, il ne s'était rien passé. Rien que l'apparition d'un grand *breulot* pas comme les autres. Rien que sa disparition aussitôt qu'apparu. Rien que son obstination à ne pas rentrer dans l'ordre des choses en pointant son nez, comme il aurait dû le faire, à la première heure, avant même que le feu de la forge ne soit relancé, à la porte du Bonaventure. Rien, et c'était cette négation-là qui les déboussolait, qui embrouillait leur entendement et les plongeait dans une brume dont il était bon, de temps à autre, d'entendre émerger ces bruits familiers qui vous rattachaient tout de même aux réalités du quotidien.

– Tiens ! Il y avait longtemps…

Lachenaye s'était redressé sur sa chaise boiteuse et, les mains solidement appuyées sur les genoux, il n'en perdait pas une du débarquement aussi rare que remarqué de la fourgonnette des gendarmes.

– Ça, pour sûr que c'est rapport à notre loustic d'hier soir !

Ils n'étaient pas restés bien longtemps à la mairie, les gendarmes. Et ne voilà-t-il pas, sitôt le nez dehors, qu'ils rappliquaient droit sur la forge. Il ne manquait plus que ça ! Des jours comme ça… Cette fois, la mauvaise humeur du père Bonaventure débordait. Et l'autre Lachenaye, sur sa chaise, dont les yeux, sous ses épais sourcils d'argent, illuminaient littéralement de curiosité. Il était au spectacle, le vieux drôle. Et les frais, c'était pour qui ? Ça a l'air de quoi, de recevoir ces sanglés-là dans son commerce ? On a beau ne rien avoir à se reprocher, allez empêcher les langues de courir…

– Messieurs, bonjour… Pas le beau temps hein ?

Comme si on ne s'en était pas aperçu.

– Vous désirez ?

Il ne se forçait pas à l'amabilité, le Bonaventure.

– Ben, c'est rapport à ce qu'on nous a rapporté d'un clochard qui aurait débarqué hier soir, de l'autocar d'Autun. Vous êtes au courant ?

– Au courant… Au courant ! On l'est ni plus ni moins que les autres… On l'a bien vu débarquer du car. Mais, après, plus d'homme… On ne sait pas ce qu'il est devenu.

– Et ce matin ?

– Ce matin, quoi ?

– Pas vu ? Pas revenu ?

– Rien… Mais, au fait, vous le recherchez ?

– Nous ? Pensez-vous ! C'est comme ça, pour se renseigner. On nous l'a signalé, alors on vient voir.

– Ah bon…

Et Bonaventure s'était replongé dans sa mécanique avec une telle détermination que les autres avaient compris qu'ils n'en tireraient plus rien. Ils avaient piétiné là un instant, d'un pied sur l'autre, comme des qui ne savent pas trop bien comment en finir.

– Si vous le voyez… pouvez toujours nous prévenir.

Et Lachenaye de rigoler à s'en faire péter la sous-ventrière en voyant venir gros comme ça la réaction de Bonaventure. Ça n'avait pas manqué. Il s'était déployé tout par un coup d'entre les ferrailles du pulvérisateur, s'était fait le géant plein d'une redoutable force qu'il savait être. Et il avait fait face aux gendarmes.

– Vous le signaler, comme ça, si on le voit ! Et pour quoi donc ?

Les deux autres en étaient restés pétrifiés. Ils s'attendaient à tout sauf à celle-là !

– Ben… Ce qu'on en dit, nous… Pour pas qu'il vous ennuie… On nous l'a signalé… C'est bien qu'on s'en méfie…

– Moi pas ! avait tonné Bonaventure. Tant qu'on ne m'a rien fait, je n'ai pas pour habitude de me méfier des gens, moi. S'il a envie d'être clochard et crasseux, c'est son affaire. Tant qu'il ne me gêne pas, j'vois pas pourquoi j'irai le moucharder… N'avez qu'à aller vers ceux qui vous l'ont « signalé », comme vous dites.

– Ce qu'on en disait, nous…

– Je sais !

Et il s'était replongé dans son travail, tournant ostensiblement le dos aux deux pandores qui en furent pour leur impeccable salut !

– Oh, Bonaventure, c'est-y que tu le défends, maintenant, le grand rigolo d'hier soir ?

À peine si Lachenaye avait attendu que les gendarmes aient passé le coin de la forge pour relancer la balle. Sans quitter son travail et de la même voix de stantor qu'il prenait quand il était en colère, le père Bonaventure avait clamé sa colère.

– J'défends personne. Mais j'aime pas ces façons de fouineurs… Tu veux que je te dise ? Une chopine que c'est cette vieille pie de mère Blanchard qui leur a téléphoné. Tas vu la tête qu'elle tirait, hier, en descendant du car ? À croire qu'il avait voulu la violer !

Lachenaye se tordait de rire sur sa chaise en se donnant de grandes claques sur les cuisses.

– Aurait fallu qu'y soit affamé !

– Rigole, rigole ! Moi ça m'défonce, des conneries pareilles. Nous a fait quelque chose, ce grand *breulot*, à part de se foutre de notre gueule ? De quoi qu'elle se mêle, c'te vieille folle ? Ceux-là, avec leurs uniformes trop propres pour être tout à fait honnêtes, moins je les vois, mieux je me porte. Alors, l'autre zigoto, s'il fait des conneries, on sera bien assez grands pour les lui faire ravaler nous-mêmes, non ?

– Faudrait d'abord qu'on le voie, pour ça.

Bonaventure finissait son remontage. Il eut des grands hochements de tête, d'énergiques haussements d'épaules.

Lachenaye s'absorbait dans le curage de sa pipe.

Le silence se fit lourd. Des riens… Des broutilles qui s'accumulaient, depuis la veille au soir, depuis que la vieille chouette de mère Blanchard était apparue à la porte de l'autocar. Des broutilles dont l'addition faisait lentement son chemin dans l'esprit des deux hommes. Et cette addition-là, elle ne leur disait rien qui vaille, à l'un comme à l'autre.

Allez savoir pourquoi il y a des moments, comme ça, où l'on sent le malheur tout proche, à vous glacer la peau...

– Peut-être bien qu'on ne le reverra plus... Et peut-être bien que ce sera aussi bien comme ça.

Mais en même temps qu'il lâchait ces mots, le père Bonaventure savait bien que c'était son désir plus que la vraisemblance des choses qu'il exprimait ainsi.

III

IL PROFÉRA un sourd juron.

C'était le François qui venait faire un tour du côté de son pré de la Croix du Carage, des fois que le printemps plus hâtif qu'ailleurs lui aurait permis de s'y débarrasser de ses vaches dont il avait chaque jour un peu plus la flemme de faire le pansage hivernal.

Un « vieux gars », le François. Un ours, mais pas méchant pour un sou. Depuis toujours, il finissait de s'encroûter dans sa ferme pourrie, solitaire et de plus en plus sale. Que le Félix ait raflé toutes les terres à peu près valables du pays ne lui avait fait ni chaud ni froid. Belle lurette qu'il ne donnait plus à brouter à ses quelques vaches que les pires travers, les fondrières et les friches dont les autres ne voulaient pas. Il s'en fichait, le François, sachant bien que personne, après lui, ne voudrait s'enfermer dans sa tanière. Il se contentait de ce qu'il avait, ne demandait rien à personne et entendait bien que personne ne lui demande quoi que ce soit.

Mais alors là, cette fumée sortant de la cheminée bancale qui n'avait plus eu cet honneur depuis le départ du Gaston et de l'Émilie ! C'était bien trop lui demander, justement, au François, pour qu'il garde son calme.

– Cré nom de Dieu, va pas recommencer, la comédie…

Il hésita encore un moment. Il allait y aller, ou pas ? Après tout, il n'avait pas de bête qui l'attendait dans le pré. Sa petite visite, histoire de voir si l'herbe voulait emboîter le pas des pissenlits et sortir de terre, pouvait bien attendre. Fallait pourtant en avoir le cœur net… Et si les mêmes salades recommençaient, le jour où il amènerait ses vaches, pour de bon ?

Il se résolut enfin, maugréa quelques paroles inintelligibles et continua son chemin. Tout de même bizarre qu'il n'y ait aucune trace, pas une voiture, rien. « Qui c'est donc qui pouvait bien faire du feu là-dedans ? » En passant devant la maison, il coula un regard soupçonneux vers la porte… Rien que l'ombre. Mais quelle ombre ! Des bruits, comme des raclements, des coups, des grognements…

Il accéléra le pas, ne prêta qu'une attention toute relative à la pousse de l'herbe de l'ouche et, toute honte bue, fit un large détour, en redescendant vers sa ferme du Carage, pour ne pas repasser devant la porte du Gaston. Il faillit laisser son fond de culotte dans la clôture, poussa quelques jurons à peine étouffés par la trouille qui lui serrait déjà le ventre, resta quelques instants sur un pied, l'autre en l'air, comme un chien pissant sur un réverbère, farfouillant dans son entrejambe où un picot de barbelé malicieux avait soigneusement cramponné le coutil douteux de ses braies.

Enfin dégagé au moindre mal, il piqua sans demander son reste dans la pente, enjambant sans trop vouloir les voir les rangs de sapins dont le Félix avait souillé le pré.

Car une autre terreur naissait en lui. Et si c'était les autres qui avaient manigancé un coup du diable pour se venger, pour lui faire payer son coup de colère ? De quoi aurait-il l'air quand il raconterait cette histoire-là ? Pour sûr qu'ils allaient se foutre de lui, les vieux gars du pays. Il les entendait déjà, ceux qui ne démordraient pas des visions se développant sous le crâne du François, signe précurseur et infaillible de la sénilité prochaine, et ceux qui ne retiendraient de toute cette histoire que la frousse formidable qui l'empêchait d'aller voir ce qui se passait vraiment dans cette bicoque du diable…

Il avait la frousse, le François. Maudite qu'elle était, cette maison-là ! Et toutes leurs télévisions qui vous en montraient tant, leur électricité qui tuait le mystère des ombres, leurs grands airs d'affranchis n'y faisaient rien. Du fond de sa caboche remontaient par puissantes vagues les vieilles peurs, les explications sulfureuses d'autres temps.

Et si c'étaient les autres qui se vengeaient ?

Jamais il n'en avait parlé. Pas causant, le François. Sa formidable rigolade, la sensation profonde, chaude, réconfortante pour ce perdant, cet éternel grugé de toutes les époques, d'avoir été, pour une fois, le plus malin, celui qui mène le jeu et devant qui ces guignols de la ville ne pouvaient pas faire autre chose que de céder, de courber l'échine, de disparaître, il l'avait gardée pour lui seul. Des joies comme ça, quand on est le François ou l'un de ses pareils, ça ne se partage pas. C'est bien trop rare. Et puis, sait-on jamais, des fois qu'il y en ait des plus malins pour vous en chercher chicane. Où est le droit, depuis que le petit paysan est de trop, même dans la plus perdue des campagnes ?

C'était un soir un peu comme celui-là. Sauf que c'était plus tard en saison. Il s'en souvenait bien. Cela faisait déjà plusieurs semaines que ses vaches étaient dans l'ouche de la Croix du Carage.

Mais le François, la tradition, il y tenait. Ses vaches, pas question qu'elles passent la nuit dehors. Ça a l'air de quoi ces immenses troupes comme celles du Félix qu'il en a tant et tant qu'il n'a même plus le temps de soigner chaque bête comme il le faudrait. Bien sûr qu'elles n'en crèvent pas de passer la nuit dehors. Pas plus qu'elles ne crèvent de patauger dans ces mouillères pleines de joncs dont il ne fait même plus les rigoles. Mais ça a l'air de quoi ces bêtes couvertes de boue qui n'ont même plus de nom, qui connaissent si peu l'homme qu'il faut des « couloirs de contention », comme ils disent, pour les approcher ?

Ses vaches à lui, le François, non seulement elles avaient chacune leur nom, mais elles y répondaient. Peut-être pas moins bouseuses que celles du Félix, mais allez expliquer ça, vous. Une vache qui connaît son nom, qui vient quand on l'appelle, le soir, pour rentrer calmement à l'étable, c'est quelque chose… Et c'était ces « quelques choses-là » qui gardaient à la vie du François et de ses semblables suffisamment d'un sel à eux seuls perceptible pour continuer, malgré tout, à les différencier de leurs bêtes…

Il avait donc hélé la Blanchette, la Roussette et leur progéniture. Il s'était effacé, très civilement, pour les laisser passer lorsque, toujours du même pas égal, elles étaient arrivées du fond de leur pré. Et il leur emboîtait le pas lorsqu'il avait vu jaillir de la porte de la ruine, celle-là même qui avait fait naître en lui cette grande terreur, un grand escogriffe en chemise Lacoste et blue-jean qui s'était jeté, bras en croix, courageusement, à la tête encornée des vaches !

Il en était resté bouche bée. Et l'autre qui en profitait pour attaquer.

– Monsieur, qu'il clamait, vous n'avez pas le droit de passer là. Vous passez dans ma cour !

Dans sa cour ? Et après ? Sur le cul qu'il avait failli en tomber, le François. Mais comme il n'était pas du genre causant, il s'était contenté de réajuster sa casquette sur ses yeux d'un geste machinal et de piquer énergiquement ses vaches qui, prises entre deux maux, avaient fait montre de plus de logique qu'on ne leur en prête ordinairement. Cornes basses, mufle paisible, elles s'étaient contentées d'avancer…

Le guignol en chemise Lacoste put croire que ses grands gestes étaient de nature à sauver les apparences. Il ne dut pas moins se réfugier prestement sur les marches branlantes de la vieille bicoque. Et, de là, il ne put qu'assister au spectacle affligeant des vaches écrasant sans le moindre discernement les orties de « sa » cour et les consolant du dépôt de quelques fumures fumantes et odorantes…

– J'aime autant vous prévenir… avait-il encore osé proférer alors que, les bovins passés, arrivait le François.

– Me prévenir de quoi ?

Fort comme un Turc, le poil aussi noir qu'envahissant, la veste douteuse et la braie tirebouchonnante, c'était le type même, le François, de ces « vieux gars » qu'un célibat forcé poussait irrémédiablement, chaque jour un peu plus, à ne plus savoir communiquer avec les autres qu'en terme de lutte…

Le plus brave type qui soit, au demeurant ! Mais que voulez-vous, toujours seul dans sa tanière, plus ou moins conscient de ce qui finissait par lui apparaître comme une infirmité, un mal honteux : ne pas avoir su prendre femme, progressivement déshabitué, si tant est qu'il l'ait jamais été, des « façons » que nous avons pour habitude de respecter dans nos rapports avec autrui, plus rien ne comptait pour lui que la tranquillité un peu bestiale de son petit univers. L'égoïsme par la force des choses.

Alors, l'autre pantin qui l'attaquait ! François était passé. Et l'autre n'avait rien osé dire de plus.

Le bruit s'était vite répandu, dans le pays, que Félix avait vendu la Croix du Carage. Pour une nouvelle, c'était déjà une nouvelle qui valait commentaire. Le Carage, avec la ferme du François en dessous et celle du Gaston qui finissait de mourir à l'hospice en haut, c'était l'écart le plus perdu, le plus désespérément condamné du pays. Et quand le François n'y serait plus, on savait bien qu'il n'y serait guère remplacé que par les fougères, les ronces et les orties. Depuis des années, depuis qu'il avait porté la vieille mère en terre, quelques mois après le départ du Gaston et de l'Émilie, il en était le seul habitant.

Et si sa présence et celle de ses bêtes entretenaient encore un semblant de vie au Carage, longtemps on avait cru que Félix n'avait pas d'autre idée en tête que de laisser la ruine faire son œuvre sur la ferme de sa jeunesse, comme si mystérieusement, il s'acharnait sur tout ce qui pouvait lui rappeler la modestie de ses origines.

Jusque-là, le toit avait à peu près tenu le coup. Mais il y avait belle lurette que fenêtres, volets et portes avaient cédé aux coups répétés des galopins du pays. Ils n'avaient pas eu besoin d'attendre qu'on inventât une bien hypothétique maison de jeunes aux Rambarges pour venir y élire le domicile de leurs frasques et de leurs premières amours !

Et voilà qu'on apprend que Félix se serait décidé à vendre et que, par-dessus le marché, les acquéreurs ont raconté à la Julienne, sous le sceau du plus grand secret, qu'ils vont installer là… une usine !

Une usine ! La bénédiction ! Le messie ! Depuis le temps qu'on lui disait, au Maire, qu'il fallait qu'il se débrouille pour faire installer une usine au pays ! Ce n'était pas trop tôt. Et tout le monde de voir déjà la fortune sur le pays et chacun sa petite carte qu'il introduira, tous les matins, dans la fente de la pointeuse…

Las… L'usine, si elle existait bien, était dans la région lyonnaise. Et si les propriétaires, gens de beaucoup de bagout, en avaient bien rabattu les oreilles du secrétaire de mairie, avant de se confier à la Julienne, il ne s'agissait en fait que d'une éventuelle et fort fumeuse possibilité de travail à domicile pour quelques femmes. Il faut comprendre : le chemin était à peine accessible à la voiture, l'eau pas installée et le permis de construire à obtenir... Alors, les bonnes grâces locales et officielles, ça a son prix !

Mais ils en avaient tellement dit, les Lyonnais, qu'on s'y était un peu embrouillé. Et puis, vous savez ce que c'est, les secrets qui vont de bouche à oreille, ça se déforme, ça grossit...

Faute de nourrir son homme, elle en avait nourri, des conversations, l'usine. Et puis, un clou chassant l'autre, on s'était mis à parler d'autres choses, au coin du feu ou autour de la chopine, chez la Julienne. On avait oublié. Mais pas totalement, tout de même. On s'était bien étonnés qu'ils aient ainsi disparu, les fauteurs d'usine. On avait même appris un beau jour que la fameuse vente n'avait jamais eu lieu. Allez savoir pourquoi ?

Un seul savait : Le François. Il en rigolait encore à chaque fois qu'il traversait la cour de la ferme de la Croix du Carage que la ronce gagnait chaque jour un peu plus, en poussant devant lui la Blanchette et la Roussette. Que voulez-vous, c'était de sa faute, à lui, si son fusil tenait si mal accroché à la poutre du plafond ?

Pour sûr qu'ils avaient vu grand, les zigotos à l'usine. Pas pour une usine, bien sûr. Pour une

« résidence secondaire » comme ils disent. Le François n'avait pas eu bien le temps de voir le détail des plans. Mais, dans la grande colère qu'il avait montrée, il avait bien rigolé, au fond de lui-même, le jour où, tout sucre et tout miel, l'espèce d'escogriffe qui avait empêché ses vaches de passer s'était fait accompagner de sa femme pour venir frapper à sa porte.

Prétendant ignorer le mutisme renfrogné de François, semblant se trouver très bien sur les marches boueuses qu'il ne les avait pas invités à dépasser, ils avaient même eu le culot de s'extasier sur « la belle ferme que vous avez là, Monsieur François ! »

Comme s'il ne le savait pas, lui, qu'elle était toute pourrie, sa ferme, que la merde la gagnait chaque jour un peu plus et que sa flemme lui cédait toujours plus de terrain ? Tout seul, bête parmi les bêtes, ça faisait quoi qu'il y vive du matin au soir, dans la bouse ? Et même bien un peu le reste du temps. Et qui donc, croyez-vous, aurait pu faire le ménage ?

Et puis, quand ils avaient estimé qu'ils avaient débité suffisamment de fadaises, ils en étaient venus au fait… La maison… Celle de la Croix du Carage. Pour sûr qu'ils avaient de grands projets. Ils avaient même déplié les plans pour montrer au François ; lui montrer que leur « living-room », comme ils disaient, il lui fallait prendre le jour par une immense baie vitrée ouvrant au sud-est – l'orientation parfaite.

Et qu'est-ce que vous voulez que ça lui foute, au François, que le « living-room » qui allait remplacer le bout de grange où il avait bien rentré, à une époque, quinze ou vingt tonnes de foin par an, ait besoin de « l'orientation parfaite » ? Il s'en fichait comme de sa première chemise. Mais il s'était bien gardé de le dire. Il ne disait d'ailleurs rien. Mais tout, dans son attitude, parlait pour lui ! Les autres avaient bien dû en venir au fait : l'ouverture au sud-est – « l'orientation parfaite » –, elle donnait sur son pré, le fameux pré, l'ouche dont il ne pouvait sortir qu'en traversant leur cour.

– Et alors ? avait-il tout de même consenti à grogner.

Et alors ? C'était tout simple : ladite ouche, sa limite était à moins de huit mètres des fenêtres projetées. Et le beau permis de construire était revenu non signé et son éventuelle acceptation subordonnée à l'accord du propriétaire du pré, des fois que ses vaches puissent être incommodées à la vue de ce qui se passerait dans ledit « living-room »…

Pas besoin de faire un dessin au François. Il avait bien compris l'espèce de vengeance que lui offrait le sort. Mais il avait aussi compris que sa force résidait nulle part ailleurs que dans son air d'ours mal léché auquel il en rajoutait sans vergogne. Il s'était fait répéter trois fois l'histoire en dosant savamment ses perplexités et ses énervements mal contenus contre ces oiseaux rares qui lui faisaient perdre son temps. « C'est que j'n'ai pas que ça à faire, moi… C'est-y vous qui ferez mon pansage ? »

Très fier que sa patience et sa diplomatie lui aient évité, jusque-là, que la porte lui soit claquée au nez, le grand escogriffe commençait de se dire, naïvement, que, cette fois, c'était la bonne, qu'il avait enfin compris, cette espèce de paysan obtus.

Alors, le François l'avait senti à point. Et il avait attaqué.

– Mais, attendez voir, s'était-il brusquement exclamé. Vous me parlez là de transformation, de travaux, de fenêtres et de tout le bataclan. Mais ça, c'est quoi ?

Et de poser brutalement son gros doigt noirâtre sur le beau plan tout neuf.

– Ça, là, le long de votre cour et de mon pré ? C'est quoi ?

– Ben… avait bredouillé, l'autre interloqué. Ça c'est… Ben, c'est un mur de soutènement.

– Un mur de quoi ?

– Un mur de soutènement, un mur pour soutenir la cour que nous voulons remblayer. Actuellement, vous le savez bien, c'est un vrai ravin…

Il s'était redressé, le François, les avait dévisagés, l'un après l'autre, en prenant son temps. Il avait réajusté sa casquette de son geste machinal et avait enfoui brutalement ses énormes poings au fond de ses poches.

– Et mes vaches ? avait-il fini par articuler en beuglant si fort que les autres n'avaient pu s'empêcher de reculer d'un pas. Et mes vaches ? Par où qu'elles passeront, mes vaches ? Faudra peut-être qu'elles le sautent, votre mur de soutènement ?

Il y avait eu un moment de flottement des deux autres éberlués qui n'en croyaient pas leurs oreilles et qui persistaient à croire qu'il n'avait rien compris !

– Mais, Monsieur François, avait eu le culot de reprendre le grand escogriffe, il ne s'agit pas de ce mur. Il s'agit des fenêtres de notre living-room.

– Et moi je parle du mur, avait gueulé le François en bombant le torse à s'en faire péter la sous-ventrière. Par où qu'elles passeront, mes vaches ?

Ennuyés, mais alors ennuyés, qu'ils avaient l'air, les autres satisfaits de la minute d'avant…

– Mais, Monsieur François, s'était obstiné le grand sifflet déjà moins certain de ses dons innés de diplomate, il faut bien que vous compreniez que vous n'avez pas de droit de passage dans notre cour…

– Pas le droit de quoi ?

François s'était littéralement plié en deux. Et il avait éructé ces cinq mots si fort et si près du nez de l'autre qu'il en avait levé le bras devant sa figure tant le coup lui avait paru évident.

– Pas le droit de passage ! qu'il avait encore hurlé. Attendez voir !

Sa rustique silhouette s'était fondue dans l'ombre épaisse et odorante de sa tanière pour en ressortir l'instant d'après prolongée du reflet froid d'un canon de fusil !

– Cré nom de pétoire, avait-il bramé. L'a la détente facile ! Foutez-moi le camp ! Dehors ! Ou j'la chatouille ! Au diable ! Et vos fenêtres, pouvez-vous les mettre au c… tant que je ne peux pas passer avec mes vaches !

On n'avait plus jamais entendu parler de l'usine et les orties avaient pu continuer, fort civilement, de s'écarter du chemin de la Blanchette et de la Roussette, en montant à l'assaut de la ruine de la Croix du Carage…

Jamais François n'avait gâché son plaisir en le partageant avec qui que ce soit. Il avait cru pouvoir se le garder pour lui tout seul, s'en délecter à vie, comme de son exploit, sa gloire à lui, que nul autre ne pouvait comprendre et apprécier…

Et voilà que la cheminée de la Croix du Carage fumait et qu'il se passait là-dedans des choses étranges…

– C'est-y pas un malheur… Cette maison qu'on abandonne à n'importe qui… Et des prés pareils… Et ce pauvre Gaston qui a trimé toute une vie durant pour les tenir en état et en tirer de quoi faire vivre sa famille, le Félix compris… un vrai coucou, celui-là…

Il allait à grand pas sans cesser de maugréer, noyant sa frousse dans un flot de paroles plus grognées qu'articulées. Le soir venait et l'ombre montait de la vallée. Le vert des prés et des bois se mouillait de gris. Et toujours ces maudits rangs de sapins qui rayaient le pré comme autant de barreaux de prison. C'était la grande affaire, la grande religion, maintenant, ces maudits sapins, pour tous ceux qui n'avaient plus le courage de cultiver leur terre. Une engeance, un beau prétexte qu'on avait trouvé là pour mieux tuer le pays.

« Vous placez votre argent », disaient ces beaux Messieurs qui promettaient monts et merveilles à tous les retraités qui se plaignaient de ne pas tirer trois sous de leurs bouts de champs. Et les autres étaient assez bêtes pour les croire. Ou de faire comme, pour se donner bonne conscience. « Tu comprends, disaient-ils, ce que j'en fais, ce n'est pas pour moi, c'est pour mes enfants. Peut-être même mes petits-enfants… »

Et les prés se couvraient de ces ridicules petits « Noëls » qu'on coupait avant d'être mûrs pour les envoyer sécher, une fois l'an, par pleins camions, dans leurs villes du diable… Pour ce qui était du gain, comme par hasard, d'année en année, il allait en amaigrissant. Au point que ça ne couvrait plus les frais. Alors, bien souvent, ils n'étaient même pas replantés après la récolte. Et c'était un champ de plus gagné par la friche qui empoisonnait tous ses voisins de toute la ronce, de tous les genêts à balais, de toutes les fougères contre lesquelles il y avait belle lurette que le François et ses pareils avaient renoncé à se battre.

Et puis il y avait ceux comme Félix qui voyaient grand. Les « Noëls », c'était de la rigolade, de l'amusement. Eux, ils plantaient pour de bon. Pour transformer tous ces prés en épaisses futaies, pour leurs enfants ou leurs petits-enfants, comme ils disaient. Et c'était la forêt qui gagnait peu à peu, comme une lave épaisse contre laquelle on ne peut rien et qui, jour après jour, sournoisement, noie tout.

Ça vous faisait des taillis si épais, en poussant, ces cochonneries de sapins, que les chats sauvages, trop contents de l'abri inexpugnable qu'on leur fournissait à si bon compte, s'étaient remis à pulluler, au plus grand dam des braconniers. « Qu'est-ce qu'y s'croient, ces oiseaux-là, grognait le François. C'est-y qu'ils en ont honte de leur métier de paysan pour croire mieux de faire les forestiers ? »

Et il allait dans la nuit qui se faisait, longeant le ruisseau dont le talus le dissimulait à la maison du Gaston. Encore cinquante mètres et il aurait rejoint le chemin du Carage, pas bien loin au-dessus de sa ferme. Il serait bien temps d'aviser demain. Le moral lui revenait, au François qui marchait dans un lit de brume se levant doucement de la terre.

Il faisait doux pour la saison. La haie, le long du chemin, ne lui apparaissait plus que comme un long serpent plus noir que le reste. Mais il savait où il allait. Il le connaissait si bien, son coin, qu'il aurait pu y aller les yeux fermés. Et il marchait, sans plus penser aux sapins, à grandes enjambées tranquilles dans la brume qui lui montait maintenant au ventre…

Si bien qu'il ne comprit pas comment il s'était retrouvé le nez par terre si prestement que les mains lui en étaient restées collées au fond des poches ! Il boula dans l'herbe, resta un moment au sol, étourdi par la violence de sa chute, se frotta le museau qui avait récolté quelques balafres de terre en plus, fit effort pour se mettre sur son séant et, bêtement, chercha des yeux sur quoi il avait bien pu buter.

Cette fois, non seulement la nuit était faite, mais c'était son nez qui était venu se mettre à la hauteur d'une bonne brume bien épaisse. Péniblement, il se releva, grimaçant de douleur et, se tenant les reins à deux mains, il se mit en peine de retrouver l'espèce de chose un peu molle qui lui avait tendu ce piège.

Il dut tourner précautionneusement pendant cinq bonnes minutes avant de sentir, au bout de sa botte, quelque chose qui pouvait bien être la cause de sa chute. Il se pencha en tendant la main et, stupéfait, la plongea dans un tas de jeunes sapins dont les aiguilles encore vertes lui piquaient la peau. Il ferma son poing, le remonta à hauteur de son nez avec sa prise. Quelques mottes de terre pendaient encore aux racines des arbrisseaux.

– C'est pas Dieu possible : ils arrachent les sapins…

Oubliant ses douleurs, à quatre pattes, fourrageant et fouinant, le François, hors de lui, cherchait le rang. Il trouva vite un trou, puis un autre. Ayant pris le sens, il n'eut aucune peine à remonter le rang. Il n'y avait pas de doute : il était arraché de bout en bout et parsemé de tas comme celui qui l'avait flanqué par terre. Excité comme un épagneul en chasse, il prit la transversale, toujours fouinant dans une obscurité de plus en plus épaisse et humide. Il eut tôt fait de trouver l'autre rang… tout aussi arraché que le premier.

– C'est pas Dieu possible, continuait de grommeler le François qui ne croyait ni à Dieu ni au diable (encore que…) et qui vouait, l'instant d'avant, tous les sapins du monde aux gémonies. Ils les ont tous arrachés… C'est pas Dieu possible. Un travail pareil… C'est un vrai carnage. Les fumiers ! Les ordures ! Arracher tous ces sapins…

Elle était oubliée, la grande frousse de tout à l'heure. Il était furieux, le François, hors de lui. Qu'il s'agisse de sapins et, par-dessus le marché, des sapins encombrant le pré de son vieux pote le Gaston, les sapins de cette autre ordure de Félix, tout ça additionné, comparé à ces étrangers qu'il n'avait même jamais vus, dont il ne savait pas comment ils étaient faits, et qui s'étaient permis la fantaisie de mépriser le fruit d'un travail, ça comptait pour quoi ?

– Vont voir de quel bois je me chauffe…

Une pauvre poignée de sapins arrachés pendant au bout de son énorme poigne, le François avait gagné la haie, l'avait franchie et montait à grand pas vers la Croix du Carage. Déjà il devinait la grande masse noire de la maison du Gaston aux fenêtres de laquelle brillait une vague lueur. Il tendait haut le bras devant lui, brandissant ces dépouilles de sapins comme une plaie béante hurlant vengeance, lorsqu'il fut tout à coup pétrifié : dans la nuit d'encre, là, tout près, une cloche s'était mise à sonner… À coups espacés, très graves, très profonds, résonnant longtemps dans le silence vespéral qui semblait porter le son loin, très loin, là-bas, vers « la ville » sur la montagne…

Une cloche… Une cloche dont les battements paisibles faisaient, par vagues successives, remonter du fond des brumes les plus profondes de la mémoire de François cette histoire racontée, jadis, par son père, alors qu'il n'était qu'un enfant. La cloche du Carage… Son souvenir imprécis ne parvenait plus guère à distinguer les uns des autres les personnages rendus plus fantastiques encore par le temps passé. Mais il se souvenait parfaitement, en revanche, des inquiétudes un peu superstitieuses exprimées par le regard de son père, pendant qu'il racontait tout ça.

Et la peur remontait en lui par grandes et puissantes vagues irrésistibles. Il restait là, planté au bord du chemin, pétrifié, à ne plus savoir à quel saint se vouer. Continuer ? Plutôt mourir ! S'en aller ? Où ? Il allait crever de frousse toute la nuit dans sa masure à la seule idée de tous ces bruits qu'il avait entendus là-dedans et qui, déjà, le temps passant, prenaient dans sa tête des allures d'effroyables vacarmes... Et maintenant cette cloche qui n'en finissait pas de sonner. Aller où ? Prévenir qui ? Parler de tout ça ? Jamais ! C'était son secret, son affaire à lui.

Il restait là, incapable d'un geste, d'une décision, en proie à tous ces souvenirs, toutes ces idées folles qui menaient la sarabande dans sa pauvre tête décidément peu faite pour toutes ces affaires. Longtemps encore, la cloche sonna. Et ses coups réguliers, sans hâte, battaient aux tempes du pauvre François, à les rompre.

Puis, ce fut le silence. Plus lourd peut-être encore à porter. Presque aussitôt, il y eut, sur la gauche, un bruit léger. Dans la vague lueur que commençait de répandre la lune montante à travers la brume, il vit une silhouette qui longeait la maison, grande, énorme. Un instant elle se découpa plus nettement encore sur la lumière d'une fenêtre. Puis il y eut le grincement et les raclements de la vieille porte du Gaston à moitié disjointe.

Un son que François connaissait bien et qui le ramena à moitié à la réalité. Alors, épaules voûtées et jambes molles, il tourna talons et repartit le plus silencieusement possible vers sa tanière…

Au milieu du chemin, subsistait un ridicule petit tas de sapins et de mottes de terre adhérant encore à leurs racines…

IV

COMME À SON HABITUDE, Lachenaye s'était levé bien avant le jour. Il s'était préparé un solide petit déjeuner, avait bu son café à petites lampées, sans se presser, en régalant ses vieilles mains pressées sur le bol, de la douce chaleur qui en émanait.

Puis il avait enfilé ses bottes, s'était couvert avec soin et avait mis le nez dehors. Son chien l'y attendait déjà. C'était une sorte de gros barbet grisâtre au regard humide et à la queue frétillante qui n'avait pas inventé la poudre mais à qui ni Dieu ni maître ne pouvait en remontrer en matière de fidélité. Il se serait fait tailler en pièces plutôt que de renoncer à coller au moindre pas du Lachenaye.

– On y va ? grogna le vieux en lissant une longue caresse sur le crâne du chien éperdu d'aise.

Comme si ça se discutait ! Il bondissait déjà devant Lachenaye de droite et de gauche cherchant à deviner, dans sa bonne grosse tête de chien, la direction qu'on allait prendre. Allons bon. Quoi encore ?

Planté au milieu de sa cour, appuyé au bâton dont il avait pris l'habitude de soutenir sa marche, le vieux restait là, immobile comme un qui écoute un bruit venu de très loin. De surprise, le chien s'était figé et, immobile, il ne lâchait plus son maître des yeux, la langue pendante. Alors ? On y va, oui ou non ?

Lachenaye hésita longtemps. Pour sûr qu'une nuit de sommeil là-dessus ça vous faisait monter des doutes à la tête. Et, là, dans la nuit froide que n'éclairaient encore que très vaguement quelques lueurs venues de l'est, il ne l'aurait pas juré qu'il l'avait bien entendue, hier soir, cette satanée cloche !

Une cloche... Mais d'où cela pouvait bien venir ? Il était sorti, la veille au soir, à la nuit juste faite, pour prendre quelques bûches. Il faisait doux. Une brume laiteuse montait doucement de la vallée, léchant les prés, noyant les silhouettes sombres des maisons du bourg, en face de lui, partant à l'assaut du col, en grandes écharpes grises. Debout sur son perron, il avait sorti sa pipe et son paquet de gris et s'en était bourré une en se délectant du spectacle. C'est qu'il devenait poète, avec l'âge, le Lachenaye !

Son chien, bien entendu, avait renoncé au coin du feu pour venir le rejoindre. Avant d'allumer sa pipe, il s'était penché pour le caresser. Et il était là à battre son briquet quand ça s'était mis à sonner.

Lent, sourd, un son pourtant étrangement pur qui semblait couler sur la brume qui montait. Lachenaye en était resté figé, le briquet à mi-course de la pipe. Il l'avait éteint en rabattant le couvercle d'un coup sec et, toujours immobile, était resté longtemps à écouter. Pas de doute : ça venait des parages du Carage. Et ça continuait « bang… bang… bang… », comme un étrange appel qui, bien malgré lui, lui avait retourné les tripes.

C'était quoi ? C'était qui, cette cloche ? Tu parles d'une journée ! Il faudra en avoir le cœur net dès demain. Les histoires de revenants, ce n'était pas pour Lachenaye. S'il y avait un petit plaisantin là-dessous, sûr qu'il en aurait le cœur net.

La cloche avait fini par s'arrêter de sonner. Lachenaye était allé au bout de son geste et il avait tiré de sa pipe de grands nuages de fumée grise. Il était allé chercher ses bûches et en avait nourri sa cheminée avant de s'installer dans son fauteuil et d'y fumer tranquillement sa pipe, son chien roulé en boule à ses pieds. Parfaitement immobile, les jambes étirées vers le feu, les bras sur les accoudoirs du fauteuil et tenant sa pipe à deux mains, il repassait lentement dans sa tête chaque instant de cette journée pas comme les autres. Et plus il allait et moins il comprenait… Il se passait quelque chose qui lui échappait. Et ça, le vieux Lachenaye, c'était plus qu'il n'en pouvait supporter.

– Faudra bien comprendre, maugréa-t-il en tapotant le fourneau de sa pipe sur un chenet de la cheminée. Demain, j'y vais voir…

Mais aller voir où ? Aller voir qui ? C'était ce qui l'avait fait longuement hésiter dans sa cour, appuyé à son bâton, alors que son chien, aussi immobile que lui, cherchait à comprendre. Le patron hésitant, c'était bien rare !

– Allez, on y va ! répéta-t-il.

Cette fois, le ton n'était plus à l'interrogation. Les gambades canines reprirent instantanément et le rythme régulier du bâton cognant les pierres du chemin annonça des ivresses de galops et de jeux, dans les bois.

Sans plus hésiter, Lachenaye avait enfilé le chemin du Courtil qui montait droit dans les bois sans s'embarrasser du passage plus facile du col. Il avait idée que, si c'était là-haut que ça se passait, vers le Carage, il ne serait peut-être pas trop bien venu d'y arriver tout droit. Alors il montait dans les bois, à grandes enjambées bien rythmées, sans hâte, aimant faire naître sous ses pas des gerbes brunes de feuilles mortes que rien n'avait dérangées depuis l'automne. Ça vous faisait un doux coussin, légèrement chuintant aux pieds, dont le vieux aimait le confort.

D'instant en instant, la lumière se faisait plus précise. Le jour serait gris. Mais il ne pleuvrait pas. C'était déjà ça de pris. Il faisait froid, un petit froid sec qui avivait les choses et environnait les êtres d'un léger nuage de douce vapeur. On sentait le printemps. Mais il n'était pas encore là et la nature, prudente, n'avait pas encore poussé le moindre bourgeon hors de son abri hivernal. Avec le jour qui venait, de temps à autre, Lachenaye devinait, au pied de quelque hêtre, une touffe discrète de perce-neige, seule concession à l'imminence de l'évènement dont on sentait malgré tout qu'il gonflait le moindre rameau, la moindre touffe d'herbe d'une vitalité qui les ferait péter si le jour ne venait pas de sa libération.

En atteignant le grand carrefour, sur la crête, Lachenaye s'adossa quelques instants au fût du chêne qui en marquait le centre, histoire de souffler un peu. On avait beau être solide, on n'avait plus ses jambes de vingt ans. Son chien vint quémander quelques caresses. Et il était là, bêtement, à le trifouiller derrière l'oreille quand revint de là-bas, à l'ouest, lent, profond et pourtant étrangement cristallin, le battement régulier de cette cloche du diable.

Pour le coup, sans comprendre ce qui lui arrivait, il se fit envoyer paître, le chien. Et Lachenaye reprit sa marche, du même pas ample et régulier, juste un peu plus rapide qu'avant la halte.

Elle sonnait, sonnait, sonnait toujours... Pas de doute : c'était vers le Carage que ça se passait. L'autre crasseux de François ? Était-il devenu fou ?

Et où l'aurait trouvée, cette cloche ? La maison du dessus, au col, à la croix ? Le Gaston et l'Émilie étaient déjà à l'hospice depuis belle lurette lorsque Lachenaye était revenu au pays. À peine s'il eut le temps de sourire du projet d'usine qui avait nourri un temps les conversations... Dans cette ruine ? Qui donc pouvait bien avoir l'idée d'aller s'installer là ? Et faudrait-il encore que le Félix soit d'accord...

Les brumes qui couraient les fonds de vallées, depuis le matin, avaient fini par se replier en bon ordre. Un bon soleil presque chaud chauffait doucement la campagne, lui donnant un faux air de printemps et faisant piquer une suée au François qui s'accordait encore deux brouettes de fumier avant la pose de midi. Attentif à son équilibre précaire sur les planches dégoulinantes de purin qui escaladaient une fumière débordante de ce que les champs désormais incultes ne recevaient plus, il n'avait pas entendu arriver Lachenaye. Et il faillit bien basculer de surprise dans le fumier lorsque l'autre l'interpella.

– Oh, l'François, c'est-y donc que t'as un voisin à c't'heure ?

– Lachenaye ! Parlez d'une surprise ! Faut prévenir, vieux gars. Un peu de plus, j'y allais dans la merde !

– N'aurait pas changé grand-chose. Alors, tu le sais que tu as un voisin ?

Embêté, mais alors embêté, le François ! Ce que c'est que de répondre à une pareille question. Ça se réfléchit, ça. Il hocha trois ou quatre fois la tête, toujours bouche cousue, et s'appliqua à vider sa brouette sans trop se presser pendant que l'autre vieux futé, là-dessous, le surveillait tout en bourrant sa pipe.

– Alors ? Qu'est-ce que t'en dis de plus être le seul administré de ta cambuse ?

Il fallait bien répondre. Mais répondre quoi ? Raconter quoi ? Tout ce qui s'était passé la veille ? Il aurait l'air malin ! Alors quoi ?

– Viens donc à la maison que j'te serve un verre.

Pour le coup, c'était Lachenaye qui restait sans voix. Les coups à boire du François, pour rares qu'ils étaient, on s'en méfiait, au pays. Sa piquette, on ne savait pas trop d'où il la tirait. Mais pour sûr qu'elle râpait ! Et l'odeur… Mais quoi : il fallait bien savoir.

– Pose-la ta brouette et viens donc. Je n'ai pas que ça à faire.

Ils avaient gagné la porte du bouge et Lachenaye, un peu à contrecœur, avait suivi le vieux gars dans l'ombre odoriférante du couloir.

La salle était vaste et guère plus lumineuse que le corridor par lequel ils étaient entrés.

– Pose-toi donc…

Le François fourrageait déjà dans un immense buffet dont le vieux bois se confondait avec les traces de fumée qui tenaient lieu de tapisserie aux murs.

– Alors, s'impatientait Lachenaye, il s'est installé comme ça, sans demander quoi ou qu'est-ce ?

François avait posé deux verres douteux sur la graisse de la table et s'échinait à les remplir sans faux col et sans en faire verser une goutte. C'est pas tous les jours qu'on a de la visite. Faut savoir ! Pour un peu, il en aurait tiré la langue d'application.

– T'as perdu ta langue ou quoi ?

Il fallait bien répondre. Mais quoi ?

– Ben… commença-t-il sans se compromettre.
Et il fit traîner le silence qui suivit au-delà de toute limite raisonnable. Lachenaye en commençait à se trémousser sur sa chaise et la casquette sur les yeux était annonciatrice de tempête. Il n'avait pas accepté de suivre le bougre dans sa bauge pour se faire traîner en longueur.

– On va tout de même pas y passer Noël. C'est pas la mer à boire que de me dire comment il a débarqué là, l'autre loustic. Il est venu te voir, oui ou non.

– Penses-tu !

C'était laconique mais déjà un peu plus précis.

– Et toi, t'as rien dit ?

– Et quoi qu'tu veux que j'dise ? C'est pas chez moi.

Ma foi, ce n'était pas faux.

– T'aurais pu prévenir.

– Qui ? Les gendarmes ?

Il avait toujours le dernier mot, l'animal. Lachenaye préféra changer de sujet. Il n'était pas venu là pour chercher querelle au François mais pour en savoir plus sur celui que, faute de mieux, il avait déjà pris l'habitude d'appeler « le grand loustic ».

– Il t'a causé ?

– On s'est même jamais croisé.

– Et toi, t'as pas cherché à le voir ?

– Pour le voir, pour sûr que c'est pas difficile. Suffit de regarder. Mais pour l'approcher, bernique.

– Bernique ? Et pourquoi donc ?

– Tu sais pas c'qui s'y passe, toi, là-dedans.

– Et qu'est-ce qui s'y passe ?

Il n'avait pourtant pas rêvé, le François. Dans l'expectative, il lança un regard torve au Lachenaye, des fois que l'autre se fichait de lui. Il n'en avait pourtant pas l'air.

– Et puis d'abord, comment t'as su qu'il était au Carage ?

– Fallait pas être bien malin pour le deviner. Avec le boucan qu'elle mène, sa cloche.

Il n'avait donc pas rêvé ! Ça le soulageait qu'un autre lui en parle. Alors ils en avaient parlé. Mais il y avait les sapins. Et alors, là, les sapins, ça l'embêtait, le François, que Lachenay n'en dise pas un mot, comme s'il ne savait pas. De quoi avait-il l'air, maintenant, lui, avec son histoire de sapins qui lui rentrait de plus en plus dans la gorge au fur et à mesure qu'avançait la conversation et se suivaient les verres qu'il remplissait, sitôt vides ?

Il piquait bien un peu, le vin du François. Mais il fallait s'y faire. Et, ma foi, apparemment le gosier du Lachenaye qui en avait vu d'autres s'y était fait sans trop de difficulté.

– Et le Félix ? T'as pas vu le Félix ?

– Bien rare que je cherche à le voir, celui-là. Tout ça, c'est ses oignons. N'a qu'à s'en débrouiller.

– Il vient bien des fois, par ici ? C'est chez lui, là-haut, après tout.

– Tu penses ! La maison et la grange, n'y a plus mis les pieds depuis qu'il en a viré ses parents. Il attend qu'elles viennent totalement en ruines. Et les prés, depuis qu'il les a mis en sapins, n'y est peut-être pas venu trois fois.

– Alors l'autre, là-haut, il est bien tranquille. Il a dû le mijoter, son coup.

– C'que j'sais, moi ! Mais c'est tout de même pas des façons de s'installer comme ça chez les gens sans s'annoncer et sans même dire « me v'là » au voisinage.

Sur cette forte pensée, ils rincèrent leur verre d'un même geste à l'unisson de deux qui sont bien d'accord et restèrent un long moment silencieux. Un tel comportement, ce n'est pas du commun. Ça se rumine.

– J'vais y aller, moi.

– T'es pas fou ! J'te dis : y s'passe des choses pas claires, là-haut. N'y va pas. C'est dangereux. Et puis, c'est pas notre affaire.

– Qu'est-ce tu radotes ? T'es trop seul, le François. Tes idées, elles deviennent bizarres. Un clochard dans une ruine qui m'arrêterait ! Ferait beau voir ! Mets-en donc un dernier. Et j'y vais.

Rien de mieux qu'un coup de rouge, même râpeux comme celui du François, pour vous mettre de l'ardeur au ventre. C'est qu'il vous mettrait des inquiétudes dans la caboche, avec ses histoires à dormir debout, l'autre vieux *breulot*.

Lachenaye vida son verre avec encore plus d'entrain que pour tous ceux de la série pourtant fort longue qui l'avait précédé, se leva brutalement, rétablit de justesse un équilibre quelque peu hésitant, réajusta sa casquette et visa la porte qui formait le seul rectangle de lumière qu'on put trouver tout alentour. Il n'y avait pas à se tromper.

– N'y va pas Lachenaye. C'est pas clair tout ça !

Il en tenait une bonne, le François ! Et c'était sans vergogne qu'il raccrochait, à la traîne de Lachenaye, un pas complètement chancelant à tout ce qui lui paraissait avoir gardé suffisamment de bon sens pour être encore solide.

– N'y va pas, que j'te dis… T'arrivera un malheur !

Il y tenait. Lachenaye eut un haussement d'épaule qui eut pour effet de le faire rebondir d'un mur à l'autre. Il s'arrêta sur le pas de la porte, jambes légèrement écartées, aspira profondément un air enfin respirable, y retrouva suffisamment d'esprit et d'équilibre pour continuer son chemin, et s'en fut.

– J't'aurais prévenu. Faudra pas venir te plaindre, vieux gars, qu'il continuait de pleurnicher le François affalé contre le chambranle branlant de sa porte.

– Et puis… Et puis… qu'il hésitait, il y a… il y a… Et puis zut ! Il fallait bien le dire.

– Arrête, Lachenaye, vieux gars. J't'ai pas tout dit… Y a pire… Bien pire…

L'autre s'était immobilisé au milieu de la cour, droit comme un I, les pieds rivés dans une bonne couche de fumier bien dilué. Lentement, très lentement, il effectua un demi-tour aussi réglementaire qu'il put.

– Quoi qu'tu m'as pas dit ? Attention François ! Faut rien cacher à Lachenaye. Sinon…

Et, de son bâton, il promettait toutes les corrections du monde.

– Je sais… Je sais… articulait François, toujours cramponné au chambranle de sa porte. J'aurais pas dû. Mais t'es un bon gars, toi. Quand tu sauras, tu comprendras.

– Et quoi que je saurais ?

Il commençait à l'échauffer, l'autre, avec ses mystères. Mais, surtout, à travers les brumes de sa cuite qu'éclaircissait un peu l'air de la cour, une grande curiosité montait chez Lachenaye. Comme si ça ne suffisait pas comme ça, toutes ces histoires. Qu'avait-il encore à dire ?

Lentement, à pas plus assurés, il était revenu jusqu'au François et l'avait pris par le revers de la veste. Tout baraqué qu'il était, le vieux Lachenaye, il n'aurait pourtant pas fait le poids face à la carrure d'ours du vieux gars. Mais on savait bien que, même à jeun, il n'aurait pas fait de mal à une mouche. Alors, fin cuit comme il l'était…

– Qu'est-ce que t'as encore à me dire ? Faut parler, le François. Si tu dis rien, t'es complice !

L'autre tenta une énergique dénégation du chef qu'il interrompit vite de peur que le monde ne s'effondrât en même temps que lui.

– Risque pas…

– Risque pas quoi ?

– Que je sois complice.

– Complice de quoi ? Tu vas parler où j'm'y mets pour de vrai, en colère ?

Soutenu à demi par sa porte et à demi par la prise du Lachenaye sur le revers de sa veste, le François ébaucha un vague geste d'apaisement.

– Bon, ben si c'est ça, j'va t'y montrer.

– Et tu vas me montrer quoi ?

– Viens seulement.

Et, joignant le geste à la parole, il plongea littéralement, abandonnant fort imprudemment le seul point d'équilibre qu'il empruntait jusque-là au chambranle de porte. Il pirouetta autour du poing de Lachenaye qui ne lâchait pas prise, tricotant des jambes et ramant tant et plus des bras, à la quête désespérée d'une verticalité évaporée. Il faillit s'allonger de tout son long dans la merde de sa cour, et ne dut son salut final qu'a l'énergie du vieux. Enfin stabilisé, ou à peu près, à l'intérieur d'un polygone de sustentation hésitant, fourrageant dans sa casquette comme si c'était de là que lui venaient tous ses problèmes, il poussa un profond soupir.

– Va falloir qu'tu m'aides, vieux gars...

– T'as intérêt à ce que ça vaille le coup.

– Marche seulement ! Tu seras pas déçu.

Et suspendu littéralement à l'épaule de Lachenaye dont le pas n'était pas des plus fermes, de son bras resté libre, il faisait de grands gestes devant lui, comme pour montrer déjà l'énormité de ce qu'il annonçait.

– C'est loin ?

Lachenaye commençait à fatiguer. Et l'autre aviné qui ne faisait plus le moindre effort pour se tenir.

– Marche, marche toujours. C'est là, là plus loin...

Ils avaient quitté la cour fangeuse du François et remontaient le chemin de la Croix du Carage.

– Cré nom... Mais... Mais qu'est-ce qu'il fabrique, celui-là ? Mais Bon Dieu, il les arrache !

Lachenaye avait pilé sec au risque d'envoyer bouler au sol l'outre molle de François. Là, de l'autre côté de la haie, sur la croupe du pré, il venait de voir une grande silhouette mal fagotée dans un grand manteau gris, qui avançait penchée en avant, armée d'une bêche.

Tous les trois pas, très régulièrement, l'homme lançait le fer de son outil, se penchait prestement et l'on voyait très bien gigoter au bout de son bras, à chaque fois qu'il se redressait, les branches dérisoires d'un petit sapin au pied encore pris dans sa motte de terre. Le temps d'avancer de trois pas, il le rejetait sur le côté, plantait le fer de sa bêche et le manège recommençait.

– Mais il les arrache !

– Qu'est-ce que j'avais dit ?

– Tu ne m'avais rien dit du tout, sac à vin. Attends un peu que je m'en mêle…

Et Lachenaye avançait déjà, prêt à héler l'arracheur de sapins.

– Chut…

Un gros doigt noir devant sa bouche en cul de poule, le François avait rassemblé tout ce qui lui restait d'énergie pour barrer la route au Lachenaye.

– Chut ! répétait-il. T'en mêle pas. C'est pas nos oignons.

– Rare que je ne m'en mêle pas ! Pousse-toi donc.

Mais il n'y avait rien à faire. Il restait là planté comme une baudruche un peu molle mais bougrement lourde, le François, à secouer énergiquement Lachenaye aux épaules.

– C'est pas nos oignons, qu'il répétait. Ces putains de sapins, j'en aurais chialé quand l'autre enfoiré de Félix les a plantés en travers du pré au Gaston. Alors, si ce n'était pas ce type-là, un je ne sais quoi, un même pas… un rien du tout, quoi, vu qu'on le connaît même pas, ça me ferait plutôt plaisir qu'ils soient arrachés. Mais, surtout, le Félix, plus jamais de la vie j'veux avoir à faire à lui. Plus jamais, tu m'entends, jamais… Alors, t'en mêle pas… Ses affaires, n'a qu'à les arranger lui-même…

Jamais il n'en avait sorti si long d'un coup, le François ! Interloqué, Lachenaye restait planté au milieu du chemin à considérer le vieux gars et à essayer de mettre en ordre ses idées. Et s'il avait raison, le bougre ? Après tout, ces sapins, c'était bien une engeance, un malheur pour le pays. Le Félix, n'avait qu'à s'en occuper lui-même. On lui en avait assez voulu, au pays, de les avoir plantés…

Oui mais l'autre, le grand *breulot*, là-haut, qui s'était redressé et qui, benoîtement, planté au milieu de son pré, ne se gênait pas pour leur montrer qu'il les avait bien vus et qu'il attendait, pour voir, comme s'il était au spectacle. Il fallait tout de même savoir qui c'était, cet oiseau-là, ce qu'il voulait, ce qu'il faisait là, au pays, à se conduire comme en terre conquise.

– J'y vais.

– Alors, laisse-moi le temps de rentrer chez moi. Ça m'intéresse pas, tout ça. Si tu veux t'en mêler, moi, j'm'en va…

Et, chancelant, occupant presque toute la largeur du chemin, peinant pour ne pas se faire entraîner par la pente, le François tourna le dos au Lachenaye et reprit le chemin de sa bauge.

Resté seul, le vieux en fut quitte pour sa perplexité. Pour le coup, ça ne lui disait pas de trop de se retrouver du côté du Félix. Il n'avait pas tort, le François, quand il disait que ce fumier-là n'avait qu'à s'occuper de ses fesses lui-même. Mais laisser l'autre étranger comme ça ? S'en retourner au pays sans savoir quoi ou qu'est-ce ? De quoi aurait-il l'air ?

François venait de tourner le coin de son étable. Lentement Lachenaye fit demi-tour et reporta son regard sur l'autre escogriffe, dans son pré. Tranquillement, comme si de rien n'était, il avait repris son travail et, bien régulièrement, comme une machine bien huilée, arrachait les sapins l'un après l'autre et les rejetait sur le côté.

– J'y vais, répéta Lachenaye.

Et il reprit sa marche, montant le chemin pour venir au plus près de l'énergumène sans entrer dans le pré.

– Hé, là-haut ! Qu'est-ce que vous fabriquez ?

Sans se presser, l'autre se redressa, déployant sa taille immense. Il suivit des yeux un dernier sapin qu'il rejetait et se retourna enfin vers Lachenaye.

– Ça ne se voit pas ?

Il se foutait de lui ou quoi ?

– C'est le Félix qui vous fait faire ça ?

– Z'êtes de la police ?

Pour le coup, il commençait à lui chauffer les oreilles !

– Je vous ai posé une question.

– Et je vous ai répondu. Si vous voulez en savoir plus, vous n'avez qu'à lui demander vous-même, à votre Félix…

Et il s'était remis à son travail, benoîtement.

Lachenaye enrageait. Ça ne se passerait pas comme ça.

– Et d'abord tu es qui, toi ? Descends un peu qu'on cause.

L'autre restait plié sur son travail, comme sourd, et les sapins continuaient de tomber à sa gauche, bien régulièrement.

– T'as entendu ce que je t'ai dit ?

Rien ! Rien que la bêche qui s'acharnait à tomber régulièrement et le geste régulier qui rejetait les jeunes plants arrachés.

– Faut-il que j'aille te chercher ?

Il perdait la tête, le Lachenaye. Ça devait bien le faire rigoler, l'autre enfoiré, là-haut. Au point qu'il finit par daigner se redresser à nouveau et se tourner aussi lentement que la première fois.

– Vous n'êtes pas capable… dit-il.

– Viens ici qu'on cause.

– D'abord, je n'ai pas élevé les cochons avec vous pour que vous me disiez tu. Après, pourquoi je descendrais ? Voyez pas que je travaille ? Une autre fois, peut-être, quand on se parlera mieux.

Et, une nouvelle fois, le dos s'était voûté, la bêche était tombée et un jeune sapin avait volé…

Lachenaye était resté planté là, sur le bord du chemin, contre la haie, sans voix. Il l'avait roulé, le grand loustic. Et, tout malin qu'il était, le vieux ne savait plus quelle contenance prendre. Partir ? Jamais ! C'était s'avouer vaincu. Et comment expliquer ça au pays ? Un coup à se faire rigoler au nez et à y laisser sa réputation. Insister ? Il savait bien qu'il n'en tirerait rien de plus.

Il en oubliait même son chien qui, à ses pieds, lui réclamait désespérément une caresse.

– Attends voir. Faut ruser. J'vais lui en jouer une bonne. Il ne m'aura pas comme ça !

Et il reprit sans se presser l'ascension du chemin de la Croix du Carage.

L'autre rigolait doucement en travaillant. On ne pouvait pas dire qu'il ne s'y attendait pas, à une attaque comme celle-là. Mais, pour dire, il trouvait que ça s'était plutôt bien passé. Mieux qu'il espérait. Il avait pourtant de l'allure, le vieux, dans sa veste de velours et avec ses grandes moustaches grisonnantes. Mais il ne devait pas être trop clair pour attaquer comme ça, bêtement, à découvert, en lui laissant l'avantage, à lui qui prenait trop de plaisir à ce travail pour accepter comme ça de l'arrêter, ne serait-ce qu'un instant.

Il était heureux. Il goûtait son plaisir de sentir l'effort, ses muscles qui jouaient bien, régulièrement, avec une paisible puissance, et ce geste répété inlassablement, dans sa simple efficacité.

Sous un ciel bas et plombé, il continuait de faire un petit froid sec qu'il percevait, tout autour de lui, sans le ressentir directement, protégé qu'il était par l'échauffement de l'effort. Un état qu'il aimait et qu'il faisait durer à plaisir. Ces sapins qu'il avait eu tout à coup l'idée d'arracher tous, un par un, très méthodiquement, jusqu'à ce que les prés aient retrouvé leur allure d'antan, et cette cloche qu'il avait suspendue à la maîtresse branche du vieux noyer… Des idées, ça ; de riches idées qu'il avait eues là.

– C'est l'heure, décréta-t-il.

Il se redressa lentement, se retourna et contempla longuement son étrange travail de la matinée, appuyé au manche de sa bêche. Il eut un bref hochement de tête de satisfaction.

– C'est pas rapide, rapide. Mais on y arrivera.

L'outil au bout du bras, il prit le chemin de la maison, biaisant à travers le pré. Il se faufila dans un trou de la haie, qu'il avait déjà quelque peu élargi de ses passages biquotidiens, et traversa le vieux carrefour au milieu duquel on ne sait trop par quel hasard les tracteurs avaient oublié de détruire le socle en pierre d'une croix depuis longtemps disparue. Aux quatre points cardinaux, des pierres renversées et, pour deux d'entre elles, à moitié enterrées, marquaient encore ce qui avait été le terrain sacré du calvaire que plus rien ni personne ne respectait.

La maison du Gaston, dans laquelle il avait pris ses quartiers, dominait le carrefour du fond d'un léger repli de terrain qui l'abritait des vents s'engouffrant à longueur d'hiver dans le col. Un chemin y montait, raide et bref, déjà amplement rétréci, malgré l'antique empierrage, par les gains sournois et annuels de la broussaille. Au passage, il y flanqua un grand coup de bêche.

– Charogne. Un jour, je raserai tout ça.

Des projets ! L'idée seule de faire des projets le mettait en joie. « Un jour… » Déjà, il lui fallait programmer ! Bientôt il serait débordé.

– Risque pas, pensa-t-il. Il suffit de se contenter de ce qu'il y a et de ne pas en demander plus. Ce qui se fait est bien. Ce qui n'est pas fait sera pour plus tard.

Il posa sa bêche contre la haute pierre dressée qui marquait l'entrée de la cour. Celle-là, son premier travail avait été de la dégager des ronces et des fanes d'orties et de fougères qui l'accablaient. Un grand bloc de granit brut planté là tout droit, sans une marque, sans le moindre polissage. « Trop fier ! » avait-il pensé. Cette rusticité qui avait résisté à tous les asservissements lui faisait plaisir. C'était pour ça qu'elle avait été la première à bénéficier de ses soins.

– Qu'est-ce que vous fichez là ?

En détachant les yeux de sa pierre dressée, il était tombé nez à nez avec le grand vieux moustachu qui l'avait accroché tout à l'heure depuis le chemin. Il était benoîtement assis sur les marches disjointes du perron, sa canne entre les jambes et une espèce de barbet hirsute roulé en boule à ses pieds. Il souriait et ce sourire-là lui avait plu. Il gagnait à être vu de près, le vieux. Mais il ne fallait pas le dire...

– Vous allez déguerpir. Et plus vite que ça.

– C'est Félix qui vous a donné l'ordre de garder sa ruine ?

Il commençait à lui casser les pieds avec son Félix.

– Votre Félix, vous pouvez vous le mettre où je pense. Si vous avez des questions à lui poser, ce n'est pas à moi qu'il faut vous adresser. En attendant, du balai !

Lachenaye s'était levé. Il s'était soigneusement épousseté le fond de culotte, des deux mains et il avait fait celui qui partait comme si c'était tant pis pour l'autre.

– C'est bien. J'm'en vais. C'est dommage…

L'autre avait hésité. Qu'est-ce que ça voulait dire, ce dommage-là ?

– Si vous avez quelque chose à dire, dites-le qu'on n'en parle plus.

Il y eut une brève lueur au fond de l'œil de Lachenaye.

– Oh, non… Rien…

– Quoi rien ?

– Ce que j'en disais, moi, c'était pour vous…

Mal à l'aise, l'arracheur de sapins ! Il le sentait bien que, cette fois, ce n'était plus le même qui menait le jeu. La piquette du François, Lachenaye avait eu le temps de la cuver. Il avait retrouvé ses esprits. Et, madré, il continuait de faire celui qui allait partir.

– Pour moi quoi ? avait-il fini par lâcher comme un qui n'attend plus que d'être ferré pour être tout bon.

Lachenaye eut un haussement d'épaule dubitatif. Il observait la pointe de ses chaussures en se lissant la moustache, le bâton sous le bras.

– Pour vous… C'est pour dire… Ça dépend…

Il allait tourner longtemps autour du pot ?

– Ça dépend de quoi ?

Pour le coup, il s'était redressé tout droit, le Lachenaye. Le bâton avait fait un léger « plop » en arrivant au sol et la main du vieux s'y appuyait maintenant fermement comme pour donner plus de taille encore à une silhouette toute gonflée de son importance.

– Ça dépend de ce que t'es venu faire ici. Que tu t'installes chez le Félix, même que t'arraches ses sapins si ça te chante, j'en ai rien à battre. C'est ton problème et celui du Félix qu'on n'aime pas suffisamment, par ici, pour prendre sa défense à ce point-là. Mais, tu comprends, des fois que tes fantaisies, t'aies envie de les pousser un peu plus loin… Faudrait savoir… Qu'est-ce que t'es venu faire par ici ? On se connaît tous, dans le pays, on s'entend plutôt bien et on vit tranquilles. Alors, un comme toi qui débarque, qui commence par se foutre de la gueule des gens comme tu l'as fait, l'autre soir, devant le café, qui nous sonne de la cloche sans curé, matin et soir, et qui arrache des sapins qui lui ont rien fait, faut comprendre, on veut savoir…

– Et s'il n'y avait rien à savoir ?

– Rien ? Là, mon gars, t'y vas fort. Avec la liste que je viens de me fatiguer à te faire, en deux jours de temps, tu crois pas qu'on a le droit de s'en poser, des questions ? Et même qu'on n'est pas les seuls à se les poser, ces questions-là. Tu le sais qu'ils étaient dans le village, les gendarmes, le lendemain matin de ton arrivée ?… Tu ne la savais pas, celle-là ?… Et pour quoi crois-tu qu'ils avaient fait le déplacement de la brigade ? Faut te faire un dessin ? Ce que j'en dis, moi… Si c'était un peu de ton avantage qu'on fasse connaissance ? Peut-être bien que ça pourrait te servir à quelque chose d'avoir un ou deux amis, dans le pays, le temps que tu y seras ?

– Parce que vous voulez être mon ami ?

– J'ai pas dit ça… Ça dépend de toi, de ce que tu veux, de ce que tu as dans le ventre. Que ce soit ton plaisir d'être un pouilleux qui n'a rien au monde, ça te regarde, c'est pas mon affaire. Si tu viens ici juste comme ça, pour pas marcher sur les pieds des gens, peut-être bien qu'on pourra s'entendre. Mais si tu viens ici pour semer la m…, pour sûr qu'on sera pas amis.

L'évidence même. Ils étaient restés un long moment face à face, à jouer au plongeon, à qui irait le plus loin, le plus profond dans le regard de l'autre. Ils se mesuraient, se jaugeaient et le seul spectateur qu'ils auraient pu avoir ne savait pas ce qu'il perdait à cuver son vin, là-bas, au plus profond de sa bauge, et à avoir la caboche bien trop dure pour comprendre toute la subtilité du moment.

L'arête, le fil du rasoir à l'instant, la minifraction de seconde où tout pouvait basculer d'un côté ou de l'autre. Ami ou ennemi ? Le Lachenaye se réjouissait déjà à parts égales du plaisir qu'il aurait, dans le premier cas, à entretenir une complicité avec un tel oiseau, au nez et à la barbe d'une bonne moitié du pays, ou à s'acharner contre lui et à ne pas lui faire faire de vieux os dans les parages si les choses tournaient mal.

Mais comment pouvait-il se douter de la fulgurance de tout ce qui défilait, dans ce bref instant qu'il employait bêtement à sa jubilation de vieux drôle, dans la tête du « grand loustic » ? Pourquoi, tout à coup, c'était toute sa chienne de vie, Paris, la prison et toute cette errance depuis tant d'années, qui défilaient sous son chapeau, là, planté qu'il était dans ses orties, devant ce vieux paysan à la trogne trop réjouie ?

– Venez donc, avait-il fini par dire. On va causer.

Il avait tourné les talons et, sans se préoccuper de savoir si Lachenaye suivait ou pas, il escaladait les marches de sa ruine.

– Comment c'est ton petit nom ?

Il avait souri sans se retourner. Il s'amadouait, le vieux.

– Germain. Et vous ?

– On m'appelle Lachenaye. Ça te suffira.

Au pied du perron à demi effondré de la masure, Lachenaye, après la maison du François, se posait à nouveau la question de savoir s'il allait y aller. Mais l'autre n'hésitait pas. Il était entré et le vieux se décida à le suivre.

Fallait savoir…

– Faites pas attention : c'est le campement !

Pour un campement, c'était un campement. Dans un coin, un ballot de paille étalé sur lequel gisait encore un sac de couchage lové au creux de la forme qu'avait laissé le grand corps dans son sommeil. Devant la cheminée, posé sur deux caisses qu'il avait trouvées Dieu seul sait où, le panneau d'une porte probablement rescapée des expéditions destructrices des gamins du pays. Et, de chaque côté de cette table de fortune, deux tabourets improvisés d'une énorme bille de bois sur laquelle il avait cloué une planchette.

– T'as déjà eu le temps de bricoler tout ça ?

– Faut pas bien longtemps. Et puis, l'habitude…

– Et où t'as trouvé le bois, les planches, les clous ?

– Rassurez-vous, j'ai pas volé ! Juste emprunté au grenier et dans la grange, ici même. C'est fou tout ce qui traîne, dans cette baraque.

Germain parlait en tournant le dos à Lachenaye. Plié en deux au-dessus du foyer, il y croisait soigneusement de petits bouts de bois qui s'enflammaient comme de l'étoupe. Il laissa la flamme monter et choisit son moment pour déposer sur le foyer trois petites bûches qu'il croisa avec art.

– Va repartir ! Un café ?

La proposition surprit Lachenaye. Il s'attendait plus au coup de rouge et, après l'étape du François, il le redoutait tout de même un peu ! Un café, c'était une idée !

– Pas de refus.

L'autre poussa une vieille cafetière à l'émail écorné contre la braise qui se remettait à rougeoyer.

– Faudra vous passer de l'argenterie !

Il avait posé deux verres à moutarde sur la table.

– Touillerez bien avec votre couteau ?

L'improvisation amusait le vieux.

– On a fait la guerre… et on s'en souvient.

– Moi pas !

La réponse était partie comme une balle, pleine de spontanéité et sans la moindre agressivité. Comme toujours, imperturbablement souriant, il constatait, le Germain. Il prenait ses marques, ses différences, comme un qui ne veut plus être surpris.

Lachenaye l'observa longuement en silence. Maintenant qu'ils étaient là, assis tous les deux autour de la même table, le vieux devait bien admettre que quelque chose le poussait vers ce grand gars mal fagoté au sourire enjôleur. Mais il y avait comme une dimension hors de ses normes à lui, homme simple de la terre, qui lui échappait. Celui-là n'était pas bien autrement que lui. Mais tout de même, il ne savait pas trop à l'aune de quels à prions il devait le juger.

Un Parisien, au premier abord, on sait comment s'y prendre. Bien sûr, c'est comme partout, il y en a des moins c… que les autres. Mais ça, ça se voit après. Au départ, au premier contact, on sait très bien qu'ils n'y comprennent rien, qu'ils ne font rien comme les autres et qu'ils n'aiment rien mieux que de se faire remarquer, « frimer » comme ils disent. Et puis, si, d'aventure, il y en a un qui a la comprenoire moins bouchée et qui n'est pas toujours à se faire remarquer, c'est tant mieux, c'est toujours ça de pris.

Alors que celui-là, ce Germain… On sentait bien qu'il ne parlait pas comme un Parisien. Il devait bien venir un peu de la terre, ce gars-là. Mais quelle terre ? Et pourquoi n'y était-il pas resté ? Et puis cette façon de parler… Un langage que Lachenaye comprenait, bien sûr, mais qui sentait sa ville, tout de même…

– T'as même pas fait ton service ?

L'autre prit le temps de s'asseoir. Il posa lourdement les coudes sur la table et il eut un lent hochement de tête de dénégation.

– Non, je ne l'ai pas fait… Dans un sens, j'aurais pourtant préféré…

V

La mère Blanchard n'y tint plus. Depuis une bonne demi-heure, seule dans son magasin, sous l'unique ampoule à la lumière tamisée de chiures de mouches, accoudée au long comptoir noir encombré de cartons, de présentoirs de sucettes, de bobines de fils multicolores, de piles électriques, de briquets jetables et de grands pots encastrables pleins de bonbons aux formes tarabiscotées, elle fixait sans trop la voir, par-delà les empilements de boîtes à conserves, de produits d'entretien, de cageots à légumes et de cartons de pâtes, la petite affichette qui pendait bêtement, au bout de sa ficelle accrochée à une ventouse au caoutchouc racorni, et sur laquelle elle aurait pu lire, si elle avait chaussé ses lunettes, « Je reviens de suite » calligraphié soigneusement, voici bien vingt ans.

Mais pourquoi l'aurait-elle lue puisqu'elle la connaissait par cœur, cette affichette idiote ? Elle l'utilisait sans vergogne à toute heure du jour, parfaitement indifférente à la mauvaise humeur de ses clients qui lui reprochaient, une fois sur deux, d'avoir trouvé porte close alors qu'il leur était indispensable, à midi moins cinq, de se procurer une demi-boîte de sauce tomate pour boucler le déjeuner de midi, ou une paire de lacets qui permette d'aller décemment à l'école l'après-midi.

Elle n'en avait rien à faire, la mère Blanchard, de toutes les raisons de mauvaise humeur vraies ou supposées de ses concitoyens. En quoi ça pouvait l'intéresser, cette miniboîte de sauce tomate supposée manquante à l'heure du déjeuner alors que, neuf fois sur dix, la râleuse formulait ses griefs deux heures plus tard en l'achetant tout de même, sa conserve à vingt sous ? Quant aux lacets, ils n'avaient qu'à y penser plus tôt... surtout que ce n'était que prétexte à lui acheter cinq sous de bonbons dont l'emplette ne serait différée que d'une sortie de classe !

Alors, leurs jérémiades, ils n'avaient qu'à se les garder pour eux. D'autant plus que ce n'était pas pour son plaisir que la mère Blanchard jaillissait comme ça, à tout instant de son repaire. Un peu comme qui dirait en service commandé, elle partait, à la moindre alerte, à la plus petite possibilité de « qu'en-dira-t-on » entr'aperçue de derrière les vitres crasseuses de son magasin ou depuis le coin relevé du rideau de sa cuisine.

Il fallait bien qu'il en reste une, au moins, pour veiller à ce qui restait de moralité dans le pays. Et que dirait M. le curé si elle ne l'informait plus des moindres faits et gestes de ses ouailles ? Elle avait une mission à remplir, la mère Blanchard. Elle en était parfaitement pénétrée et peu lui importaient les propos de ces mauvaises langues qui l'accusaient de commérages. C'était sa croix. Et elle était fière de la porter.

Seulement voilà, il y avait ce clochard, ce va-nu-pieds à l'allure louche qui était monté jusqu'au pays, avec l'autocar, l'avant-veille et dont plus personne n'avait entendu parler depuis. C'était trop pour la mère Blanchard. Ces ballots de gendarmes qui étaient venus faire deux petits tours dans les rues et qui étaient repartis… Vraiment, je vous dis, à qui se fier… Et plus une nouvelle, plus rien. Il n'avait tout de même pas pu partir en fumée ! C'était trop grave, une bien trop grande menace pour l'ordre et la moralité du village. Et s'il était déjà en train de manigancer avec ce grand mécréant de Bonaventure et son âme damnée de Lachenaye ?

Elle n'y tint plus. Jetant à la diable sur ses épaules un vieux châle aussi gris que sa mine, elle fit faire face à la rue au « Je reviens de suite », boucla sa boutique dont elle enfouit la clef dans l'immense poche de son tablier et remonta la rue à petits pas, longeant les murs, le nez baissé et l'œil inquisiteur.

Comme d'habitude, la forge était grande ouverte

et des outils encombraient le trottoir. Elle ronchonna, dut descendre sur la chaussée et, malgré elle, pressa le pas en coulant un regard chafouin dans l'ombre de l'atelier.

– Alors, la mère Blanchard, on maraude ?

La formidable voix de Bonaventure avait jailli du tréfonds de la forge comme une volée de vent d'orage. Comme d'habitude ! Il ne pouvait pas s'empêcher de l'interpeller à chaque fois qu'il la voyait ainsi fouiner, à la recherche de quelques cancanages, devant sa porte. Elle resserra les pointes de son châle sur sa maigre poitrine comme s'il eut voulu y porter outrage et tenta de se défiler. Mais il était déjà sur le pas de sa porte.

– Venez donc voir. Pouvez entrer. On va pas vous violer. On est là tous les deux, bien sagement, Lachenaye et moi. Z'avez peur ? De quoi donc ? Qu'est-ce que vous cherchez donc ? Le grand escogriffe de l'autre soir ? L'ont pas trouvé, vos gendarmes ? Vous fout la trouille, un, le clodo ? Venez donc voir, la relançait-il. L'est peut-être planqué au fond de ma forge. L'antre du diable ! Ça vous plairait ça, hein ?

Elle était déjà loin que la voix puissante du forgeron la poursuivait encore. Et, au fond, elle jubilait, la mère Blanchard. Elle avait appris ce qu'elle voulait. Eux aussi, ça les turlupinait, ce clochard. Et ça les turlupinait d'autant plus qu'ils ne savaient pas où il était passé.

Elle jubilait mais elle jubilait jaune. Parce que c'était bien vrai qu'elle avait la frousse. On en entend tellement, à la télévision ! Mais c'est pour les autres, des pays étrangers, loin, au-delà des frontières connues de la mère Blanchard qui n'excédaient guère celles de son magasin, à la rigueur du bourg, mais uniquement par la moisson permanente des ragots qu'elle ramassait. Quant au voyage hebdomadaire au marché d'Autun, c'était la plus vaste expédition en pays étranger qu'elle se soit jamais permise. Elle faisait monter l'angoisse en elle depuis le début de la semaine, et elle n'en était vraiment remise qu'une fois descendue de l'autocar, sur la place des Rambarges.

Alors, si, maintenant, c'étaient toutes ces pourritures, ces vices qui montaient jusque-là, quoi faire ? Trembler de peur. Et c'était ce qu'elle faisait, la mère Blanchard qui voyait déjà le pays livré à tous ces mécréants de Bonaventure et les autres…

Elle fit un large détour, osa passer aussi discrètement que possible devant le café de la Julienne, ce lieu de perdition où elle ne vit rien mais où l'on se réjouit fort de la voir ainsi fureter.

Elle s'en revenait bredouille vers son magasin. Elle en était en vue, après avoir soigneusement évité la forge, lorsqu'une belle voiture de Parisien s'arrêta devant sa porte. Elle s'immobilisa dans une encoignure de mur et préféra observer que de se précipiter vers un commerce aléatoire. La jeune femme qui était descendue de la voiture l'intéressa tout de suite. Elle avait l'instinct, la mère Blanchard. Celle-là, elle portait le scandale sur elle. C'était sûr. Jeune, d'une de ces blondeurs au bord du roux qui portent superbement une chevelure en crinière, l'œil d'un vert transparent à force de limpidité, le teint de lait parsemé de discrètes taches de rousseur, elle n'était pourtant pas du genre, ça se voyait, à chercher le regard des hommes.

Sa beauté, elle la portait sans ostentation. Elle n'était pas fardée et portait, au-dessus d'un pull et d'un blue-jean, un vague imperméable sans forme. Mais, pour le regard de furet de la mère Blanchard, c'était bien ce qui la rendait plus dangereuse encore pour la bonne moralité du pays. Elle le savait bien, elle, qu'une telle beauté sans fard attisait plus sûrement l'appétit des hommes.

L'autre avait buté sur « je reviens de suite ». Elle avait nerveusement agité le bec de canne, avait tapé du pied rageusement, et elle restait là, plantée sur les marches du magasin, scrutant la rue dans l'espoir que le petit panneau, là, derrière la vitre, disait la vérité.

Ça valait la peine d'y aller voir. La mère Blanchard sortit prestement de son encoignure et fit celle qui se pressait vers son magasin.

– M'excuserez, Mademoiselle. Mais, une course à faire… Je suis seule, vous savez. Faut bien que je m'absente, de temps à autre. Et personne pour me remplacer… Alors, faut bien fermer. Entrez donc.

Renfournant sa clef dans l'immense poche de son tablier, elle s'effaça obséquieusement devant la jeune femme qui ne marqua pas la moindre surprise.

– Vous désirez ?

La vieille avait rapidement contourné son comptoir et cherchait déjà comment tirer les vers du nez d'une cliente qui, manifestement, n'était pas là pour des ronds de jambe.

– Vous avez de la lessive Saint-Marc et du potassium ?

Si elle s'y attendait ! Avec son air de femme libérée, comme ils disent, celle-là, elle la voyait déjà s'impatienter pour des parfums, des babioles. Et voilà qu'elle lui demandait de quoi faire la lessive d'un bon vieux plafond à la française qui ornait, jadis, chaque maison morvandelle mais qu'on s'était empressé, depuis des années, de cacher sous une bonne couche de plâtre. Il n'y avait que des Parisiens pour avoir l'idée farfelue de remettre au goût du jour ces vieux plafonds qui vous faisaient des maisons comme les antres des vieux d'une autre époque.

Grommelant quelques commentaires peu amènes, devant l'air décidé de l'autre, elle avait bien dû s'exécuter et disparaître dans son arrière-boutique où il ne lui fallut guère déplacer que quatre cartons de lessives, deux bidons d'huile et trois caisses de conserves pour atteindre l'échelle qui lui permit d'escalader l'étagère au sommet de laquelle dormaient depuis quelques années, dont témoignait une duveteuse couche de poussière, les produits demandés par sa cliente.

Le temps de remettre les caisses, les bidons et les cartons à leur place première, histoire de pouvoir passer, et la mère Blanchard entendait déjà l'autre qui s'impatientait en tapotant sur le comptoir avec sa clef de voiture.

Elle ne serait pas facile à faire parler… Encore fallait-il retrouver le prix de ces denrées rares et faire l'addition, bout de crayon léché et bloc de papier publicitaire à la rescousse. Ça vous donnait du temps !

– Alors comme ça, vous vous installez aux Rambarges ? Pour les vacances ? Oh, vous verrez, c'est un pays agréable !

– Ça, je sais !

Pour le coup, elle s'en était arrêtée de feuilleter le tarif crasseux qu'elle avait sorti de sous une pile de notices, de prospectus et d'autres tarifs dont l'empilement n'était que les strates exactes de la chronologie de leur utilisation. Elle savait ? Ben ça alors. Et comment savait-elle donc, cette péronnelle ?

– Vous… Vous étiez déjà venue au pays ?

L'autre lui avait jeté un regard noir et avait tapoté plus énergiquement encore sur le comptoir en direction du tarif.

– Bien sûr que j'y suis déjà venue. Puisque j'y suis née.

C'était ce qu'il ne fallait pas dire. Pour le coup, il était bel et bien oublié, le tarif. Et quelle que soit son impatience, à cette mijaurée, il lui faudrait bien dire la fille de qui elle était.

– Vous êtes née aux Rambarges ! Oh ben ça alors ! Vous me la copierez. Et je vous reconnais pas. Si c'est pas un malheur. Ça doit être que je vieillis. Mais la ville, aussi, y a pas idée ce que ça vous change. La fille de qui donc vous êtes ?

La jeune femme avait compris qu'elle ne pourrait plus s'en tirer sans un brin de causette. Et elle prit le parti d'en rire.

– C'est toute la reconnaissance que vous avez pour les kilos de bonbons que je vous ai achetés !

– Z'avez été à notre école ?

– Bien sûr !

– Mais alors…

– Je sais : la fille à qui donc je suis ? Eh bien je suis la fille du Paul. Le Paul Bremond.

– Le Paul ! Ben ça alors. Si jamais j'avais pensé ! Comment c'est déjà votre petit nom ? Attendez voir que je me souvienne… Marie… Marie quelque chose…

– Marie-Laure.

– Marie-Laure. C'est bien ça. Je me souviens maintenant. Je vous revois bien. Z'aviez toujours des petites couettes, comme ça. Et vos taches de rousseur ! On les voit presque plus… Mais c'est aussi bien comme ça. Mais dites voir, vous m'en avez peut-être acheté beaucoup, des bonbons, mais vous ne les avez peut-être bien pas tous payés ! Z'étiez une fameuse bande, à l'époque. Ah, ma pauvre demoiselle, ce que c'était que le pays quand il y avait des gosses... Maintenant, ils ne sont plus qu'une poignée. Et le peu de temps qu'on pourrait les voir dans la rue, ils sont devant la télévision. Si c'est pas un malheur... Pour ce qu'elle leur apprend... Mais dites-moi voir, votre papa, il est décédé, ça fait combien de temps, maintenant ?

– Six ans.

– Z'étiez encore bien jeunette, ma pauvre demoiselle. Et vous aviez bien un frère ?

– Oui. Jacques.

– Votre cadet, si je me souviens bien ?

– Non. Mon aîné. De deux ans.

– Peut-être bien qu'il est marié, à c't'heure ?

– Eh oui. Depuis bientôt un an.

– Et vous ?

– J'ai encore le temps !

– C'est ce qu'on dit... C'est ce qu'on dit ! Alors comme ça vous vous attaquez au plafond de la maison ?

– Avec mon frère, justement. On voudrait bien la retaper un petit peu. Depuis le temps qu'elle est fermée.

– Et votre maman ? Si je me souviens bien, vous étiez à la ville depuis déjà longtemps quand ce malheur-là vous est arrivé ?

– Oui. Ça faisait déjà plusieurs années. Maman est là, avec nous et son mari…

Imperceptiblement, elle s'était raidie, la mère Blanchard. Un nouveau mari… Les retrouvailles, ce n'était déjà plus ça. Celui-là, il n'était pas du pays…

– Mais dites-moi voir, votre maman, si je me souviens bien, elle n'était pas d'ici ?

On y venait. Et le cas s'aggravait.

– Non, en effet, elle est parisienne.

– Ah bon…

Il y avait tout dans ce « ah bon »-là ! Et du coup, le nez chaussé de lunettes de la boutiquière plongeait à nouveau vers le tarif lorsque la porte s'ouvrit en tempête arrachant de virulents tintements de protestation aux quelques grelots qu'elle ébranlait au passage.

Marie-Laure ne se serait pas retournée si elle n'avait pas vu le regard de la mère Blanchard, déjà revenu de son tarif et fusant au-dessus des lunettes, passer presque instantanément de la plus évidente stupeur à une indicible terreur. Elle s'était donc retournée… et était restée sidérée. Le spectacle, il est vrai, n'était pas courant.

L'homme qui venait d'entrer devait louvoyer dans pas mal de portes pour y faire passer ses épaules et se payer une sérieuse courbette pour y glisser sa taille ! Mais sa carrure n'était pas encore le plus extraordinaire. Il était vêtu d'un invraisemblable manteau noir rapiécé, suréquipé d'immenses poches d'un gris douteux, et si long que c'est à peine si, sous ses ultimes franges, on apercevait le tire-bouchon de pantalons s'effondrant sur des tennis éculées. Sous un chapeau de feutre sans forme ni teinte bien définies, jaillissait une abondante chevelure aussi noire que l'œil et le sourcil.

Curieusement, on ne lui donnait pas d'âge. Mais une formidable sensation de vitalité et de force à l'état brut émanait du bonhomme, étrangement tempérée par les lignes très douces du visage, pourtant buriné d'avoir, à l'évidence, affronté tous les vents et toutes les tempêtes de l'univers, et par une flamme à la fois rieuse et tendre qui brillait au fond de ses yeux.

Ils s'étaient trouvés face à face et la surprise de leurs regards plongeant, sans retenue et sans que rien ne puisse les en retenir, dans celui de l'autre les avait laissés pantois. Un temps très bref, vraisemblablement, mais qui leur avait paru une éternité. Et elle avait été largement suffisante pour que, pour l'un comme pour l'autre, le monde ne fût plus le même lorsque jaillit le cri éraillé de vieille chouette aux abois de la mère Blanchard complètement paniquée.

– Qu'est-ce que vous faites là ? Sortez immédiatement. Sortez de mon magasin, ou j'appelle les gendarmes.

– Et pourquoi donc ? Qu'est-ce qu'il vous a fait ?

Marie-Laure était la première surprise de sa réaction qui lui était venue comme ça, sans y réfléchir.

Mais l'autre ne désarmait pas une si belle peur.

– Dehors, tout de suite ! Mais vous ne voyez donc pas ? Un clochard dans mon magasin ! Un clochard aux Rambarges. Il ne sera pas dit... Sortez immédiatement... Mais... Mais qu'est-ce que vous faites ? Je vous ai dit de sortir !

À l'évidence, il en aurait fallu bien d'autres pour désarçonner ledit clochard. Très calmement, profitant de l'aubaine de cette défense inattendue, il se servait tout seul et posait ses emplettes sur le grand comptoir noir au fur et à mesure qu'il trouvait son bonheur dans les caisses, les cartons et les empilements divers de la boutique.

Amusée et prenant tout à coup conscience du trouble qu'avait jeté en elle cet étrange regard noir, plus intéressée qu'elle ne voulait se l'avouer par ce grand personnage manifestement marginal, Marie-Laure s'était légèrement écartée vers un coin d'ombre et observait.

– Mais enfin, Mademoiselle, continuait de piailler la boutiquière, vous ne voyez pas qu'il est en train de piller mon magasin ? Et vous le défendez ! Mais enfin, faites quelque chose... Allez prévenir.

– Tais-toi donc, vieille pie. Si on doit prévenir à chaque fois qu'un étranger rentre dans ton magasin, t'as pas fini. T'as les chocottes que je paie pas, hein ? Avoue ?

Il avait lâché tout ça sans se départir de cet étrange sourire candide et doux, sans la moindre ombre de méchanceté, simplement, comme ça, sur le ton de la conversation, comme pour énoncer de simples évidences. Et Marie-Laure se surprit à trouver sa voix étrangement belle. Mais elle s'en voulut d'avoir tressailli et d'avoir senti le rose lui monter aux joues lorsqu'il s'était tout à coup tourné vers elle.

– Mais je passe avant vous, Mademoiselle ?

Une simple civilité en totale discordance avec l'aspect du personnage et la situation. Dans son trouble, Marie-Laure ne sut que bafouiller.

– Faites, faites, je vous en prie…

Et l'autre ébouriffé sous son chapeau sans forme au point qu'il semblait moulé au crâne, indissociable du formidable système pileux, qui faisait comme si de rien n'était. Comme s'il n'avait pas remarqué le trouble de Marie-Laure qui s'en mordait les lèvres de colère contre elle-même.

Furieuse mais n'en perdant pas pour autant le sens du commerce, la mère Blanchard dut faire l'addition. Cela fut long et laborieux. Mais rien à côté du soin avec lequel son étrange client, après lui avoir jeté un regard noir, s'était mis à dépouiller la note. Dans un silence de sépulture, il semblait à la jeune femme que quelque chose de formidable allait se rompre, qu'un effondrement général allait emporter la mère Blanchard, ses pots de bonbons, ses cageots de légumes et ses empilements de boîtes de conserves.

Le gros doigt un peu noirâtre du chemineau – le qualificatif venait de jaillir à l'esprit de Marie-Laure qui en fut soulagée : c'était tout de même mieux que clochard – courait le long de chaque colonne de chiffres, les unités, les dizaines, recommençait à l'envers pour être bien sûr, s'arrêtait, hésitait, repartait après un hochement de tête entendu.

Au grand effroi de la mère Blanchard, il finit par plonger la main au fond de l'une des gigantesques poches surajoutées à son manteau, y fouilla quelques instants en fixant la vieille d'un froncement de sourcils, qui la glaçait d'effroi, et en ressortit une minuscule et fort pimpante trousse d'écolier. Il l'ouvrit avec beaucoup de soin, y choisit un crayon à bille rouge et, s'appuyant sur le comptoir, sous le regard médusé des deux femmes, il refit la note.

Sans un mot il la tendit à la mère Blanchard. Elle la parcourut, leva un regard blanc vers lui, se replongea dans la contemplation de son bloc publicitaire sur lequel s'alignaient d'autres chiffres dont Marie-Laure aurait bien aimé savoir de combien ils étaient différents des premiers, puis le posa à nouveau sur le comptoir en le poussant vers le grand escogriffe de chemineau qui ne pouvait empêcher ses yeux de briller de malice.

– C'est ça… finit-elle par maugréer.

Rangement tout aussi soigneux que le déballage de la trousse. Replongeon et nouvelle fouille énergique au fond des profondes. Extraction d'un porte-monnaie nettement moins rutilant que le précédent ustensile mais suffisamment rebondi pour détendre légèrement l'atmosphère. Paiement soigneux et laborieux.

– Vous n'auriez pas un sac plastique ?

– Et quoi encore ?

– On se contentera d'un carton.

Il s'était retourné, avait éjecté quelques boîtes de conserves d'un emballage à moitié vide, et y avait soigneusement rangé ses courses avant de se tourner vers Marie-Laure toujours figée au fond de la boutique.

– J'espère qu'on aura le plaisir de se revoir... Dans un cadre plus agréable !

Elle ne trouva rien à redire au lumineux sourire qu'il lui adressait et aurait voulu dissimuler le rose qu'elle sentait remonter à ses joues derrière une amabilité au moins aussi grande. Mais elle n'avait plus de voix...

D'ailleurs il avait déjà tourné les talons et la porte claquait derrière lui aussi violemment qu'elle s'était ouverte, dans un déchaînement de carillons ébréchés.

VI

– IL ARRACHE LES SAPINS !

La nouvelle, bien sûr, avait fait le tour du pays en un tour de main et avait réduit au silence ceux et surtout celles qui nourrissaient déjà les conversations des plus folles conjectures sur cette cloche qu'on entendait sonner matin et soir.

Les sapins, c'était autrement sérieux.

– Il arrache les sapins !

Tu parles d'une nouvelle, d'une nouveauté ! Jamais on n'en avait entendu une pareille. Arracher les sapins… A-t-on idée ?

Et même les plus irréductibles opposants à l'invasion des résineux participaient activement aux débats qui s'élevaient de partout et où s'échafaudaient les plus audacieuses stratégies pour en finir avec un tel scandale.

– Il arrache les sapins !

Les sapins. Pas les sapins du Félix. Pour le coup, cela aurait mis un terme aux discussions. Ce qui concernait le Félix, une fois pour toutes, ne regardait plus les honnêtes gens des Rambarges ; tous ceux qui, peu ou prou, s'étaient sentis floués par l'agriculteur ; tous ceux qui gardaient en travers de la gorge ce qu'il avait fait des murettes et des haies de leurs souvenirs ; tous ceux qui avaient gardé assez de fidélité au Gaston et à l'Émilie pour considérer de leur devoir cette rancune tenace et sourde à l'égard du nouveau maître des Maraudes.

Ça en faisait du monde ! Et s'il en restait à qui sapins, murets, vieilles haies et parents à l'hospice ne faisaient ni chaud ni froid, ils avaient suffisamment conscience de l'étroitesse de leur minorité pour juger plus raisonnable de hurler avec les loups… Discrètement, malgré tout. Parce que, le Félix, on n'avait pas trop envie de s'y frotter.

Comme il ne sortait pas souvent des Maraudes, ça ne faisait misère à personne, ces conversations qui s'échauffaient, à travers le pays, à propos de ces sapins.

– Il arrache les sapins !

Cela avait commencé à la forge, comme de juste. Lachenaye, sur sa chaise, n'avait pourtant pas pipé mot. Derrière le nuage de sa pipe, à croire qu'il se réservait, celui-là. Il n'avait rien dit pour ou contre. Au point que le Bonaventure, ronchonnant dans son travail, mais prudent, avait fait celui qui n'entendait pas.

Mais alors, le Fonse ne s'était pas gêné pour mener grand tapage. Ça le défoulait, une affaire comme celle-là ! Et, bigre, il se sentait directement concerné, l'homme du bois, l'ancien bûcheron. Et de s'en arroger le droit à mener les débats. Il n'était pas pour les demi-mesures, le Fonse ! Il fallait y aller tous et lui foutre une bonne trempe, au gaillard. Une trempe à lui donner envie de ne plus jamais remettre les pieds par ici !

Et le Fonse, dans son élan, de répéter à l'infini sa maigre harangue sans même se rendre compte des regards qui s'échappaient et des sujets détournés. Pas un pour le dire. Mais pas un non plus pour ne pas le penser que jamais de la vie il ne remettrait les pieds à la Croix du Carage et que le Félix n'avait qu'à garder ses affaires tout seul.

Et il braillait, le Fonse. Il en rajoutait, il organisait déjà du vent, pendant que Bonaventure, plus grincheux que jamais, menait grand tapage d'outils entrechoqués et que Lachenaye, sur sa chaise, fourrageait nerveusement dans sa pipe.

– T'as pas fini de dire des conneries ? finit-il par éclater. Tu vas y aller, toi, le Fonse, à la Croix du Carage ? Il t'a payé pour s'occuper de ses affaires, le Félix ?

Il en était resté bouche bée, le Fonse, planté là tout droit, au milieu de la forge, dans le cercle vaguement goguenard de tous les palabreurs.

– C'que j'en disais, moi, c'est parce qu'on peut tout de même pas laisser faire ça sans rien dire…

– Ben, dis ce que tu veux. Mais pas trop longtemps. Tu nous casses les oreilles.

L'un après l'autre, ils avaient trouvé une excellente raison d'aller voir ailleurs s'il faisait meilleur temps.

– Oh Lachenaye, c'est-y que tu prends sa défense ?

Bonaventure avait calmé ses outils. Debout au milieu de son chantier, les poings sur les hanches, il s'étonnait. Il n'était pas comme d'habitude, l'ami Lachenaye.

Le vieux haussa les épaules.

– Est-ce que ça me regarde, moi, s'il arrache les sapins, l'autre grand *breulot* ?

– T'y es allé ?

– Bien sûr que j'y suis allé. Et alors ?

– T'as causé avec lui ?

– Oui. Et même longtemps. Et après ?

– Et c'est tout ce que t'as à dire ?

– Et qu'est-ce que j'aurais d'autre à dire ?

Il n'en revenait pas, Bonaventure. Rien à en tirer, du Lachenaye.

– Et le François, qu'est-ce qu'il en dit ?

– Le François ? Il est mort de trouille ! Il était tellement content que je passe qu'il a absolument voulu que je rentre chez lui… T'imagines ! Il s'est foutu une muflée qu'il doit pas encore en être remis à c't'heure !

– Et toi ?

– Quoi, moi ?

– Ne me dis pas que t'as pas su lui tirer les vers du nez, à l'autre grand loustic ?

– Bien sûr que j'ai su. Et après ?

– T'as rien d'autre à dire ?

Lachenaye restait imperturbable, solide comme un roc sur le silence qu'il avait décidé de garder, même devant Bonaventure qui n'en revenait pas.

– Si, j'ai à dire qu'il s'appelle Germain, que ses parents étaient paysans, qu'il a eu beaucoup de malheurs dans sa vie et que c'est comme ça qu'il est devenu clochard.

– Et c'est tout ?

– Mais tu me saoules, à la fin ! Qu'est-ce que tu veux que je te dise de plus ? C'est un pauvre gars paumé qui a échoué là par hasard. Et qui repartira comme il est venu. Et on n'en parlera plus.

– Et la cloche ? Et les sapins ?

– Ben oui, la cloche, les sapins… Tu me saoules. J'rentre chez moi. T'auras peut-être moins de questions demain.

Il s'était levé brutalement et, nerveusement, réajustait sa casquette quand son geste se figea.

– Regarde donc !

Son carton sous le bras, Germain redescendait la rue à l'instant même où débouchait le tracteur du Félix fonçant vers la forge. Quelques discoureurs, qui avaient quitté la forge l'instant d'avant, s'apprêtaient à entrer chez la Julienne. Ils s'étaient tous retournés comme un seul homme et, figés, ils attendaient la catastrophe inévitable.

Germain, sur la chaussée, s'était arrêté. Il avait laissé juste assez de place au tracteur pour qu'il puisse passer et, très droit, le contemplait qui fonçait vers lui. Félix n'avait pas ralenti. Pas un pour pouvoir maintenir que son regard, ne serait-ce que l'espace d'un instant, avait dévié. Mais pas un pour ne pas avoir eu un frisson comme si, tout, en cet instant, avait pu arriver.

Germain avait repris sa marche. D'un geste large, presque théâtral, de sa main libre, il salua les buveurs de chopines imminents et continua son chemin, très droit, très digne, alors que le tracteur s'arrêtait devant la forge. S'était-il vraiment passé quelque chose ou n'était-ce que dans les têtes qu'avait existé cet instant terrible ?

Il y eut du flottement devant chez la Julienne. Les gorges desséchées à force d'avoir trop refait le monde des sapins étaient mises en balance avec la furieuse envie qui les tenaillait d'aller voir de plus près la tête que tirait Félix. Peut-être même que Bonaventure ou Lachenaye auraient le culot qui leur manquait d'une question... Mais ils étaient trop avancés. De quoi auraient-ils l'air à faire ainsi demi-tour ? Il aurait tôt fait de sentir le piège, l'autre rusé de Félix. Ils étaient roulés, les gars. À regret, pour une fois, un à un, ils entrèrent dans le bistrot d'où ils furent réduits à soulever le coin du rideau de la Julienne éberluée, pour tâcher de comprendre ce qui se passait, là-haut, à la forge.

Sans un mot, Félix était venu tourner autour de son pulvérisateur. Petit, râblé, il se coiffait le cheveu qu'il avait crépu, vaguement roux, d'une sorte de chapeau mou difforme rabattu en visière d'ombre sur le regard rusé et matois qu'il portait sur le monde.

– Tu peux y aller. Il est prêt.

Il eut un vague sourire vers Bonaventure, remonta sur son tracteur et manœuvra pour venir atteler son outil. Les regards du forgeron et de Lachenaye se croisèrent. Il n'y eut pas un mot. Félix était redescendu de son tracteur et Bonaventure s'était avancé pour l'aider.

– Alors, Félix, ça va comme tu veux ?

L'autre avait levé les yeux vers Bonaventure, l'avait dévisagé un instant et avait porté le regard sur Lachenaye qui s'était rassis, au fond de la forge et s'occupait à se bourrer une nouvelle pipe.

– Pourquoi tu me demandes ça ?

En voilà une question !

– Pourquoi je te demande ça ? Comme ça, pour causer. Ça va comme tu veux ?

– Ça pourrait aller plus mal.

Il avait replongé le nez vers son outil et bataillait pour en avoir vite fini.

– Et la cloche ? On l'entend, depuis les Maraudes ?

– Quelle cloche ?

– Celle qu'on entend, tous les matins et tous les soirs, qui sonne depuis…

– Depuis quoi ?

Il avait fini d'atteler et avait déjà le pied à la marche de son tracteur. Son regard avait littéralement défié Bonaventure.

– Depuis… Depuis le Carage, quoi, avait bredouillé le forgeron.

– C'est-y que le François serait devenu encore plus fou ?

Il avait bondi dans sa cabine et accéléré brutalement avant que Bonaventure ait pu pousser plus loin.

– Il est au courant, tu crois ?

– Il fait la bête, comme d'habitude.

Lachenaye ne parlait plus de partir. Calé au fond de sa chaise, les jambes confortablement étendues, il s'était environné d'un épais nuage de fumée.

– Mais alors… Pourquoi il laisse faire ? C'est pas dans ses habitudes, ça.

Bonaventure restait debout, songeur, devant sa porte que venait de quitter le tracteur. Il ne s'y retrouvait plus. C'en était trop pour lui. Lachenaye restait pourtant impassible, comme perdu dans ses songes. Il insista, Bonaventure, comme un qui revendique son droit à comprendre pourquoi, tout à coup, tout fout le camp, le normal du comportement des gens, l'ami qui n'en est peut-être plus un… Tout, quoi.

– Tu trouves ça normal, toi ?

Lachenaye haussa les épaules.

– C'qu'j'en sais, moi ! C'est pas mes oignons, c'est tout ce que je vois. Le reste…

Il eut un geste vague comme s'il rejetait loin de lui toutes ces histoires pas claires.

– C'est pas tes oignons ? Les sapins, passe encore. Mais cette cloche, matin et soir, c'est pas tes oignons ? Le Félix qui s'écrase pendant que l'autre pantin s'installe chez lui et y fait toutes ses fantaisies, c'est pas tes oignons ? Oh, Lachenaye, t'es plus des Rambarges ou quoi ? Tu le sais bien que c'est nos oignons à tous, autant qu'on est. Et puis, si c'était pas tes oignons, pourquoi t'y es allé traîner tes bottes, à la Croix du Carage ? Hein ? C'est pourquoi qu't'y es allé ?

Il s'échauffait, Bonaventure. De ne plus rien y comprendre, ça le mettait de mauvais poil. Et plus encore que ce soit Lachenaye, son ami Lachenaye qui, c'était trop évident, se mette à lui en cacher beaucoup.

Et ça, bien sûr, Lachenaye l'avait compris. Il s'était penché sur sa chaise, les coudes solidement appuyés aux genoux. Il avait longuement dévisagé Bonaventure comme un qui met laborieusement de l'ordre à ce qu'il va dire. Et ce n'était pas si évident. Puis il avait commencé.

– Voilà, avait-il dit… Quand j'étais gamin… T'étais pas encore né, toi. À l'époque, il y en avait un qui passait tous les ans aux Rambarges. Un, un peu comme le Germain. J't'ai dit qu'il s'appelait Germain ? Un grand, tout sec, qu'on pouvait pas lui donner d'âge. Il arrivait toujours par là aux alentours de la Saint-Martin. Il faisait trois tours dans le pays, saluait l'un et l'autre, se faisait payer une ou deux chopines et il montait où ? À la Croix du Carage, tout droit, comme je te le dis. Le Gaston était encore tout jeune, à l'époque. C'était son père qui commandait, là-haut. Et, crois-moi, ça filait droit. Eh ben, tous les automnes, l'autre trimard, il montait là-haut. Et il n'en redescendait qu'au printemps, comme neuf. Qu'est-ce qu'ils lui faisaient faire là-haut ? Comment qu'il vivait ? Où qu'il logeait ? On l'a jamais su. Et on ne se serait pas avisé de lui demander au Gustave.

« C'était Gustave qu'il s'appelait, le père au Gaston, le grand-père au Félix, quoi. Ses affaires, il les menait comme bon lui semblait. Et il n'aurait pas fait bon s'en mêler. Alors, on ne disait rien. Et son clochard – on ne disait pas comme ça, à l'époque, on disait trimard – son trimard, on ne lui en a jamais rien dit. Et on n'a jamais rien su si ce n'est qu'un automne, il n'est pas revenu… Voilà…

– Voilà quoi ?

– Ben voilà, quoi. Qu'est-ce que tu veux que je te dise de plus ?

– Oh, Lachenaye, qu'est-ce que t'es là en train de me raconter ? C'est-y que tu voudrais me faire croire que le Félix ne dit rien parce que son grand-père ne disait rien ?

Lachenaye eut un hochement de tête dubitatif.

– Ce que j'en dis, moi… Tu vois une autre explication ?

– Et le clochard de ton Gustave, il lui arrachait ses plantations, des fois ?

– Non. Mais il lui sonnait la cloche !

Pour le coup, il en restait bouche bée, Bonaventure. La cloche ! La voilà qui revenait, celle-là. C'était la meilleure.

– Tu l'inventes pas un peu, Lachenaye, ton histoire à dormir debout ?

– Matin et soir, insistait le vieux. Comme l'autre, là-haut. Au début, pour sûr, on s'est étonné. Mais, après, c'était devenu une habitude. Même que ça nous a manqué, quand il n'est pas revenu…

Mais Bonaventure était parti sur la pente à ne pas croire. Pas possible, une pareille histoire. Lui qui pensait tout savoir du pays qui n'en aurait jamais entendu parler ? À d'autres !

– Ça marche pas ton truc, Lachenaye. J'sais pas pourquoi, t'es là à m'inventer des fariboles pour me le faire passer, ton grand loustic. Tout ce que je vois, moi, c'est qu'il n'a même pas eu la politesse de se présenter. Voilà tout ce que je vois.

– Ça t'fait bisquer qu'il soit allé courtiser la mère Blanchard et qu'il ne soit pas venu te voir ! Mais si tu m'crois pas, c'est simple : t'as qu'à demander au Félicien. Doit être un des derniers du pays avec moi à pouvoir s'en souvenir, de cette histoire-là. Sûr qu'avec une tête comme il en a une, il t'en dira plus que moi.

Bonaventure, sans rien dire, s'était remis à son travail. Que répondre à une histoire pareille ? Mais pour sûr que ça le travaillait ! Il faudrait bien qu'il lui demande, au Félicien, et pourquoi il ne lui en avait jamais parlé. De quoi avait-il l'air, maintenant ?

Un lourd silence s'était saisi du bourg. Sous le ciel gris et bas, il semblait que tout se soit éteint. Comme un épais couvercle qui aurait enfermé choses, bêtes et gens dans le cercle sans issue de l'incompréhensible. Il aurait donc suffi d'un homme et de quelques agissements bizarres pour que plus rien ne soit vrai… Et si tout ça avait pu se passer si soudainement, aux Rambarges, qui pouvait dire ce qui risquait encore d'arriver ? Alors on se taisait, on s'enfermait dans sa coquille, sans croire que, déjà, par le passé, de telles énormités aient pu se produire.

Ce fut la cloche de l'église, la vraie, l'officielle, la bénite, qui rompit le silence en sonnant les douze coups de midi. Bonaventure posa ses outils et se retourna vers Lachenaye en s'essuyant énergiquement les mains à un gigantesque chiffon dont le rouge jadis vif s'était marbré de larges coulures de cambouis.

– Eh ben, on va aller lui demander, au Félicien. Bien rare qu'y ne soit pas chez la Julienne.

Il y était. Et Bonaventure n'eut rien à demander.

C'était un petit vieux tout sec, à la face burinée de profondes rides qu'éclairait un regard noir très vif. Cela faisait belle lurette qu'il avait « pris son I.V.D. », comme on disait, à l'époque. Il avait été un des tout premiers à céder tout le fourniment au Félix. Il avait encore gardé deux ou trois vaches, quelques années, pour ne pas perdre la main, puis il s'était contenté de son journal.

Mais ça, le journal, il faudrait qu'il soit sur son lit de mort, le Félicien, pour y renoncer. Qu'il vente ou qu'il neige, chaque jour fait par le Bon Dieu, il descendait au pays, allait s'acheter son journal et un paquet de gris, de temps à autre, faisait les deux ou trois courses réclamées par sa bourgeoise et venait se voter une récompense d'être encore en état de cet exploit quotidien, chez la Julienne.

Ce jour-là, il s'attendait bien un peu au succès qu'on allait lui faire… Et il avait été déçu ! Pas un pour lui demander si, des fois, de son temps… On l'abandonnait tout seul dans son coin et il n'y en avait que pour ces fichus sapins.

– Il arrache les sapins !

La belle affaire ! Est-ce qu'il y en avait, des sapins, de son temps ? Une belle engeance encore, que ces sapins-là. Alors, qu'il les arrache, ce que ça pouvait lui faire, à lui, le Félicien… Alors que la cloche… Il la connaissait, lui, cette cloche-là. Ils étaient tous bien trop jeunes pour s'en souvenir. Mais lui, le Félicien, il se rappelait bien…

Il avait fini par oser dire à haute voix ce qu'il marmonnait dans son coin depuis un quart d'heure. Et, dans le brouhaha général, il y en avait eu un pour l'entendre.

– Qu'est-ce que tu racontes, Félicien ? Tu l'as déjà entendue, c'te cloche ?

Pour sûr qu'il l'avait entendue. Des hivers entiers, matins et soirs sans qu'un seul ne manque. Et Félicien était parti à raconter le Gustave et son trimard dont on ne savait pas ce qu'il faisait là-haut et que personne n'aurait osé lui demander, quand Lachenaye et Bonaventure étaient entrés. On l'avait interrompu. On avait salué comme il se devait les nouveaux arrivants. On en avait profité pour passer commande de quelques nouvelles chopines. Et on avait relancé.

– Tu le savais, toi, Bonaventure, qu'il y en avait déjà eu un comme celui-là, à la Croix du Carage, et qu'il sonnait la cloche, lui aussi ? C'est le Félicien qui nous radote ça…

– Pour sûr que j'radote pas, se défendait le vieux. Et même que j'vous ai pas encore tout dit.

Pas encore tout dit ? Ils avaient fait cercle autour de lui. Ils le pressaient de questions, le houspillaient, le sommaient de raconter. Mais le vieux faisait sa coquette. « Ah, je radote ? Eh ben, cours toujours. La suite, j'la garde pour moi. T'avais qu'à pas faire le malin. »

Ils insistaient.

– Allons, Félicien, tu vas pas nous faire ça. C'qu'on en disait, c'était pour rire. On le sait bien que t'as plus de tête que nous tous réunis. Mais c'était pour la blague. Faut bien rire un peu, dans toute cette affaire… On n'y aurait pas trop le cœur si on se laissait abattre…

Lachenaye et Bonaventure avaient écarté les causeurs. Ils s'étaient installés d'autorité à la table du Félicien et avaient posé dessus une belle chopine bien pleine.

– Les écoute pas, Félicien. Ils disent que des conneries.

– Tu l'as connu, toi, le trimard du Gustave ?

L'autre avait levé les yeux au ciel et tapé trois petits coups de sa canne sur le carreau.

– Si je l'ai connu ! On l'a tous connu, à l'époque. On le connaissait bien. Il était pas méchant pour un sou. Il payait son coup comme tout le monde, quand il arrivait au pays, par là de la Saint-Martin, avant de monter au Carage. Après, pour dire, on ne le voyait plus beaucoup. Et puis, un jour, quand le printemps n'était plus bien loin, on apprenait qu'il avait filé… Sauf que moi, un jour…

Il avait relevé le nez, le Félicien, et les avait tous dévisagés les uns après les autres comme un qui pèse le pour et le contre. Mais il avait hoché la tête pour dire que ça n'en valait pas le coup et avait soigneusement vidé la chopine dans leurs trois verres.

– J'en bois encore un pour pas vous faire affront et j'y vais. La bourgeoise, elle attend ses courses.

Et, d'un geste vif, il s'était envoyé le sien derrière la cravate en même temps que montait un énergique brouhaha de protestations.

– Oh, Félicien, tu te fous de nous ou quoi ? T'es là qu't'en commences une. Et tu vas nous laisser comme ça…

Le vieux s'était levé et ajustait sa casquette.

– Bah, c'est des vieilles histoires… Qu'est-ce que ça vous intéresse ? C'est pas moderne, comme vous dites.

– Assieds-toi donc. La Julienne, mets en une autre. C'est mon tour…

– Non, non, non…

Il n'en démordait pas, le vieux, et il poussait devant lui ceux qui lui barraient le passage vers la porte.

– Moi, je sais… J'me souviens !

C'était Lachenaye qui était sorti de son silence pour lâcher celle-là d'une voix forte.

Félicien s'était arrêté tout net et fixait Lachenaye, de bien peu son cadet, comme s'il s'était agi d'un galopin se mêlant des affaires qui ne le regardent pas.

– Tu te souviens… Tu te souviens… De quoi que tu peux te souvenir ? T'étais bien trop gamin. Et puis, tout le temps qu't'es parti du pays…

– Eh ben justement, tout le temps que j'suis parti du pays. Des comme votre trimard ou comme l'autre grand loustic, j'en ai vu des douzaines. Et à chaque fois, ça me la remettait dans la tête, ton histoire du trimard au Gustave. C'est dire si je peux m'en souvenir mieux que toi. Sans compter que j'ai peut-être bien la tête encore un peu plus fraîche… Vas-y, vas-y donc lui porter ses poireaux, à ta bourgeoise, des fois que ce soit le manche à balai qui te reçoive…

Pour le coup, le Félicien en bredouillait. La tête plus fraîche… S'entendre dire ça par un comme Lachenaye ! Il en restait sans voix. Fallait-il céder ou, de son silence, punir l'insolence ? Il ne savait plus, le vieux…

– Allez, viens, va. J'disais ça… Des têtes comme la tienne, on n'en fera plus, c'est sûr ! Seulement là, tu m'as mis en colère. C'est des idées de nous laisser tomber comme ça ? À quoi ça ressemble ? C'est bien trop grave, cette histoire-là. Faut qu'on sache. C'est pas pour rigoler qu'on te tarabuste. C'est qu'il faut qu'on sache quoi ou qu'est-ce, qu'on décide. Peut-être qu'il faut le laisser, l'autre rigolo. Peut-être qu'il faut le foutre dehors, qui sait ? Alors, il faut qu'on sache tout. Pour décider comme il faut. Et pour qu'on sache bien, il n'y a que toi... T'inquiète de ta bourgeoise. Quand elle saura pourquoi... Et puis tiens, en remontant, j'irai avec toi. Comme ça on pourra encore causer. C'est moi qui lui expliquerai, à ta bourgeoise...

Félicien avait haussé les épaules et il était venu se rasseoir. Il y eut quelques bruits de chaises puis, très rapidement, le silence. Un silence tendu, presque inquiet des mots qui allaient jaillir. La Julienne apporta la chopine commandée. On l'écarta avec impatience comme si elle gênait déjà.

Le Félicien avait posé sa casquette sur la table, à côté de son verre vide. Il avait frappé d'un petit coup sec de sa canne sur le carreau, comme pour s'assurer qu'elle y tiendrait bien, avait calmement mis sa main droite sur le pommeau, puis la gauche sur la droite en se perdant dans la contemplation de ses gestes lents. Il avait hoché la tête une ou deux fois, comme un qui ne sait pas trop par quel bout commencer. Il avait eu du menton un hochement bref qui vous renvoyait loin, si loin, si longtemps, et il s'était jeté à l'eau.

VII

– … UN JOUR, AVAIT COMMENCÉ le Félicien… Un jour… J'vous parle de ça… Ça doit bien remonter au début des années trente… J'rentrais à peine de mon service militaire que j'ai fait à Metz dans l'infanterie. J'courtisais même pas encore la Léonne. C'est pour vous dire… J'travaillais souvent dans les bois, l'hiver, pour des coupes que mon père vendait à un marchand de Charolles, je me souviens.

« Un jour qu'il faisait un froid de loup. Il gelait à pierre fendre. Un ciel… t'aurais dit rien qu'à le regarder que t'allais te noyer dedans, vrai ! Et puis la neige ! Elle était tombée aux premiers jours de décembre, tiens juste pendant la foire d'hiver que c'était toute une affaire dans des rues où qu'on ne se tenait pas debout, bêtes et gens qui s'en sortaient pas… Bref, ce jour-là, comme d'habitude, j'étais parti de la ferme à la nuit encore faite. Je suis monté par les travers, comme d'habitude. J'ai bien marché une heure, de la neige à mi-mollet. C'était des hivers pas comme maintenant. La neige, elle vous arrivait au plus tard au 15 décembre et, pour revoir la couleur de la terre, bernique avant le 15 mars... C'est pas comme maintenant avec toutes leurs inventions à vous détraquer le temps qu'on voit des hivers comme cette année avec trois flocons de rien... »

– Bref, glissa Lachenaye, porte-parole des grognements qui commençaient à monter et des pieds de chaises qu'on faisait grincer.

L'autre lui lança un regard torve, se lissa les moustaches d'un geste appliqué, un coup à droite, un coup à gauche, et se décida à continuer.

– J'arrive sur ma coupe. Il faisait entre chien et loup. À peine si on commençait d'y voir clair. Ça faisait pas cinq minutes que j'avais entendu sa cloche, comme tous les matins. Et bang... et bang... et bang... Même que je l'entendais bien, vu que, la coupe, elle était dans le bois de Préneval, pas bien loin au-dessus de la Croix du Carage.

« Mais ça ne m'avait rien fait vu qu'on était habitué, dans ce temps-là.

« Première chose : allumer un feu et s'y réchauffer. Je te le fais... énorme. Ça monte tout droit dans l'air sec, t'aurais dit que ça allait casser. Des belles flammes, bien claires, avec tous les arbres derrière que ça leur faisait danser la gigue, dans l'air chaud qui montait. Et moi, comme un bienheureux qui approchais mes bas de pantalon raides de gel au plus près que je pouvais, en me frottant les mains au raz de la flamme. Ah, pour dire, j'étais bien, là, et le travail, j'y pensais pas encore de trop.

« Je me tenais là, bien tranquille, à penser à rien qu'au plaisir de se réchauffer après un tel chemin. Et puis, tout par un coup, il a été là. Par où qu'il est venu ? J'ai rien vu. Il était là, c'est tout. Qui ? Ben le trimard au Gustave pardi ! Même que c'était la première fois que je le revoyais depuis que j'étais rentré du service militaire.

« Mais là, c'était plus pareil. Quand on le voyait, c'était au pays, au bistrot, avec d'autres gars. Là, j'étais tout seul, nez à nez avec lui, au fond des bois. Te dire la trouille que j'avais… Il s'était planté là, de l'autre côté de mon feu et il se réchauffait, comme moi, sans un mot. Je voyais son grand manteau gris et le drôle de chapeau qu'il traînait toujours, comme votre grand loustic, qui dansaient dans l'air chaud que ça lui donnait une drôle d'allure, comme pas bien réelle…

« "C'est toi, le Félicien", qu'il me dit. J'avais la gorge toute sèche. J'arrivais pas à répondre. J'y fais oui de la tête. "Tu rentres du service ?" qu'il me demande. J'y fais encore oui de la tête. "Ça te change un homme", qu'il dit. Quoi qu'tu veux que j'réponde ? J'étais là comme un grand dépendeur d'andouilles, devant mon feu à ne plus savoir quoi dire… Ça n'avait pas l'air de trop le déranger. Il restait à se frotter les mains, devant le feu, et son manteau à gigoter dans l'air chaud.

« "Regarde", qu'il m'a dit. Et il montrait au sud. Je regarde… Et quoi que je vois ? Rien que le jour qui se faisait et le soleil qui gagnait en face, sur la montagne de la Ville. "Ils vont ouvrir les portes", qu'il dit. Pour le coup, j'le regarde avec des yeux ronds. Les portes ? Quelles portes ? Il continuait de regarder la montagne de la Ville. Et même à travers l'air chaud et la fumée, j'ai vu qu'il avait un drôle de regard, comme un qui resterait là planté, à la foire, devant la baraque d'un faiseur de tours. J'y comprenais plus rien et j'en menais pas large. C'était-y qu'il était fou ? Qu'il avait des crises ? Va savoir. Et si ça lui arrivait là, en plein bois et puis qu'y devenait méchant ? J'étais comme paralysé. J'savais même plus où j'avais mis mes outils, des fois que j'aurais eu à me défendre.

« "Écoute" qu'il dit, "Écoute les portes." J'entendais rien du tout et j'voyais rien d'autre que le soleil qui commençait d'illuminer le sommet, là-haut. "Ce sont elles qui laissent passer le soleil". qu'il dit. Et, au même moment, il me regarde. Je devais avoir l'air tellement *breulot* qu'y se met à me fixer comme si jamais y m'avait vu. Ça y est, que j'me dis. Sa crise, c'est sur moi qu'elle tourne. Et j'm'attendais à tout, des coups, des injures, qu'y m'jette dans le feu… c'que j'sais, moi !

« Au lieu de ça, le voilà qui éclate de rire. Un bon gros rire que ça se voyait tout de suite qu'il n'était pas méchant pour un sou. “La ville, qu'y m'dit. La ville. Tu le sais qu'il y a une ville, là-haut ? Tu le sais au moins ?” Qu'est-ce que tu veux que j'dise ? Ben oui, quoi, qu'j'fais, je le sais. Enfin, j'sais qu'on dit qu'il y a eu une ville, là-haut, il y a fort longtemps. Même que c'est pour ça qu'on l'appelle la montagne de la Ville. Qu'est-ce que j'avais pas dit ! Le voilà qui prend un air dur, presque méchant et qui me fixe comme s'il allait me bouffer. J'en aurais fait dans mes culottes.

« “Qu'il y a eu ou qu'il y a, c'est la même chose”, qu'y m'dit. “Mets-toi ça dans ta tête.” Et puis, tout de suite, le voilà qui redevient tout sourire. “Bon, qu'y fait. Je vois bien qu't'es trop jeune. Tu peux pas savoir. Le service militaire, ça te fait les bras d'un homme, mais pas sa tête. Viens ici que j't'apprenne… Viens, mais viens donc, qu'il insistait, j'vais pas t'bouffer.”

« Moi, on m'a toujours dit que, des gars comme ça, il faut surtout pas les contrarier. J'serais bien resté où j'étais, avec le feu entre lui et moi. Mais il voulait pas. Alors j'ai fait comme il voulait. J'ai contourné le feu et je suis venu me planter devant lui. Il m'a dévisagé. Il m'a observé des pieds à la tête, comme si j'étais une bête à vendre. Et puis il s'est décidé. “Qu'est-ce que tu fais là ?” qu'y m'a dit. “Viens donc là”. Il s'est assis devant le feu, sur un tronc, et il m'a fait signe de venir m'installer près de lui.

« Depuis cinq bonnes minutes, je pensais au travail qui n'avançait pas. Qu'est-ce que j'dirais à mon père ? De quoi que j'aurais l'air si je lui avouais que j'avais passé mon temps à écouter ses balivernes ? À croire que j'avais pensé tout haut. "Ton travail ? qu'il fait. T'inquiète pas. Savoir, c'est plus important. Et puis, quand tu sauras, j't'aiderai. Tu verras si j'sais pas travailler. J'sais même si bien que, chez moi, c'est un luxe. Et comme tout luxe, faut pas en abuser !"

« Et le voilà qui part d'un grand rire en continuant de taper sur son tronc pour m'indiquer de m'asseoir. À la fin des fins, j'ai bien vu qu'il fallait bien qu'j'y vienne. J'me suis assis. Peut-être bien que, dans le fond, j'étais un peu curieux de savoir ce qu'il allait me raconter, l'autre rigolo. Eh ben, vieux gars, j'ai pas été déçu… »

– Julienne, mets-nous donc un canon qu'y vont m'faire sécher sur place à causer comme ça sans rincer !

Il y eut, dans l'assistance, comme un grand soupir de récréation. Fallait qu'on se détende après tous ces mots et en prévision de ceux bien plus graves encore qu'avait annoncés Félicien. On échangea quelques regards en hochant gravement la tête, on rinça quelques verres. Et l'attention revint, tendue comme une corde, vers le vieux conteur.

– Faut dire… Faut dire qu'on s'doutait bien de quelque chose de ce côté-là, au pays, avait repris Félicien. Un oiseau pareil… Il y en avait déjà un ou deux qui l'avaient vu traîner vers les bois de Reboul, sur la montagne. Et qu'est-ce que vous voulez qu'il aille y faire si ce n'est remuer toutes ces vieilles histoires ?

« Nous voilà donc tous les deux sur notre tronc. Et le voilà, lui, qui était devenu tout songeur. Comme s'il n'avait plus envie de causer. Du bout du pied, il repousse quelques branches dans le feu. Il se penche à se démonter pour attraper une bûche que j'avais laissée de côté et, sans façon, sans me demander mon avis, le voilà qui la met sur la braise. Il secoue la tête une fois ou deux, il hausse les épaules, tout ça sans plus savoir si j'étais là ou pas. Il se met à marmonner des phrases que j'y comprenais rien du tout. Il se tait. Il reste comme ça bien cinq minutes que j'en étais à me demander si j'allais pas simplement foutre le camp.

« Et puis, juste au moment où j'allais me décider, le v'là qui me met la main sur le genou, qui se penche légèrement vers moi sans quitter le feu des yeux et qui commence.

« "Petit, qu'il fait… tu peux pas savoir ! Immense ! Elle était immense, la ville, là-haut. Cinq kilomètres de remparts pour la fermer. Des quartiers entiers. Celui des commerçants avec un foirail, un parc à chevaux. C'était important, dans ce temps-là, le commerce des chevaux. Celui des artisans, comme qui dirait leur zone industrielle à eux. Parce qu'il y en avait, des artisans ! Des forgerons, des menuisiers, des orfèvres, des émailleurs. Parce qu'ils savaient travailler l'émail mieux que personne, ces gens-là. Des potiers... Tout, quoi, tout pour la vie. Et puis le quartier des riches, des aristos. Il y en avait déjà, tu vois, à cette époque-là. Des rues toutes droites, bien tracées, avec des bordures de trottoir, des maisons de trois étages avec un système comme qui dirait un chauffage central. Et des piscines en mosaïques. Un luxe... qu'on peut pas croire !

"Et une vie ! Ça allait, ça venait... Jamais ça s'arrêtait. Aux portes de la ville, c'était, du matin au soir, des embouteillages de chars à bœufs, d'attelages de chevaux, de mules de bâts qui voulaient passer à toute force que ça criait, ça poussait dans tous les sens ! Le commerce, tu sais, ça n'attend pas.

"Et, le soir, quand tout ce monde-là était passé, on fermait les portes de la ville. Des portes... Des portes comme jamais t'en verras de toute ta vie. Elles étaient hautes comme le ciel sur lequel s'appuyaient leurs gonds d'en haut. Elles avaient été faites par tous les forgerons de la ville rassemblés sous les ordres d'un demi-Dieu qui y avait mis plus de magie que de minerai de fer.

“Le soir, elles étaient toutes noires du côté de la vallée et resplendissantes de lumière du côté de la ville. Le matin, c’était à peine si on les voyait, tant elles brillaient sur les deux faces. Car, pour la nuit, le demi-Dieu, il en avait fait la maison du soleil ! Et toutes les nuits, comme ça, pendant que le monde était plongé dans l’obscurité, pour remercier la ville de lui avoir offert une si belle maison, le soleil, il continuait de briller pour elle. Toute la nuit, elle restait illuminée ; ça brillait comme en plein jour, toutes les rues... Et, au matin, chaque matin, il offrait aux gens de la ville un vrai feu d’artifice de lumière avant de partir éclairer toute la terre.

“Une ville, j’te dis...”

« Et il s’était tu. Les yeux dans le vague, il regardait le feu et peut-être bien qu’il y voyait ses portes qui éclairaient les nuits de sa ville... Et moi... qu’est-ce que tu veux que je te dise ? J’en étais soufflé, comme deux ronds de flan. À l’entendre comme ça, pour un peu, j’m’y serais vu, dans sa ville. Mais, pour sûr, ce que je peux te dire, c’est que, à ce moment-là, que j’meurs là, sur ma chaise, si c’est faux, j’y croyais dur comme fer à sa ville et à ses portes de soleil ! Et j’attendais la suite, tu peux me croire.

« Il est resté longtemps comme ça, à contempler le feu sans le voir, penché en avant, les coudes aux genoux et les mains durement serrées l’une à l’autre. Et moi, j’attendais. Sans impatience. Je savais qu’il allait continuer. J'avais plus peur. J'étais comme un gosse qui veut connaître la suite…

« "Pourtant, qu'il a dit, il y manquait quelque chose, à c't'ville. Longtemps, j'ai pas compris. Voilà une ville qui a tout, toutes les richesses, tous les luxes, le surnaturel par-dessus le marché. Et voilà une ville qui n'a pas de religion. Pas un sanctuaire, pas la moindre pierre de sacrifice, pas le moindre oratoire. Tu comprends ça, toi ? Moi, je ne pouvais pas y croire.

"Les hommes, ceux du passé comme ceux d'aujourd'hui, ceux de la ville tout autant que nous, les paysans, ils ont besoin de croire pour vivre. Il y a trop de mystères pour qu'ils ne se rassurent pas en croyant. Et ceux-là plus encore que les autres, il fallait bien qu'ils aient des Dieux pour qu'il y en ait eu un à venir leur faire des portes comme ils en avaient. Où c'est-y bien qu'ils pouvaient les loger, leurs Dieux ? Pas dans toutes les portes, tout de même !

"Alors, j'ai fouiné. J'ai cherché. J'ai cherché à comprendre. Des années entières, ça m'a travaillé, cette histoire-là. Une ville entière, et quelle ville, sans sanctuaire… Il m'a fallu longtemps, sûr, pour comprendre…

"Et puis, un jour, je suis passé par Compiègne, dans l'Oise. Des pays… Tu connais pas, toi… C'est moitié forêt, moitié campagne. Faut aimer… Faut te dire que, tout ce temps-là, j'ai pas arrêté de trimarder. Le voyage, la cloche, pour moi, c'est comme qui dirait ma deuxième nature. Rester en place, j'saurais pas. Pour quoi y faire ? Mais, tout de même, il y avait cette histoire de votre ville sans sanctuaire qui me tarabustait. Je rencontre un autre traîne-misère comme moi. Un bon bougre. On s'était déjà croisés une ou deux fois. Un petit râblé avec une barbe tellement épaisse qu'on ne lui voyait plus guère que les yeux qu'il avait tout petits et tout noirs. Une tête à faire peur ! Mais brave comme tout !

"Et alors, un spécialiste des Gaulois ! Il se prenait bien un peu pour un druide ou quelque chose d'approchant. Suffisait de le laisser dire. Mais l'écouter, c'était un vrai régal. Il en connaissait... Peut-être bien, pour le vrai, qu'il en inventait bien plus qu'il en savait vraiment. Mais il te disait ça si sûr, si ferme que tu ne te posais même plus la question !

"Pour le coup, je lui parle de ma ville sans sanctuaire. Et le voilà qui m'éclate de rire au nez ! Presque à me vexer. J'étais là à le regarder avec des yeux ronds, à me demander quoi ou qu'est-ce. Il me fait 'Viens...' Et il s'en va... J'le suis. Sans un mot, sans une explication, il me fait faire une bonne quinzaine de kilomètres. Un moment, je me suis même arrêté et j'ai dit comme ça qu'il me les cassait, que j'faisais demi-tour... Il m'a même pas répondu. Et y continuait, tout droit, tranquille, sur le bas-côté d'une route où je me souviens qu'il faisait une chaleur à pas mettre un homme sain dehors sans boire... et on n'avait pas à boire..."

« Il s'est arrêté tout net. Il a fait claquer sa langue. Et il m'a regardé en fronçant les sourcils. "... À boire, qu'il a fait. On n'avait pas à boire. Mais toi, pour sûr que tu en as ?" J'étais tellement dans son histoire que je n'ai pas compris. Je continuais à le regarder bêtement, à attendre la suite. "Où c'est-y qu'il vous emmenait ?" que je lui ai répondu. "Tu le sauras quand tu m'auras trouvé à boire", qu'il réplique ! C'est seulement là que j'ai compris ce qu'il voulait. J'ai bondi sur ma musette que j'avais pendue à une branche d'arbre, j'en ai tiré la petite bouteille qu'y glissait ma mère tous les matins et la lui ai tendue. Délicatement, il a tiré le bouchon, il a reniflé le goulot, il en a pris une lichette pour le goût. Il l'a fait rouler longtemps dans la bouche, puis il a eu un hochement de tête approbateur. "C'est du bon", qu'il a dit. Et, d'un coup, il a vidé la moitié de la bouteille. "T'en veux ?" qu'il m'a demandé en me la tendant. J'ai fait non de la tête. Il l'a rebouchée soigneusement et il l'a foutue dans sa poche ! J'étais au régime sec pour la journée. "Viens te rasseoir", qu'il m'a dit. "J'saurais pas te raconter tout ça comme y faut si tu restes planté là, devant moi." J'ai remis une bûche sur le feu et je me suis rassis. Je pensais plus du tout à mon travail. Je n'avais qu'une idée : savoir.

« “Bon, qu’il a fait. J’en étais à l’autre vieux gars qui m’emmenait sans me dire où. J’ai bien compris qu’y m’répondrait pas. Comme c’était pas dans ses habitudes d’être comme ça et qu’il avait l’air d’un qui sait où il va, je l’ai suivi quand même.

“C’était le soir tombant quand on est arrivé dans un drôle de champ qui avait l’air d’avoir été retourné sens dessus dessous par une armée de sangliers. Des amas de terre, des rangées de pierres, un fossé tout autour. Et des trous bizarres comme des fosses, neuf plus petites entourant une grande un peu ovale. ‘Voilà, qu’il m’a fait. C’est là.’ Pour le coup, j’en revenais pas. C’était pour me montrer ce chantier qu’il m’avait fait mourir de soif tout un après-midi, même que je nous voyais bons pour passer là la nuit sans boire et sans manger vu que j’avais rien ou presque dans ma musette.

‘C’est là quoi ?’ que je lui dis. Il me regarde. Et je vois que ses petits yeux noirs, ils brillaient de malice. ‘Ben, qu’il fait, tu voulais voir un sanctuaire celte ? En voilà un.’ Je n’y comprenais plus rien. Qu’est-ce que c’était que cette histoire de sanctuaire celte en pleine nature à des kilomètres du premier lieu habité ? ‘Assieds-toi, qu’il m’a dit. Et écoute.’

“Et comme je te parle, sauf que là on était en été, qu’il faisait une chaleur à crever et qu’on n’avait rien à boire, il s’est mis à parler. Il m’a raconté que ces gens-là, les Celtes, c’était l’habitude chez eux de planter leurs sanctuaires loin de leurs villes, dans des endroits les plus isolés et les plus sauvages possible. Là, c'était à la limite, comme qui dirait à la frontière des Bellovaques qu'il m'a expliqué, le copain. Au nord, c'était les Ambiani, ou quelque chose comme ça. C'était ce qu'ils appelaient la Belgique. Tu te rends compte : elle venait jusque-là, à l'époque, la Belgique.

“Bref, à ce qu'ils pensaient, les gens de ce temps-là, c'était là que leurs Dieux, ils étaient bien. Ils faisaient une sorte d'enclos, avec des palissades en bois, bien étanches. Dans l'enclos, ils faisaient des fosses. Neuf petites qu'il y en avait là, rangées en rond autour d'une beaucoup plus grande. C'était près d'un village qu'on nomme Gournay-sur-Aronde. Un joli nom, tu ne trouves pas ? Et, dans ces fosses, ils faisaient leurs sacrifices.

“Ils faisaient des tas d'offrandes à leurs Dieux. Des taureaux blancs, des boucs, des moutons qu'ils élevaient exprès et qu'ils soignaient comme des rois, des années à l'avance, pour qu'ils soient au meilleur d'eux le jour fixé pour le sacrifice. De temps en temps, on y ajoutait bien quelques prisonniers ramenés de la dernière bataille. Mais il y avait aussi tout le butin qu'ils faisaient lors de ces guerres permanentes qu'ils menaient contre les uns ou les autres de leurs voisins.

“Tout ça, les bêtes, les hommes, les butins, ils l'accumulaient dans l'enclos du sanctuaire. Et puis, quand ça débordait un peu de trop, ils balançaient les os qui restaient des sacrifices et les objets des butins par au-dessus de la palissade, dans le fossé qui l'entourait. Mais ils ne balançaient pas tout ça n'importe comment. Faut pas croire. C'était des gens d'ordre. Il y avait comme un protocole, pour ça aussi. Ils rangeaient tout, bien soigneusement, par épaisseurs successives. Par exemple, à Gournay-sur-Aronde, à ce qu'il me disait, le copain, les ossements humains, c'était dans les fossés qui longeaient les angles de leur enclos qu'ils les rangeaient. Les os des taureaux c'était à un autre endroit. Et les moutons encore ailleurs. Mais tout ça bien organisé, comme pour répondre à des règles précises qu'on ne connaît plus, maintenant.

“Et on a tout retrouvé. Ils ont fouillé, ici, des années durant. À la cuillère à soupe et à la brosse à dents qu'ils y allaient ! ‘Tous les ans, je passais', qu'il me racontait, mon copain. ‘Il y en avait un, il était bien brave. Un des chefs… Le chef, peut-être. Un savant ! Il savait tout. Et, chaque année, quand je passais, il venait tout me raconter. Tout ce qu'ils avaient trouvé, tout ce qu'ils avaient expliqué. Tout ce qu'ils croyaient et qu'ils fouillaient de plus belle pour essayer de mieux comprendre et d'être sûrs…'

“Moi, j'écoutais. Je rangeais ça soigneusement dans ma caboche. Et je me disais qu'un jour, ça pourrait bien me resservir… Tu vois !

"Il s'est relevé. Et il est reparti. Sans desserrer les dents, il a fait tout le chemin inverse dans la nuit noire. Et moi que je courais derrière... Et quand on est revenus à Compiègne, il m'a dit comme ça que je n'avais plus qu'à lui payer un gueuleton. C'était à ça que lui avait finalement servi son histoire qu'il avait soigneusement rangée dans sa caboche !

"Eh ben, je vais te dire, petit : je lui ai payé son gueuleton. Et je suis revenu vite fait par ici. Parce que, ce coup-là, je l'avais, ma petite idée. Je suis arrivé vers le milieu de septembre. Faut te dire que nous, quand on voyage, on prend notre temps. On n'a pas d'horaire comme les gens pressés. Notre mort, on y sera bien assez vite. Des jours, on fait des centaines de kilomètres, le lendemain on n'en fait pas dix. Et pas toujours dans la direction qu'on prévoyait. Faut jamais prévoir. Des jours encore, on se trouve bien où qu'on est et on reste. Des fois, on suit un copain, quelques jours, comme ça, pour le plaisir d'être avec lui. Et puis, pour un oui ou pour un non, on s'engueule. Et chacun repart de son côté. Seulement, entre-temps, on a traversé la moitié de la France du côté opposé. Alors, on revient !

"Une arrière-saison comme on en a quelquefois : superbe. J'ai abordé le Morvan par Saulieu. Et j'ai pris le chemin des écoliers. J'avais mon idée. Saint-Léger-de-Fourches, que les fourches tu sais ce que c'était ? Non, bien sûr ! On vous apprend plus rien dans vos écoles. Les gibets, mon cadet, là où on pendait haut et court manants et ribauds, Fétigny, là oû on fabrique des martinets, Alligny-en-Morvan au beau calvaire, Moux, Gien-sur-Cure, Anost, le pays des galvachers... Mais tout ça en tirant un peu à l'ouest, par des chemins qui s'enfilent tous, les uns aux autres, sans jamais la quitter, l'épine dorsale du vieux Morvan, au plus profond de la forêt. Des chemins qui ont toujours existé, des vieilles traces où ça se lit encore, par places nombreuses, les passages des hordes de vieux Gaulois qui allaient refaire le monde... si on les avait laissés faire...

"Près d'Arleuf, vers les Pasquelins, j'ai attrapé le Haut Folin. Et, de là, j'ai plus fini de me le répéter, ce qu'il me racontait, l'autre vieux gars, sur son sanctuaire de la soif : '... des endroits les plus isolés et les plus sauvages possible. C'était là, à ce qu'ils disaient, que leurs Dieux, ils étaient bien.' Isolés et sauvages... T'as bien entendu ? Isolés et sauvages... Tu trouverais mieux que le Folin, toi, pour des Dieux comme ça ?

"À n'en pas démordre, j'étais sûr que c'était par là. Mais c'est grand le Folin... C'est même immense... Et puis, pour dire vrai, il n'y a pas grand monde... Par chance, il faisait encore beau. Un beau soleil de mi-septembre qui vous levait, dès le matin, quelques brumes douces comme des voiles de mariées qu'il dispersait vite pour ne plus en finir de réchauffer les vieux feuillages. À peine si ça commençait à roussir, par place. Quelques reflets d'or ou de pourpre qui couraient sur les pentes de feuillus, pas plus. Mais, alors, dans les sous-bois, des champignons comme rarement j'en ai vu. Suffisait de se baisser.

“J'avais décidé que je ne quitterais pas ces fichus parages tant que je n'aurais pas trouvé leur maison des Dieux. Et j'suis têtu. J'ai vite trouvé quelques abris de roche où, à la rigueur, je pouvais dormir au sec. Et, au petit matin, j'attendais même pas que le soleil vienne me réchauffer. Je confiais la mission à mes jambes. Et je cavalais ! J'essayais de travailler par zone. Mais, dans une telle jungle, pour te repérer, pour ne rien manquer et ne pas te recouper, c'est pas de la tarte ! Alors, je recherchais tous les endroits d'où je pouvais étudier les pentes, les vallons, les plateaux sous un angle ou sous un autre. Je notais tout ce qui attirait mon regard et j'allais voir de plus près. Pour retrouver sur place ce que j'avais vu à des kilomètres de là, depuis le bord d'une coupe ou du sommet d'un arbre, tu peux pas savoir ce que j'endurais.

“Mais je n'en démordais pas. Fallait que je trouve. Remarque, j'étais pas malheureux. J'avais pris mes précautions. La manche n'avait pas trop mal marché, avant que je n'arrive dans les parages. J'avais des sous. Je pouvais tenir le coup longtemps, des mois s'il le fallait. J'allais faire mes courses dans un pays ou dans un autre, au hasard de mes recherches, mais sans trop revenir souvent vers le même. J'aime pas me faire repérer. Et je retournais dans les bois où les champignons et un lapin de temps à autre, pris au collet, amélioraient l'ordinaire.

"On peut pas dire que je ne trouvais pas. J'en ai trouvé des traces d'habitat ! Pour qui sait, ça se voit comme le nez au milieu de la figure, dans les bois. Un bout de talus, une sorte de butte là où rien d'autre ne l'explique, un reste de mur avec des grosses pierres placées comme pas un. Ils avaient un coup pour lier les pierres ensemble, ces gars-là, formidable ! Alors je fouillais un peu. Tu déblaies l'humus, doucement, par plaques, sans abîmer le sol dur en dessous. Et tu l'observes. S'il a été battu, même il y a deux mille ans, ça se voit encore. Alors tu vas plus loin, tu continues ton petit ménage. Et bien rare si tu ne trouves pas l'emplacement d'un pilier, un bout de poterie. J'ai même ramassé des pointes de flèches, quelques babioles comme ça.

"J'ai retrouvé des chemins oubliés depuis des siècles mais que tu suis encore parfaitement si t'as pas peur de te faire bouffer par les ronces.

"Mais de maison des Dieux, rien. Un jour, j'ai bien cru que j'avais trouvé. C'était sur une sorte de crête, au-dessus des Joies, en face du Bois du Roi. Pas bien loin d'une coupe, j'avais remarqué comme une irrégularité dans le faîte des arbres. J'y vais, je cherche tout un après-midi : rien. J'étais pourtant sûr. Alors je campe par là. Roulé en boule au pied d'un grand hêtre. Faisait pas chaud ! C'est même le froid qui m'a réveillé au petit matin. Je me lève et je fais vite un petit feu pour me faire quelque chose de chaud. Haut comme j'étais, il n'y avait pas de brume. Le soleil, en se pointant au-dessus du Bois du Roi, a tout de suite atteint mon perchoir. Une lumière très pure, au ras du sol, qui te faisait d'immenses ombres bien découpées. Et qu'est-ce que je vois ? Des murs tout autour de moi ! J'avais dormi au milieu même de ce que je cherchais !

“Oublié le café ! Je me précipite. Fallait vite profiter de la lumière rasante pour bien suivre l'ombre de murs hauts de quelques centimètres que le soleil doit prendre plaisir à faire revivre, chaque matin, depuis bientôt deux mille ans. Et je suis parfaitement une enceinte pas bien grande mais qui pouvait très bien être ma maison des Dieux. J'me sentais plus ! Je me mets à fouiller. J'ai fouillé toute la journée. Je l'ai trouvée la terre battue. Je l'ai balayée, centimètre par centimètre. J'ai nettoyé tout l'extérieur de l'enceinte. Comme un qui veut que ses abords lui fassent honneur.

“Mais j'ai eu beau fouiner, chercher, m'esquinter à gratter : pas trace des fosses à sacrifice, pas de pierre d'autel, pas d'emplacement de pieux de sacrifice, pas de fossé autour de l'enceinte… J'ai fini par comprendre que j'étais sur l'emplacement d'un de ces petits oppidums que les Romains, ces envahisseurs, installaient le long des voies importantes pour les surveiller.

"Et la voie, elle était bien là, je le savais, dans le vallon, entre ma crête et le Bois du Roi. J'étais complètement découragé, à bout de fatigue. Je croyais que jamais je ne trouverais. Mais j'ai jamais vraiment pensé à abandonner pour autant. J'y croyais toujours aussi dur. Et, pour dire vrai, je ne sais pas très bien la force qui me poussait à aller jusqu'au bout. Y fallait que je sache. Et je saurais.

"J'avais une grotte, vers les bois Brelon, où je m'étais installé un peu mieux que dans mes autres campements de fortune. Je me traînais jusque-là. Je trouvais encore la force de me faire un bon repas chaud. Et je m'effondrais sur le lit de fougères sèches que je m'étais fait. Je crois bien que j'ai dormi deux jours de suite.

"Et puis je suis reparti. Tout ça, remarque bien que ça m'avait donné une idée. Comme je n'arrivais pas à prospecter tous ces bois par secteurs, j'allais suivre les vieilles voies qui les sillonnent et que je commençais à bien connaître. J'ai attaqué par celle au-dessus de laquelle j'avais été si déçu par le petit oppidum. Je suis retourné presque jusqu'à Arleuf et, de là, rive droite, rive gauche, j'ai recommencé à chercher.

"Mais le temps avait passé. Les beaux jours, c'était fini. On avait eu droit à un vrai feu d'artifice de couleurs dans les tout derniers jours de septembre et jusqu'au 10 octobre. Jamais j'ai vu de forêt aussi belle. C'était un mélange incroyable de jaunes les plus clairs et les plus purs, de rouges et de bruns inventant plus de nuances qu'il s'en peut imaginer, plus de subtils mélanges, jouant avec le relief, s'embrasant de lumières ou se coulant dans des ombres douces où leurs chatoiements de couleurs prenaient des profondeurs de velours.

“Et puis, vers le 10 octobre, il s'était mis à pleuvoir. Une pluie froide et drue, bien morvandelle, qui eut tôt fait de détremper le sol et de me rendre la vie franchement impossible. Je me consolais en me disant que toutes ces feuilles, dont j'admirais les couleurs quelques jours avant, elles allaient tomber et me rendre plus faciles mes recherches dans les sous-bois devenus transparents.

“Mais cela est vite devenu insupportable. Mes abris de fortune, ça allait encore quand il n'y avait à se sécher que d'une petite rincette ou de la rosée du matin. Mais, là, c'était plus possible. Je vivais trempé, je n'arrivais plus à me faire chauffer de vrais repas. Quant à me laver, ma foi, j'y pensais plus guère… J'étais même plus un clochard, j'étais une bête des bois… Mais je m'obstinais. Cette maison des Dieux, il fallait que je la trouve. C'était une nécessité. Il n'y avait pas à en revenir. Et puis je m'étais mis dans la tête que c'était eux, les Dieux qui m'égaraient tout le temps. Pas pour me décourager. Pour m'éprouver. Pour voir si j'étais assez tenace. Parce qu'il fallait être tenace au-dessus de tout pour avoir accès à leur maison devenue secrète depuis que les hommes les avaient reniés…

“J'y croyais dur comme fer… Et je crois bien que j'y crois toujours !

“Alors, j'ai continué. Combien de temps ça a encore duré ? J'sais plus bien. Tout ce que je sais, c'est que je la remontais, cette damnée voie romaine. Un jour à droite, un autre jour à gauche. Je fouillais jusqu'aux sommets qui la dominent. Tout y passait, mètre par mètre. Trempé, grelottant, l'estomac le plus souvent vide, traînant des blocs de boue à mes chaussures depuis longtemps percées, je m'acharnais.

“Un soir, je me suis fait prendre par la nuit en haut d'un mont encore assez éloigné de mes repères. J'avais cru y trouver quelque chose. Et je m'étais encore trompé. Quand j'ai relevé le nez de mon grattage, il faisait nuit. J'ai pris mes jambes à mon cou et j'ai voulu redescendre vers le chemin. Mais plus rien pour me repérer. J'ai tourné des heures durant. La nuit était totale. Ce maudit chemin, si ça se trouve, j'en suis passé dix fois à moins de deux mètres. Mais jamais je ne l'ai trouvé.

“À la fin, épuisé, mort de faim et de froid, je me souviens que j'ai abandonné. J'me suis laissé glisser le long du tronc d'un arbre sur lequel je m'étais appuyé parce que je ne tenais plus debout… J'me souviens bien que je me suis laissé glisser. J'me souviens même du froid des feuilles mortes trempées quand je suis arrivé dessus... Après, plus rien... Le vide..." »

L'heure avait tourné. Mais personne n'y pensait plus. Même pas la Julienne qui en oubliait de prendre le parti des femmes à la maison au nom desquelles, d'ordinaire, elle ne se gênait pas pour mettre à la porte ses clients trop cramponnés au comptoir. Un torchon encore à la main, elle s'était accoudée à son bar et elle s'était, elle aussi, laissée gagner par le récit du trimard rapporté par le Félicien.

Celui-ci s'était tu. L'œil vague, il fit tourner dans ses doigts son verre vide. On lui tendit une chopine. On emplit le verre. Il eut un soupir de soulagement. Il se redressa dans sa chaise, les deux mains au bord de la table, eut un regard circulaire et plus souriant pour son assistance.

– Ça sèche, fit-il.

Et, le geste toujours aussi sûr, il se le vida d'un coup dans le gosier. Il y eut quelques soupirs, quelques brefs chuchotements, quelques légers tintements de verres. Et le silence se refit avant même que Félicien eût laissé entendre qu'il allait remettre ça.

– Tu parles d'une histoire qu'il me racontait là ! Et moi que je l'écoutais, le cul rivé à mon tronc. Mais c'est qu'il faisait frisquet. Il causait, il causait, mais le feu, pendant ce temps-là, il crevait ! On y remet deux bûches. Ça repart un train d'enfer. Il sèche encore un bon coup de ma bouteille. Et on se réinstalle. Le travail ? Belle lurette que je n'y pensais plus. Le voilà qui se met à son aise sur le tronc. Il se marrait tout seul ! Ah, pour rigoler, y rigolait de bon cœur ! Il me tape un grand coup sur la cuisse. « "Jamais tu devineras comment que je me suis réveillé", qu'il fait. J'y réponds pas. Quoi tu voulais que j'dise ? Il me rergarde en rigolant encore plus fort. "Dans des draps blancs, dis donc ! Des draps comme les bourgeois ! D'abord, j'ai bien cru que j'étais mort... Un décor comme ça, pour moi qui vivais comme une bête depuis des mois... J'pouvais pas y croire. Puis voilà que j'entends qu'on parle. 'Y s'réveille', qu'on disait. C'était une voix de femme. Je ne la voyais pas. Mais rien qu'à l'entendre, aux premiers mots, j'ai su que, celle-là, elle savait ce qu'elle voulait. Une femme de tête qui s'en laisse pas compter.

"J'étais là, au fond de mon lit, à me réveiller doucement sans trop vouloir comprendre, à plus trop me souvenir de ce qui m'était arrivé, et surtout à ne pas avoir envie de bouger. Alors, là, tu vois, petit, j'aurais voulu que tout s'arrête, que ça reste comme ça sans plus jamais bouger. J'peux pas dire que j'étais bien. J'avais même pas conscience de mon corps. J'voyais vaguement un décor que je n'y croyais pas. J'avais entendu cette voix de femme.

Ça me suffisait comme ça. Fallait surtout pas que ça change…

“… Mais ça a changé, bien sûr. Je l'ai vue tout par un coup sur le côté du lit, la femme qui avait parlé. Elle était très grande, toute sèche, avec un chignon tout serré de cheveux gris. Plus bien jeune. Mais l'air d'un roc. C'est ça. Un roc. C'est à ça que j'ai pensé, dans ma pauvre tête pas encore remise quand je l'ai vue. Et puis, tout de suite après, j'ai vu l'homme. Et, tout de suite, je me suis dit ces deux-là, y sont faits l'un pour l'autre. Il était encore plus grand qu'elle, carré d'épaules comme de visage. On aurait dit qu'il avait été taillé à la serpe. Et, là-dessus, un regard noir derrière d'épais sourcils. Impressionnant, mais rien de méchant.

“Là, je peux dire qu'en les voyant, ces deux-là, j'ai été bien. Tout de suite. J'ai senti qu'avec eux, j'avais rien à craindre.

“Ils m'ont longtemps regardé sans rien dire, lui derrière elle. Puis elle s'est penchée. ‘Vous m'entendez ?’ qu'elle a demandé. J'ai fait oui de la tête. J'aurais peut-être pu parler mais j'avais pas envie. ‘C'est bien, qu'elle a dit. Le Gustave vous a trouvé dans les bois à moitié mort. Vous nous avez fait une belle peur ! Maintenant, ça va aller. Bougez pas. Reposez-vous. Ce soir, vous prendrez bien une bonne soupe ?’ J'étais pas encore trop sûr d'avoir faim… J'ai fait encore oui de la tête, plus pour lui faire plaisir qu'autre chose. Et ils sont partis. Sans rien me dire de plus, sans rien me demander. Ça, j'en suis pas encore bien revenu…

"Et jamais ils ne m'ont rien demandé. Si j'ai parlé, c'est parce que je l'ai bien voulu.

"Mais alors, mon ami, la faim, crois-moi qu'elle m'a vite rattrapé ! Ils n'étaient pas partis de vingt minutes que j'commençais déjà à en rêver, de sa soupe ! Et le soir même, j'étais assis, à leur table, à faire honneur à sa soupe et au reste, même si j'étais pas encore trop vaillant.

"Mon histoire, je leur ai raconté. Tout cru. J'leur devais bien ça. Crois-tu qu'ils ont ri ou qu'ils m'ont pris pour le grand *breulot* que j'étais ? Ils ont dit 'Bien. Si tu crois que leurs Dieux, ils avaient leur maison par ici, c'est peut-être que t'as raison. Faut voir. C'est ton affaire.'

"Et ça aurait pu en rester là. Mais le Gustave, dès que j'ai eu dit ça, j'ai vu qu'il avait une idée par-derrière la tête. On était à table. Une grande table bien longue. Comme ça se doit, il occupait le bout, le dos à la porte. Ses trois fils que tu connais de chaque côté et le couvert de la Julia au bout. Parce que la grande femme sèche au chignon serré, c'était la Julia, bien sûr. Tu l'avais deviné. Mais elle était bien rarement devant son assiette, toujours à ses fourneaux ou à nous servir. Qu'elle tient jamais en place, cette femme-là !

"Il a rien dit, le Gustave. Mais il avait son idée, c'est sûr.

“Le lendemain, j’ai dit que j’allais mieux, que j’allais partir, que je les remerciais bien. Mais que je ne voulais pas gêner. Elle, elle a insisté. ‘Vous n’êtes pas encore bien solide. Quelques jours de repos en plus, ce serait raisonnable. C’est pas pour la gêne. Et où c’est que vous allez aller ?’ J’ai pas répondu vu que je ne savais pas vraiment. Mais j’ai tout de même répété que j’allais partir. C’est pas trop que j’en avais envie. J’me sentais si bien là ! Mais je ne pouvais pas rester comme ça. Alors lui qu’il était resté silencieux jusque-là, assis à son bout de table, il a dit ‘C’est bien. Si tu crois que c’est ça qu’il faut. C’est toi qui juges.’

“J’me suis levé. J’suis allé serrer la main de la Julia en lui disant mille mercis, j’ai serré la main des trois gars. J’ai serré la main du Gustave. Et je suis sorti. Il faisait un temps de chien. Mi-neige, mi-pluie, ça tombait en rafales poussées par un vent d’est à vous jeter bas. À dire vrai, elle avait raison, la Julia. Je ne me sentais pas encore bien solide… Pour dire, à ce moment-là, je me sentais toute la misère du monde sur les épaules. Mes pauvres hardes, elles étaient en train de moisir au fond d’une grotte, à des kilomètres de là. J’avais rien que ce qui me tenait à la peau…

“On y voyait pas à trois pas tellement ça tombait. Et si on essayait d’y voir, ça vous fouettait le visage en vous brûlant les yeux. Depuis qu’ils m’avaient ramassé, c’était la première fois que je mettais le nez dehors. Je savais même pas comment il était fait, leur pays. J'suis descendu de la cour jusqu'à un grand carrefour de chemins. J'savais pas encore que c'était ça, la Croix du Carage. D'instinct, j'ai pris le chemin du nord. J'me doutais qu'il me conduirait vers le Folin et ma grotte. Et j'ai marché. D'abord entre des haies bien taillées qui ne m'abritaient pas trop de la neige et du vent. Plié en deux, je marchais sans chercher à voir où j'allais. Puis le chemin est entré en forêt. C'était un peu moins mal. Le vent, c'était aux arbres qu'il s'en prenait. Il n'en arrivait pas beaucoup jusqu'au sol. Et je les remerciais de se tordre, de s'échiner, de lutter comme mille diables contre ce satané vent. Et j'aimais leurs grandes carcasses toutes nues, brandissant leurs longs bras de branches comme tordues de douleur pour me protéger de ce maudit vent. Et je marchais…

“J'ai pas marché très longtemps. Tout d'un coup, j'me suis arrêté, complètement interloqué. Le Gustave, il était devant moi ! C'était pas Dieu possible ! Il était là, planté debout au milieu du chemin, appuyé sur son bâton. Et, derrière sa moustache, j'voyais bien qu'y rigolait doucement. Sûr, d'abord, j'ai cru à une vision. Quand on n'est pas bien solide comme j'étais, on sait plus très bien c'qu'on pense… J'me suis frotté les yeux. Pour le coup, il a éclaté de rire, le Gustave.

“‘C'est bien moi, t'en fais pas', qu'il a dit. Les mots, ça n'a jamais été son fort. ‘À quoi ça servirait d'être du pays si on ne le connaissait pas mieux qu'un qui n'est pas d'ici ?' qu'il a tout de même ajouté. Et comme j'allais lui demander pourquoi il m'avait ainsi rattrapé, il a fait : 'Viens.'

"Il n'a pas attendu d'avoir mon avis. Et le voilà qui s'enfile dans un petit sentier qui montait raide. Sans trop savoir pourquoi, j'le suis. Un petit sentier de rien du tout que les branches basses et les ronces, elles se faisaient un malin plaisir à nous accrocher, à s'essuyer sur nous, à nous retenir. Et lui qui grimpait comme s'il marchait sur le plat. Moi, j'avais plus de souffle et je me demandais déjà ce que j'avais à le suivre dans sa broussaille alors que je n'aurais peut-être pas eu la force de rejoindre ma grotte… Et il marchait toujours. J'en pouvais plus. Je soufflais comme un bœuf, moi qui d'ordinaire abats sans craindre mes trente ou quarante kilomètres par jour dans n'importe quel terrain.

"J'allais me laisser distancer. C'est à peine si je devinais sa silhouette, au-dessus de moi, dans la broussaille, quand je l'ai vu s'arrêter. On arrivait sur la crête qui dominait le chemin. Autour de nous, c'était un épais taillis de chêne rouvre, de hêtres en bouquets et de maigres bouleaux. J'ai rassemblé mes dernières forces et je l'ai rejoint en essayant de ne pas trop montrer que ça n'allait pas fort. 'J'crois que, pour aujourd'hui, t'en auras assez fait', qu'il m'a dit. Je l'ai regardé l'air sidéré. C'était donc pour ça qu'il m'avait fait monter jusque-là ?

Toujours avec son demi-sourire dans sa moustache, il a eu un geste sur la droite du chemin avec son bâton. 'Des fois que ce que tu cherches, ça serait là', qu'il a simplement dit.

"C'était là. Tout de suite, j'ai vu le fossé. Sur le sommet qui se prolonge comme un plateau, le taillis s'était fait plus clair, juste à cet endroit-là. Comme si la broussaille, ça pouvait pas bien pousser sur la maison des Dieux. Et les fosses à sacrifice, j'ai pas eu besoin de beaucoup de force pour les trouver, les plus petites en rond autour d'une beaucoup plus grande, bordée d'un très beau mur qu'on voit encore très bien. Tout ça, c'était figé là, comme qui dirait des fossiles, restés intacts, ou presque, depuis plus de deux mille ans…

"Je ne savais plus où j'étais… Je ne savais plus quoi dire, quoi faire. J'étais là comme un grand *breulot*, les bras ballants à aller de droite et de gauche comme si je voulais tout voir, tout comprendre, mais je savais pas par quel bout commencer.

"Le Gustave, il n'avait pas bougé d'un pouce. Et il me regardait aller et venir sans un mot. À la fin des fins, j'suis revenu vers lui, j'l'ai pris par les épaules et – tu m'croiras si tu veux – j'l'ai embrassé ! 'Bon ! qu'il a fait. Pour aujourd'hui, ça ira comme ça. On va rentrer bien gentiment et tu reviendras fouiner si ça te dit, quand tu seras un peu plus costaud et qu'il fera meilleur…' Il m'a regardé droit dans les yeux et puis il a ajouté avant que je n'aie eu le temps de dire quoi ou qu'est-ce : 'Ça fait longtemps que, moi aussi, ça me travaille de savoir ce qu'ils faisaient là... Alors, c'est un peu pour moi, pour mon compte, que t'éclairciras cette affaire-là.'

"Voilà... Maintenant, tu sais comment je suis arrivé dans votre pays. Et tu sais même ce que j'y fais. Et si tu veux savoir pourquoi je t'ai raconté tout ça... Va comprendre... Peut-être bien que c'est parce que, ta coupe, elle est juste là où il m'a trouvé, un beau soir, le Gustave..."

« Il s'est levé. Il a ôté son manteau qu'il a soigneusement posé sur le tronc après avoir sorti ma bouteille de sa poche. Il l'a regardée d'un air pensif. Il a dû penser qu'il n'en restait pas assez pour ne pas économiser. Il l'a coincée contre le tronc. Puis il m'a regardé d'un air sévère. "Eh là, mon gars, qu'il a fait, serait peut-être temps de se mettre au travail !"

« Moi, j'arrivais pas trop à redescendre sur la terre. Et puis, il y avait tout de même quelque chose qui me turlupinait encore. Ça n'allait pas au bout, son histoire.

« "Et la cloche ?" que j'lui ai fait.

« Il m'a regardé, l'air surpris.

« "Quoi la cloche ?" qu'il a fait. Déjà, j'osais plus trop. J'ai bredouillé, j'ai cherché mes mots. Ben oui, quoi, la cloche, qu'est-ce qu'elle fait, dans tout ça ?

« C'était pas comme ça que je voulais la poser, ma question. Mais j'avais sorti ce qui voulait bien venir. Et lui, il se marrait franchement en s'occupant des outils. "La cloche..." qu'il a fait. "T'aimerais bien savoir d'où qu'elle vient et le pourquoi de mes volées, matin et soir... Pour quoi ? Pour aller faire le malin dans le pays et leur raconter tout ça ? T'en sais bien assez pour aujourd'hui. La cloche, c'est une autre histoire... Une belle histoire. Trop belle pour vous. La cloche, c'est entre la Julia, le Gustave et moi. Allez, au travail !"

« Quand je suis redescendu le soir à la ferme, jamais je n'avais pu annoncer à mon père autant de travail de fait. Ce type-là, c'était un ouvrier comme jamais j'en ai vu. Il m'avait pas quitté de tout le jour. On avait cassé la croûte ensemble. Et il avait remis ça tout l'après-midi, comme si ça lui plaisait.

« Pour le coup, quand il a su ça, mon père, il m'a félicité. Mais quand j'me suis hasardé à lui répéter le discours de l'autre trimard, vrai, tout retour du service militaire que j'étais, il m'a retourné une baffe. "Ça t'apprendra à écouter des bêtises au lieu de travailler !" qu'il m'a fait... »

– Oh, les gars, vous avez vu l'heure ?

Félicien s'était redressé d'un coup et il n'avait plus qu'une idée : rentrer au plus vite les courses de sa bourgeoise. Tout le reste était déjà oublié ! Comme s'il était le seul en retard !

– Lachenaye, tu viens avec moi ?

Il était déjà à la porte, pressé par tous les autres qui avaient rangé toute cette histoire sous leur mouchoir et paraient au plus pressé.

– On se reverra !

Ils filaient tous par les quatre coins du bourg vers des potages refroidis et des soupes à la grimace…

Et déjà montait en eux le même petit goût d'insatisfaction qui avait gâté le plaisir du Félicien, au début des années trente…

Ce soir-là, la cloche avait sonné, comme tous les soirs. Et puis le lendemain matin et le lendemain soir. Et quelques jours encore comme ça, pendant que le printemps montait, par vagues imperceptibles, jusqu'à ces hautes vallées où, fébrilement, chaque matin, on se penchait vers son brin d'herbe pour voir si, enfin, il consentait à se réveiller.

Les milans étaient revenus et, avec eux, un joyeux fourmillement de passereaux qui colonisaient le moindre bourgeon, la moindre fleurette plus téméraire que les autres et qui osait parier sur le beau temps.

Et puis, un beau matin d'avril, il n'y eut pas de cloche…

VIII

On en était aux grands épanchements de mai. Avril, comme souvent, avait été maussade. Pluie, vent et froid qui s'incrustent, qui jouent les pique-assiette, qui ne veulent pas en finir.

Et même plus la cloche pour alimenter les conversations. On s'ennuyait ferme, aux Rambarges. L'ennui du beau temps auquel on aspire, l'ennui de ne plus pouvoir supputer les pour et les contre d'un événement hors du commun, l'ennui de ne plus avoir de quoi nourrir son goût du scandale et sa vertu tant de fois proclamée qu'elle est devenue comme une deuxième peau dont les accrocs ont bénéficié de l'oubli du temps…

Et puis vint le joli mois de mai. Rapidement le temps changea. En quelques jours ce fut le vrai printemps. Et, comme les accrocs à la vertu, on eut tôt fait d'oublier les frimas qui s'étaient trop éternisés. Les bourgeons qui n'attendaient que ça, sous terre ou aux branches des arbres, confirmant avec un bel aplomb que, cette fois, c'était la bonne, eurent tôt fait d'éclore dans un prodigieux élan de vie. Cela avait beau être tous les ans exactement la même chose, à quelques jours près, on n'arrivait pas, d'une année sur l'autre, à se souvenir de la puissance et de la rapidité de ce retour à la vie, de cette véritable explosion qui touchait tout et tous.

Sur la place du pays, les châtaigniers avaient, un beau matin, mêlé le brun de leurs ramages dénudés d'une infime touche d'un vert si tendre, si frêle, qu'on n'y avait d'abord pas prêté attention. Le soir même, c'était ce même vert, juste un peu plus soutenu, plus sûr de lui qui avait pris le pas sur le brun de la tenue d'hiver. Une semaine plus tard, ils faisaient choir sur le pays le fin duvet de leurs graines en épais nuages dont s'amusait une légère brise du sud.

Lachenaye, debout dans la porte de la forge, regardait ces étranges nuages qui couraient à hauteur de fenêtres puis descendaient doucement, en planant, neige de printemps et de vie, dès que le vent, dans une saute d'humeur, cessait de les importuner pour aller courir ailleurs.

Il était bien, le Lachenaye. Ce retour du printemps, ça lui faisait l'humeur toute guillerette. Il était bien le seul de tout le pays à ne pas s'être trop frappé de la disparition du Germain.

– Des oiseaux voyageurs, que j'vous dis ! avait-il simplement commenté.

Et Bonaventure n'avait pas réussi à le décider à monter jusqu'à la Croix du Carage, pour voir.

– Le François nous racontera ça à l'occasion, et à sa façon, s'était-il obstiné.

Et il était resté le cul sur sa chaise, à se chauffer au coin de la forge de Bonaventure. Seulement, maintenant, les fourmis commençaient à lui monter dans les jambes, à lui aussi. Ce beau temps, ce beau soleil, cette lumière encore toute propre du grand lavage hivernal, pas encore empoussiérée des trop grandes chaleurs qui vous font monter des nuées de brumes et de poussière, ça l'attirait. Il fallait qu'il bouge, qu'il se passe quelque chose.

Il lança gaillardement quelques plaisanteries de corps de garde au passage des femmes, jeunes ou vieilles, qui se hasardaient encore chez la mère Blanchard, remarqua une ou deux étrangères.

– C'est comme les grenouilles, ces Parisiennes-là, ça sort avec le printemps !

Il allait se replonger dans sa recherche d'une aventure à courir lorsqu'il resta sans voix. Pour être mignonne, elle l'était. Et elle aurait eu, sans l'ombre d'un doute, l'honneur de ses grivoiseries si, comme les autres, elle s'était contentée de passer, d'un pas rapide, en marche vers la boutique crasseuse de la mère Blanchard.

Mais elle s'était arrêtée. Et pas n'importe où : là, sous son nez, droit devant lui, et elle le regardait en souriant. Manifestement, elle ne savait pas par quel bout commencer, mais elle n'était pas la seule.

Lachenaye, contre ses habitudes, ne prit guère le temps de détailler le frais minois de blonde aux reflets presque roux. Déjà il voyait, dans les beaux yeux verts qui ne le lâchaient pas, le sourire d'abord intimidé passer imperceptiblement à l'ironie de son propre embarras. Il se fit violence.

– C'est après moi que vous en avez ?

Ça manquait d'élégance. Mais on fait avec ce qu'on trouve !

– Si vous êtes M. Bonaventure…

Pas de chance !

– C'est celui-là.

Il s'était effacé et il attendait déjà de voir si le forgeron s'en tirerait mieux que lui. Bonaventure s'était redressé et regardait sans surprise apparente la jeune femme qui s'avançait vers lui.

– Monsieur Bonaventure ?

– Pour vous servir !

– Voilà… Je suis Marie-Laure Bremond, la fille…

– La fille au Paul ! Ben ça alors. Pour une surprise ! Je vous aurais pas reconnue… Ça alors ! Ce vieux Paul… Savez que c'était un bon copain ? Ce que j'ai été peiné quand j'ai appris ! Et vous, toute seule avec votre maman et votre frère, à Paris… Si ça m'a fait du souci… Mais ce que je pouvais faire…

Il était dans tous ses états, le père Bonaventure. La fille au Paul, pensez donc ! Et c'était toute une tranche de sa vie qui redéfilait.

– Le Paul Bremond, les Bremond… tu te souviens bien, Lachenaye. Ils habitaient en haut du pays. Une grande famille ! Des forestiers. Durs au travail, fallait voir ! Le Paul, il a été aux écoles. Et, ma foi, il a pas trop mal réussi dans le négoce du bois. Et puis, d'affaires en affaires, il est monté à Paris. Sa femme, votre mère, Mademoiselle, quoi, elle est de là-haut… Et puis, voilà… Combien ? Quatre, cinq ans ?

– Six ans, Monsieur.

– Six ans ! Ce que c'est que le temps qui passe… On apprend un beau jour qu'il est mort… Ce que c'est que de la vie…

Il restait là, songeur, le père Bonaventure, à se frotter machinalement les mains dans son grand chiffon de moins en moins rouge.

– Mais on cause, on cause… Qu'est-ce qui t'amène, Marie-Laure ?

D'instinct, il avait retrouvé le tutoiement dû à tout né natif du pays. Ce n'était pas une étrangère, la Marie-Laure ! La fille au Paul, ce n'est pas rien, ça !

Marie-Laure avait apprécié et elle sut le montrer d'un sourire qui fit doucement briller son regard vert dans la pénombre de la forge.

– Eh bien voilà, commença-t-elle, avec ma mère et mon frère, on a commencé à retaper la vieille maison. On aimerait y venir le plus souvent possible. Et moi, je vais avoir un cheval. Je fais beaucoup de cheval, à Paris, dans un centre équestre. Mais ce n'est pas comme d'en avoir un à soi et de pouvoir sortir dans la nature… On a quelques prés, là-haut. Alors, je vais m'en acheter un.

Ils l'écoutaient tous les deux sans penser un seul instant à cacher leur surprise. Un cheval aux Rambarges ! Et un cheval de selle, par-dessus le marché. Pour sûr qu'elle n'allait pas avoir un bon gros cheval de trait comme on en avait vu quelques-uns au pays.

– Un cheval ! posa Bonaventure comme si c'était là la première remarque à faire d'une réflexion qui demanderait beaucoup de temps. Un cheval ! Et qui donc qui va s'en occuper, de ton cheval ?

– C'est là le problème. D'abord, vous, vous pourrez me le ferrer ?

Le ferrer ! Comme elle y allait ! Ferrer un cheval de selle !

Instinctivement, le regard du forgeron s'était porté vers les poutres de la forge que garnissaient encore, festonnés d'une épaisse couche de poussière noire, des séries de fers rangés par taille.

– Savoir si j'aurais la bonne taille ! C'est que les gros qu'on avait, par ici, c'était pas des chaussures de demoiselles qu'on leur mettait !

– Ça c'est pas un problème. Je pourrais, au besoin, vous procurer la taille qu'il faut. Mais pour les poser ?

– Si ce n'est que de ça, on saura faire. Te fais pas de bile ! Tout le matériel est encore là.

Et il montrait une impressionnante rangée de tricoises enfilées sur la tringle, devant le bac à eau sous lequel, dans la poussière, au pied de la forge, on devinait encore la petite caisse de bois contre la poignée de laquelle se dressait le manche de la mailloche.

– Beau temps que ça n'a pas servi, tout ça. Mais ça ne fera pas malice de s'y remettre. Et quand c'est que tu l'auras, ton cheval ?

– Pour cet été, je pense. Mais, quand je ne serai pas là, vous ne voyez pas quelqu'un qui pourrait s'en occuper ?

– Ah…

D'un geste instinctif, il avait soulevé l'arrière de sa casquette et se grattait le cuir chevelu.

– Quelqu'un pour s'occuper de ton cheval quand tu seras pas là… Pour lui mettre à manger et à boire, et voir si tout va bien, quoi ?

– Exactement ça.

– Tu vois quelqu'un, Lachenaye ?

Pour voir quelqu'un, sûr qu'il voyait quelqu'un, le Lachenaye. Mais pas le même… Bonaventure qui s'était tourné vers son ami en était resté lui aussi bouche bée et il en avait laissé tomber son chiffon de surprise. Marie-Laure s'était retournée et, malgré elle, elle éclata de rire. Il était donc dit que leurs rencontres débuteraient toujours par la surprise des autres !

Le Germain ! Il remontait superbement la rue, juché sur un invraisemblable équipage. Indiscutablement, c'était d'abord le cheval qu'on remarquait. Un énorme cheval de trait, balançant de droite à gauche, au rythme de son pas, une gigantesque crinière noire dont les crins, retombant en toupet, lui cachaient la moitié du chanfrein. Il semblait ne même pas sentir le char à bancs auquel il était attelé et dont débordait de tous les bords un bric-à-brac inimaginable d'outils, de meubles et même de fenêtres et de portes. Le tout était coiffé d'un gigantesque lit sur lequel Germain s'était juché.

Un Germain qu'on n'aurait pas reconnu sans sa haute silhouette et son allure inimitable et s'il n'avait pas été dans tous les esprits. Rasé de près, habillé d'un blue-jean propre et d'une chemise sans tache, le cheveu court coiffé d'une coquine de casquette, sans même se donner la peine de bouger de son perchoir, il avait déjà fait l'unanimité sur sa tenue sinon sur sa présence !

À toutes les portes, à tous les coins de fenêtre, en un instant, il y avait eu foule. Devant chez la Julienne, c'était un véritable attroupement que toutes les tables et le comptoir réunis avaient fourni en se vidant d'un seul coup ! Et ça parlait haut, ça jurait, ça criait, à pas trop savoir si c'était la satisfaction de retrouver un sujet de conversation ou la colère de voir revenir l'arracheur de sapins qui l'emportait !

Superbe d'indifférence, Germain avait atteint la porte de la forge. Sans descendre de sa couche, il fit manœuvrer son cheval pour ranger au mieux le char à bancs, et se laissa glisser du haut de son échafaudage. Bonaventure et Lachenaye étaient sur la porte, déjà oublieux de Marie-Laure qu'on devinait dans l'ombre. Le regard de Germain s'arrêta un instant très bref sur elle et s'éclaira d'un imperceptible sourire. Et, tout de suite, il se tourna vers Bonaventure.

– Il faut me le ferrer !

De plus de dix ans, il n'avait plus eu l'occasion de manier le rogne-pied, le Bonaventure. Et deux du même coup ! C'était le jour !

– Le ferrer, le ferrer… Z'en avez de bonnes, vous. J'ai pas que ça à faire, moi.

– J'ai de quoi payer.

– J'y compte bien. Mais… faut prendre son tour.

– Peut plus marcher comme ça.

Et, joignant le geste à la parole, Germain, d'un seul geste, avait soulevé l'énorme pied du cheval.

– Regardez.

Bonaventure vint se pencher sur la corne usée par une trop longue marche au contact direct du bitume.

– Vrai ! N'en reste plus beaucoup… Mais… c'est que…

Il faisait durer le plaisir, le Bonaventure. Et Lachenaye rigolait en douce, dans son coin, de le voir chercher toutes les bonnes raisons pour faire payer à l'autre la trop longue ignorance dans laquelle il avait tenu la forge.

– Et puis, c'est que… depuis le temps, j'ai plus de travail, moi.

– C'est pas une affaire. Je lui tiendrai les pieds. Il bouge pas plus qu'un piquet.

– Il bouge pas, il bouge pas ! J'connais ça, moi ! Des bestiaux comme ça, ça fatigue sur trois jambes. Alors, peu à peu, ça s'appuie. Vous le tiendrez, quand il s'appuiera ? Et puis, quand il en aura assez, d'un coup d'un seul, il vous le reprendra, son pied. Et il le reposera. Juste quand j'en aurai pas besoin.

– Bougera pas, je vous le garantis. Il est sage comme tout. Et puis… J'suis costaud.

– J'dis pas, j'dis pas… Enfin…

Il n'avait plus d'argument, le Bonaventure. Et peut-être bien, au fond, que, une fois son vieux compte réglé, ça ne lui déplaisait pas de se remettre là, sur le champ, aux vieux outils qu'il avait menacés mille fois du tas de ferraille mais qu'il n'avait jamais eu le cœur d'y jeter.

– Alors on s'y met. Attachez-le là.

Déjà, Germain s'était mis à dételer son cheval pendant que Bonaventure déblayait quelques ferrailles qui traînaient devant l'anneau d'attache rouillé.

Lachenaye s'était approché du cheval et Marie-Laure avait quitté son ombre pour le suivre. Cette énorme masse tranquille la fascinait. C'était un hongre qui devait bien toiser son mètre soixante-dix au garrot. Il n'était certainement plus tout jeune. Il n'était pas bien beau, un peu ensellé et d'une étrange couleur rouan qui donnait l'impression que son créateur, par négligence ou lassitude, allez savoir, avait purement et simplement mêlé sur sa robe, et sans grande précaution pour les proportions ni l'uniformité du mélange, toutes les nuances de crins dont il disposait sur sa palette. À vrai dire, cela donnait un étrange résultat dont il semblait que la brave bête, l'oreille un peu basse et l'œil morose, traînait un inépuisable ennui. Et pourtant, une formidable sensation de force tranquille émanait de cette masse noueuse.

Ce fut plus fort qu'elle. Pendant que Germain s'occupait à détacher les traits et l'avaloir, à gauche du cheval, elle en fit autant à ceux qui s'offraient à ses mains. Toutes ces boucles et ces cuirs épais et solides, bien graissés, l'attiraient irrésistiblement. Elle dételа l'avaloir, décrocha le trait du collier et le replia sur le char à bancs, près de celui que venait d'y poser Germain.

Il passait devant son cheval pour continuer de le dételer quand il se trouva nez à nez avec elle. Il eut un large sourire et porta rapidement la main à son élégante casquette.

– Je reviendrai souvent au pays, dit-il rapidement, si j'ai, à chaque fois, l'occasion de vous y rencontrer !

– Faites-le avancer.

Une nouvelle fois, elle s'était sentie rougir jusqu'à la racine des cheveux. Et sa colère, elle dut bien l'admettre, avait été mêlée d'autant de plaisir. Alors, elle s'était acharnée sur le brancard qui ne pouvait évidemment pas sortir de la boucle de la sellette tant que le cheval n'avancerait pas. Germain le prit à la bride et lui fit faire deux pas. Elle ôta le brancard qu'elle renversa sur le char à bancs. Il en avait fait autant de l'autre côté. Libre, le cheval n'avait pas bougé d'un pouce. Avant que Germain n'ait eu le temps de le prendre, elle s'était portée à sa tête et elle l'avait emmené à l'anneau d'attache. Sans la moindre hésitation, elle l'avait débridé, elle avait accroché la bride au collier et, le tenant au licol, elle attendait la longe qu'apportait Bonaventure.

Les trois hommes admirèrent la sûreté avec laquelle elle fit le nœud, ni trop court, ni trop long. Mais il n'y eut pas un mot, juste un long regard armé d'un de ces fins sourires du Germain, en même temps qu'il se penchait pour prendre l'antérieur gauche du cheval. Les mains solidement croisées sous le sabot, il se redressa, écarta légèrement les jambes et se campa dans une immobilité parfaite dont prit manifestement exemple le cheval. Tête basse et œil vague, tout bonnement, quelques instants plus tard, il dormait !

Marie-Laure, légèrement en retrait, resta jusqu'à ce que le deuxième pied soit ferré. Sans un mot, elle semblait s'enivrer des gestes de Bonaventure, des ronflements de la forge, de l'odeur forte qui montait de la corne que brûlait le fer appliqué d'un geste sûr par le maréchal-ferrant. Puis elle s'éclipsa, sans un mot.

– Rare que j'ai vu une femme s'intéresser à ça comme celle-là, commenta Bonaventure quand elle eut dépassé le coin de la forge… Ou alors, mon gars, avec votre belle tenue toute propre, vous lui avez tapé dans l'œil !

Germain n'avait pas bronché. Juste son immuable sourire. Bonaventure en était pour ses frais. Fallait bien attaquer la conversation qu'empêchait, jusque-là, la présence de l'autre péronnelle. Mais par quel bout commencer, avec une carpe pareille ? Il jeta un coup d'œil à Lachenaye qui s'était réinstallé sur sa chaise comme si de rien n'était et comme si aucune curiosité n'avait été à assouvir. Tant pis, fallait y aller.

– Vous emménagez par ici ?

– Oui

Bref mais clair. C'était encourageant.

– On peut savoir où ?

– Vous le savez bien.

Et toc ! Pour le coup il en aurait craché les trois ou quatre clous qu'il pinçait dans ses lèvres, en attente de la mailloche qui vous les brochait de quelques coups rapides et précis au travers de la corne et vous en retroussait la pointe, d'un seul geste.

– Je l'sais, je l'sais... J'sais rien du tout. Retournez pas à la Croix du Carage ?

– Et pourquoi pas ?

Qu'est-ce que tu veux répondre à ça ? Parler des sapins, parler de la cloche ? Ça lui brûlait les lèvres, au Bonaventure. Mais comment faire ? Quelle question poser pour ne pas se faire aussi sec refermer la porte par cet oiseau de malheur ? Et l'autre, au fond de la forge, qui ne bougeait pas, qui ne disait rien. Ça ne l'intéressait donc pas de savoir ce qu'il allait faire, son Germain ? À croire qu'il le savait déjà, il était là, tranquille, à tirer sur sa pipe en observant les opérations, de loin.

Les deux derniers pieds furent ferrés dans le silence le plus parfait. Et pas une seule fois le cheval ne bougea, pas plus que le Germain qui supporta le poids des énormes pieds sans sourciller, jusqu'au bout.

Quand le dernier coup de râpe fut donné, les pinces, d'un coup de mailloche, refermées sur la corne, il posa doucement le pied du cheval et, sans prêter la moindre attention à la sueur qui ruisselait sur son visage, pendant que Bonaventure, lui aussi en nage, s'essuyait consciencieusement d'un immense mouchoir, il prit sa veste qu'il avait pendue au siège du char à bancs, en sortit un portefeuille et revint vers le forgeron.

au fond de son tombereau, regardait l'attelage qui montait vers lui sans que le cheval cède un pouce de son rythme à la pente de plus en plus forte. « C'est quoi encore, celle-là ? » Il voulut se redresser pour mieux voir, oublia que son tombereau n'avait plus de fond, et s'effondra entre les chevrons de la caisse en poussant de sonores jurons.

Le temps qu'il se dépêtre de sa fâcheuse posture, qu'il saute à terre et se précipite jusqu'au coin de sa grange, l'attelage, entraîné par l'effort du cheval, était passé. Tout juste s'il eut le temps d'apercevoir la silhouette de l'homme qui le menait. « Bon Dieu, on dirait… L'est bien habillé pour être notre arracheur de sapins… Pourtant on aurait bien dit… Va pas nous remettre ça, celui-là ? »

Et l'attente, pour le François aussi, commença.

En atteignant le carrefour, sous la vieille maison du Gaston, le cheval était blanc d'écume. Mais c'est lui-même, alors que Germain hésitait à l'arrêter pour le laisser se reposer, qui força le pas en s'engageant dans le chemin de la ferme et se jeta littéralement dans le dernier « coup de cul » au sommet duquel il avait bien compris que se trouvait le but de l'effort. Et lorsque la main de Germain vint lui flatter l'encolure, à l'instant même où il s'arrêtait devant la porte, il encensa puissamment deux fois pour marquer sa satisfaction d'avoir su mener l'attelage jusque-là et d'en être justement récompensé.

Germain fit sa caresse plus insistante.

– On va faire une fameuse équipe, tous les deux !

Il lâcha son cheval dans le grand pré où finissaient de sécher les sapins en petits tas brunâtres et ridicules.

– L'écurie, ça va venir, lui lança-t-il. Mais faut me laisser le temps de boucher les trous du toit…

Il lui fallut tout son après-midi pour décharger son char à bancs et passer une revue soigneuse de ses trésors. La table et ses deux bancs, devant la cheminée, lui parurent du plus grand chic. Il resta longtemps à les admirer, allant et venant tout autour de la grande pièce, ne voulant manquer aucun angle de vue. Puis il se mit en peine d'entrer le lit dans la chambre du fond du couloir, à gauche, la plus grande, celle qui ouvrait au midi. Il avait passé de longues heures à la briquer, murs, plafond et carreaux, ce qui était fort loin d'être du luxe, mais n'avait pas redonné plus de couleurs au papier peint sur lequel se découpait encore, en grands parallélépipèdes, la forme exacte des meubles du Gaston et de son Émilie.

Germain les avait tous passés en revue, les uns après les autres, comme si, par ces seules formes où le papier avait sauvé un peu de son ancienne fraîcheur, il les palpait, ces meubles, il les jaugeait et les estimait à leur juste valeur, la sentimentale et l'autre, la vénale, qui n'avaient, en l'occurrence, que bien peu d'importance.

Puis il s'était attaqué au transport du lit. Cela avait été un rude combat, une empoignade entre ce gigantesque et antique lit à rouleaux dont il s'était mis dans la tête que ça ne valait pas la peine de le démonter pour le remonter aussi vite. Mais c'est qu'il ne l'entendait pas de cette oreille, le grand pucier d'un autre âge ! La bienséance, pour un lit de cet acabit, c'est d'arriver en ses lieu et place en pièces détachées, soigneusement et sagement empilées. Le savoir-vivre d'un lit bien élevé impose cette entrée en matière du mur et de la plinthe au long desquels se rangent comme pour une présentation les montants, les bas-côtés, la tête et les pieds avant de se rassembler, de s'assembler et de se monter en ce lieu important entre tous qu'élisent les sommeils et les amours de l'homme.

Au lieu de cela, il lui avait fallu faire une entrée aussi peu discrète que maladroite dans cette maison dont il sentait bien ce lit, qu'il avait, pour une large part, la lourde mission de lui rendre vie. Ce n'était pas rien !

Alors ils avaient lutté. Il n'y avait pas à en réchapper. C'était ça ou le respect de la tradition. Et puisqu'il ne voulait pas d'elle, cet homme aux drôles de manières, il avait dû peiner, suer, jurer quand le lit avait su le pincer ou se laisser glisser sournoisement, de tout son poids, sur ses orteils. Et il avait geint, le grand pucier, gémit et grincé, menacé de se rompre, il s'était accroché à chaque coin de mur ; il s'y était cramponné, usant de mille malices de vieux lit roué pour toujours et sans le moindre relâchement se mettre en travers des portes, exactement comme il fallait pour ne pas passer.

Enfin, vaincu, il avait été en place. Et Germain, adossé au mur, entre les deux fenêtres, savourait sa victoire. Il ne regrettait pas sa lutte et ses efforts. Ce grand lit en place ne lui en paraissait que plus beau, plus profond, plus porteur du grand renouveau dont il se plaisait à faire trembler tous les échos usés de la vieille maison.

Le soir tombait. Plus un paquet dans la cour. Les fenêtres et les portes soigneusement adossées au mur de la grange. On verrait plus tard à les poser. Ça ne pressait pas. Seul, le char à bancs, vide, dressait ses brancards et son anguleuse silhouette contre le crépuscule qui embrasait les bois, à l'est, et faisait courir l'ombre qui descendait des bois de Préneval vers la Croix du Carage.

« C'est l'heure », pensa Germain.

Le long du chemin qui, passant entre la maison et la grange, montait vers les bois, dans la broussaille qu'habillaient déjà de délicates collerettes de feuilles vert tendre, on devinait la maçonnerie épaisse d'une fontaine. Germain jeta un regard soupçonneux sur les alentours, contourna le large buisson et se faufila jusqu'à la margelle. Il y introduisit le bras, attrapa un fil de fer attaché à une pointe fichée entre deux pierres, et tira. Du puits, il sortit un lourd paquet dégoulinant d'eau qu'il rapporta dans la cour. Alors seulement il l'ouvrit.

La cloche n'était marquée que de quelques marbrures rougeâtres de rouille qui disparurent sans peine au seul frottement du bout des doigts. C'était une cloche superbe. D'une quarantaine de centimètres de haut, elle était décorée, sur tout son pourtour, de fresques très serrées. Germain la caressait comme il l'aurait fait du corps d'une femme. De l'angle des phalanges fermées, il lui asséna un coup léger et elle rendit un son très doux et très profond qui lui fit venir un sourire béat. Sa cloche !

Il l'essuya soigneusement, extérieur, intérieur et battant, la prit à bras-le-corps et, la serrant contre lui, il fit le tour de la maison. De toute la friche qui encombrait l'ancien jardin, deux frênes malvenus n'avaient dû qu'à leur voisinage et aux fourches qui agrémentaient leurs troncs torves d'échapper aux ardeurs défricheuses de Germain. À leur pied, gisait une sorte de grande croix. Il attacha soigneusement la cloche au point de rencontre de ses deux branches et s'assura que, au bout d'une des plus courtes d'entre elles, la grosse pierre qu'il avait attachée tenait bien. Symétriquement, il refit le nœud d'une longue corde. Puis il serra le battant dans un chiffon. Ce n'était pas encore le moment de sonner et surtout pas de façon désordonnée. De quoi aurait-on l'air ?

Il dressa alors le tout le long d'un des arbres, le haut bout déjà appuyé sur la fourche dans laquelle il allait reposer. Il fixa une autre corde au bas de la croix, se l'attacha à la ceinture et, fort agilement, entreprit l'escalade du second frêne. Debout sur les hautes branches, il se mit à haler. Peu à peu, la grande croix vint à l'horizontale et il engagea son extrémité dans la fourche de l'arbre. Il s'assura de l'équilibre et de la solidité du tout et, tout doucement, les pieds coincés dans les branches, se coucha sur la croix pour aller délicatement dégager le chiffon qui entravait le battant.

Entraînée par son contrepoids, la cloche était presque à l'horizontale. Germain se laissa glisser au sol. Il vint lentement, presque religieusement jusqu'à la corde, leva les yeux vers son montage ainsi suspendu entre ciel et terre, resta quelques instants en contemplation, puis, à gestes rapides, il s'essuya les mains sur son pantalon, cracha dedans, se les frotta l'une à l'autre, se saisit de la corde et tira énergiquement. Le contrepoids s'envola. La cloche décrivit un demi-cercle trop vite pour que le battant, que rien n'affranchissait des lois de l'attraction terrestre, puisse suivre. Et il vint heurter violemment le bord intérieur de la cloche dont Germain eut l'impression, en même temps que son profond contralto faisait naître en lui une véritable jouissance, que les vibrations parvenaient jusqu'à ses mains, transmises par le bois de la croix puis tout au long de la corde…

Aux Rambarges, les respirations retenues toute la journée s'étaient libérées. Et l'on sut à cet instant-là, vers chez la Julienne et aux alentours de la forge, que, du moment précis où le pas du cheval s'était éteint, tout en bas de la rue, on avait attendu que sonnât la cloche avec bien plus d'espoir que de crainte.

IX

La Delphine au Félix n'aimait pas cette heure du soir. Quelque chose lui manquait. Malgré tout l'ouvrage de la ferme et de la maison, il lui semblait, à ces moments-là, que ses mains étaient inutiles depuis que, sur décision du Félix, le poulailler avait été supprimé.

– C'est du temps perdu, avait-il décrété. C'est pas rentable.

On ne discutait pas une décision du Félix. Et la cour s'était vidée de la troupe gloussante et caquetante des poules et des canards que Delphine soignait chaque soir depuis que, brevet d'études en poche, elle avait quitté l'école comme on se retire du monde pour réduire le cercle de sa vie à la seule ferme des Maraudes. Elle ne l'avait guère quittée depuis.

Et de quoi se plaindre ? Du travail ? Ce n'était pas ce qui rebutait la Delphine. De l'ennui ? Quel ennui ? Est-ce qu'on s'ennuie quand on se lève à 5 heures du matin et que, à 10 heures du soir, on aligne encore tout ce qu'il aurait fallu faire dans la journée et qu'on doit bien remettre au lendemain ? Est-ce qu'on s'ennuie quand il suffit de s'en remettre au père et à la mère pour ce qui est des problèmes de la vie ? Est-ce qu'on s'ennuie quand l'esprit se contente du ronron quotidien des tâches à abattre et se suffit de quelques commentaires acides, à l'occasion, sur la vie des uns ou des autres dont l'écho arrivait jusqu'à la grande ferme, comme une houle à l'onde déjà amplement affaiblie par l'isolement.

Et le Félix qui était venu la demander. Elle avait accepté sans joie, la Delphine. À vrai dire, elle avait accepté sans le moindre état d'âme. Ni plaisir ni peine. Ce n'était là que chose tout à fait naturelle. Elle ne l'avait ni espérée ni redoutée. Et s'il n'était pas venu, elle se serait contentée d'un célibat que d'aucuns jugeaient déjà irréversible !

Elle avait donc accepté. Ou, pour plus de précision, elle s'en était totalement remise à la décision de ses parents qui avaient tout organisé. Bien sûr, elle était avec eux chez le notaire. Mais derrière, dans l'ombre, pendant que se discutait âprement et dans le moindre détail l'avenir des propriétés réciproques.

La cérémonie du mariage ne lui laissait pas d'impérissables souvenirs. À la mairie d'abord, à l'église ensuite, elle s'était pliée à d'incontournables formalités pour l'occasion desquelles elle avait fait l'effort d'un semblant d'élégance qui n'avait abusé personne. Tout cela s'était prolongé par un dîner à n'en plus finir tout au long duquel il lui avait fallu subir en faisant bonne figure la bonne humeur et les plaisanteries d'usage de toute une armée de cousins et de relations plus ou moins proches. Elle voyait surtout qu'ils la fatiguaient en lui changeant ses habitudes et en lui accumulant un travail qu'il lui faudrait bien ajouter à celui de tous les jours, dès le lendemain matin.

Lorsque Félix l'avait entraînée, tard le soir, elle avait surtout ressenti un grand soulagement de quitter tout ce tintamarre. Il sentait bien un peu le vin, mais comment faire autrement, le jour de ses noces ?

Dans la grande chambre où flottait encore l'odeur du papier peint tout neuf et où il avait lui-même installé le grand lit à rouleaux descendu de la Croix du Carage, ils s'étaient déshabillés chacun dans leur coin, sans un mot. Ils s'étaient glissés sous les draps en même temps. Et ils étaient restés un long moment, allongés sur le dos, côte à côte, sans un mouvement. Elle attendait. Et lui, manifestement, laissait aux brumes qui encombraient son esprit le temps de se dissiper. Puis, d'un énergique coup de reins, il s'était retourné sur elle.

Elle s'était laissé faire, cuisses largement écartées, bras le long du corps, se mordant juste les lèvres pour retenir un cri de douleur lorsqu'il l'avait pénétrée.

– C'est donc ça… pensa-t-elle lorsqu'il en eut fini. Et elle s'étonna de ne trouver en elle rien qu'une grande gêne de cette humidité qu'elle sentait souiller son bas-ventre sur lequel elle avait rabattu sa longue chemise de nuit dès qu'il se fut retourné sur son oreiller.

Le lendemain, il avait fallu tout ranger, tout nettoyer et reprendre où on les avait laissées les occupations de tous les jours. Assez de travail pour ne pas penser et ne pas s'inquiéter de cet étrange assaut qu'il lui avait fait subir et dont elle pressentait avec angoisse qu'il serait désormais quotidien.

Mais les choses avaient vite changé, aux Maraudes. Il fallut peu de temps à Félix pour faire comprendre au vieux Marius qui commandait. Et, somme toute, le père de Delphine ne s'était pas trop fait tirer l'oreille pour abdiquer une autorité qu'il n'exerçait plus guère, avant ce mariage inespéré, sur une ferme sans avenir. Le renoncement datait de trop longtemps pour que le vieux Marius pût retrouver en lui suffisamment d'énergie lorsqu'il s'était agi de bâtir à nouveau un devenir qu'il n'espérait plus.

Alors Félix avait eu le champ libre pour mener les affaires comme il l'entendait. Delphine avait bien un peu grimacé lorsqu'elle dut signer les papiers de tous ces emprunts pour payer le matériel moderne, le bâtiment d'élevage, les engrais et tout le reste… Il faut dire qu'il s'en sortait bien, le Félix. Et s'il lui fallut bien emprunter pour une large part, il n'avait pas laissé échapper la moindre subvention, la plus petite aide ou le plus minime des dégrèvements !

Et puis, malgré tout, ça faisait plaisir à Delphine de voir la crasse et la ruine régresser. Rapidement, la ferme retrouvait un aspect qui en imposait. Le Félix avait bien haussé les épaules après qu'elle eut planté quelques fleurs le long du mur de la maison. Mais elle n'en tint pas compte. Pour une fois, il lui avait paru qu'elle pouvait lui tenir tête. Ça, c'était le domaine des femmes. Félix n'avait pas son mot à dire. Il ne dit d'ailleurs rien.

Mais il supprima le poulailler et la bauge du cochon sans lui demander son avis. On n'avait plus de temps à perdre avec ça ! Il n'avait gardé que les murs et le toit du bâtiment qui les abritait et il en fit l'atelier d'entretien de son imposant matériel.

Le même sort avait été réservé à la seule vache laitière qui accompagnait toujours le troupeau de charolaises et aux quelques moutons qu'on lâchait sur les prés broutés par les vaches dont ils mangeaient les « refus ».

– Tout ça, c'est du bricolage, du temps perdu et de la place prise à l'essentiel, avait décrété Félix une fois pour toutes. Il ne faisait que répéter à sa façon ce que lui expliquaient les techniciens, tenants convaincus de la spécialisation à outrance des productions.

Il fallait être efficace et productif !

Et Delphine avait dû renoncer aux plaisirs simples qu'elle tirait des fromages posés avec orgueil sur la table du repas et des gigots sortis du congélateur aux grandes occasions.

En contrepartie, bien sûr, il y avait la considération retrouvée. Et ce n'était pas rien, la tête qu'on portait haute quand vous disaient de plats bonjours, casquettes à la main, tous ces voisins qui ne vous portaient, avant le mariage, que de distants regards où se mêlaient à parts égales la commisération et le sourire ironique dont on gratifie les filles qui le resteront toujours…

Elle n'était plus fille, la Delphine. Et Félix se chargeait de le lui rappeler ponctuellement chaque soir ! Il lui arrivait, parfois, de ressentir quelque chose qui pouvait vaguement s'apparenter à du plaisir. Mais d'autant plus brièvement que Félix n'en tenait absolument pas compte et continuait de prendre le sien, de plaisir, sans se soucier le moins du monde de ce qu'elle pouvait bien ressentir.

Et puis, un jour, elle s'aperçut qu'elle « avait du retard ». Elle n'en dit rien et attendit. Rien ne venant, au bout de plusieurs semaines, elle se résolut à en passer par la visite au docteur. Ce n'était pas une mince affaire : c'était la première fois que ça lui arrivait depuis ses maladies d'enfant.

Elle parvint à s'inventer un prétexte pour aller au bourg et, tôt le matin, très droite et le regard planté loin devant pour ne pas rencontrer celui des autres, elle franchit la porte du cabinet médical. Il lui fallut attendre longuement dans une petite pièce aux meubles dépareillés où les quelques patients qui avaient réussi à arriver avant elle n'en finissaient pas de feuilleter des magazines vieux de plusieurs mois et aux pages épaisses à force d'être manipulées par de gros doigts plus habitués au contact de la terre qu'à celui du papier glacé.

Elle en repartit avec l'attente en perspective du résultat des analyses mais avec l'intime certitude qu'elle était bien enceinte. Et cette conviction la bouleversait bien plus que tout ce qui avait pu se produire, dans sa vie, depuis ce soir où Félix était venu la demander. Curieusement, jusque-là, elle n'avait pas imaginé un seul instant que cela puisse lui arriver. Quand on s'est déjà, et depuis longtemps, glissé dans la peau d'une vieille fille ; quand, depuis des années, l'image que vous renvoie le regard des autres est celle, teintée de mépris, qu'ils portent à une plante de leurs cultures ou à une bête de leur élevage qui ne peut plus porter de fruit, le mariage à lui seul, à moins qu'il ne soit de vrai amour, ne peut pas faire renaître les sentiments de la maternité.

Et c'était tout cela qui, dans la plus grande confusion, montait chez Delphine, en même temps qu'une sorte de joie puérile qu'en tout autre temps elle aurait copieusement méprisée et targuée de sensiblerie.

Elle était vite rentrée à la ferme. Elle était montée dans leur chambre pour se changer. Mais, au moment d'enfiler un vieux pantalon qui ne craignait pas de traîner dans les étables, elle avait eu un instant d'hésitation. La glace en pied, devant elle, lui renvoyait une image qui la laissait sans un geste. Bien sûr, c'était bien elle, la Delphine aux épaules un peu trop larges, aux bras trop musclés et à la figure sans charme. Mais, pour la première fois, à bientôt trente ans, elle prenait conscience de son corps de femme.

Lentement, très lentement, elle porta la main à son ventre et le caressa doucement. Des larmes lui venaient aux yeux alors qu'elle ressentait en elle un immense bonheur et un ardent désir de le faire partager. Félix… Comment allait-il réagir ? Pour la première fois, elle eut envie de sa tendresse…

Vite, elle enfila son pantalon, couvrit sa maigre poitrine d'une chemise informe et alla rejoindre son travail. Elle sut garder le silence jusqu'au jour où le docteur, ainsi qu'ils en étaient convenus, lui remit en main propre les résultats des analyses. Ils étaient évidemment positifs. Il n'y avait plus de doute à avoir.

Delphine ne dit rien. La journée se passa comme toutes les autres même si, au plus profond d'elle-même elle refrénait une furieuse envie de clamer son bonheur à sa mère, cette pauvre ombre silencieuse, à son père qui, appuyé à sa canne retrouverait peut-être un peu de joie de vivre à la perspective d'être grand-père, à Félix surtout qui ne serait plus simplement ce bourreau de travail sans autre justification.

Elle attendit le soir. Elle se coucha avant lui et, lorsqu'il se glissa dans les draps, à sa plus grande surprise, elle vint se blottir contre lui. Elle n'arrivait pas à trouver ses mots. Mais une furieuse envie la prenait de le caresser. Ses mains couraient sur son corps. Elles osaient descendre jusqu'à son sexe et le palper doucement. Lui, stupéfait, se laissait faire. Il lui fallut un bon moment avant que l'idée lui vienne de lui rendre la pareille. Ils laissaient monter en eux, en même temps qu'ils en découvraient tout le plaisir, les vagues de la jouissance préliminaire. Ils firent l'amour avec passion et elle découvrit ce qu'était l'orgasme.

Repus, pour la première fois depuis leur mariage, ils restaient étroitement enlacés lorsque lui vint le courage de parler.

– J'ai quelque chose de très important à te dire.

Il s'écarta très légèrement d'elle et elle devina que, dans l'obscurité, il cherchait à deviner l'expression de son visage.

– Tu ne devines pas ? insista-t-elle.

Il haussa les épaules.

– Qu'est-ce que tu veux que je devine ? Tu veux qu'on recommence ?

– Si tu veux. Mais c'est pas ça.

Et comme il se faisait déjà entreprenant, doucement elle écarta la main qui descendait vers son bas-ventre.

– Après, dit-elle. D'abord, il faut qu'on parle.

– Eh ben, vas-y. Qu'est-ce que t'as à faire des cachotteries ?

Elle voulut ignorer la brusquerie avec laquelle il lui avait répondu.

– On va avoir un enfant.

Elle sentit qu'il s'était figé. Il y eut un long silence.

– T'es sûre ?

– Certaine, depuis ce matin.

– C'est quoi ?

Stupéfaite, elle n'avait su que répondre. Il s'était impatienté.

– Ben quoi, c'est un garçon ou une fille ? Avec leurs nouvelles techniques, ils peuvent savoir, maintenant. On le fait bien pour les vaches…

Elle avait ri.

– C'est trop tôt. On le saura bien assez vite !

– C'est bien, s'était-il contenté d'ajouter.

Et, oubliant ses précédentes ardeurs, il lui avait tourné le dos et s'était endormi.

Elle était restée longtemps allongée sur le dos, nue, comme il l'avait laissée, les yeux grands ouverts et les mains posées bien à plat sur son ventre. Bien sûr, elle avait rêvé mieux. Mais, malgré la petite frustration qui lui laissait un peu d'amertume au coin de l'âme, elle ne voulait voir que ce bonheur qu'elle sentait couler en elle sans savoir encore le nommer. Elle finit par s'endormir dans cette position et ne comprit pas tout de suite, en se réveillant, le lendemain matin, le pourquoi d'une si peu coutumière nudité…

Il ne la toucha plus jamais.

De ce jour, sa seule préoccupation, sa seule impatience fut d'avoir le résultat de l'échographie. Et lorsqu'il arriva, il ne cacha pas sa satisfaction d'apprendre que ce serait un garçon.

Ainsi, il n'y avait plus de souci à se faire pour plus tard. Le soir même, avant d'éteindre, il la prévint.

– T'as pas de souci à te faire. J't'en ferai pas d'autre. Un garçon, c'est parfait. Il reprendra la ferme. Au moins, je saurai pourquoi je travaille. Et comme il n'y aura que celui-là, il n'y aura pas à partager.

Et il avait éteint. Elle était restée comme assommée. Elle comprenait seulement. Elle était une reproductrice, un point c'est tout. Au moment même où cette maternité inespérée lui faisait pressentir autre chose que ces accouplements bestiaux auxquels elle se prêtait sans joie, depuis son mariage, et qui en était la seule matérialisation avec le contrat, chez le notaire, elle réalisait qu'elle n'était là que pour fabriquer une autre bête de travail dont les bras succéderaient aux leurs… Des idées qui, jamais au grand jamais, n'avaient effleuré son esprit, jusque-là. Elles la laissaient glacée, dans le grand lit à gauche duquel, œuvre faite, ronflait paisiblement l'homme à la descendance assurée, alors qu'elle ressentait avec ravissement, tout de même, quelques coups légers, dans son ventre que, par un geste devenu habituel, elle caressait doucement.

Félix n'attendit même pas la naissance pour prendre de nouvelles habitudes. Jamais son travail ne s'en ressentit. Mais, de plus en plus souvent, le soir, après le dîner, il se mit à sortir. Au début, il rentrait tard dans la nuit. Il se couchait sans trop prendre garde au bruit qu'il faisait, et s'endormait presque instantanément.

Elle, réveillée, passait de longues heures vides à préférer ne pas penser aux raisons de ces absences de plus en plus fréquentes.

Puis, une nuit, il ne rentra pas du tout. Il était à son travail, à 6 heures, comme d'habitude, tout frais, rasé de près. Il n'était pas venu prendre son habituel café du matin et ne semblait pas du tout en éprouver le besoin. Delphine avait compris. Elle ne se faisait plus aucune illusion mais il lui importait peu de savoir quel autre lit paraissait plus accueillant que le sien à son mari. De toute façon, quand bien même elle l'aurait voulu, elle n'y pouvait plus rien changer. Et la présence qui vivait et se développait en elle lui donnait trop de joie pour qu'elle risque de se laisser aller au désespoir qui, en toute autre circonstance, eut été sa seule échappatoire.

Mais il y avait les autres. Et d'abord sa mère qui, tout à coup, comme si elle n'attendait que cette occasion, était sortie de la torpeur dans laquelle elle se laissait glisser depuis des années, pour attiser le feu du drame dont se rassemblaient les éléments. Elle eut tôt fait de mener son enquête et de vouloir révéler à sa fille le nom de la maîtresse de Félix.

– Pour sûr que tu la connais. T'es allée à l'école avec elle.

Mais Delphine avait fait taire sa mère.

– Et si tu me dis son nom, qu'est-ce que ça changera ? Tu crois que ça le fera revenir ? Et puis, toi, dis-moi, pourquoi que t'as eu que moi ? Pourquoi j'ai pas eu de frère ou de sœur ?

La vieille était restée sans voix.

– Tu ne crois pas...

– Si, je crois. Dis-moi que ce n'est pas vrai. Les familles nombreuses, c'est bon pour les pauvres. Les riches, comme vous ici, dans le temps, il ne fallait pas partager. Comme lui aujourd'hui. Vous avez bien cru que vous vous étiez trompés, toutes les années où je suis restée fille. Et puis voilà qu'il est venu. Alors, on recommence ! Qu'est-ce que tu peux dire à ça ? Et toi, comment t'as fait ? T'as accepté qu'il court ailleurs ou alors… t'as accepté… d'autres méthodes ?

– Delphine !

– Quoi, Delphine ? Ose dire que j'ai tort. Alors, tu vois. Mieux vaut se taire. Parce qu'il n'y a rien d'autre à faire. Même pas de le leur rendre, même si c'est pas l'envie qui manque. Parce que nous, femmes, on ne peut pas.

La vieille s'était tue et s'était vengée de sa déception et de la clairvoyance qu'elle n'attendait pas de sa fille sur les pommes de terre qu'elle était en train d'éplucher. Bien sûr qu'elle avait vu juste, la Delphine. Et, au souvenir de tout ce qui lui avait fallu endurer, dans le lit conjugal, la vieille en était à se demander s'il n'aurait pas mieux valu que son Marius de mari ait été coureur, comme le Félix…

Mais, ces choses-là, les silences les disent mieux que toutes les paroles du monde.

On avait prénommé Stéphane le fils du Félix et de la Delphine. Les premières années, c'était un gamin comme les autres, un peu casse-cou et qui, dès ses premiers pas, n'avait plus pour seule idée en tête que de courir les champs derrière son père.

Félix donnait bien le change, s'affichant avec son fils, n'hésitant pas à montrer un certain attendrissement bien étranger à ce qu'on attendait ordinairement de lui, se donnant le beau rôle qui faisait dire que la Delphine ne devait vraiment pas être un cadeau au lit. Parce que, bien sûr, ses aventures nocturnes, pour discrètes qu'elles se soient voulues, avaient tôt fait d'alerter tous les commérages du pays. Il devait avoir des charmes cachés, le Félix, si on en croyait la liste des bonnes fortunes que lui prêtait la rumeur publique. On ne prête qu'aux riches, dit-on, même si, parfois, le prêt était quelque peu démesuré !

En même temps que Félix ajoutait à la liste déjà longue de ceux qui ne l'aimaient pas, quelques superbes porteurs de cornes, le petit Stéphane, en courant ingénument aux basques de son père, participait activement à la réputation qu'il se faisait doucement d'homme de poigne, ne s'embarrassant pas d'une femme qui ne tenait pas sa place, pour mener sa vie comme il le devait. Pour un peu, au bout du compte, il en serait remonté dans l'estime de ses concitoyens !

Delphine savait bien ce qu'il en était. Mais, malgré tout l'amour frustré qu'elle aurait voulu reporter sur son fils en le gardant pour elle seule, elle se taisait, sachant bien que son heure viendrait. Le père vint à mourir et la mère le suivit de peu. Quelque temps encore, il y eut le Gaston et son Émilie, à la Croix du Carage, chez qui le gamin voulait monter à toute force, pour un oui ou pour un non. Il portait à ses grands-parents une véritable adoration qu'ils lui rendaient bien et Delphine n'était pas mécontente, de temps à autre, de le leur confier. C'était autant de soulagement dans son incessant travail.

Puis Félix annonça leur départ pour l'hospice. Il n'y eut rien à en redire. C'était une chose décidée et cela s'était fait en quelques jours. Stéphane, bien sûr, ne comprit pas. Et Delphine fut malheureuse pour son fils dont elle vit bien qu'il en voulait à ses grands-parents de ce qu'il prit pour un abandon. Mais elle ne sut pas lui en parler. Et que lui aurait-elle dit ? Quel mensonge aurait-elle dû faire passer pour ne pas admettre que Félix s'était purement et simplement débarrassé de ses parents ? Elle se retrouva plus seule que jamais, face à ses travaux quotidiens dont la quantité et la rudesse ne pouvaient pas prétendre combler le vide qui s'était créé en elle, en même temps qu'elle naissait à la conscience et à la soif de l'amour.

Puis vint, pour Stéphane, l'âge de l'école. La grande, la sérieuse. Et, là, Delphine eut tôt fait de réaliser que les choses pouvaient bien être en train de changer à son avantage. Elle comprit un soir d'avril lorsque le gamin, tout fier, lui tendit une lettre de l'instituteur.

Par la grâce du ramassage scolaire, c'est à peine si elle l'avait rencontré une fois, à la va-vite, cet instituteur, lorsqu'elle avait amené Stéphane à l'école pour la première fois. Tous les soirs, le minibus local le lui redéposait à la porte de la ferme et, de ce jour-là, elle eut bien d'autres soucis que d'aller s'enquérir, à la sortie de l'école, des éventuels progrès ou problèmes de son rejeton.

Il fallait donc que ce soit important pour que l'instituteur prenne la peine de lui écrire. Et si, à la mine réjouie du gosse, elle jugeait que ce ne devait pas être une nouvelle trop désastreuse, elle n'en prit pas moins le temps de se laver les mains et de venir s'installer derrière la table avant d'ouvrir la lettre.

« Madame », y écrivait l'instituteur dont elle remarqua tout de même que le vilain stylo à bille avait tué les beaux pleins et déliés des plumes sergent-major de sa jeunesse, « Madame, vous n'êtes pas sans savoir toute la satisfaction que nous procure l'excellent travail de votre fils. Cet enfant est très doué et, de surcroît, très travailleur. Mais je tenais à porter à votre connaissance ses goûts tout à fait remarquables pour la lecture. À la seule condition que cela ne soit pas au détriment de son travail dans les autres matières, il est de la plus haute importance de le laisser lire autant qu'il le voudra. Il y a là un excellent penchant qui ne doit être en aucune façon contrecarré.

Je tiens, bien sûr, à votre disposition et à la sienne les nombreux titres de notre bibliothèque et vous prie de croire, Madame... »

Ça alors ! D'où ça pouvait bien lui venir, ce goût des livres ? Pour sûr qu'elle travaillait bien, à l'école, la Delphine. Mais pour l'école, rien de plus.

Lire à la maison, jamais l'idée ne lui en serait venue. D'ailleurs y avait-il seulement un livre, dans cette maison ? Quant au Félix…

Ah il voulait lire, le gamin ! Pour sûr que ce n'était pas Delphine qui allait l'en empêcher. Elle posa la lettre bien à plat sur la table, leva lentement les yeux vers son fils qui attendait, de l'autre côté de la table, en retenant son souffle, fit un quart de tour sur sa chaise et lui tendit les bras.

– Viens là, toi !

Elle débordait d'une joie qui lui fit enfouir le gamin dans une étreinte dont il fut le premier étonné. Ce n'était pas monnaie courante, aux Maraudes.

– T'aimes lire, il paraît ?

Le gosse, aux anges, fit oui de la tête.

– Eh ben, d'abord, lis ça. Et puis, remets ton manteau. Ah il la met à notre disposition, sa bibliothèque ? Eh ben, on y va tout de suite. Tu veux ?

Sûr qu'il voulait ! Et Félix qui rentrait des champs en fut pour sa surprise de voir sa femme et son fils, main dans la main, qui partaient vers le bourg.

De ce jour-là, plus rien ne fut comme avant, aux Maraudes. Félix avait bien pesté contre ces livres dans lesquels il retrouvait son fils plongé tous les soirs, mais Delphine lui avait mis la lettre de l'instituteur sous le nez. Et puis, le cachet de la bibliothèque, sur la couverture des livres, ça l'impressionnait, le Félix. Alors il avait bien dû se taire.

Comme il s'était tu lorsque sa femme aussi s'y était mise, à la lecture. Ça lui avait pris comme ça pendant qu'elle attendait son gosse, à l'entrée du petit local où était installée la bibliothèque du village. Pour tuer le temps et pour se donner une contenance, elle avait pris un livre sur un présentoir, devant elle, et elle l'avait feuilleté. Elle avait lu quelques phrases, au hasard. Ça lui avait plu et l'envie lui était venue d'aller plus loin. Mais, ce soir-là, elle n'avait pas osé. Elle, la Delphine, traverser le pays avec un livre sous le bras… Elle n'arrivait pas à admettre que ce soit possible. « On allait rire… »

Mais quand Stéphane, en tendant les livres de son choix à l'instituteur, ravi, lui avait dit « Et toi, Maman, t'en prends pas un ? », elle avait été à deux doigts de se décider. Et puis non, tout de même, ce n'était pas possible…

À la maison, elle s'était plongée, en cachette, dans ceux qu'avait rapportés son fils. Des histoires de capes et d'épées ou de pirates, des lectures de son âge qui avaient tout de même plu à Delphine. Elle avait longtemps hésité. Le gamin avait pris l'habitude d'aller seul à la bibliothèque où l'instituteur se faisait un plaisir de le conseiller. Un jour, elle lui avait tendu un bout de papier sur lequel elle avait gribouillé le titre de celui qu'elle avait feuilleté en l'attendant.

– Tiens. Tu demanderas ce livre-là à l'instituteur, pour moi…

Pas dupe, le gamin, qui partait pour l'école, avait marqué un temps d'arrêt devant elle. Il avait pris le petit bout de papier qu'elle lui tendait. Il avait levé des yeux rieurs vers sa mère et il lui avait fait un clin d'œil ! Bourrue, elle l'avait poussé devant elle.

– Dépêche-toi. Tu vas être en retard.

Il était parti en dansant d'un pied sur l'autre et Delphine, en le regardant traverser la cour, s'en voulut d'avoir, encore une fois, manqué une occasion de le serrer dans ses bras.

Et elle y avait pris goût. Lorsque, un soir où il n'était pas de sortie, Félix, en se couchant, trouva sa femme plongée dans un roman qu'elle tenait bien ouvert sur son oreiller, Delphine crut bien que le drame allait éclater. Sans lever les yeux de sa lecture, bien qu'elle fût incapable de discerner les lignes, elle l'avait senti s'arrêter net entre la porte et le lit. Il y eut un long silence très tendu. Puis il vint se coucher. À gestes brusques, il se glissa dans les draps, lui tourna le dos, comme tous les soirs, et grommela :

– T'éteins. Demain on travaille.

– Non, je lis, avait-elle réussi à dire presque fermement.

De stupeur, il s'était brusquement retourné dans le lit et lui avait fait face.

– T'éteins, j'te dis.

– J'éteindrai quand j'aurai fini de lire. Quand tu vas la retrouver, ta maîtresse, tu lui dis aussi que tu travailles, demain ?

Il en était resté bouche bée. Et elle tremblait des mots qu'elle avait réussi à prononcer. Le silence s'était éternisé. Elle attendait le geste brutal qui arracherait le livre de dessus son oreiller et le projetterait loin dans la pièce. Mais l'écrit possède un pouvoir devant lequel reculent ceux qui ne lui reprochent rien d'autre que de ne pas avoir pu ou su y accéder. Félix avait fini par se retourner dans un grand bouillonnement de draps et de couvertures et en grognant.

Trois minutes plus tard, alors que la Delphine parvenait à peine à reprendre sa lecture, il ronflait.

Ainsi se bâtit, peu à peu, un univers de rêve et de fictions dans lequel se retrouvaient la mère et le fils et qui rejetait le père loin dans sa solitude. Stéphane grandissait et son fantastique goût pour la lecture, bien dirigé par l'instituteur, fit que ce fut bientôt lui qui conseilla sa mère. Bien sûr, elle consommait péniblement un livre quand lui en dévorait cinq ou six. Mais c'était tout de même des complicités qui naissaient entre eux. Il n'aimait rien tant, ses devoirs faits, que de venir parler avec sa mère. Et, pendant qu'elle s'activait dans sa cuisine, elle s'étonnait elle-même des idées qui lui venaient et qu'elle exprimait sans crainte à un fils attentif.

Elle aurait été heureuse, la Delphine, si elle n'avait pas vu grossir, de jour en jour, la tourmente que tout cela allait inévitablement déclencher.

Somme toute, pour futé qu'il voulait être, Félix fut long à comprendre. Il faut dire que Stéphane se montra longtemps d'une honorable souplesse. Et lorsque son père, le mercredi où, durant les vacances, entendait le mettre au travail de la ferme, il refrénait ses soupirs, ne montrait pas trop sa déception de devoir poser ses chers bouquins et se mettait courageusement au travail.

Mais il était évident qu'il n'était pas fait pour ça. Si une certaine dépense physique ne lui faisait pas peur, tourner des heures durant, dans un champ, au volant d'un tracteur, était un rêve qu'il laissait sans le moindre regret à ses copains ! Quant à panser les bêtes, remuer des brouettes de fumier ou d'ensilage, c'était pour lui une véritable aversion.

Félix ordonnait. Le gamin, de son mieux, exécutait. Et les choses, fort longtemps, en restèrent là. Jusqu'au jour où, alors qu'il était en CM2, l'instituteur fit passer aux parents un dossier à remplir pour la future entrée en sixième du gamin.

Lorsque Stéphane lui donna le papier, Delphine sut qu'on en était arrivé au point de rupture. À l'évidence, l'étrange équilibre sur lequel ils avaient vécu depuis des années allait se rompre.

Elle jeta un coup d'œil à son fils qui la fixait sans un mot.

– Tu veux aller au collège ?

– Bien sûr.

– Tu sais que ton père ne va pas vouloir.

– Moi, je veux.

C'était venu tout sec. Et Delphine fut stupéfaite et effrayée de la froide détermination qu'elle lisait dans les yeux du gamin. Elle avait posé le papier bien à plat, au bout de la table, en face de la porte. En entrant, Félix ne pouvait pas ne pas le voir.

Et il l'avait vu. Il était resté debout un long moment, appuyé d'une main à la table, à lire le dossier sans même le toucher. Stéphane, à l'autre bout de la table, avait cessé de lire. Il avait fermé son livre et s'était adossé à sa chaise. Il ne quittait pas son père des yeux. Celui-ci, sans un mot, alla jusqu'à l'évier et se lava soigneusement les mains. Il prit tout son temps pour se les essuyer en portant des regards distraits dans la cour.

Puis il revint vers la table, prit le dossier par un coin et le brandit.

– Tu rempliras ça, dit-il en se tournant vers sa femme. Tu préciseras qu'il est déjà inscrit au centre d'apprentissage agricole.

– J'irai pas. J'irai au collège.

Stéphane avait prononcé ces mots sans bouger d'un millimètre de sa chaise sur laquelle il se tenait très droit. Delphine, paniquée, vit qu'il était blême. Félix, très lentement, s'était tourné vers son fils avec une grande expression de stupeur dans le regard.

– T'iras pas ? Et de quoi tu te mêles ? Depuis quand c'est toi qui décides ? T'iras au centre d'apprentissage. Y a pas à en revenir.

– J'irai pas.

Déjà Delphine avait eu un geste pour s'interposer. Félix s'était tourné vers elle d'un bloc et elle avait eu peur de son regard.

– Toi, tu te mêles de tes casseroles... Quant à toi, tu me sors encore une fois une ânerie comme ça et je t'en flanque une. C'est compris ?

Il était au bout de la table, au-dessus du Stéphane, la main, énorme, levée haut. Un instant, tout se figea comme une scène de tragédie antique. Puis le gamin très lentement se leva. Il passa sous la main de son père toujours dressée sans la voir, prit un stylo dans ses affaires et alla jusqu'au dossier que le Félix avait reposé sur la table. Il s'assit et se mit à écrire, rapidement. Félix avait bondi, trop tard. En face de la question « Établissement demandé » Stéphane avait écrit « collège d'enseignement secondaire ».

– Petit salopard !

Le coup était parti et avait violemment atteint Stéphane à la tempe. Le gamin, d'un bloc, s'était affaissé sur la table. Delphine avait bondi.

– Aide-moi au lieu de rester là planté...

Félix, figé, regardait son fils inanimé sans un geste. Delphine avait pris le gamin sous les bras et, dans un grand effort, le portait comme elle pouvait vers le vieux canapé qui occupait le fond de la pièce. Elle y était presque lorsque le Félix réagit et vint prendre les pieds du gosse qui traînaient au sol pour aider sa femme à l'allonger.

– T'as vu ce que t'as fait ? Maintenant tu sors. J'veux plus te voir ici. Dehors !

Elle hurlait en se précipitant vers le téléphone.

– Dehors, tout de suite ! hurlait-elle encore en composant le numéro du médecin.

Il était chez lui et promit de venir tout de suite. Lorsqu'elle se retourna, Félix était encore là, debout, devant le canapé, le regard vide.

– T'es sourd ou quoi ? Tu sors. Tu m'as entendue ? Tu sais bien la faire, ta vie, dehors, quand ça t'arrange. Alors, dehors ! Et viens plus nous la gâcher ici.

Elle avançait vers lui les poings fermés, menaçante. Et il recula, anéanti. Les dents serrées, les yeux injectés, les ongles entrés dans les chairs, elle le repoussa ainsi, pas à pas, jusqu'à la porte, dans un silence glacé. Il finit par sortir. Elle se précipita vers le canapé où Stéphane commençait de reprendre ses esprits.

– N'aie crainte, va. T'iras au collège.

De trois jours, c'est à peine si elle revit Félix. Il arrivait avant le jour, faisait son travail, comme d'habitude, puis il disparaissait, à la nuit faite, sans qu'elle sache où il courait et sans, à vrai dire, qu'elle s'en soucie. Et puis, un soir, il était venu s'installer à table, comme si rien ne s'était passé. L'air buté, il sortit son couteau de sa poche, l'ouvrit et le posa à côté de lui, signifiant clairement ses intentions.

Ce coup-là, elle l'attendait et elle l'avait soigneusement préparé. Elle s'était détournée de ses fourneaux et, les mains sur les hanches, elle l'avait regardé faire en souriant. Elle attendit que le silence qu'il redoutait plus que tout lui fasse relever le nez pour lui montrer, de son sourire et de sa contenance, sa farouche détermination.

– Tu reviens... Soit... On peut pas faire autrement. Mais je t'ai préparé la chambre du bout, au-dessus de l'écurie. À partir d'aujourd'hui, c'est là que tu dormiras... Oui, je sais, c'est la chambre qu'on donnait avant au commis. C'est commode, il y a une porte directe sur l'écurie. Tu pourras mener ta vie comme tu veux. Je ne veux pas le savoir. Mais, moi, je veux aussi mener la mienne dans ma maison. Quant à celle du gamin, ne t'avise surtout plus de t'en mêler. Si tu préfères, tu peux toujours aller te réinstaller à la Croix du Carage, maintenant que t'en as chassé tes parents... Tu vois, t'as le choix...

Un instant, elle crut qu'il allait répliquer. Il s'était redressé et avait pris ses airs de petit coq par lesquels il l'avait tant impressionnée, à une époque. Mais c'était bien fini, tout ça. Et il avait réalisé, le Félix, qu'il n'était plus le maître. « ... dans ma maison », avait-elle dit en insistant lourdement sur le possessif. Et il avait bien compris, avec l'offre ironique de retourner à la Croix du Carage, ce que cela voulait dire.

Delphine était peut-être restée dans l'ombre, chez le notaire, avant leur mariage. Mais, à l'évidence, elle avait bien écouté et elle n'avait pas manqué d'enregistrer ce que c'était que la « séparation de biens » !

Il avait tout de même hésité un instant, le Félix. Le qu'en-dira-t-on ?... Irait-elle jusqu'à braver la rumeur publique où elle savait très bien qu'elle ne tenait pas nécessairement le beau rôle ? Car pour la faire valoir, cette séparation de biens, il faudrait bien qu'on en passe par le divorce... Et ça, difficile que ça ne se sache pas...

Mais il avait vu dans son regard l'immensité de sa détermination et, en un instant, il avait compris qu'en engageant une épreuve de force il risquait simplement de tout perdre. La force de l'habitude était telle qu'il ne pouvait pas s'imaginer renonçant à bâtir, chaque jour un peu plus, une « entreprise agricole », comme disaient les techniciens, proprement démesurée.

Ce n'est que le lendemain, sur son tracteur, alors que tout ça lui tournait encore dans la tête, qu'il réalisa à quel point il était le dindon de la farce. Il avait tout bâti comme une mécanique dont l'effroyable exigence était allée jusqu'à lui imposer de n'avoir qu'un fils. Et ce fils-là, sur lequel tout reposait, ce fils-là lui échappait...

Il n'avait pas ralenti son travail, le Félix. L'aurait-il su ? Mais, malgré lui, les gestes n'étaient plus les mêmes. Peu à peu s'ancrait en lui l'idée qu'il travaillait pour rien, que le but avait disparu. C'était une évidence, mais il lui fallut plusieurs semaines pour l'admettre totalement. Alors, la tentation était née de renoncer, de remonter à la Croix du Carage, chez lui, où lui resteraient tout de même les terres du père et toutes celles qu'il avait reprises avant son mariage.

La tentation… Mais tant de choses pour ne pas y céder… Et d'abord les sourires ironiques qu'il imaginait déjà de la part de tous ceux qui n'osaient pas lui montrer qu'ils ne l'aimaient pas… Un état dont il jugeait très lucidement l'étendue. Mais serait-il encore supportable s'il n'était plus le maître des Maraudes ?

Sans parler de la ruine qu'il avait volontairement laissée s'installer à la Croix du Carage et de tous ces sapins qui gâchaient à tout jamais les prés du père…

Ainsi Félix devint-il, peu à peu, à proprement parler, l'ouvrier de la Delphine des Maraudes… Oh, bien sûr, pour l'extérieur, pour les autres, de la cabine de son tracteur, il restait le maître. Mais ce n'était qu'une image, un cliché qu'on avait savamment construit pour mieux dissimuler la réalité de la ferme où Delphine commandait et couvait son fils dispensé à tout jamais des corvées de la cour…

Ce fut à quelque temps de là qu'un beau soir, l'écho parvint jusqu'aux Maraudes d'une cloche qui sonnait gravement, vers la Croix du Carage…

On en était à cette heure du soir que n'aimait pas Delphine, cette heure où remontaient en elle, par vagues, les souvenirs de temps où la vie n'était pas moins dure mais où le rythme des tâches à accomplir gardait un équilibre, une harmonie qui faisaient que l'on vivait en paix. Il lui semblait que toutes ces machines, toutes ces techniques, toute cette froide organisation qui s'étaient installées, depuis, aux Maraudes étaient venues avec la colère, l'impatience, l'insatisfaction qui rongeaient leur vie et en gâchaient le plus clair.

Et puis, ce soir-là, cette cloche… Elle s'était arrêtée et avait longuement écouté. Écouté le son lointain et régulier ; écouté au fond d'elle-même l'étrange angoisse qui l'avait saisie. Quelque chose l'avertissait que cette cloche-là, si elle sonnait ainsi à coups lents et sourds, c'était un peu pour elle, Delphine. Quelque chose en elle qu'elle ne parvenait pas à comprendre lui disait que, jamais, il ne faudrait s'habituer à cette cloche-là.

La cloche avait cessé de sonner. Delphine était rentrée dans sa cuisine. Stéphane, au bout de la table, faisait ses devoirs. Elle lui avait souri et, sans un mot, s'était mise à la préparation du repas du soir.

Tout au long de ce dernier, elle surveilla Félix. Lui aussi avait dû entendre. Lui aussi avait dû situer le lieu d'où venait ce bruit étrange. Il n'avait pourtant rien laissé paraître. Simplement, le lendemain matin, il n'était pas dans la cour, à 6 heures du matin. Elle sut que ce n'était pas une de ses maîtresses qui le retenait.

Il rentra vers 10 heures et se mit au travail sans un mot. Le matin, la cloche avait sonné. Elle recommença le soir. Et puis les autres matins, les autres soirs. Félix ne disait rien mais Delphine avait vite remarqué qu'il semblait se crisper, se tendre comme une corde, de plus en plus, chaque matin, chaque soir, en attendant que leur arrive le son lointain. Une fois, elle l'avait surpris à arrêter le moteur de son tracteur et à rester là, planté tout droit, très raide, à côté de l'engin, tourné vers les bois et le col du Carage, à attendre.

Jamais elle ne lui demanda pourquoi il acceptait.

X

GERMAIN N'EN REVENAIT PAS. Il s'était frotté les yeux, croyant à un reste de sommeil qui lui aurait joué des tours. Il avait même ouvert la fenêtre pour mieux voir ce qui était pourtant évident et il restait là, éberlué, appuyé des deux mains au chambranle de sa fenêtre, à contempler le dialogue apparemment fort amical de son cheval avec… un autre cheval !

Chacun de son côté de la haie, cou tendu, ils se reniflaient les naseaux et poussaient de petits cris aigus de satisfaction en même temps qu'ils piétinaient des antérieurs. Évidemment, les allures n'étaient guère comparables. Côté pré, c'étaient les pataudes gesticulations de son bon gros cheval de trait dont les prétentions aux démonstrations de force n'impressionnaient nullement, côté chemin, un petit cheval de selle alezan doré qui, dans sa joie d'avoir ainsi trouvé un compère, dansait allègrement, presque aérien. Son élégance, face à l'autre lourdaud, dans la douce lumière du matin encore voilée de quelques brumes attardées, prenait des airs d'irréalité qui faisaient briller de bonheur les yeux du Germain.

Il resta longtemps immobile à contempler ce spectacle inattendu. Puis vinrent les questions. D'où pouvait-il bien sortir, celui-là ? Il semblait tellement incongru dans ce rude paysage de bois et de prés à moitié mangés de ronces et de fougères. Et qu'est-ce que Germain allait en faire ? Il ne pouvait tout de même pas le laisser comme ça dans le chemin ! Une bête, d'où qu'elle vienne, ça ne se laisse pas divaguer.

Il s'habilla rapidement, prit un bout de corde en sortant, et descendit vers le pré. Ils étaient toujours là, face à face. Les effusions du premier moment passées, ils broutaient tranquillement la grasse herbe de juin, chacun d'un côté de sa haie et en veillant bien à ne pas se perdre de vue.

En entendant Germain approcher, le petit cheval leva la tête. Un gros bouquet d'herbe lui dépassait de chaque côté de la bouche et se trémoussait régulièrement au rythme énergique de sa mastication. Son premier regard fut pour s'assurer que son nouveau et volumineux copain était bien de l'autre côté de la haie, puis il daigna prêter quelque attention à cet humain qui venait vers lui, trahissant ses intentions du bout de corde qui lui pendait au bout du bras. À l'évidence, ça ne l'impressionnait pas de trop.

Parfaitement immobile, toujours aussi beau, comme s'il lui était parfaitement naturel de ne jamais se départir de la pose qui lui était la plus avantageuse, se battant le flanc, avec nonchalance d'une queue pas encore trop importunée de mouches jamais très matinales, il ne quittait plus Germain des yeux. Et celui-ci vit, à quelques petites fantaisies près dont brillait déjà l'œil de l'animal, qu'il n'aurait pas trop de mal à l'attraper.

Mais pour le mettre où ? Germain s'était arrêté au milieu du chemin et continuait à se délecter du spectacle que lui offraient les deux chevaux. Ils avaient l'air de si bien s'entendre, d'être si heureux de s'être trouvés, ces exilés dans un monde de vaches ! Germain reprit sa marche en parlant doucement au cheval. « Allons gamin, faut venir. C'est pas des façons, ça, de traîner les chemins ! J'sais pas d'où tu sors mais il faut bien que je prenne soin de toi puisque t'es venu chez moi… Viens donc ! Va pas me faire des bêtises… »

L'autre, bien sûr, à l'instant même où Germain allait lui mettre la main dessus, avait fait un bond de côté. Il fit une superbe démonstration de cabriole forts réussies, les assortissant de quelques énergiques ruades, et partit au trot vers chez le François. Mais il s'arrêta trente mètres plus loin et, incontinent, se mit en devoir de refaire sa provision d'herbe, dans le bas-côté du chemin.

Germain n'avait pas cherché à le suivre. De toute façon, il courait plus vite que lui !

– Ah tu ne veux pas venir ! Attends voir.

Il fit demi-tour, entra dans le pré et n'eut aucune difficulté à se saisir de son cheval qu'il emmena vers la Croix du Carage. L'autre s'était redressé et observait la scène d'un regard fort ennuyé. Ça, à l'évidence, il ne l'avait pas prévu : son copain qu'on emmenait... La tuile !

Germain le surveillait du coin de l'œil. Mais il remonta vers la Croix du Carage sans marquer la moindre hésitation. Et ce qui devait inévitablement arriver arriva. Dès que la haie les eut cachés aux yeux du fugueur, il poussa un vibrant appel et le chemin résonna de son galop le plus énergique. Lorsque Germain entra son cheval à l'écurie, l'autre, derrière, poussait pour être le premier !

Il lui passa un licol, lui mit du foin, de l'eau et un peu de grains. Et il ressortit avec son cheval, indifférent aux hennissements désespérés qui les accompagnaient pendant qu'il le reconduisait à son pré.

– C'est que je n'ai pas que ça à faire, moi. Il y a la cloche...

Elle n'avait pas encore sonné, ce matin-là, la cloche. Et Germain savait bien qu'ils étaient tous à retenir leur souffle, par tout le pays, à attendre. D'ailleurs, à tout prendre, ça ne lui déplaisait pas trop...

Longtemps il laissa la cloche le griser. Le son, les vibrations venues jusqu'à sa peau tout au long de la corde, le puissant mouvement par lequel il entraînait le battant contre le bronze, c'était une sorte de courant qui le parcourait de haut en bas. Il devait s'échapper en ondes bouillonnantes dans la terre à laquelle il sentait ses pieds comme amarrés, alors que son corps, uni à la cloche et à ses puissantes pulsations, prenait la mesure de l'infini de l'éther dans lequel il baignait.

Puis il ouvrit les mains. La corde, libérée, devint un long serpent que la cloche continuait d'entraîner dans son mouvement. Paumes tournées vers le ciel, il étendit les bras vers le ciel comme en un geste d'offrande au terme d'une communion biquotidienne. Ainsi débutait sa journée. Ainsi s'achevait-elle et il ne lui était pas indifférent que nul ne puisse l'ignorer.

Mais ce n'était pas de tout ça ! Qu'est-ce qu'il allait bien pouvoir faire de ce cheval ? Il l'entendait encore, de temps à autre, pousser un petit hennissement plaintif, du fond de son écurie. À dire vrai, mauvais comédien, il oubliait d'attendre, pour manifester ainsi son désespoir, d'avoir la bouche vide. Et ça s'entendait ! Le Germain ne s'inquiétait donc pas trop pour lui.

Mais il ne pouvait pas le garder ainsi dans l'écurie. Il fallait découvrir d'où sortait ce cheval. Germain savait bien que, dès l'instant où il s'était mêlé de lui mettre la main dessus, il s'obligeait à aller annoncer partout qu'il détenait chez lui un animal qui n'était pas à lui. Ne pas le faire eut été de la plus haute incongruité et risquer de s'attirer de sérieux ennuis. Germain n'en avait pas envie.

Pas plus d'ailleurs que de descendre jusqu'au pays pour annoncer sa trouvaille. Ça lui posait problème et il n'aimait pas ça. Il traîna un moment dans la cour, trompant son indécision en rangeant quelques bricoles, en déplaçant d'autres qu'il remettait l'instant d'après à leur première place, à considérer gravement un travail à faire, à estimer la qualité du tranchant d'un outil, en somme à ne rien faire et à ne pas savoir se détacher l'esprit de ce beau petit cheval qu'il entendait gratter et s'énerver dans l'écurie.

Elle avait bien changé, la cour de la Croix du Carage, depuis qu'il y avait débarqué. Plus une ronce, plus une mauvaise herbe, mais surtout plus une ruine. Oh, bien sûr, ce n'était pas du tout neuf. Mais Germain en avait mis un sacré coup pour tout retaper. Il avait remis des fenêtres et des portes là où elles manquaient, des carreaux là où les dégâts n'étaient pas allés plus loin. Il avait débarrassé le hangar de toutes les vieilleries qui l'encombraient. Il en avait fait un énorme feu de joie et stocké derrière les bâtiments ce qui avait résisté aux flammes. Et, sur le mur du fond enfin dégagé et bien nettoyé, il avait soigneusement rangé les outils récupérés sur place et ceux qu'il avait rapportés dans le chargement de son char à bancs qui trônait au milieu de la cour, manifestement objet de toutes les attentions de Germain.

Par habitude et parce qu'il ne savait pas quelle décision prendre au sujet de son pensionnaire inattendu, il avait repris son travail là où il l'avait laissé la veille au soir.

Il rinça ses pinceaux qui avaient passé la nuit dans l'essence, les essuya soigneusement, les rangea sur une petite tablette qu'il s'était confectionné et ouvrit ses pots de peinture. Car il le repeignait de fond en comble, son char à bancs, le Germain. Il le repeignait et il le décorait dans une débauche stupéfiante de couleurs vives et de formes étranges dont le sens, s'il en était un, n'apparaissait qu'à lui seul.

Très vite, il eut totalement oublié le petit cheval de selle, bien que celui-ci continuâ d'aller et venir avec énergie dans l'écurie, et il fut totalement absorbé par son travail de créateur.

Il avait d'abord démonté le vénérable véhicule en pièces détachées. Il les avait toutes nettoyées avec le plus grand soin. Il avait fort adroitement remplacé les quelques planches ou montants qui donnaient des signes de fatigue, et, bout après bout, il s'était mis en devoir de le repeindre en même temps qu'il le remontait. Un char à bancs aux roues vert pomme, à la caisse jaune citron, au siège incarnat et aux brancards bleus, évidemment, ce n'était pas courant. Mais le résultat, assez soigné, plaisait beaucoup à Germain. D'autant plus qu'il avait pris soin de peindre toutes les pièces métalliques du châssis et de la suspension d'un beau violet presque noir dont la touche finale ajoutait, il faut le reconnaître, à l'aspect pour le moins novateur de l'ensemble !

Mais Germain ne s'en était pas tenu là. Ce n'était, en fait, que la préparation, le fondement, le lit, d'une œuvre qu'il avait manifestement dans la tête et que, langue tirée et doigts de fée autour de pinceaux minuscules, il s'appliquait à concrétiser. C'était des volutes, des spirales, des formes géométriques tourmentées, se compliquant de savantes imbrications soulignées par des jeux de couleurs tantôt criardes tantôt tendrement pastel, le tout s'étirant sur les flancs du vénérable engin en jouant de ses formes pour dérouter encore plus l'éventuelle compréhension d'une œuvre dont l'inspiration, à l'évidence, venait de très loin !

Germain était satisfait de son travail ! Assis sur un petit tabouret de vacher, le pot de peinture dans une main, le chiffon sur les genoux et le pinceau dans l'autre main, il s'appliquait. Et le monde eut pu s'écrouler autour de lui sans qu'il y prenne garde. Tout cela, manifestement, était de la plus haute importance et il ne fallait surtout pas que l'effet escompté soit gâché par le moindre défaut. Et il y veillait !

– S'il vous plaît ?

Il y veillait tant qu'il avait bondi. Et une élégante volute se compléta d'une balafre cramoisie... Somme toute, pour inattendue et non programmée qu'elle ait été, elle aurait très bien pu ajouter sa pointe de spiritualité à l'ensemble si, malencontreusement elle ne s'était pas terminée par une large et fort disgracieuse éclaboussure, constellée d'horripilants satellites, jusque sur le rembourrage tout neuf du siège.

Germain s'était précipité, furieux, sur la bouteille d'essence et, d'un chiffon adroit, il essayait, tant qu'il en était encore temps, d'effacer l'outrage. Il allait se venger d'une de ses inamabilités cinglantes lorsqu'il s'immobilisa... Cette voix ?

Il se retourna lentement non sans continuer de frotter. Pas de doute : c'était elle ! Pour le coup, il renonça à réparer les dégâts.

– Vous le faites exprès ?

Près de la pierre, à l'entrée de la cour, manifestement, elle ne savait plus très bien quelle contenance prendre. Si elle s'attendait ! L'esprit totalement occupé de son inquiétude, elle avait appelé sans voir. Sans voir ce char à bancs aux couleurs fantastiques et cet homme qui n'était qu'un dos arrondi sur son travail. Une nouvelle fois, ils se retrouvaient dans une situation complètement absurde ! En bondissant de façon si inattendue, c'était un peu comme s'il l'avait réveillée. Et elle ne savait plus par quel bout commencer.

– Je… Je fais exprès quoi ?

– Trois fois qu'on se rencontre, trois fois que c'est dans des situations invraisemblables ! Vous avez vu ce que vous m'avez fait faire ?

Du coin de sa pierre, elle ne voyait pas grand-chose. Elle eut un léger haussement d'épaules et une moue dubitative.

– Je suis désolée, hasarda-t-elle. Ce ne sera pas trop grave ?

– Pas trop grave ? Approchez, venez voir ! Et vous verrez si ce n'est pas grave. C'est une catastrophe, oui. C'est irréparable. Tout est à refaire…

Elle n'eut pas le sentiment qu'il fallait prendre ces paroles trop au sérieux. L'aspect fantastique du char à bancs, le chatoiement des couleurs qui s'y entremêlaient et se chevauchaient ne plaidaient pas pour une trop grande gravité. Elle s'approcha, curieuse, et découvrit la balafre qu'il s'évertuait à essuyer et qui, d'ailleurs, ne demandait pas mieux que de se faire oublier.

– C'est de ma faute, ça ?

– Je veux ! Vous ne savez pas qu'il ne faut jamais déranger un artiste dans son travail ? Même en demandant « s'il vous plaît » ?

Et il mettait la bouche en cul de poule pour répéter ces trois mots qui l'avaient tant surpris.

– Donnez. C'est de ma faute. Il est normal que ce soit moi qui répare.

Elle lui avait pris le chiffon et la bouteille des mains. Il avait laissé faire. Il s'était légèrement écarté et il la regardait à l'œuvre. Très délicatement, par petits coups, en changeant à chaque fois de coin du chiffon, elle réduisait les dégâts jusqu'à ce qu'ils aient totalement disparu. Il nota tout de même qu'elle s'était arrêtée juste au bon endroit, parvenant de façon inespérée à faire la part de la création de celle de l'accident. Il lui en fut reconnaissant !

– Vous voyez ? Ce n'était pas si terrible !

– Cela aurait pu l'être… Cela aurait pu l'être… Imaginez que ce ne soit pas vous mais mon plus proche voisin, que l'on prénomme, par ici, le François, qui soit venu me demander ainsi « s'il vous plaît »… Peu vraisemblable, me direz-vous. Ledit François aurait plutôt eu tendance à débouler au milieu de mes pots de peinture et à éructer une insanité telle que, son haleine avinée de surcroît, il m'en eut, pour le moins, inventé toute une nouvelle palette de couleurs… dont au demeurant je n'aurais eu que faire.

Imaginons tout de même. Et qu'eut-il fait, le François, de ses gros doigts sales si ce n'est d'ajouter aux dégâts que vos douces et fines mimines ont si joliment réparés ?

C'eut été terrible…

Et il restait là, les yeux au ciel, feignant la plus insondable des douleurs à la seule idée de ce qui aurait pu advenir de son chef-d'œuvre.

Marie-Laure l'avait écouté avec ravissement. Elle s'attendait à tout du grand trimard qu'elle avait vu affronter la mère Blanchard, ou de l'espèce de fort des halles qui n'avait pas faibli de tout le temps que Bonaventure avait ferré son cheval, sauf d'en recevoir des compliments si joliment tournés. Et c'était sans rougir, cette fois, qu'elle s'avouait ne pas y être indifférente.

– Mais au fait, que peut-il me plaire pour vous être agréable ?

Légèrement penché vers elle, la main droite sur le cœur, tenant de l'autre une coiffure aussi emplumée qu'imaginaire, il reprenait leur conversation où elle avait commencé et rappelait Marie-Laure à la raison de sa venue si loin de chez elle.

– Vous n'auriez pas vu un cheval ? Un petit cheval de selle alezan doré. On l'a amené hier de la région parisienne. On l'a lâché dans le pré à côté de chez nous. Ce matin, il n'y était plus. Et j'ai vu ses traces, dans le chemin, à la sortie du bois...

– Un cheval... Voyez-vous ça... Un petit cheval alezan doré derrière lequel une si belle petite Parisienne joue au Sioux ! Et si le mien, de cheval – vous le connaissez ? – l'avait mangé ? Et si je n'étais pas cigale mais fourmi ? Si je l'avais, en prévision de jours plus âpres, mis dans mon congélateur qu'au demeurant je n'ai pas ?

– Allez ! N'en rajoutez pas. Vous l'avez vu, oui ou non ?

– Sachez, chère demoiselle, que votre impudent destrier m'a réveillé, ce matin, en s'adonnant, devant mon cheval, animal sérieux et bien élevé s'il en est, à des démonstrations tapageuses et fort déplacées. Ce cheval, mademoiselle, sauf le respect que je vous dois, est un coquet !

– Un coquet, si vous voulez. Mais où est ce coquet ?

– Je l'ai puni du sommeil qu'il m'a volé. Je l'ai enfermé à double tour dans la prison à chevaux qu'il méritait... D'où, impénitent rêveur, je le voyais déjà s'échappant grâce à l'aide d'une charmante princesse... Comme quoi il n'y a que les sots pour ne pas croire que peuvent se réaliser les rêves !

Elle avait éclaté de rire en tournant déjà les yeux vers le bâtiment qui lui semblait avoir le plus de chance d'être l'écurie.

– Il est là ?

– Allez, gente demoiselle, je ne veux pas plus longtemps ajouter à votre tourment. Il a suffisamment duré pour vous punir d'avoir su perdre un si beau cheval et de m'avoir fait orner mon chef-d'œuvre d'un coup de pinceau non prévu. Oui votre cheval est là. Et je vous le révèle, même si cet aveu me fait déjà vous perdre !

Il avait crié ses dernières paroles pour qu'elle n'en perde rien alors qu'elle était déjà à la porte de l'écurie. Il l'y rejoignit alors qu'elle débarrassait son cheval de l'énorme licol dont l'avait affublé Germain et lui en passait un, minuscule.

– Avec ça, le voilà bien équipé !

– Riez ! C'est solide. Et puis, jamais il ne tire.

– Il se contente juste de passer les clôtures !

Elle devint très grave.

– C'est le problème. On a juste un tout petit bout de pré disponible. Et puis, il n'a jamais été seul. Il est perdu, le pauvre vieux…

– Ce qui veut dire ?

Son air grave, presque inquiet, s'était teinté d'un demi-sourire.

– Ben oui, quoi… Il n'y a que vous, par ici, à avoir un autre cheval…

– Et vous voudriez…

Il avait volontairement laissé sa phrase en suspens et il la considérait d'un air goguenard. Il lui fallait bien se jeter à l'eau.

– Qu'on les mette ensemble puisque vous me dites qu'ils s'entendent bien.

– Les mettre ensemble ? Petite inconsciente ! Vous n'y pensez pas ?

Il avait pris un air tellement consterné que Marie-Laure en perdit son sourire. Elle ne voyait vraiment pas par où sa proposition était si incongrue.

– Depuis des mois, je cherche quelqu'un pour l'héberger, ce cheval. Ici ce serait bien. On vous paierait.

Elle plaidait sa cause et celle de son cheval avec d'autant plus de chaleur que, au fond d'elle-même, et sans qu'elle voulût bien se l'avouer, à la solution inespérée d'un problème très pratique, il ne lui déplaisait pas d'ajouter un excellent prétexte pour revenir régulièrement à la Croix du Carage.

Et voilà que son idée qui lui paraissait si évidente rencontrait un air sévère et tout à fait réprobateur…

– Imaginez un bref instant, chère demoiselle, reprenait le Germain, que votre petite chose, dont vous affirmez facilement qu'elle est au mieux avec mon cheval, rencontre incidemment, au cours de leurs ébats, un de ses pieds lancé par inadvertance… Il vous le casse net, comme une brindille, comme du verre ! Mettre ensemble un cheval de selle et un cheval de trait, hors de question ! C'est de la folie pure.

Elle avait pensé à tout sauf à ça. Et, malgré sa déception, elle ne pouvait s'empêcher d'admirer sa prudence.

– Mais…

Il fallait bien trouver quelque chose.

– Vous n'avez pas un autre pré ?

– Enfin une question sensée ! Bien sûr que j'ai un autre pré. C'est plein de prés, par ici. Des prés, il y en a autant que vous voulez. Suffit de demander. Mais… savoir si votre chère monture n'aura pas d'état d'âme à être séparée du mien par deux haies et un chemin ?

Elle haussa les épaules avec insouciance.

– Pensez-vous ! On y va ?

Il eut un instant l'envie de continuer à la taquiner. Après tout, elle avait un peu rapidement oublié de négocier le prix de la pension ! Mais lui aussi, au fond, n'était pas mécontent de cette occasion inespérée de la voir régulièrement prendre le chemin de la Croix du Carage. Il se prenait au jeu, le Germain. Et puis, son plaisir était tellement évident.

– Si vous voulez me suivre ?

Le cheval, en retrouvant la liberté, effectua quelques énergiques croupades, rua, et piqua un rapide galop jusqu'en haut du pré où, sur des allures très relevées, il fit une superbe volte et s'arrêta net, leur faisant face et soufflant énergiquement. La voix profonde et un peu chevrotante de celui de Germain retentit alors. Il y répondit par un hennissement strident et traversa à nouveau le pré comme une flèche pour venir piler contre la haie, le long du chemin. Ils étaient à nouveau face à face mais séparés de sept bons mètres. Il y eut quelques mouvements d'impatience, quelques ronflements énergiques, quelques voltes aériennes d'un côté, toutes en force et en puissance de l'autre. Puis les choses se calmèrent, aidées en cela par l'irrésistible appel de l'herbe de juin.

Marie-Laure et Germain, accoudés à la barrière, avaient admiré en silence.

– Vous voyez ? Les voilà calmés.

– Et quand j'emmènerai le mien ?

– Parce que vous allez l'emmener ?

– Bien sûr. Il n'est pas là simplement pour tondre le pré.

– Vous le montez ?

Il éclata de rire.

– Vous imaginez le tableau ? On ferait un fameux équipage ! Non, chère demoiselle, nous n'irons pas faire de belles promenades ensemble. À moins que vous ne daigniez abandonner votre noble monture et que vous préfériez les bancs de mon char. Car je l'attelle.

– Et c'est pour ça que vous l'avez amené ici ?

Il avait quitté les chevaux des yeux et s'était tourné vers elle. Il la considérait avec un étrange sourire. Et s'il lui disait tout ? S'il essayait sur elle ? Après tout, juin tirait à sa fin. Il allait falloir passer aux actes.

Surprise de son silence qui se prolongeait, elle s'était tournée vers lui et fut presque gênée par le regard qu'il portait sur elle. Il avait dans les yeux cette flamme étonnante et indéfinissable qu'elle lui avait déjà vue lorsqu'il recomptait soigneusement la note de la mère Blanchard. Elle eut un mouvement de recul.

– Qu'est-ce que j'ai fait ? Pourquoi vous me regardez comme ça ?

Il ignora sa question, maintint encore son regard sur elle durant des instants qui lui parurent une éternité, puis se tourna à nouveau vers les chevaux en s'accoudant à la barrière. Il hocha la tête tristement.

– Non, dit-il. Ce n'est pas la peine. Vous ne sauriez pas.

– Je ne saurais pas quoi ?

– Tenir un secret, pardi. A-t-on déjà vu une femme savoir tenir un secret ? Pourquoi feriez-vous exception ?

Pour le coup, il l'avait vexée. Elle haussa les épaules avec mépris.

– Alors c'est ça ? Macho, par-dessus le marché ? Eh bien gardez-le, votre secret. Ça ne m'intéresse pas.

Le contraire était tellement évident qu'il éclata de rire.

– Pas trop mal réagi. Même si ce n'est pas totalement convaincant. Et pour vous prouver que je ne suis pas macho, eh bien je vais vous le dire ce secret. Et si vous le trahissez, vous serez la première punie.

– Comment ça ?

– Écoutez…

À dire vrai, depuis des semaines il mourait d'envie d'en parler, de se confier à quelqu'un. Il ne pouvait pas rêver meilleure occasion. Même si, malgré le rôle qu'il se sentait jouer, il se demandait, depuis qu'elle était arrivée, si tout cela était bien réel, si ça concernait bien le Germain, ci-devant trimard... Il lui lança encore un regard mi-amusé mi-inquiet.

– Il y a beaucoup de touristes, l'été, aux Rambarges ?

Ce fut à son tour de le dévisager avec étonnement.

– Oui, pas mal. D'ailleurs, ils commencent d'arriver. Pourquoi ?

– Et qu'est-ce qu'ils font, ces touristes-là ?

Qu'est-ce qu'ils font ? En voilà une question !

– Ce qu'ils font... Ce qu'ils font... J'en sais rien, moi. Pourquoi vous me demandez ça ?

– Je vais les occuper, moi, vos touristes !

– Les occuper ? Qu'est-ce que vous allez leur faire faire ?

Toujours accoudé à la barrière, il avait croisé les doigts et Marie-Laure remarqua qu'il les serrait si fort qu'il s'en faisait blanchir les jointures. Sans qu'il ait perdu cet étrange sourire, son regard, tout à coup, s'était porté loin, très loin devant eux. Marie-Laure le suivit et le vit se perdre sur les flancs boisés de la montagne de la Ville, de l'autre côté de la vallée.

– Je vais leur raconter l'histoire de la cloche...

Il avait dit ça d'une voix très douce sans qu'un seul instant son regard ne soit revenu de sa lointaine vision.

Sidérée, elle ne le quittait plus des yeux.

– L'histoire de la cloche… Celle que vous sonnez, matin et soir ?

Il fit oui de la tête.

– Et… vous la connaissez, vous, l'histoire de la cloche ?

Il eut un profond hochement de tête.

– Si je la connais !

Et, brutalement, il s'était retourné et s'était adossé à la barrière du pré. Elle en fit autant. Devant eux, le chemin montait raide vers la cour de la Croix du Carage au milieu de laquelle on voyait trôner le char à bancs.

– Nous les attendrons, mon cheval et moi, sur la place des Rambarges. Elle est belle, la place des Rambarges, avec sa fontaine et ses grands châtaigniers. J'ai des affiches. Je vais en mettre partout, dans tous les villages des environs, à Autun. Et, sur la place, j'ai fabriqué un petit panneau pour leur indiquer le départ.

« Ils viendront. Je les ferai monter dans mon char à bancs. C'est pour ça que je l'ai repeint. Et on partira. En chemin, je leur raconterai. Je les emmènerai là-haut, sur la montagne de la Ville. Vous ne savez pas, vous. Personne ne sait. Mais c'est bien vrai qu'il y a eu une ville, là-haut. Une ville immense. Moi, j'en connais les murailles, les rues, les quartiers. Vous ne me croyez pas ? Vous serez la première que j'emmènerai, là-haut. Et vous verrez.

Il faut savoir. Mais, quand on sait, sous les arbres, sous leurs tristes sapins, c'est vrai qu'on voit tout. Et même la pierre, celle de la Wivre.

« Il y a la ville avec ses réalités. Mais il y a aussi la ville avec ses légendes. Je vous raconterai celle des portes de lumière, celle de la Wivre et de son trésor… et tant d'autres…

« Et puis, il y a eu la mort de la ville, brutale, en moins de vingt ans, sans qu'on sache très bien pourquoi. Un petit village qui continue de s'accrocher là-haut, au fil des siècles, et qui s'étiole tout doucement, Saint-Martin qui vient détruire les derniers autels païens, les derniers fidèles des druides qui le prennent à partie. De quoi se mêlait-il, celui-là ? Et une autre légende, celle de son âne, la brave bête qui, pour dégager son maître du mauvais pas où il s'était mis, fait un tel bond qu'on retrouve ses traces partout, sur tous les rochers, dans un rayon d'une bonne trentaine de kilomètres !

« Et encore les Cordeliers qui se mettent en tête de venir installer un couvent là-haut… Un couvent sur la terre sacrée des Celtes ! Pauvres Cordeliers… Je les emmènerai sur l'emplacement du couvent des Cordeliers. Je sais, moi, où il était.

« Il a eu tous les malheurs, leur petit couvent. Toutes les guerres locales, celle de Cent Ans, les guerres de Religion, pas une qui ne soit pas passée là-haut et qui ne leur ait pas laissé quelques ruines.

« Et puis, en fin de compte, un incendie tel, au XVIe siècle que, dans la misère où ils se trouvaient, les quelques pauvres bougres qui survivaient là et qui avaient vu tout brûler ont préféré renoncer. Il n'y avait d'ailleurs que ça à faire. Ils sont partis, chacun de leur côté, courir la chance ailleurs avec, pour seule fortune, les quelques hardes qu'ils portaient.

« Sauf un. Allez savoir lequel… Peut-être qu'il est resté dans les parages. Peut-être qu'il a traîné sa misère dans ces bois, des jours durant, sans se résoudre à trop s'éloigner de la ruine encore fumante de leur couvent. Et puis, un jour, peut-être, il y est venu fouiller. Dans quel espoir ? Allez savoir.

« Il n'a rien retrouvé… Sauf… Sauf la cloche, la cloche du couvent des Cordeliers, intacte. Alors, il l'a mise sous son bras. Et, malgré son poids, il n'a plus eu qu'une idée en tête : lui trouver un refuge digne d'elle. Ce n'était pas si facile que ça en a l'air. Elle était bénite, cette cloche. Et, du coup, les églises ou les chapelles qui avaient le droit de sonner les cloches et qui en étaient déjà équipées ne pouvaient pas l'accueillir sans porter gravement ombrage aux parrains et marraines des leurs.

« Quant aux autres chapelles, modestes oratoires de campagne ou chapelles de château, si elles n'avaient pas le droit de sonner les cloches, pourquoi voulez-vous qu'elles accueillent celle-là dont elles n'auraient pas eu l'usage ? Il ne s'est pas découragé, notre moinillon. Sa cloche sous le bras, il a fait tous les châteaux du coin. Et il a fini par réussir à l'installer dans le campanile d'une petite chapelle dont il reste quelques pierres, là-bas, vers Uchon.

« Elle a dû y rester longtemps, notre cloche, silencieuse, bien sûr, mais à l'abri. Puis elle a disparu. On l'a crue perdue. À vrai dire, on l'a même oubliée. Pensez donc, la pauvre cloche d'un couvent plus pauvre encore, ruiné depuis si longtemps, au flanc d'une montagne tout juste habitée de quelques sangliers et de fantômes sans importance…

« Jusqu'au jour où elle est réapparue, sans qu'on sache trop comment, dans la chapelle d'un autre château, dans le val d'Arroux… avant de redisparaître à nouveau, puis de réapparaître et ainsi de suite, de nombreuses fois, au fil du temps et des aléas de l'histoire.

« Et vint la Révolution. Elle y était notre cloche ! Cette fois dans le clocher d'une belle chapelle, non loin de Mesvres. Le château eut le malheur de ne pas revenir aux révolutionnaires. Il fut incendié et ses ruines jetées bas. La cloche, une nouvelle fois, disparut et l'on crut même qu'elle avait été fondue pour aller alimenter les canons de Valmy ou de Magenta. Cette fois, on l'oublia pour de bon. »

– … Vous croyez que ça va les intéresser, tout ça, les touristes ?

Captivée par son histoire, elle ne réalisa pas tout de suite qu'il lui posait une question. Mais il avait pris un air tellement dépité, malheureux, à douter, tout à coup, de son effet, qu'elle éclata de rire.

– Bien sûr que ça va les intéresser ! Moi, ça me passionne. D'autant plus que je me doute qu'il y a une suite puisque vous nous la sonnez matin et soir, cette cloche.

Il eut un petit sourire satisfait. C'était bien un peu là qu'il voulait en venir.

– Alors ? Comment vous l'avez retrouvée ?

– Et impatiente avec ça. Mais pas si vite. Depuis le couvent des Cordeliers, on retraversera toute la vallée et on montera jusqu'ici, au Carage. Le Carage… Vous savez ce que c'est, vous, un carage ?

Elle eut une moue étonnée. Ça venait faire quoi, là-dedans, cette question-là ? Elle fit non de la tête, lentement.

– C'est le « garage », continua-t-il, l'endroit où les bouviers laissaient souffler leurs attelages, après une longue côte, celui où ils passaient la nuit, celui où ils attendaient de pouvoir rentrer dans une ville. Et, ici, c'est un peu tout ça. C'est le grand carrefour, au sommet d'une longue côte, en face de la ville. Ce chemin, là, à nos pieds, c'est une voie sans âge. Du temps des Celtes, c'était une des principales voies du pays. Je leur expliquerai tout ça. Et puis on continuera pour monter là-haut, au faîte des bois. C'était leur temple, leur sanctuaire. C'est un vieux des chemins, un trimard, comme moi, qui m'a appris tout ça.

« Et son histoire à lui, bien sûr qu'il faudra que je la leur raconte. Parce que, moi, je n'ai eu que la peine de suivre ses indications. Lui, il avait souffert des mois, des années pour rassembler tout ça. Je vous raconterai, à vous aussi, un jour.

« Il a bien failli en mourir. Mais il a tout de même été récompensé de ses peines. Il a fouillé des années, là-haut. Tout le sanctuaire et plus loin. C'est comme ça qu'un beau jour, dans une petite combe, pas bien loin sous le sanctuaire, il est tombé sur les restes de tout un village. Il devait bien y avoir vingt ou trente maisons plus leurs dépendances. Il a encore fouiné là-dedans des mois durant. C'est fou tout ce qu'il a trouvé : des armes, des poteries presque intactes, des pièces de monnaies, des pointes de flèches, des outils... et tant d'autres choses. Il a tout gardé : je leur montrerai.

« Et puis, un jour, il est tombé sur une ruine qui, au premier abord, l'a étonné par son état de fraîcheur. Les murs étaient nettement plus hauts que les autres. Et on y trouvait encore des restes de la charpente. Ça l'a surpris. Jusqu'au moment où il a réalisé qu'un enduit, une sorte de mortier, liait les pierres. Ce n'était donc pas une habitation celte. Il a été sur le point de s'en désintéresser. Il a encore fouillé un peu, comme ça, par acquit de conscience, quand il a remarqué une sorte de niche à la base d'un mur. Il l'a dégagée. C'était plus large que ce qu'il avait cru au départ. Il s'est mis à plat ventre et, avec une lampe électrique, il a tâché de voir si ça allait loin. Pensez-vous ! Ça semblait bouché presque tout de suite par ce qui ressemblait à une grosse pierre ronde et noirâtre. Il a fait le mouvement de se relever. Et c'est le reflet de sa lampe, au moment où il la détournait, qui a créé une ombre et il a vu qu'il y avait quelque chose de marqué ou de sculpté…

« Il s'est mis à fouiller comme un fou. Et il n'a eu aucun mal à sortir la cloche des Cordeliers. Elle dormait là depuis qu'elle y avait été cachée, au moment de la Révolution, peut-être, par le dernier des Celtes à vivre encore dans ce village…

« Cette niche-là, je l'ai retrouvée. Je l'ai soigneusement nettoyée. Je l'ai même consolidée, discrètement. Et je les y emmènerai. Je vous y emmènerai, à l'occasion, si vous voulez, si ça vous intéresse. Et je vous montrerai tout ce qu'il a trouvé et tout ce que j'ai trouvé, moi aussi, après lui… »

Le silence qui se fit pesait des tonnes. Germain, encore tendu par son récit, fixait son char à bancs sans le voir. Et Marie-Laure, sidérée, continuait de boire ses paroles.

– Vous serez quand, la première fois, sur la place des Rambarges, avec votre cheval et votre char à bancs ?

– Vous croyez que ça va les intéresser ?

Elle eut un haussement d'épaules.

– C'est pas ce que je vous demande. Quand comptez-vous commencer ?

– J'avais décidé le 1er juillet... Mais, maintenant... j'sais plus...

– Ben moi, je sais. Vous y serez. Je serai votre première cliente – j'y tiens : la première, c'est entendu ? – Et je peux vous garantir que, du monde, vous en aurez. J'en fais mon affaire.

Et puis elle marqua une petite hésitation.

– Mais, attendez voir. Vous ne m'avez pas tout dit...

Partagé entre son doute qui subsistait et sa joie de la voir se passionner pour son idée, il resta interloqué.

– J'vous ai pas tout dit ? Bien sûr que je ne vous ai pas tout dit. Il y a l'histoire du trimard, il y a l'explication des dessins, sur la cloche, il y a... Il y a tant d'autres choses... Mais je vous dirai tout, pendant le circuit. Promis, vous serez la première.

– C'est pas de ça qu'il est question... Votre cloche...

– Ben quoi, ma cloche ?

– Pourquoi vous la sonnez matin et soir ?

Il eut un large sourire et elle fut heureuse de voir le doute s'échapper de son regard. Les mains au fond des poches, l'air songeur, il s'éloigna de la barrière et entreprit de remonter vers la ferme.

– Alors ? Pourquoi vous la sonnez ?

Il eut plusieurs hochements de tête dubitatifs.

– Ça, c'est autre chose… Vous le dire maintenant… Non… Promis, je vous le dirai un jour… Mais aujourd'hui…

Elle fut sur le point d'insister. À elle, maintenant de le taquiner. Mais elle se retint. Il y avait dans son regard comme une supplication. Pour aujourd'hui, il en avait déjà tellement dit…

XI

LE DERNIER JOUR DE L'ÉCOLE, c'est toujours un peu la fête de tout le village. On a beau dire que ça va être encore bien du tracas, tous ces gamins dans la rue et dans les jambes, alors que c'est le plus fort du travail de l'année, ce jour-là, il en est bien peu, sur le coup de 4 heures, qui ne surveillent pas d'un œil la porte de l'école d'où va jaillir le flot hurlant et déchaîné des enfants.

« Les cahiers au feu et les maîtres au beau milieu ! » Qui n'a pas hurlé ces mots à pleine poitrine en jurant bien au dit maître, des yeux, qu'on sera si content de le revoir en septembre, n'a rien fait de sa jeunesse ! Et il hurlait, le Stéphane, tout comme les autres. Et son regard, pour son maître, ce maître qui avait su lui révéler le bonheur contenu entre des pages, était d'autant plus humide, d'autant plus attendri qu'il la franchissait pour la dernière fois, la porte de cette école.

Oh, bien sûr, on se reverrait. Et pas plus tard que ce soir, à la bibliothèque. Mais ce n'était déjà plus la même chose. L'instituteur-bibliothécaire perdait quelque chose à ne plus être que bibliothécaire. Même si, d'un autre côté, le gamin sentait déjà que ses rapports avec lui y gagneraient plus que ce qu'ils étaient entrain de perdre, il y avait cette transition qui tirait un léger voile de brume sur le plaisir de Stéphane. Un de ces voiles de brume de printemps si fins, si légers, si aimables, quoi qu'ils veuillent en dire, qu'on voit, au travers d'eux, à peine le soleil est-il sur l'horizon, combien la journée sera belle.

En septembre, il entrerait en sixième au collège d'Autun. C'était maintenant chose faite. Il n'y avait plus à en revenir. Même si le gamin, secrètement, gardait au fond de lui une profonde blessure. Le souvenir de la violente tourmente qu'il avait dû subir, pour qu'il en soit décidé ainsi, continuait de le poursuivre. Elle aurait dû le remplir d'aise et de gratitude pour sa mère, mais il ne pouvait pas comprendre pourquoi sa soudaine et farouche résolution était venue après tant d'années de renoncement. Et il ne pouvait pas plus comprendre comment la fermeté de son père avait si facilement cédé. Elle avait fait place à une sorte de veulerie dans laquelle il s'enfonçait chaque jour un peu plus sans que personne d'autre que sa mère et lui puisse s'en apercevoir.

Il avait envie de crier, à tous ceux qui continuaient d'afficher leur respect craintif du maître des Maraudes, tout ce qu'il savait du tâcheron, de l'homme de peine au rang duquel Delphine l'avait réduit. Il ne plaignait pas son père. Félix avait toujours été bien trop dur, il avait toujours été bien trop incapable d'écouter autre chose que ses propres certitudes pour que son fils puisse encore lui être attaché de quelque façon que ce soit. Mais ces jeux subtils et cruels des adultes touchaient d'autant plus le gamin qu'il savait bien qu'il en était tout à la fois l'enjeu et le spectateur unique et contraint au silence.

Ce profond malaise dans lequel il vivait quotidiennement l'empêchait de porter à sa mère tout l'amour que celle-ci, sans le dire, aurait bien voulu recevoir en retour du parti de son fils qu'elle avait pris avec tant d'ardeur.

Mais toute cette violence qu'il ne comprenait pas, toute cette comédie qu'on continuait de jouer autour du maître des Maraudes dont il était seul à savoir qu'il était devenu valet, toute cette hypocrisie, ce cynisme que ses dix ans ne pouvaient pas concevoir, tout cela le rejetait vers son seul vrai refuge : les livres. Du reste, il n'était plus que spectateur n'apportant de réelle attention qu'à ce qui, d'une façon ou d'une autre, pouvait rejaillir sur sa vie.

Et Delphine qui avait cru récupérer son fils voyait la solitude qui montait autour de chacun d'eux et les isolait les uns des autres, elle la première, chaque jour un peu plus. Déjà, elle redoutait septembre et cette entrée en sixième de son fils pour laquelle elle s'était battue mais dont elle réalisait maintenant qu'elle ne lui apporterait qu'une dose supplémentaire et peut-être définitive d'isolement.

Bien sûr, elle ne regrettait pas. Elle s'était même résignée. Mais il lui fallait bien lutter contre l'amertume qu'elle sentait monter en elle. Pourquoi, désormais, vivaient-ils ? Pourquoi continuer de se battre ? Pourquoi tant de travail, tant d'indifférence entre eux, tant de comédie à l'égard des autres ? Que restait-il d'autre que l'habitude pour justifier les gestes de chaque instant, l'âpreté au travail et au gain ?

À quoi bon puisque, de toute façon, la ruine, dont la ferme avait été sauvée une première fois par l'arrivée du Félix, la ressaisirait dès qu'eux-mêmes auraient perdu l'élan devenu inutile de leur acharnement au travail ?

Elle savait bien que Félix n'en pensait pas moins même si, bien sûr, ils ne s'en disaient rien. Il y avait des petits abandons, d'infimes renoncements qui ne trompaient pas. Un outil abîmé qu'on ne réparait pas, un travail qu'on remettait au lendemain, des clôtures qui vieillissaient…

Ils le savaient bien, l'un et l'autre, chacun dans son irréductible solitude, que l'élan ne se perdrait pas du jour au lendemain mais qu'il se perdrait, inévitablement. Et que, du jour où ce serait visible, du jour où réapparaîtrait la lèpre de la ronce qui gagne et des gouttières qu'on laisse fuir, la chute deviendrait terrible et inexorable. Ils le savaient mais n'avaient déjà plus le ressort nécessaire pour entraver le cours des choses.

Delphine pensait-elle à tout cela, debout derrière la fenêtre de sa cuisine, en voyant son Stéphane descendre pour la dernière fois du car de ramassage scolaire ? Et Félix, depuis ses champs où il s'était enfui dès le début de l'après-midi, y pensait-il ? Envisageait-il tout ce qu'il y avait de rompu dans la chaîne du temps pour que cette succession si bien préparée d'un seul représentant mâle ne se fasse pas ? Concevait-il toute la distance qui avait pu s'instaurer entre ce système qu'il avait cru pouvoir perpétuer et celui vers lequel il n'avait pas pu empêcher son fils de se tourner ?

Le gamin entra en trombe dans la cuisine et jeta son cartable sur le canapé.

– C'est fini ! glapit-il. Vive les vacances !

– Et c'est pour ça que tu ne dis plus bonsoir ?

Il eut un regard vers sa mère et, à ses traits tirés, lut ses pensées. Il en fut agacé. Et c'est en faisant un effort qu'il se dirigea vers elle et lui déposa un rapide baiser sur la joue.

– Je retourne à la bibliothèque. Le maître, il m'a demandé de venir l'aider. Et puis, je vais changer quelques livres.

– T'avais qu'à rester au bourg.

– Non. Je voulais me débarrasser de mon cartable. Je vais y aller en vélo. Il fait beau !

– Ne rentre pas trop tard.

– T'inquiète !

Il était déjà ressorti. Et Delphine se retenait de maudire cette bibliothèque vers laquelle elle l'avait elle-même poussé.

Avant que la porte ne soit refermée, à la volée, elle eut le temps d'entendre, lointain et sourd, le son de la cloche qui sonnait le soir…

Stéphane n'avait rien demandé à personne. Tout de suite, en arrivant à la bibliothèque, il était allé vers la tablette, à côté du bureau, sur laquelle s'entassaient les livres rapportés par les adhérents. Avec l'été et l'arrivée des vacanciers, le petit local prenait parfois des allures de ruche bourdonnante. Et, dans les derniers jours de l'année scolaire, le maître ne trouvait plus le temps de ranger sur les rayonnages les livres de retour. Une aubaine pour Stéphane qui n'était pas peu fier de l'importance que lui donnait ce coup de main au maître. Et puis, manipuler tous ces livres, les remettre dans l'ordre de leur enregistrement, les identifier selon leur rangement « romans », « histoire », « société », « art », aller les glisser, entre d'autres livres, à la place exacte qui leur était assignée… il était aux anges, le gamin, dans le silence feutré de la petite bibliothèque dont il avait un peu l'illusion d'être le centre de vie.

Le maître était venu le rejoindre. Il l'avait regardé faire un bref instant, lui avait adressé un large sourire, et, sans un mot, était allé s'installer au bureau où il s'était plongé dans la tenue, encore mystérieuse pour Stéphane, de grands registres qui le fascinaient.

À peine si le gamin remarqua une jeune femme qui entrait. Chargé d'une nouvelle pile de livres, il s'éloignait de la tablette pour aller les répartir dans leurs étagères lorsqu'un mot attira son attention. On parlait de la Croix du Carage. Un nom qui suffisait à faire remonter en bouffées du plus profond de sa mémoire une flopée de souvenirs si merveilleux mais aussi si lointains qu'il se demandait parfois s'il ne les avait pas rêvés.

Entre les rayons où il rangeait ses livres, il la remarqua alors, cette jeune femme blonde qui se tenait devant le bureau du maître et discutait avec lui. Il s'était levé et se tenait au coin du bureau, tournant le dos à Stéphane. Et, à l'instant où l'attention du gosse fut attirée, il contemplait une affiche que la jeune femme venait de lui tendre. Entre ses livres, Stéphane n'en voyait pas grand-chose. Mais il entendait très bien. Et tout en lui, d'instinct, lui disait de ne rien perdre des mots qui s'échangeaient.

– Il habite là-haut ? demandait le maître.

Et la jeune femme acquiesçait.

– Il a même l'air de s'être bien installé.

– Mais, cette maison, elle appartient à Félix ?

– Je crois, oui.

– Et il ne lui a rien dit ?

– Apparemment pas. Ils se sont peut-être mis d'accord.

Le maître eut une moue sceptique. Mais ce n'était manifestement pas ce qui intéressait la jeune femme. Avant qu'il ne continuât sur ce sujet, elle enchaînait.

– Ce qui est formidable, c'est ce qu'il connaît de l'histoire du pays, l'histoire de la cloche du couvent des Cordeliers, surtout…

– C'est pour ça qu'il nous la sonne matin et soir ?

Manifestement, le maître était sur la défensive. La jeune femme eut un geste imperceptible d'énervement.

– Je ne sais pas pourquoi il la sonne. Ce n'est pas ça l'important. Ce qui est important, c'est ce qu'il va faire avec son cheval et son char à bancs. Il se propose d'emmener les touristes et de leur raconter tout ça, en cours de route, et en leur faisant faire le tour de toutes ces traces du passé qu'il connaît par cœur…

– À ce qu'il vous a dit…

Elle marqua un temps d'arrêt, un peu décontenancée.

– Ça ne trompe pas, insista-t-elle. Tenez, vous saviez qu'il existe un sanctuaire celte, au-dessus du col du Carage ?

Le maître eut un lent mouvement d'acquiescement.

– Oui, je connais l'histoire. C'est un clochard comme lui qui l'a trouvé, voici une cinquantaine d'années. Il a été authentifié depuis.

– Vous voyez ! Vous saviez que c'était là que ce clochard avait trouvé la fameuse cloche ?

– Non, je ne le savais pas. Mais ça ne prouve qu'une chose : c'est qu'il l'avait dissimulée. Et ça, la loi l'interdit.

Stéphane fut sur le point de bondir pour leur dire qu'il le savait, lui, et qu'il savait bien où elle était cachée, cette cloche-là, qu'il l'avait vue, quand il était tout petit et qu'il s'en souvenait fort bien… Il se retint. Ce n'était pas son affaire. Et même s'il en avait un peu honte, tout de même, il valait mieux qu'il resta là à écouter. Tout en lui le poussait à ce petit délit.

– Eh bien, lui, justement, il ne veut plus dissimuler. Il veut montrer. Il veut en faire profiter les gens. Et je trouve ça drôlement chouette.

Encore sur la réserve, le maître hochait doucement la tête.

– Et le Carage, continuait la jeune femme, obstinée. Vous savez ce que ça veut dire ?

– Carage, carouge, carruge… c'est le garage, le lieu de repos.

– C'est ça. Et il explique tout ça. Et bien d'autres choses. Peut-être qu'il le fait un peu à sa façon, pas totalement orthodoxe, c'est vrai. Mais il sait parler. Il est passionnant. Je ne sais pas comment toute cette histoire est venue jusqu'à lui. Mais son idée d'en faire profiter les touristes, moi je trouve ça formidable. Pas vous ?

Il eut un large sourire.

– Vous, en tous les cas, il vous a convaincue, il n'y a pas de doute ! Bon, allez, je la mettrai, votre affiche. Surtout pour vous. On verra bien ce que ça donnera.

– Et vous viendrez ?

– Comme vous y allez ! On verra... Peut-être...

Elle eut un large sourire dont Stéphane ne put juger de l'effet sur son maître, mais qui, à lui, lui fit l'effet d'un soleil d'été.

– Allez, dit-elle. Vous y viendrez. J'en suis persuadée. Et vous verrez. Il est passionnant ! Et merci pour l'affiche.

Ils se dirent bonsoir. Elle pirouetta et disparut. Vite, Stéphane se remit au rangement de ses livres. Mais son esprit était ailleurs. Cette cloche... Qu'elle sonna matin et soir depuis chez son grand-père, ce lieu magique auquel se rattachaient ses rares souvenirs de vrai bonheur, bien sûr qu'il le savait. Bien sûr qu'il avait été un des seuls de tout le pays à ne pas avoir à se demander d'où elle sortait, cette cloche. Il le savait bien, lui.

Mais il n'en avait évidemment rien dit à personne, trop habitué au silence et à l'introspection.

Ce qu'il ressentait, ses joies, ses peines, cela faisait bien longtemps qu'il avait appris à être son propre interlocuteur pour les discuter, les analyser, tâcher de les comprendre. Alors pourquoi aurait-il trahi le souvenir, qu'il gardait au fond de son cœur comme un trésor, de son grand-père l'emmenant sur le sanctuaire, alors qu'il n'avait guère que cinq ou six ans, lui racontant tout, comme à une grande personne, peut-être plus pour le plaisir d'en parler, une fois encore, la dernière, peut-être, que par souci d'être entendu. Et pourtant, il l'avait été. Il avait suivi sans un mot, le Stéphane. Comme toujours, il s'était attaché aux pas du grand-père et il avait si bien écouté que, cette histoire-là, il lui semblait l'avoir toujours connue.

Alors pourquoi ce clochard la connaissait-il ? C'était, pour Stéphane, comme un vol, pire, une usurpation. De quel droit allait-il raconter à tout le monde ce que son grand-père Gaston lui avait dit à lui, Stéphane, comme un legs ?

Son grand-père Gaston et sa grand-mère Émilie… Les références des livres s'en brouillaient des larmes qui lui venaient aux yeux rien qu'à leur pensée. Il les avait tellement aimés ! Et eux… les caresses, les tendresses, les gentillesses qu'ils avaient pour leur petit-fils… Ces jours entiers de bonheur à l'état pur, là-haut, à la Croix du Carage, quand la maman Delphine, toujours croulant sous le travail, était trop contente de se débarrasser de son gamin.

Ce seul nom de Croix du Carage, à l'entendre prononcer, tout à l'heure, par cette jeune femme qu'il n'avait jamais vue lui avait semblé comme un sacrilège. De quel droit parlait-elle de la Croix du Carage sans savoir que, pour un petit garçon, longtemps, cela avait été synonyme d'amour tout pur…

Et puis, du jour au lendemain, plus rien… Son père avait annoncé que papi Gaston et mamie Émilie étaient partis. Un point, c'est tout. La mère n'avait rien dit. Le silence était retombé sur ce petit garçon qui, longtemps, en avait voulu à son grand-père et à sa grand-mère de l'avoir abandonné… Puis l'oubli, en apparence tout du moins… L'habitude et tant d'autres choses à faire, le refuge des livres…

Tout ce passé qui revenait, entre ces mêmes livres, dans les paroles de cette jeune femme inconnue… Le passé d'un gamin de dix ans… Le passé qui revenait avec d'autant plus de cruauté qu'il s'était habillé des paroles mêmes du grand-père, de ses paroles les plus secrètes, comme s'il voulait narguer ce pauvre Stéphane qui rangeait toujours ses livres.

Tout à coup, comme cela ne peut se passer que dans une tête d'enfant, il eut comme une fulgurance qui le figea au beau milieu d'une allée, entre deux rangées d'étagères, une pile d'ouvrages sur les bras. Et si c'était le grand-père lui-même qui lui avait raconté, à cet homme-là, toute cette histoire ?…

Alors, il devait savoir où était le grand-père Gaston... Mais oui, c'était bien ça... Il ne pouvait la tenir de personne d'autre que du grand-père Gaston, cette histoire-là. Et donc, il savait où étaient le grand-père Gaston et la grand-mère Émilie !

Consciencieux et aussi pour ne pas révéler son trouble, Stéphane s'obligea à ranger jusqu'au dernier livre. Il vint dire bonsoir au maître en s'obligeant au plus grand calme.

– Tu ne prends pas de livre ?

– Non, M'sieur. J'ai pas tout à fait fini ceux que j'ai. Je reviendrai un de ces soirs.

– C'est ça. Et, avec tout ce monde, tu auras encore à m'aider, ne t'inquiète pas !

– Je le ferai, m'sieur : j'aime ça !

– Je sais.

Le maître lui ébouriffa les cheveux.

– Allez, rentre chez toi. Et profite bien de tes vacances. L'an prochain...

Stéphane veilla bien à ce que son sourire soit aussi large que d'habitude même si, déjà, sa tête était ailleurs.

– Bonsoir M'sieur !

– Bonsoir Stéphane.

Il était déjà sur son vélo et pédalait avec énergie vers la Croix du Carage.

XII

Lachenaye leva un sourcil sidéré. C'était peu de dire qu'il y avait foule devant et dans la forge. À vrai dire, on s'y pressait et ça parlait si haut et si fort qu'il ne comprenait évidemment pas un traître mot de ce qu'ils étaient une bonne dizaine à vouloir lui expliquer. Ce qui l'étonnait le plus, c'est qu'on comptait là le Félix, l'air complètement abattu, en même temps que sa femme, la Delphine. Elle se tenait très droite, et Lachenaye fut frappé par ses traits bouffis, et l'œil hagard et rougi qu'elle portait sur l'assistance dont elle se tenait à l'écart. Cet œil-là n'avait vraisemblablement pas été fermé de toute une nuit au cours de laquelle il avait dû verser pas mal de larmes. « C'est pourtant pas qu'il la fasse cocue qui la met dans cet état ? pensait Lachenaye. À moins que ça ait mal tourné ? Va savoir ! » Et puis, il y avait là encore, dans le plus grand désordre, le Fonse, le Félicien, appuyé sur sa canne, et même la mère Blanchard, jacassant comme une pie autour du curé qui s'entretenait avec le maire.

Lachenaye se fraya un passage jusqu'à Bonaventure qui se tenait à l'écart en faisant semblant de bricoler un outil.

– Qu'est-ce qui se passe ?

– T'es pas au courant ?

– Si je te le demande !

– Le gamin au Félix, le Stéphane…

– Ben quoi, le Stéphane ?

– Il a disparu.

– Disparu ? Depuis quand ?

– Paraît qu'il n'est pas rentré chez lui, hier soir. Il était venu à la bibliothèque. L'instituteur a dit qu'il était parti vers six heures et demie. Depuis, plus de nouvelle…

– Mince…

Il avait l'air tout songeur, le Lachenaye.

– Pas d'idée, pas de piste ?

– Rien. T'en as, toi, une idée ?

Il fit non de la tête. Mais il était évident qu'il réfléchissait intensément. Il s'éloigna vers le fond de la forge et vint s'installer sur sa chaise. Les coudes aux genoux, les mains jointes devant la bouche, il ne quittait plus Félix des yeux. Celui-ci, légèrement à l'écart du groupe, loin derrière sa femme, n'était plus que l'ombre de lui-même. Adossé à une charrette, les épaules un peu avachies, les mains au fond des poches, le regard éteint, il semblait ne pas bien comprendre tout ce qui se passait autour de lui. Il était comme étranger au drame dont il aurait dû, pourtant, être le premier acteur.

Lachenaye finit par se relever. Sous le regard étonné de Bonaventure, il contourna les groupes pour traverser la forge le plus discrètement possible et vint taper doucement sur l'épaule de Félix. L'autre parut sortir d'un rêve éveillé. Il se tourna lentement vers Lachenaye. Bonaventure, qui ne les quittait pas des yeux, vit que Lachenaye lui posait quelques questions brèves auxquelles l'autre répondait par des mouvements de tête, pour la plupart négatifs.

Alors Lachenaye, toujours aussi discret, revint vers le forgeron.

– Laisse-les palabrer. Ça gagne du temps. Moi, je file à la Croix du Carage. Veille bien à ce qu'il n'y en ait pas un pour me suivre.

– Pourquoi ?

– Je t'expliquerai. Mais c'est compliqué. Et, là, j'ai pas le temps. À tout à l'heure.

En douce, il était sorti et personne ne s'était avisé de le suivre. Bonaventure reporta son attention sur Félix dont il croisa le regard. De vide qu'il était l'instant d'avant, il était devenu implorant. Mais le forgeron eut l'intuition que c'était moins sur le sort de son fils que sur le sien que s'apitoyait ainsi celui dont le forgeron cherchait en vain le masque qu'il s'était fait du maître des Maraudes…

Lachenaye avait pris la peine de sortir sa voiture pour atteindre plus vite la Croix du Carage. Le modèle n'était pas de toute première jeunesse. Mais il servait assez peu et était suffisamment souvent briqué, sans même quitter son garage, pour entretenir l'illusion du neuf. Pourtant, enfreignant tous ses principes les plus enracinés qui voulaient que la route soit à la voiture comme les chemins devaient rester aux piétons, Lachenaye n'hésita pas à la lancer dans la rude côte du Carage.

François, appuyé sur l'acacia de son éternelle fourche, attendait, au milieu de sa cour, qu'arrivé à sa vue, cet exceptionnel moteur empruntant son chemin révéla son identité.

– T'as pas vu… Viens donc jusqu'ici. Tu comprendras rien si tu restes planté là.

– T'as qu'à descendre, toi. Viens donc par là qu'on cause un peu.

– Pas le temps… Viens là que j'te dis ! Si tu m'forces à descendre, tu le regretteras ! Allez, rapplique que c'est grave.

C'est grave ? Le François, le temps qu'il comprenne bien, eut un haut-le-corps. Qu'est-ce donc qui pouvait bien être grave ? Il se décida à presser le pas vers la voiture du Lachenaye.

– T'appuie pas que tu vas me la salir… Hier soir, sur le coup des six heures et demie, 7 heures, t'aurais pas vu passer un gamin à bicyclette ?

– Si fait !

Il en était déjà tellement excité, le François, d'avoir vu ce gamin-là, avec sa bicyclette, que des deux mains, sans même lâcher sa fourche, il s'appuya de tout son poids à la portière rutilante de la voiture. On entendit le manche d'acacia cogner joyeusement sur la peinture métallisée.

– Lève tes paluches de là, gros dégueulasse, que tu vas m'y faire des dégâts ! Bougre de salaud… Si jamais t'y laisses des traces, j'm'en vais te les faire payer…

François s'était redressé, et, tout refroidi, se tenait très raide, comme au garde-à-vous. C'est qu'il vous impressionnait, le Lachenaye, quand il prenait ses grands airs d'adjudant.

– Alors, tu l'as vu ce gamin ?

– Puisque j'te l'dis. Il montait à pied. Tout juste s'il ne courait pas en poussant son vélo, n'ai vu comme j'te vois. J'peux même dire que son vélo, j'm'en souviens, il était rouge. Tu vois !

– Bon…

Entre le frein qui se desserrait et l'embrayage que relâchait déjà Lachenaye, la voiture eut un frémissement en avant. Mais il s'arrêta à nouveau.

– L'as-tu vu redescendre ?

Ça, alors… Au fait, il n'y avait pas pensé, le François… Bien vrai qu'il ne l'avait pas vu redescendre.

– Peut-être bien qu'j'étais rentré.

– Peut-être bien...

Cette fois, Lachenaye avait redemarré. Et il n'avait pas voulu penser aux cahots qui secouaient sa voiture alors que, avec une belle vaillance, elle escaladait le chemin à l'empierrage sans âge de la Croix du Carage.

De Germain ou de Lachenaye, bien difficile de dire lequel fut le plus surpris. Le premier de voir une voiture parvenir à se hisser jusqu'à son antre ; le second de découvrir l'œuvre d'art invraisemblable sur laquelle travaillait le premier.

Germain avait fini sa peinture. Et il s'employait avec application à réaliser une superbe bâche qui allait couvrir le tout, non sans que l'on puisse en remonter les flancs pour que ses passagers, même par temps de pluie, ne perdent rien du paysage. Cela vous avait une petite allure conquête de l'Ouest qui n'aurait pas manqué de réjouir le père Lachenaye s'il n'avait pas eu d'autres préoccupations en tête. Il ne fut donc que moyennement intéressé par la truie, l'âne et la patte-d'oie qui ornaient le flanc de la bâche offert à sa découverte, alors qu'une gigantesque croix percée se dressait sur l'arrière de la voiture. Peints de couleurs vives sur une toile d'un blanc éclatant, ces thèmes ne manquaient pas d'allure même si leur évocation évidente d'une culture celte dont il était facile de se réclamer fit brièvement froncer les sourcils au vieux.

Germain, abandonnant son ouvrage, était venu vers lui.

– Pour une surprise…

Lachenaye s'extrayait lentement de sa voiture. Une surprise ? Il jouait la comédie, l'autre *breulot*, ou il était sincère ? Va savoir.

– Tu ne t'y attendais pas un peu, à ma visite ?

L'autre eut un air sidéré.

– J'aurais dû m'y attendre ?

– Peut-être bien… T'en as eu une autre, hier soir, de visite ?

Germain eut un grand éclat de rire.

– Déjà ! Les nouvelles vont vite. Pour sûr que j'ai eu une visite. Et bien sympathique. Si j'm'attendais ! Un bon petit gars. Pauvre gamin…

– Quoi pauvre gamin ?

– Jamais vous devinerez ce qu'il venait me demander…

– Ce que j'en sais, moi… C'est pas ce qui m'intéresse. Où est-il ?

Pour le coup, Germain en était resté sans voix. Il resta là un long moment à observer Lachenaye comme pour tâcher de comprendre où l'autre voulait en venir. Quelque chose lui disait de se méfier.

– Où il est… où il est ? Comment je peux savoir, moi ?… Chez lui, je pense, aux Maraudes, chez Félix.

– Fais pas l'andouille.

Le ton de Lachenaye s'était durci et ils étaient là, face à face, à fouiller les mots de l'autre pour tâcher de comprendre. Germain, qui avait senti la menace, se serait bien mis en colère. Mais il n'en savait pas assez.

– Et pourquoi donc que je ferais l'andouille ?

– Le gamin, il est bien monté chez toi. Ça, on le sait. Le problème c'est qu'il n'en est pas redescendu. Alors, qu'est-ce que t'en dis ?

On y était... Germain sentit comme un grand frisson glacé lui courir le long de l'échine. De là à ce qu'ils rappliquent tous, derrière Lachenaye, en l'accusant de meurtre... Comme si tout recommençait, une fois de plus...

– Il n'est pas rentré chez lui ?

– T'en sais sûrement plus que moi là-dessus.

C'était pile ou face. Il pouvait raconter tout ce qu'il voulait, le Germain. L'autre ne croirait que ce qu'il voudrait bien croire. Il le savait bien. Comme il savait bien qu'une sorte de monstrueux piège était en train de se refermer sur lui... Lentement, les mains au fond des poches, tête basse, il avait traversé sa cour et était venu s'asseoir sur les marches du perron. Lachenaye, étonné, l'avait suivi à distance.

– Alors, tu le sais où il est ?

Germain fit de la tête un signe de dénégation.

– Si je le savais ! Tout ce que je sais c'est que c'est un bon petit gars... Un pauvre gosse. Il a débarqué ici sur le coup de 6 heures. J'étais en train de sonner ma cloche. Je me retourne. Et qu'est-ce que je vois : ce gamin debout, derrière moi, qui me regardait faire. Il était un peu rouge et encore essoufflé de la côte. « Qu'est-ce que tu fais là ? » que je lui dis. « Grand-père Gaston et grand-mère Émilie, où c'est qu'ils sont ? » qu'il me répond. Vous imaginez ma tête ! « Qui es-tu ? » que je lui demande. Il me le dit et répète sa question : « Grand-père Gaston et grand-mère Émilie, vous savez où ils sont. Vous devez me le dire. » Qu'est-ce que vous voulez que je réponde à ça ? On est rentrés. On a parlé. Longtemps...

– Tu lui as dit qui tu es ?

– Oui...

– Qu'est-ce qu'il a dit ?

– Il est resté un long moment comme éberlué. Il savait plus trop où il en était, le pauvre gamin. « Alors, qu'il a fait doucement, comme ça, t'es mon oncle... Je comprends maintenant... » « Tu comprends quoi ? » que je lui ai demandé. Il a eu un geste de la main comme pour dire que ça n'avait pas d'importance. Mais, moi, je sais bien que ça avait de l'importance, pour lui, de comprendre, comme ça, tout par un coup, qu'on lui a raconté des blagues, toute sa courte vie. Il est passé à autre chose. Ou, plutôt, il est revenu à son idée fixe : le Gaston et l'Émilie. À toute force, il voulait savoir ce qu'ils étaient devenus...

– Tu lui as dit ?

– Et que voulez-vous que je lui dise ? Ce que j'en sais ? Pas grand-chose. Juste assez pour ne pas avoir à revenir sur l'idée que mon frère est une sacrée crapule. Oui, je lui ai dit qu'ils étaient morts, l'un et l'autre. Mais comment ils sont morts, pour le peu que j'en sais, j'ai pas su… L'hospice, la misère de l'oubli… Comment voulez-vous que je dise ça à un gamin de dix ans ?

– Alors ?

– Alors quoi ? Bien sûr, il a marqué le coup. Si j'ai bien compris, le Gaston et l'Émilie, ce sont ses seuls bons souvenirs, à ce gosse-là. Alors, apprendre comme ça d'un coup qu'ils sont morts depuis longtemps sans qu'on lui en ait rien dit et que, par-dessus le marché, il a un oncle clochard alors qu'on lui serinait qu'il était devenu un « Monsieur », son oncle… Il m'en a posé des questions ! On est bien resté là deux heures à discuter…

– Tu lui as dit ?

– Quoi ?

– Ta vie ?

– Oui, je lui ai dit… Pas tout, peut-être. Mais assez pour qu'il comprenne.

– Qu'il comprenne quoi ?

Germain eut un haussement d'épaules.

– Ce que je sais, moi… Peut-être qu'il ne faut pas trop se fier aux apparences… d'un clochard comme d'un « Monsieur »… et encore moins d'un qui se fait passer pour le « maître » des Maraudes… Mais ça, il l'avait déjà compris… Il n'est pas bête, ce gamin-là…

– Et après ?

Bien sûr, c'était tout ce qui l'intéressait, le Lachenaye… après… Germain resta un long moment silencieux. Comment lui faire croire ? Comment être assez sincère pour qu'aucun doute ne subsiste ? Le vieux avait gagné sa confiance. Et il espérait que c'était réciproque. Mais il savait bien que les apparences étaient contre lui et qu'il fallait convaincre Lachenaye tout de suite pour garder un vague espoir de ne pas devenir l'accusé trop facilement désigné…

– Après… Eh bien après, rien… C'est moi qui ai dû le pousser à partir. Il était bien 8 heures, huit heures et demie. Il était bien là, mon neveu. Je lui ai promis qu'on se reverrait. Je lui ai dit qu'il pouvait venir quand il voulait, que je l'emmènerai faire un tour avec mon cheval et ma voiture… Il ne voulait pas partir ! À la fin, malgré tout, je l'ai presque mis dehors. Il a dû comprendre que je ne céderai pas et qu'il n'y avait pas d'autre solution. Mais j'ai bien vu qu'il n'en avait pas trop envie d'y retourner, aux Maraudes, après tout ce qu'il venait d'apprendre. Il devait se dire que ce n'était pas vraiment chez lui, là-bas. Que c'était ici, chez lui, chez le Gaston et l'Émilie.

On est sortis. Il a pris son vélo. Et je l'ai vu passer le carrefour, à pied, comme à regret…

XIII

– ALORS, ON A DE LA VISITE ? Dites, il l'a prise au musée, sa bagnole !

Marie-Laure, comme tous les matins ou presque, venait s'occuper de son cheval. C'était du moins le prétexte à des visites aussi régulières qu'enjouées à la Croix du Carage où elle ne rougissait plus de se sentir si bien dans la compagnie de Germain.

Celui-ci, contrairement à son habitude, ne l'avait pas accueillie avec le sourire. Qu'elle l'ait trouvé dans sa cuisine, à cette heure-là, aurait dû la prévenir. Mais, pas plus que d'habitude, en venant à la Croix du Carage, Marie-Laure n'avait envie d'être grave.

Elle avait traversé la cour en trombe et, n'y voyant pas Germain, elle était entrée. Il était assis à sa table, dans la grande salle, complètement abattu.

– Ça ne va pas ? C'est votre visiteur ? Qu'est-ce qu'il voulait ?

Il lui avait raconté, rapidement, à brèves phrases hachées. Il lui avait dit la venue du gamin, la veille au soir, leur longue conversation. Elle avait appris ainsi qui il était. Et elle savait, maintenant, pourquoi Félix ne l'avait pas purement et simplement jeté hors de la Croix du Carage. Il lui avait dit la venue de Lachenaye, leur houleuse discussion, les efforts qu'il avait faits pour être convaincant et le doute qui restait en lui lorsque le vieux était parti… Et maintenant la panique qui montait en lui. Elle fut effrayée face au désarroi qu'elle sentait croître dans ce grand bonhomme qu'elle avait cru caparaçonné de toutes les certitudes.

– Ce gamin… il ne peut pas être bien loin… Il voulait rester ici, hier soir ?

Il acquiesça de la tête.

– Pourquoi ne voulait-il pas rentrer chez lui ? Pourquoi voulait-il rester ici ?

Germain leva les yeux sur elle et la considéra longuement. Elle voyait bien qu'il ne la regardait pas vraiment, que son regard la dépassait pour aller se perdre très loin. Très loin dans l'infinie complexité, dans l'absurdité sans nom de la longue histoire qui pouvait seule répondre à sa double question. Et le besoin montait en lui de parler, de raconter. Les bondes, tout à coup, lâchaient.

Renaissait en lui le spectre, la bête immonde de l'injustice de l'accusation sans preuve. La fatalité refermait sur lui l'étau de l'implacable accusation à laquelle tout le désignait sans qu'il n'y puisse rien faire. Il lui parut essentiel, primordial, urgent de dire ce que, depuis des années, il s'était fait une religion de taire et de garder enfoui au plus profond de lui-même. Et il fut heureux qu'elle soit son auditoire.

Alors il lui dit la peur… La peur et les joies ; la peur des autres, des différences ; les joies toutes simples d'une enfance qui connaît ses peurs mais ignore ses bonheurs. Il lui dit le Gaston et l'Émilie, le grand-père Gustave et la grand-mère Julia. Il lui dit cette petite ferme qui vivait dans ces mêmes pierres aujourd'hui mortes. Il lui dit ses émerveillements d'enfant ; le frère et les deux sœurs qui l'avaient vite rejoint. Avec les deux oncles, ça faisait dix personnes autour de la table ! Et des voiturées de souvenirs.

Heureux, il l'avait pourtant été, le Germain, tout gamin. Quand on n'a rien et qu'on n'a pas l'envie d'avoir, quand on a le sourire d'une mère, du frère et de la sœur, la rudesse bougonne mais pas méchante pour un sou du père, on a une jeunesse heureuse. Et c'était ça, la jeunesse du Germain.

L'école, bien sûr, il fallait la gagner, chaque matin, à trois kilomètres de la Croix du Carage, qu'il pleuve, qu'il vente, qu'il gèle ou qu'il neige. Mais ça fait quoi, ça, quand on est gamin et qu'on sifflote tout au long du chemin ? Et la chaleur de la cour d'école où ils étaient tous de la même coulée, tous gamins et gamines de paysans qui n'avaient rien et ne demandaient rien. Sans compter qu'il ajoutait à ça, le Germain, le plaisir d'apprendre. Allez savoir pourquoi, dans cette égalité de la simple pauvreté qui n'est pas misère, comme ailleurs, apparaissait déjà l'inégalité de ceux qui aiment apprendre, de ceux qui voudraient bien et qui n'y parviennent pas et de ceux qui n'en ont pas envie ?

Toujours premier, Germain. Fier de l'être mais presque surpris des félicitations trop souvent répétées de l'instituteur. Ça lui paraissait si facile et tout naturel. « Il ira loin, Germain », répétait à l'envie le bon bougre d'instituteur qui n'avait jamais vu de la vie que sa salle de classe.

« Il ira loin ! » Pour sûr que Germain s'en souvenait. Et il en souriait souvent, sans amertume. À quoi bon ? Mais avec tout de même, au fond de lui, le profond regret de ne pas pouvoir le dire, le clamer, à tous ceux qui devaient lui succéder, sur le banc de l'école, au premier rang, celui des bons élèves, de se méfier, de refuser le piège que, jour après jour, page de grammaire après robinet qui fuit, dictée après page d'histoire de France, on referme peu à peu sur les élèves à la fois trop bons et trop pauvres. C'est torchon et serviette, ces deux choses-là…

« Aller loin », comme disait le maître, ce ne pouvait être qu'à la ville… Renier la ferme, le dénuement simple et sans histoire de la petite famille perdue dans ses haies, et autour de laquelle le monde glissait en l'ignorant. Ce qu'elle lui rendait bien…

Et le monde l'a rattrapé. « T'iras aux écoles », avait décidé le père. « Quand on apprend si bien que toi, on va aux écoles. On n'est pas paysan. Pas besoin d'aller aux écoles pour être paysan. Ce sera bon pour ce vaurien de Félix qui ne veut rien apprendre. Toi, tu seras un Monsieur dans les bureaux. »

Qu'est-ce que vous voulez répondre à ça quand vous avez dix ans ? Il l'aimait bien, sa ferme, le Germain. Mais on le lui avait tellement dit et répété qu'il ne serait pas paysan qu'il avait fini par y croire, au « Monsieur dans les bureaux ». Comme une image de magazine, un peu trop brillante, un peu trop léchée pour être bien réelle. Mais puisqu'on le lui disait…

Le collège, c'était à la ville… À onze ans, il était interne, le Germain, comme beaucoup d'autres. Mais tout de même… Longtemps après, il avait compris que c'était du soir où il s'était retrouvé dans cet immense dortoir avec, pour tout univers, ce lit métallique et ces draps râpeux, cette petite armoire étriquée, que tout s'était détraqué…

Bien sûr qu'il était malheureux. Mais le moyen de faire autrement ? Comment refuser, quand on a onze ans, ce que tous les gens du pays semblaient lui envier ?

– Alors, Germain, te voilà au collège ? Tu vas devenir un Monsieur ! Faut bien travailler. T'en as de la chance !

Voire…

Il y était resté trois longues années, dans son triste internat. Et jamais il ne s'y était fait. Solitaire, de plus en plus enfermé dans son rêve de petit paysan déraciné, il avait peu à peu perdu le goût d'apprendre. Il subissait ses études. Et, parce qu'il ne comprenait pas ce qui lui arrivait, parce qu'il en était profondément malheureux, parce qu'il savait que ses parents s'échinaient au travail pour qu'il puisse continuer ses études, il s'acharnait tout de même à ne pas se faire décrocher. Sans joie et sans goût, il avait réussi à ne pas redoubler. Mais sans plus.

Alors, à la fin de sa troisième, le verdict était tombé : on l'avait orienté d'office vers ce que l'on appelait encore avec un peu de mépris « le technique ». Le complet veston et la cravate devenaient bleus de travail… Et alors ? Les parents, dans leur ferme perdue au fond des monts du Morvan ? Que voulez-vous qu'ils disent ? Secrètement, peut-être bien, au fond du cœur du père, un certain soulagement. Des études d'ouvrier, ça va moins loin que des études de « Monsieur. » Et puis, tout de même, le gamin, il continuerait bien de se souvenir de sa famille, s'il ne montait pas trop haut…

On en avait rabattu des espoirs. Et Germain, sans que cela ne lui fasse ni chaud ni froid, s'était retrouvé dans une formation de mécanicien. Le côté pratique lui avait redonné quelque goût aux études. Et il avait fini par décrocher sans trop de problèmes un « Brevet d'études techniques » qui avait clos une fois pour toutes ses exploits scolaires.

« Premier échec », s'était-il souvent dit, par la suite, sans la moindre indulgence pour le beau diplôme qu'on lui avait donné.

Il avait seize ans et une seule idée en tête : travailler, gagner des sous, être indépendant pour pouvoir s'acheter ce dont il avait envie, ne plus avoir à baisser l'échine devant l'autorité du Gaston, ne plus avoir à affronter le regard mouillé de la mère qui ne se consolait pas, elle, du naufrage du « Monsieur » et qui le mettait mal à l'aise en le culpabilisant. « Ce que c'est que d'être pauvres… Si on avait pu te les payer, tes études… Au lieu de ça… Si c'est pas un malheur… »

Ça, le Germain, il ne voulait plus l'entendre. « De l'argent, c'est moi qui t'en apporterais, la mère, avait-il décrété, un beau jour. Gagné de mes mains. Et pas de ma tête. Quelle différence ? »

Il avait bien fallu monter à la ville. Un oncle retraité des postes avait proposé de l'héberger. Il habitait au fin fond d'une banlieue, au nord de Paris. Germain avait accepté, il avait un peu grimacé, sans trop le montrer, quand l'oncle généreux, lui avait tout de même signifié le montant de la pension pour une minuscule chambre sous les toits. Mais il n'avait pas le choix.

Sans un mot, il avait accepté le véritable règlement que l'oncle avait instauré. « L'heure, c'est l'heure ! » clamait-il en lui fixant des horaires de collégien. Et puis, à table, c'est comme ça qu'on se tient… « On n'est pas à la ferme, ici ! » Bouseux toi-même ! Tu ne serais pas capable d'y vivre, à la ferme. Et encore un lit, c'est comme ça que ça se fait. « Tu verras quand tu seras à l'armée. » À seize ans ! Ce que j'en ai à foutre, de ton armée…

Quand c'est du boulot qu'il me faut… Il était parti vaillamment, le Germain, pas trop sûr de lui. Mais il le voulait tellement, ce travail !

Il avait couru huit, dix, quinze jours… Le truc des petites annonces, il avait vite compris. Premier à la porte des journaux, premier dans la cabine téléphonique la plus proche, premier à sauter dans le métro dès qu'on lui laissait ne serait-ce que l'ombre d'un espoir.

Mais comme il n'était pas plus sot qu'un autre, il n'eut pas besoin de beaucoup plus de temps pour comprendre que ça recommençait comme avec les grands espoirs du « Monsieur. » Brevet d'études techniques en poche ou pas, il n'était jamais qu'un petit paysan qui avait tout à apprendre. Et on ne l'envoyait pas se le faire dire ailleurs. « Mécano ? Et quoi encore ? Chef d'atelier pendant qu'il y est, le gamin. Arpète, grouillot, à la rigueur.

Si ça te plaît, tant mieux. Sinon, tu vas voir ailleurs… »

Il était allé voir ailleurs huit ou dix fois. Puis il avait compris. Et il avait cédé. Les lavages de moteurs, les roues à gonfler, l'huile des vidanges, le nettoyage du garage, il avait dû s'en contenter. Même pas la pompe à essence. Les « pourliches », c'était pour les autres, ceux qui avaient su se mettre bien avec le patron.

Et Germain n'avait pas la tête à ramper devant qui que ce soit. Trop fier ! « Pour qui y s'prend, ce paysan ? »

Alors avait commencé la valse des places. Bien rare s'il restait plus de deux semaines dans le même garage. Ou bien c'était lui qui claquait la porte en refusant d'être traîné plus bas que terre, ou bien c'était le patron qui trouvait le moyen de se séparer de cette forte tête dont on redoutait l'exemple désastreux… Jamais, nulle part, durant cette période parmi les plus noires de sa vie, la qualité de son travail n'avait été mise en balance avec tout ce qui, petit à petit, faisait de lui un « autrement que les autres ».

Et l'oncle ! Germain n'en pouvait plus des réflexions qu'il préparait à longueur de journée pour les lui servir et l'en harceler dès qu'il pointait son nez, pile à l'heure limite imposée. Plutôt crever que de passer cinq minutes non dues dans cette boutique ! Mais il se contenait, le Germain. Le moyen de faire autrement avec les salaires de misère qu'il ramenait ? Il restait si peu de chose, déduites la pension qu'attendait avidement l'oncle et la somme bien modeste qu'il se faisait un point d'honneur à envoyer à sa mère, malgré tout, chaque mois.

Et le frère, « le vaurien de Félix qui ne veut rien apprendre » qui lui écrivait son bonheur d'être alternativement, par tranche de deux semaines, à la ferme et au centre d'apprentissage où, benoîtement, sans trop se fouler, il apprenait juste ce qu'il lui fallait pour prendre, un jour, la succession du père. Pour lui, personne n'avait jamais nourri le rêve absurde d'en faire un « Monsieur »…

« Tant mieux pour lui », se disait Germain en serrant les dents et en se refusant à l'idée qui montait en lui que, cette place-là, tout bêtement, elle aurait dû être la sienne…

Il tint bon près d'un an. « Un an de foutu », se disait-il, lorsqu'il y repensait… Et puis, un soir, il n'avait plus supporté les criailleries de l'oncle. Une fois de plus, il venait de perdre sa place. Ou de la quitter, quelle différence ? Et l'autre qui lui assénait toutes ses âneries, toutes ses prédictions les plus noires et les plus niaises…

Germain en avait assez. Simplement assez. Pas de colère, pas de cris. Ça sert à quoi ? Il avait conscience que la coupe était trop pleine, un point c'est tout. « De mon temps !… » vitupérait l'oncle.

Qu'est-ce qu'il s'en battait l'œil, de « son temps » ! Ça suffisait, il ne voulait plus entendre ça. Le reste… on verrait plus tard.

Il ne savait pas encore tout le fatalisme et l'irréductible indifférence aux tempêtes et autres mauvais coups du sort qui s'étaient installés en lui et qui seraient son fonds, le seul sur lequel il puisse compter, durant l'essentiel de son existence.

Il était monté dans sa chambre, indifférent à l'ordre de passer à table qu'avait lancé l'oncle. Il avait eu vite fait de faire sa valise. Et, sans un mot, il était parti, juste à temps pour attraper le dernier train de banlieue.

S'il avait su ! Savez-vous, vous, pourquoi il est des instants, comme ça, où bascule l'existence sur un geste, une décision soudaine, sans qu'on s'en doute ? Et combien de temps il faut pour mesurer tout le chambard déclenché par ce seul instant…

Avec les quelques sous péniblement mis de côté pendant son année de vagabondage – déjà ! – d'un garage à l'autre, Germain avait pu tenir le coup. Il s'était trouvé une petite chambre un peu minable mais pas trop chère, sous les toits, dans le dix-neuvième, et il s'était vite organisé sa petite vie à lui. Sa tambouille sur un réchaud de camping, les copains qu'on peut enfin se faire en les retrouvant après le boulot, quelques sorties, modestes, mais pour vivre, enfin.

Et puis, il était repassé par de sombres périodes de chômage. Plus le temps passait et plus il lui fallait accepter des petits boulots, des emplois de misère qui le rabaissaient à ses propres yeux, qui l'humiliaient profondément. Il se cramponnait pourtant au petit mandat qu'il envoyait chaque mois à sa mère. C'était, pour lui, comme une preuve qu'il existait encore.

Et jamais il n'était plus heureux que lorsque, le soir, il trouvait sous sa porte, glissée là par le vieux bonhomme qui faisait fonction de concierge, une lettre de la Croix du Carage. Sa mère, l'Émilie, de temps à autre, toujours brièvement, à mots comptés et bien pesés, ses sœurs plus souvent disertes, insouciantes et lui parlant plus des frivolités de leur âge que de la terre, du pays dont il aurait tant aimé fouler les chemins... Le Félix, rapidement ses lettres s'étaient faites plus rares et surtout plus distantes. Une fois ou deux, il lui avait parlé des projets qu'il faisait pour la ferme, un peu comme on demande son avis au frère aîné. Puis, plus rien, des banalités, des phrases creuses et de plus en plus impersonnelles...

Mais ces lettres-là, c'était l'exception. Il y avait surtout la quotidienneté des jours et la lutte que Germain menait sans cesse contre lui-même, contre cette révolte qu'il sentait monter en lui comme un flot qui le heurtait douloureusement à toute cette humanité qu'il ne pouvait s'empêcher de rendre responsable de la médiocrité dans laquelle il vivait. Lui pour qui on avait rêvé si haut…

Rien n'est pire que le mois d'août à Paris pour qui est seul et sans espoir. Ce fut peut-être un de ces pires moments que ce soir de total dénuement où il revint vers sa chambre, tout entier occupé du désespoir de voir arriver le jour du mandat à sa mère sans même avoir de quoi vivre. Il se sentait au bord extrême de l'insurrection. La conscience lui venait du basculement, du moment où il allait liguer contre lui toutes les forces de la société qui, jusque-là, ne lui avaient opposé que leur formidable inertie.

Lorsque, au bout de son long couloir mal éclairé de quelques veilleuses à la minuterie trop courte, il eut franchi le seuil de sa porte, il n'alluma pas. Ce petit monde qu'il avait installé autour de lui, ces quelques gravures, ces bibelots, ces livres surtout au milieu desquels il trouvait habituellement refuge, il ne désirait que les deviner, dans la pénombre.

Il lui fallait le temps de redevenir lui-même. Il lui fallait le temps, comme chaque soir, de se dépouiller de cette carapace de douleur morale et de lutte sourde contre l'impossible, dont chaque journée l'habillait, pour renaître à la dimension de son petit univers. Il lui fallait reprendre son calme et, ce soir-là, il n'y parvenait pas. Vexations, humiliations, déceptions étaient devenues trop fortes. La révolte s'était incrustée en lui et sa poigne était plus puissante que son désir de calme et de repos.

Il avait traversé sa chambre et ouvert l'œil-de-bœuf. Il espérait trouver dans la douceur d'une belle nuit d'août à Paris la détente qu'il ne trouvait pas en lui. Il ne sut que s'agripper au rebord de la petite fenêtre et s'obliger à contempler l'extraordinaire panorama qui s'offrait à ses yeux. Il était seul, assez puissant pour non point dissiper sa révolte, mais l'en distraire, quelques instants.

Paris était illuminé. Paris s'offrait aux touristes comme une putain au coin d'un trottoir de la rue Saint-Denis. Du désordre chaotique des toits, chaque monument émergeait, baigné de l'or et du flamboiement des illuminations. Lui, il était plongé dans l'ombre, celle qui baignait ce grouillement hideux d'une vieille ville en désordre. Il était noyé dans le chaos et la noirceur d'où jaillissaient tous ces îlots dorés d'illusions.

Il resta là plusieurs heures, toujours aussi tendu, bandé contre ce flot de désordre qui le brûlait, crispé contre sa propre révolte, émerveillé de découvrir ainsi Paris transformé en un gigantesque tableau d'ombres, de jaillissements lumineux et de silhouettes architecturales grandies par leurs illuminations, projetées sur la grisaille de la ville et sur l'encre du ciel.

Le lendemain, Germain trouvait du travail. Et il put, un moment, croire que la chance avait tourné.

Six mois avant le départ pour le service militaire, il n'était que temps ! C'était vers la porte Champeret, un petit garage ne payant pas de mine, au fond d'une ruelle. Une petite annonce, tôt le matin, dans *France-Soir*. Il avait abandonné le petit crème sur le zinc et était allé s'enfermer dans la cabine téléphonique. On ne lui avait pas demandé grand-chose si ce n'est de se présenter. Il ne se l'était pas fait dire deux fois.

Ce qui l'avait frappé, avant même d'atteindre le garage, c'était toutes ces belles voitures... Des Jaguar, des Porsche, des BMW, des Mercedes, des grosses, alignées devant la porte. Il aurait dû se méfier. Il s'était enthousiasmé. Le patron, un jeune gars à l'air sympa, ne s'était guère attardé aux antécédents de Germain.

– Ce qu'il me faut, avait-il dit, c'est un jeune comme toi qui soit capable de se servir de sa tête en même temps que d'une clef de douze !

Germain avait accepté et, sans autre transition que le chômage, il était passé du lavage des voitures à la mécanique, la vraie, celle qui demande expérience, bon sens et doigté. À sa grande surprise, il ne s'en était pas mal sorti. Mais ce qui l'avait plus étonné encore c'est que, dès le premier jour, sans autre préliminaire, on l'avait laissé se débrouiller seul. Il y avait pourtant trois autres mécanos, dans l'atelier. Des gars plus âgés que lui. Mais ils étaient toujours occupés à d'autres voitures que celles qu'on lui confiait. En général, c'étaient les grosses. Lui, il se contentait des plus courantes, les voitures de ville, pas toujours en bien bon état, qu'amenaient des clients et souvent des clientes manifestement habitués de la maison.

Heureux comme un roi, Germain ne s'était pas posé de question. Tout juste montait de temps en temps en lui le regret de ne pas avoir trouvé ce boulot plus tôt. « Dans six mois, pensait-il, il va falloir le quitter. Et bien rare qu'ils me reprennent au retour... » S'il avait su !

D'autant plus que, à l'inverse de ce qu'il avait toujours vécu jusque-là, il avait tout de suite sympathisé avec ses collègues de travail. Personne pour jalouser sa place, personne pour se méfier de son caractère « pas comme les autres ». Rapidement, les trois mécanos prirent l'habitude d'entraîner Germain dans leurs sorties nocturnes ou du dimanche. C'étaient de joyeux lurons auxquels se joignait parfois le patron du garage qui, sous ses airs distants et un peu hautains, savait rire et s'amuser comme les autres.

Germain était parfaitement maladroit avec les femmes. Ses copains s'en étaient vite aperçus. Et ils ne manquaient pas une occasion de le piéger. Germain souriait en se laissant faire, trop heureux, au fond, de pouvoir participer au jeu. Mais, un soir, chez l'un d'eux, il y eut Zabeth. C'était une petite brune très fine, très vive, maquillée et court vêtue, comme les autres, mais avec quelque chose d'étrange dans le regard. Comme un regret, une mélancolie qu'elle traînait avec elle et qu'elle cherchait à dissimuler derrière une exubérance un peu forcée.

Ce fut peut-être ce qui attira Germain vers elle. Il osa lui parler sans que ses collègues n'aient à s'en mêler. Elle voulut danser. Il ne savait pas. Elle l'en blagua sans méchanceté et ils ne dansèrent pas. Ils ne se quittèrent pourtant pas de toute la soirée qui tangua d'une boîte à l'autre et se termina fort tard. Et Germain osa proposer à Zabeth de venir « prendre quelque chose chez lui ». À sa grande surprise elle accepta sans autre forme de procès.

Il était tellement persuadé qu'elle allait refuser qu'il était resté sans voix, planté là sur le trottoir, à ne plus avoir qu'une idée en tête : il n'avait rien d'autre à lui proposer, en fait de « prendre quelque chose chez lui », qu'un peu d'eau et du café en poudre !

– Alors, tu viens ?

Il était venu. C'était elle qui l'avait traîné jusqu'à sa sous-pente, fort amusée du labyrinthe des couloirs. La porte sitôt fermée, il n'avait pas eu besoin d'un dessin pour comprendre que ni son eau ni son café en poudre n'intéressaient la mignonne. Miraculeusement, il avait eu toutes les audaces. Même la première, décisive, de lui poser les mains sur les hanches alors qu'à rester trop loin l'un de l'autre, dans sa minuscule chambre, ils allaient à l'évidence se gêner.

Ils avaient très simplement résolu le problème. Elle lui avait fait face en mêlant dans son regard encore juvénile ce qui se voulait une surprise un peu outrée et le plaisir dont ils sentaient déjà les vagues qui montaient en eux. Sans autres formes de procès, il l'avait attirée à lui et leurs corps s'étaient embrasés à se rencontrer et à se mouler l'un à l'autre.

Elle avait manifestement plus d'expérience que lui. Et elle avait su avec beaucoup d'adresse tempérer ses ardeurs quelque peu brouillonnes. Lorsqu'il l'avait renversée sur le lit, elle avait suivi le mouvement sans s'y opposer. Mais elle s'était aussitôt dégagée de ses bras, avait fermement appuyé les mains sur sa poitrine et, en le fixant d'un air tout à coup très grave, elle avait osé un « Tu crois ? » aux apparences suffisamment sincères pour que s'installât en lui la crainte de la voir s'échapper.

Il avait encore la vanité de prendre. Et elle allait lui révéler la subtilité du plaisir reçu et donné par chacun.

Il avait tenté de l'étreindre à nouveau. Elle avait tenu bon. D'un geste rapide elle s'était légèrement éloignée de lui, autant que le lui permettait l'étroitesse du lit, et s'était mise sur le dos.

– Caresse-moi.

Il était resté interdit, un peu désemparé. Elle lui avait doucement caressé la joue et sa main avait continué son mouvement en descendant jusqu'à sa chemise dans laquelle elle s'était glissée. Il avait compris. Sans chercher à se rapprocher d'elle, il s'était simplement penché sur son visage qu'il avait couvert de baisers en même temps que sa main trouvait ses seins.

Longtemps, il l'avait caressée sans plus chercher à lui imposer la rencontre énergique de son sexe qui l'avait, une première fois, totalement enivré. Germain sentait monter en lui un flot de nouveaux sentiments qu'il ne comprenait pas encore mais dont il savait simplement qu'ils étaient la vie, celle-là même qui lui avait été refusée, jusque-là.

Tout à coup, cette fille qu'il ne connaissait que de ce soir, il l'aimait. Il l'aimait pour le plaisir qu'il lui donnait en la caressant avec beaucoup de tendresse, en la couvrant de baisers, en la sentant roucouler littéralement contre lui. Et son plaisir venait moins des caresses qu'elle lui prodiguait que de celles qu'il donnait.

Il l'avait déshabillée, doucement, à gestes mesurés entrecoupés de longs cheminements des doigts et de ses baisers sur ce corps qu'il explorait. Il avait senti ses mains qui débouclaient sa ceinture et qui ouvraient son pantalon. Un formidable frémissement l'avait saisi au creux des reins, au contact de ses doigts fins qui couraient sur son ventre, au long de son sexe dressé. Mais il avait su se maîtriser et elle l'en avait remercié d'une longue caresse, sous sa chemise, jusqu'à sa nuque sur laquelle elle avait laissé longtemps courir ses doigts.

Avant de s'abandonner l'un à l'autre, ils avaient goûté leur nudité, peau contre peau, longs frémissements de vie s'additionnant et se mêlant. Il avait même su se détacher d'elle, s'était accoudé sur l'oreiller, avait contemplé sans la moindre retenue le corps offert à côté de lui. Il s'était penché vers elle en lui caressant doucement la joue.

– Tu es belle, avait-il simplement dit en plongeant ses yeux dans ceux de la fille.

D'un geste vif, elle s'était glissée sous lui et leurs corps, mûrs pour l'amour, s'étaient mêlés.

Tout au long de la nuit, ils avaient ainsi alterné la tendresse et la fougue de leurs jeunes corps. Et lorsqu'enfin, lovés au creux l'un de l'autre, recrus d'amour et de fatigue, ils allaient sombrer dans le sommeil, il lui avait encore glissé dans l'oreille, après un dernier baiser, « le premier qui ouvre l'œil réveille l'autre, promis ? » Elle lui avait souri, avait acquiescé et s'était endormie.

Ce fut lui. Une vague lueur grise coulait de la petite fenêtre de la mansarde, annonçant un jour encore bien incertain. Le bruit de la ville ne montait jusqu'à eux que de façon sporadique. La grande tourmente quotidienne n'avait pas encore commencé.

Germain fut long à reprendre ses esprits. Cette lueur grisâtre et ce silence presque parfait firent monter en lui, quelques instants, l'illusion qu'il était encore à la ferme, là-bas, en Morvan, lorsque, au petit matin, au creux de son lit bien chaud, il écoutait avec ravissement les allées et venues de son père et de sa mère déjà au travail.

Il sentait couler en lui, comme un sirop épais, palpable, un étrange bonheur qu'il ne parvenait pas encore à mesurer. Dans son sommeil, elle s'était retournée vers le mur. Et il lui fallut quelques instants pour reprendre conscience de sa présence, contre lui. Il goûtait à pleines lampées ces vagues de bien-être qui le submergeaient, peu à peu. Parfaitement immobile, il se répétait la promesse qu'ils s'étaient faite, avant de s'endormir. Mais, avant de la tenir, il se délectait du bonheur tout bête de pouvoir le faire !

Alors il s'était lentement tourné vers elle et allait l'embrasser dans le cou lorsqu'il retint son geste, saisi tout à coup par la beauté de ce corps abandonné au sommeil que dessinait parfaitement le drap.

Qu'est-ce qui lui arrivait, à lui, Germain-la-malchance ? Ce n'était pourtant pas extraordinaire. Ils lui en rebattaient assez les oreilles, ses copains de travail, de leurs aventures avec toutes les petites amies possibles et imaginables. Mais lui, Germain, pourquoi s'était-il cru définitivement seul spectateur de ce qui faisait la vie des autres ?

Elle était belle sous son drap. Et il allait se pencher vers elle, l'embrasser, la caresser, elle en redemanderait, elle lui en donnerait tant et plus et ils feraient l'amour. Germain se délectait de ce moment où il lui semblait tout posséder, lui qui n'avait jamais rien eu. Et il retardait à plaisir l'instant où il craignait déjà de briser le charme. À sa fougue aveugle de la veille succédait le désir sans fond de faire durer le rêve, de muer la vie en cette caresse d'autant plus douce qu'elle n'était pas encore donnée et tout juste pressentie.

Il s'était enfin penché à l'instant précis où le poids de son regard sur elle l'avait fait légèrement émergée de son sommeil. Elle avait ébauché un geste vers lui, avait émis un doux grognement et s'était mise sur le dos en s'étirant. Il avait une nouvelle fois interrompu son geste et continuait d'admirer la beauté du corps émergeant à demi du drap qu'elle avait repoussé. Du bout des doigts, il effleura son flanc et continua son geste jusqu'à ses seins qu'il caressa doucement en même temps qu'il lui déposait un baiser sur les lèvres.

Elle s'étira longuement, poussant sa poitrine sur la main qui la parcourait à petits gestes, et referma ses bras sur la nuque de Germain. Déjà le désir les submergeait. Elle s'était glissée sous lui qui s'était rué dans le doux berceau de ses cuisses offertes et ils avaient laissé la passion les dévorer.

Et l'habitude s'était prise. Germain n'arrivait pas à y croire. Il avait un travail qui lui plaisait, des copains, un modeste chez lui. Et voilà qu'il découvrait quelque chose qui ressemblait bien à l'amour.

Vendeuse dans une grande surface, elle vivait elle aussi dans une petite chambre sous les toits. Originaire d'une cité-dortoir de l'Est dont elle s'était plus ou moins enfuie, comme Germain, elle avait connu les désillusions d'une furieuse volonté de réussir bafouée par les intérêts des autres et leur indifférence. Vive et jolie, sans méfiance, trop accaparée par son seul et furieux désir de vivre, elle glissait doucement au long d'une pente que le sexe et le solide bon sens paysan de Germain lui avaient épargnée.

À partir de ce jour-là, ils avaient plus ou moins vécu ensemble tout en gardant jalousement leur indépendance. Ce n'est que bien longtemps après l'avoir perdue qu'il comprit qu'il avait été pour elle une sorte de refuge contre cette fuite en avant dans laquelle la poussaient l'ennui, toutes les déceptions et les désillusions qu'elle avait rencontrés.

Le mariage ? Lui y avait pensé. Mais elle ne semblait pas s'en soucier et il n'avait pas osé lui en parler. Confusément, il sentait que c'était là une logique qui n'était plus la sienne. Et puis, le service militaire, dans quelques mois… Après il sera bien temps… Peut-être attendait-elle qu'il lui en parle.

Longtemps, cette idée l'avait miné et le regret de ne pas avoir tenté ce geste avait brûlé en lui.

Il eut fallu si peu de chose, à ce moment-là, pour que, tous les deux, ils deviennent un bon petit ménage sans histoires, tout fier de ses mioches, de sa bagnole à crédit et de ses congés payés.

Tout s'était joué en une nuit. Il était passé la prendre à la sortie de sa grande surface. Ils avaient fait quelques courses pour alimenter la dînette qu'ils avaient faite sur son réchaud de camping, dans sa chambre. Ils s'étaient repus de caresses et elle s'était endormie dans ses bras. Lui, les yeux grands ouverts sur le plafond, il continuait de se griser de ce corps nu contre le sien en laissant le sommeil le gagner doucement.

On a violemment frappé à sa porte. Il a sursauté et a dû faire effort sur lui-même pour revenir aux réalités. Déjà une voix, derrière la porte, s'impatientait.

– Germain, on sait que tu es là. Ouvre !

Le patron ! Qu'est-ce que ça voulait dire ? Bien sûr qu'il allait ouvrir. Zabeth s'était réveillée en sursaut et le regardait avec effroi pendant qu'il enfilait un pantalon. Il reçut presque la porte dans la figure tant elle fut poussée violemment. Ils étaient tous là. Le patron, sa secrétaire, une jolie blondinette qui faisait de l'œil à Germain, et les trois mécanos.

– Allez, grouille. Équipe-toi. On se tire.

On se tire ? Sidéré, Germain les regardait tous les uns après les autres sans comprendre. Tout juste s'il remarqua que le sourire canaille de la secrétaire avait fait place à un air dur et fermé qui le glaça.

– On se tire ? On se tire où ? Et pourquoi vous voulez que je me tire ?

– Il est con ou quoi ? On a les flics aux fesses, si tu veux savoir. Alors grouille.

– Mais j'ai rien fait, moi. Je ne vois pas pourquoi il faudrait que je me tire.

Le patron l'avait fixé et Germain avait vu tout le mépris et toute la haine du monde dans ces yeux-là.

– T'as rien compris... Tu t'imagines tout de même pas qu'on va te laisser derrière nous ? Avec ta gueule enfarinée, t'aurais tôt fait de tout leur balancer, aux poulets.

– Leur balancer quoi ?

– Mais il est vraiment abruti ! Maintenant ça suffit. On a déjà perdu trop de temps. Tu viens ou c'est nous qui t'emmenons... si tu vois la nuance.

Germain avait bien dû s'exécuter. Et c'est comme ça que, d'un instant à l'autre, sans même avoir rien compris, il s'était retrouvé complice d'une sombre affaire de vol et de trafic de voitures...

Tout juste s'il avait eu le temps d'embrasser Zabeth et de lui servir quelques paroles rassurantes auxquelles il ne croyait pas lui-même. Il gardait encore, au fond de lui, comme une plaie à jamais ouverte, ce regard de détresse de la petite pelotonnée au fond du lit, un drap ramené contre elle pour cacher aux autres sa nudité…

Le reste s'est passé sans qu'il y prenne vraiment garde. Le patron avait une dextérité phénoménale pour ouvrir une voiture et la mettre en marche. Ce n'est qu'à l'instruction que le Germain devait apprendre que leur cavale les avait menés en Eure-et-Loir, dans la région de Dreux.

L'art de son patron s'exerçait apparemment aussi bien sur les portières de voitures que sur les grilles des villas fermées à longueur de semaines. Celle dans laquelle ils se sont réfugiés, dans l'attente, à ce qu'avait compris Germain, d'un complice qui devait leur fournir de quoi se mettre définitivement à l'abri, était discrète, tout au bout d'une ruelle, adossée à la forêt. Une bonne échappatoire en cas de besoin.

Ils n'y sont pas restés longtemps. Le copain dont devait venir le secours a fait savoir qu'il viendrait la nuit suivante. Une journée à attendre, ce n'était pas le bout du monde. Chacun s'est installé du mieux qu'il a pu pour dormir. Effondré, au bord du désespoir, Germain s'est affalé sur le premier lit venu. Et il a vite sombré dans un sommeil de plomb.

Il en fut tiré sans ménagement par un de ses copains mécanos qui lui tendait sa veste.

– Vite.

Il parlait à voix basse.

– Qu'est-ce qui se passe ?

– T'occupe !

Et l'autre le poussait vers la porte. Dans les premières lueurs grisâtres du matin, il discernait tous les autres qui se tenaient le dos au mur, tout droit, l'air inquiet et attentif à ce qui se passait dehors.

– Prends le panier du chat !

Germain aurait souri de cette remarque saugrenue, là, juste de l'autre côté de la porte, s'il n'avait pas découvert, au même moment, un objet noir au bout du bras de son patron.

Il y eut un bruit de clef dans la serrure, le souffle court d'un homme dont on pouvait deviner l'épaule pesant sur le battant de la porte pour que le pêne glisse mieux. La clef a tourné. La porte s'est ouverte. Germain eut le temps de voir la stupeur figer la face rougeaude d'un petit homme chauve aux yeux légèrement globuleux, derrière d'épaisses lunettes.

Le coup de feu a semblé prolonger le geste vif du patron. L'homme, sans un cri, a battu l'air de ses bras. Quelqu'un a poussé Germain. Il a couru avec les autres alors que résonnaient encore quelques coups de feu, tirés au hasard, pour protéger leur fuite.

La journée et la nuit qui suivirent furent hallucinantes. En forêt, à travers champs, puis à nouveau en forêt, évitant les moindres lieux habités, ils ont fui comme des bêtes. Et si les autres y avaient une certaine motivation, Germain, complètement anéanti, ne faisait que suivre, se faisant traîner, suppliant qu'on le laisse. Ils avaient fini par s'effondrer dans une vague cabane de bûcheron où les autres s'étaient immédiatement endormis. Germain, incapable de fermer l'œil, ne pouvait que se répéter, affolé, qu'il était complice d'un meurtre.

Au petit matin, il avait réussi à sortir de la cabane sans les réveiller et il avait filé. Il aurait encore pu se livrer, raconter, solliciter le témoignage de Zabeth, de quelques clients du garage qui l'avaient à la bonne. Il aurait pu prouver qu'il n'était pour rien dans tout ça. Mais il avait pris peur. Fuir… Il lui fallait fuir aussi bien les flics que ses cinq sinistres compagnons.

Cette fois, il avait retrouvé une motivation, même si ce n'était qu'une utopie… Il était incapable d'avoir une autre idée que celle de rentrer à Paris, retrouver Zabeth et fuir, fuir à nouveau avec elle…

Par quel hasard a-t-il retrouvé la route de Paris ? Et, naïvement, son premier geste avait été de faire de l'auto-stop. L'automobiliste qui s'est arrêté l'a tout de suite reconnu. Sur le siège arrière de la voiture traînait le quotidien du matin à la une duquel figuraient leurs signalements. Mais Germain ne s'est pas retourné. Et il n'a compris qu'il était fait que lorsque l'autre s'est arrêté devant la gendarmerie de la Queue-les-Yvelines…

« L'assassin présumé de Dreux »… Cette fois, c'était sa photo qui avait remplacé les vilains portraits-robots, dès le lendemain matin, à la une des quotidiens… Bien sûr, personne, pas même l'avocat commis d'office n'avait voulu croire son histoire. Les autres avaient dû réussir, en fin de compte, à rejoindre le compère qui devait les sortir d'affaire puisque aucun d'eux ne fut jamais retrouvé. Et ce fut Germain qui paya de cinq ans de prison ferme…

Marie-Laure, tout le temps du récit de Germain, était restée parfaitement immobile, assise au bout de la table. Elle ne l'avait pas quitté des yeux. Et elle restait là, toujours aussi immobile, à prolonger le silence. Il accrocha son regard et l'instant leur parut une éternité.

– Zabeth ? Vous voulez savoir ce qu'elle est devenue ?… Je n'en sais rien moi-même. Je n'ai plus jamais eu de nouvelles. A-t-elle eu peur d'être mêlée à une sale affaire ? M'a-t-elle cru coupable ? Ne s'est-elle pas sentie capable de supporter l'effondrement de ce petit monde de frêle bonheur que nous nous étions construit ? Je n'en ai jamais rien su… Et je crois que, maintenant, c'est mieux ainsi…

XIV

C'ÉTAIT COMME UNE CHAPE DE PLOMB qui se serait abattue sur le village. Il avait suffi de ces quelques heures pour que s'éteignent la bonne humeur et le sourire que chacun arborait depuis que le printemps les avait plantés là.

L'été qui arrivait, les vacanciers dont on se moquait mais qu'on attendait avec impatience, la fébrilité du travail estival dont on se plaignait avec un large sourire, tout cela s'était éteint comme une illumination dont on se serait tout à coup rendu compte qu'on l'avait déclenchée par erreur.

L'ombre avait repris ses droits. L'ombre de la méfiance, l'ombre de la suspicion, l'ombre des regards en dessous. Et, pour faire bonne mesure, l'ombre du ciel qui, au lendemain de la Saint-Jean, s'était laissé aller à une de ces crises de grisaille qui le saisissent parfois, en Morvan, comme un gros regret de devoir céder aux lumières trop pures de l'été.

Sous un ciel uniformément gris et lourd, il pleuvait presque sans discontinuer. Les foins qu'on n'avait pas encore pu couper, les haies mangées de fougères, et le moutonnement oppressant des bois s'étaient laissés saisir par l'arborescence d'une végétation gavée de printemps, de douceur et d'eau, et qui semblait devoir tout engloutir.

Marie-Laure aimait plus que tout ce formidable jaillissement de vie embrasant chaque année les vallons et les bois du Morvan. Elle devait pourtant lutter, depuis la disparition du gamin, pour ne pas céder à la panique.

Elle luttait désespérément contre l'idée absurde qui la minait qu'il ne lui serait plus possible de réapparaître. Il lui semblait que toute cette verdure et toute cette eau, cette fantastique alchimie de la nature, qui faisait que la vie jaillissait et débordait de toutes parts, n'était qu'une duperie, une sordide comédie grimaçante, comme ces vieilles gestes populaires où l'ogre, le méchant, le coupable de toutes les plus basses vilenies, se reconnaît essentiellement à son inépuisable vitalité et aux sataniques sourires, aux grimaces effroyables dont jamais il ne se départit.

Et derrière toutes ces simagrées, derrière toutes ces pantomimes, ces allures de vie débordante et paillarde, il y avait Stéphane, il y avait les tourments qu'il pouvait endurer, il y avait l'intolérable inquiétude dont rien, depuis ce terrible matin, ne pouvait laisser espérer qu'elle puisse cesser.

Étrange silence. Plus rien… On ne savait plus rien… La vie continuait… Ou, du moins, faisait-elle tout comme si elle continuait. Il suffit parfois de répéter les mêmes gestes, à l'infini, pour que l'illusion soit parfaite. Chaque matin, Bonaventure ouvrait sa forge. Chaque matin, Lachenaye y descendait et venait essuyer la poussière de la nuit, sur sa chaise, de son fond de culotte. Chaque matin, fouineuse, la mère Blanchard, plus chafouine que jamais, faisait son tour du village et, chaque matin, elle payait le regard qu'elle coulait au fond de la forge des sarcasmes du forgeron et des grands éclats de rire du vieux.

Comme si on pouvait rire dans une pareille situation. C'étaient comme ces éclats de voix qui jaillissaient en bouquets drus de la porte de la Julienne, tous les midis et tous les soirs. Était-ce Dieu possible ? Pouvait-on avoir le cœur si dur d'ainsi continuer de boire et de s'esclaffer alors qu'aux Maraudes, une mère, sans nouvelle de son fils, se rongeait les sangs ? La mère Blanchard ne décolérait pas et se perdait en chapelets égrenés, à longueur de journée.

– Prier, il faut prier. Seule la prière nous le rendra, cet enfant, répétait-elle inlassablement de sa voix de crécelle.

Et puis il y avait le sordide ballet que se jouaient tous ceux qui se soupçonnaient, entre eux, d'en savoir plus qu'ils ne voulaient bien le dire. Entre Félix,

Delphine, Bonaventure, et Lachenaye, Marie-Laure dont tout le monde savait les visites quotidiennes à la Croix du Carage se retrouvait à jouer un rôle qu'elle exécrait.

C'était à qui surveillerait l'autre de plus près. C'était le jeu perfide et usant des sous-entendus, des sourires de prétendues connivences et, pour qui n'y étaient pas rompus, comme Marie-Laure, des nerfs usés jusqu'à la corde.

Elle savait qu'elle ne pouvait pas mettre le nez dehors sans être surveillée. Elle savait les bruits qui couraient. Elle savait surtout qu'il lui fallait n'en rien laisser paraître. Et, bien qu'il lui en coûtât, comme Bonaventure qui faisait sonner son enclume, Lachenaye persistant à jouer de sa redoutable bonhomie et Félix ignorant son monde, en traversant le pays, en trombe, au volant de son tracteur, elle savait qu'il lui fallait n'avoir l'air de rien…

« Avoir l'air de rien ! » L'expression la sidérait. Elle n'arrivait pas très bien à imaginer ce que peut être n'avoir l'air de rien. Elle ne s'en ingéniait pas moins à ne rien changer de ses habitudes, à ne pas se cacher, à arborer le même sourire lorsqu'elle rencontrait les gens… Comme si de rien n'était, alors qu'elle aurait tant voulu savoir.

Tout ce qu'elle savait, en fin de compte, c'était ce que le François lui avait rapporté de leur débarquement à la Croix du Carage. Germain, après son long monologue, était resté longtemps silencieux, les yeux dans le vague, solidement accoudé à la table. Elle avait respecté sa méditation, parfaitement immobile sur sa chaise. Puis il s'était levé, lentement, pesamment.

– Je pars, avait-il dit.

– Vous partez ? Mais c'est avouer…

Il avait eu un pauvre sourire.

– Vous voyez : même vous, déjà, vous imaginez que je puisse avoir quelque chose à avouer. Alors, vous savez ce qui va se passer quand ils vont venir ? Parce qu'ils vont venir, bien sûr. Vous croyez qu'ils vont se demander s'il y a une chance, aussi petite soit-elle, que je ne sois pour rien là-dedans ? Je suis le coupable, leur coupable. Je le suis à vie. Je le serai toujours, quoi qu'il arrive. Le gamin, là-dedans, à l'extrême, il n'a plus d'importance. La seule chose qui compte, c'est qu'ils fassent justice, ce qu'ils vont appeler faire justice, leur justice. C'est tout ce qui compte. Le Félix c'est bien un sacré renard pour avoir compris ça depuis longtemps… Il m'a eu…

Ces paroles-là, dans son émoi, elle n'y avait pas trop fait attention.

– Où allez-vous ?

– Ça ne regarde que moi.

Le regard s'était fait aussi dur que la réponse avait été cinglante.

Elle était déjà une étrangère. Elle le comprit vite en le voyant atteler son char à bancs. Sa place n'était plus là. Il avait refermé la carapace sur sa solitude et ses rudesses.

– Filez : ils ne vont pas tarder. S'ils vous trouvent là, ils seraient bien capables de passer leur rage sur vous.

Elle l'avait vu, debout sur sa voiture, fouetter son cheval sans ménagement et disparaître vers les bois, derrière la Croix du Carage. Elle était restée là, au milieu de la cour durant de longues minutes. Depuis le matin, le ciel s'était plombé. De lourdes nuées noires accrochaient leurs filets de nuées aux crêtes des arbres sur lesquels elles se déchiraient en modulant de longues plaintes à peine audibles que reprenait le vent. Il soufflait, là-haut, en haut des bois, alors que régnaient dans la vallée un calme et un silence si lourds qu'ils en faisaient mal.

Un silence dont allait naître la rumeur de tous ceux qui déjà montaient vers la Croix du Carage. Elle grossirait, s'amplifierait, deviendrait hurlement. Il lui semblait que ce serait un soulagement de les entendre, enfin, alors qu'elle redoutait leurs cris mais que ce silence tendait à l'insupportable… Immobile, figée au milieu de cette cour, elle aurait voulu hurler ; elle aurait voulu se jeter à leur tête et leur clamer sa haine pour la veule bêtise de leur geste ; elle aurait voulu courir derrière Germain et lui dire de ne plus rien avoir à craindre parce qu'elle était là ; elle aurait voulu comprendre ce qu'il était advenu de Stéphane et le rendre à sa mère…

Au lieu de ça, ils arrivaient… Elle venait de lui parvenir, cette lente rumeur qu'un moment elle confondit avec la plainte susurrée des nues et du vent, là-haut, au sommet des bois. Mais elle avait vite saisi l'octave différente chevauchant la tempête montante. À n'en pas douter, c'étaient eux.

Marie-Laure avait fui. Elle avait cédé à la panique. Elle s'en voulait encore. Mais elle savait très bien que c'était cette panique-là qui l'avait sauvée. Elle avait couru, droit devant elle. Sans trop savoir où elle allait, elle leur avait tourné le dos. Elle avait dépassé la croix, s'était ruée sur les traces du char à bancs encore agitées d'un friselis de poussière. Elle était entrée dans les bois. Longtemps encore, puisant en elle des forces qu'elle n'imaginait pas, elle avait couru, suivant sans même y prendre garde les chemins par lesquels il lui arrivait de venir à la Croix du Carage quand l'envie lui prenait de se promener.

Mais elle ne se promenait pas. Elle fuyait. Depuis longtemps, ce n'était plus la bande hurlante des paysans criant vengeance qu'elle fuyait. Elle savait bien que, pour l'heure, ils s'acharnaient sur la maison et tout ce qu'ils allaient y trouver. Elle savait bien que leur fureur aveugle lui laissait un répit amplement suffisant pour rejoindre le pays sans être inquiétée. Tant qu'elle ne se mettait pas en travers de leur chemin, ce n'était pas après elle qu'ils en avaient.

Elle fuyait tout de même, du plus vite qu'elle pouvait, les yeux exorbités, les cheveux en bataille, le souffle court, elle fuyait l'horreur, elle fuyait le cynisme, elle fuyait l'hypocrisie, elle fuyait l'évocation de ce pauvre gamin dont plus personne ne parlait et qui ne restait que le prétexte à un sordide drame de village.

Elle avait fui jusqu'à s'effondrer sur son lit, dans sa chambre, chez elle. Mais, alors que passaient les jours, elle gardait en elle la sensation effroyable et usante de toujours fuir. Elle souriait aux uns et aux autres. Elle tenait des conversations, elle agissait « en n'ayant l'air de rien ».

Mais elle savait bien qu'elle continuait de fuir en n'ayant toujours pas trouvé en elle le courage nécessaire pour braver l'interdit et aller raconter tout ça aux gendarmes. Elle continuait de fuir une vérité dont elle s'exaspérait de ne pas saisir tous les éléments.

Elle ne comprenait pas. Elle s'en voulait de ne pas comprendre, persuadée que la vérité était là, évidente, éclatante, à portée de sa main. Mais c'était l'ambiance même, ce lourd silence plus fort que toutes les menaces, cet « air de rien » qu'ils avaient tous, ce conditionnement qu'ils imposaient et qu'ils s'imposaient, qui lui bouchaient les yeux, qui l'empêchaient de comprendre l'évidence.

Et c'était comme une fuite perpétuelle.

Fuite encore le courage qu'elle n'avait pas eu d'aller rendre visite à Delphine. Elle ne la connaissait pas, cette femme. À peine si elle l'avait vue, une fois ou deux, dans les Rambarges. Elle avait eu envie d'aller vers elle. Au moins, peut-être, auraient-elles eu quelque chose à partager. Elle avait failli aller, un soir, jusqu'aux Maraudes.

Mais le hasard avait voulu qu'elle croisât Delphine dans les rues des Rambarges, ce jour-là. Et elle avait eu peur. Ce regard… Cette dureté métallique… Ces yeux portant loin devant, figés, glacés… Marie-Laure, au mépris de toute réserve, l'avait fixée, médusée. Vainement elle avait cherché un reflet, une simple lueur, là-bas, tout au fond du regard qui eut pu évoquer la mère et ses angoisses. Même pas de tendresse ; elle n'en demandait pas tant. Simplement un peu d'inquiétude très humaine… Et puis rien… Rien que cette lame tendue vers l'infini pour que rien ne puisse transparaître de ce qu'elle ressentait et de ce qu'elle savait… peut-être…

Marie-Laure avait renoncé à se rendre aux Maraudes. Et elle avait dû s'avouer qu'elle en ressentait comme un soulagement. Elle s'en était voulu. Mais ça changeait quoi ?

Alors elle était montée au Carage. Avec le François, s'il n'était pas trop saoul, elle pourrait parler. Les simples sont bien, en définitive, les derniers recours, les seules vraies planches de salut quand menace le désarroi final.

Il ne marqua aucun étonnement. Comme s'il l'attendait depuis le premier instant. Et c'était peut-être vrai. Sans un mot, il avait posé son éternelle fourche contre la porte de son étable et il était entré dans l'aire de grange. Elle l'avait suivi. Quelques ballots de paille s'entassaient au pied de l'échelle. Il en avait pris un et l'avait installé bien à plat au milieu de l'aire, face à la cour où la pluie continuait de diluer la couche de fumier sous laquelle le pavage avait disparu depuis belle lurette.

– Asseyez-vous donc.

Elle lui avait adressé un sourire et s'était installée, trop heureuse qu'il ait eu la discrétion de ne pas l'inviter à entrer chez lui. Il s'était adossé au large battant de porte.

– Qu'est-ce que vous voulez que je vous dise ? avait-il attaqué avant même qu'elle n'ait eu l'idée de lui poser une question. Ce que j'en sais, moi, c'est que je l'ai vu monter, ce gosse, et que je l'ai pas vu redescendre… Voilà tout ce que j'en sais. Et puis, le lendemain matin, le Lachenaye qui débarque avec son auto qu'il finira bien par l'user à force de la briquer ! Le voilà avec ses grands airs comme si c'était lui le maître, dans sa vieille guimbarde… Je ne le lui ai pas fait dire, moi, ce que j'en pensais de ses grands airs. C'est pas parce qu'il est revenu avec des sous… À voir sa bagnole, même si elle brille, on ne le dirait pas… Le Monsieur, après tout, il n'était jamais que larbin. Larbin chef, d'accord, régisseur, à ce qu'on dit. Mais ça fait quoi, la différence ? Ça fait qu'il était larbin comme les autres et que c'est peut-être de ne plus à avoir à faire de courbettes qu'il en prend à son aise sur notre compte...

« Bon, j'y viens !

François avait bien vu qu'elle commençait à se trémousser sur son ballot de paille, la petite jeune fille. C'est vrai, après tout, ses affaires avec Lachenaye qui l'avait traité de gros dégueulasse, même que ça lui restait en travers de la gorge, ça ne l'intéressait pas, la petite demoiselle.

– J'y viens, j'y viens, répétait François, comme pour se donner le temps de remettre ses idées dans l'ordre qu'il fallait. Il est monté là-haut, avec sa vieille bagnole, le Lachenaye. Même que c'est moi qui lui ai dit que le gamin, il était monté là-haut, la veille au soir. Sur le coup je lui ai pas dit que je ne l'avais pas vu redescendre. Ça m'embêtait, cette histoire-là. Je ne voulais pas qu'il ait des ennuis par ma faute, le grand Germain. Alors, j'ai rien dit. Mais il y a pensé, l'autre avec ses grands airs. « Tu l'as vu redescendre ? » qu'il m'a demandé, avant de partir. Qu'est-ce que vous voulez que je réponde à ça ? Je lui ai dit que j'étais p't'êt'bien rentré chez moi. Et il a continué son chemin...

« Ce qu'ils se sont dit là-haut, j'en sais rien. Tout ce que je sais, c'est que lui, le Lachenaye, je l'ai bien vu redescendre. Il est resté quoi ?, deux heures, là-haut ? Pas plus. Il est redescendu sans me demander quoi ni qu'est-ce. Il n'a même pas regardé par ici.

« Mais alors, sur le coup de 11 heures, alors là, tout comme je vous vois, c'est la troupe au grand complet que j'ai vue rappliquer !

« Le cortège qu'ils lui faisaient, au Félix ! Lui le solitaire, lui l'ouvertement méprisant et le secrètement méprisé, lui qu'on saluait chapeau bas mais dont jamais on n'emboîtait le pas, du temps de sa grandeur, ils y étaient tous, derrière lui, à se presser, à se pousser du coude pour mieux assister à ce qu'ils espéraient déjà être sa chute… Et la Delphine qui suivait, toujours aussi raide, toujours bouffie de larmes, le regard implorant, la Delphine qui ne pensait qu'à son gamin, qui n'avait jamais pensé qu'à son gamin, depuis que, encore dans son ventre, il était devenu le seul sens de sa chienne de vie, la Delphine qui courait déjà après l'ombre d'eux-mêmes alors qu'ils couraient régler leurs comptes…

François n'en revenait pas ! De loin, il l'avait entendue venir, cette troupe où l'on parlait peu mais dont les pas pressés faisaient comme un grondement de mauvais présage sur les pierres du chemin. Il avait abandonné sa fourche et il leur avait emboîté le pas, sans savoir, parce que la foule n'a pas de raison.

Et ils avaient atteint la Croix du Carage. Dans la cour, comme un seul homme, ils s'étaient arrêtés, Félix devant, presque au perron, qui avait crié :

– Germain ! Sors de là. On sait qu't'y es…

Il n'y eut que le silence.

– Sors donc, ou j'vais te chercher !

Deux ramiers en s'envolant du hêtre, derrière la maison, les avaient fait sursauter.

– Ferais mieux d'y aller… Sortira pas…

Perfide, la bonne âme qui poussait ainsi Félix à nourrir le spectacle se noyait dans la troupe compacte. Il eut un regard mauvais pour elle, pardessus son épaule, et se décida, la peur au ventre, à franchir les quelques marches du perron de sa maison natale. Devant la porte, il s'arrêta.

– Germain, fais pas le con ! Viens parler.

Le silence s'obstinait.

Alors il entra. Ils le virent disparaître dans l'encadrement sombre de la porte et ce fut comme un soulagement.

– C'est pas pour dire, mais, le Germain, il en a fait du boulot !

Les regards, déjà, couraient sur toute la petite ferme, jaugeaient sa propreté, fouillaient les coins d'ombre. Le groupe se desserrait, s'étalait doucement sur la cour et s'écoulait, par courants, vers le hangar, la grange ou l'écurie.

– J'sais bien, affirmait l'un, c'était plus qu'une ruine pleine de ronces. J'y suis passé il y a rien que quelques mois. Tiens, c'était à l'automne, pour la chasse. Même que j'me suis dit qu'elle mettrait plus longtemps à aller à terre...

– Et c'était bien ce qu'il voulait, le Félix. Tout en sapins, et allez donc !

– Les sapins ? Regarde donc où qu'ils sont !

Et l'on se montrait les petits tas brunâtres qui émaillaient encore les prés entourant la petite ferme.

– Et la cloche ? Où c'est donc qu'elle est, la cloche ?

Déjà, ils avaient oublié Félix et surtout le gamin perdu depuis la veille au soir. L'occasion était trop belle. Eux qui pour rien au monde n'auraient accepté de monter jusque-là depuis que résonnait cette cloche, matin et soir, ils avaient toutes les audaces, toutes les curiosités maintenant que, en troupe, ils s'y trouvaient.

– Regarde donc comment il a monté ça !

Ils l'avaient trouvée, la cloche. Et ils faisaient cercle autour de l'installation rustique du Germain. Mais pas un pour s'en approcher. Comme une peur un peu superstitieuse qui les tenait à bonne distance. Pas claire, pas nette, cette cloche qui sonnait matin et soir, sans trop qu'on sache pourquoi, sans curé ni bedeau !

– Où c'est donc qu'il a bien pu la trouver ? C'est un beau morceau. Et puis sculptée avec ça !

Le nez en l'air, ils restaient là à détailler la cloche que son contrepoids tenait de travers, deux bons mètres au-dessus de leur tête.

– Il n'est pas là. Y a personne…

C'était Félix qui revenait, bredouille et l'oreille à nouveau basse, comme si toute son ardeur retrouvée avait fondu entre les murs de son enfance.

– Il ne peut pas être bien loin !

L'indécision les reprenait à leur tour comme si elle n'avait pu être dominée que par la détermination passagère de Félix. Et ils s'étaient remis à tourner autour des bâtiments en fouinant. Mais le cœur n'y était plus. C'était juste pour tuer le temps. Et l'idée commençait à leur venir qu'ils n'avaient rien à faire là.

– Le vélo de Stéphane ! Venez voir. C'est son vélo !

Cela avait été comme un cri furieux, un rugissement. C'était Delphine. Ils l'avaient tous oubliée. Mais elle n'avait pas cessé de chercher, de fouiller, non pas pour le plaisir d'une sorte de voyeurisme malsain, mais avec la certitude ancrée au plus profond d'elle-même que la trace de son fils était là, tout près, à portée de sa main. Et son cri avait été de triomphe autant que d'angoisse.

Ils s'étaient tous précipités. Derrière l'écurie, dans un minuscule appentis à moitié dissimulé par les ronces, elle bataillait encore contre ce qu'il restait d'une porte et contre les épines qui s'acharnaient à la retenir, pour sortir le vélo du gamin.

– J'l'avais bien dit !

Félix volait au secours de sa femme. Dans le brouhaha des commentaires, plus gênés qu'aidés par quinze bras qui se voulaient secourables, il leur fallut de longues minutes pour extraire le beau petit vélo rouge de son roncier.

– Cette fois tu me crois ? Tu vois bien que c'est lui !

Hargneux, il s'était tourné vers Lachenaye dont le silence fut un acquiescement.

– Maintenant, faut le trouver !

Cette fois, la colère aveugle grondait. Il fallait un règlement de comptes. La rancœur contre Félix qui avait longtemps contrebalancé la méfiance à l'égard de Germain était oubliée. L'étranger avait fait un mauvais coup… Je vous l'avais bien dit ! En un instant, Germain redevenait le « pas comme les autres » ne méritant que toutes les méfiances. Et Lachenaye, qui avait si longtemps pris son parti, menait la chasse.

Rassemblés au milieu de la cour, ils montaient déjà de grandes opérations. Ils soupesaient les hypothèses, montaient une grande battue, le cernaient dans sa fuite, se ruaient sur lui, faisaient justice. Ils étaient foule, sans état d'âme ; meute que rien n'arrêterait que la curée…

– Ils sont partis en braillant et en gesticulant, continuait François. Je leur ai proposé de venir boire un coup chez moi, pour une fois qu'ils y étaient, au Carage… Pas un qui a répondu… Savoir seulement s'ils m'ont entendu. Je suis rentré… Depuis, j'ai plus eu de nouvelles… Et vous ? Vous savez ? Ils l'ont retrouvé ?

Marie-Laure avait haussé les épaules.

– Pensez-vous ! Pour le retrouver, il faudrait d'abord qu'ils le cherchent…

Le François avait eu un regard éberlué.

– Le chercher ? Et pourquoi donc ?

– Comment voulez-vous le retrouver sans le chercher ?

Bouche bée, il l'avait longuement considérée. Si longtemps qu'elle commençait à se sentir mal à l'aise, sur son ballot alors que, parfaitement immobile contre son battant de porte, il roulait vers elle de gros yeux globuleux totalement inexpressifs.

– … Parce que… Parce que vous croyez qu'ils ne savent pas où il est ?

– Bien sûr qu'ils ne le savent pas. Sinon, il y a longtemps qu'il serait revenu au pays, ce pauvre gamin.

À la grande stupéfaction de la jeune femme, le François s'était redressé et, les mains enfouies dans de gigantesques poches, les jambes légèrement écartées, il la considérait d'un œil ironique ! De sa part, elle attendait tout sauf ça !

– Surtout, surtout, ma petite demoiselle, ne vous faites plus de mauvais sang pour rien. Le gamin, croyez-moi, il n'a jamais été perdu. Il y en a qui savent très bien où il est. Lesquels ? Ça… C'est justement ce qu'on aimerait bien savoir. Peut-être bien qu'il n'est pas loin d'ici, comme qui dirait sous notre nez. Mais nous, on n'est pas dans le coup. On n'a pas le droit de savoir. Alors, mieux vaut ne pas chercher !

Ça alors ! Marie-Laure n'en revenait pas.

– Vous rêvez ou quoi, François ?

Il éclatait de rire.

– Oh non, ma petite demoiselle, je ne rêve pas. Le gamin, moi je vous le dis, ceux qui lui courent vraiment après, ce ne sont peut-être pas nécessairement ceux que vous croyez. Et je vous répète qu'il y en a qui savent très bien où il est. Et s'il n'est pas encore réapparu, c'est tout simplement que ceux-là, ils n'ont pas encore obtenu ce qu'ils veulent ! Et ce qu'ils veulent ? Allez savoir ? Ça dépend de quel côté on se place… De toute façon, pour nous, tout ça, c'est bien trop compliqué. Alors, comme, de toute façon, le gamin, il est sain et sauf, bien à l'abri d'un côté ou de l'autre, qu'est-ce que vous voulez que ça nous fasse leurs histoires de marchandages ?

Marie-Laure n'avait pas voulu en entendre plus. Elle avait fait taire ce vieux radoteur et elle s'était sauvée.

Il pleuvait toujours. Les verts et les bruns du paysage avaient viré uniformément au gris et des langues diaphanes de brume couraient dans les sous-bois ruisselant de gouttes d'argent, lourdes et épaisses qui naissaient de chaque pointe de feuille.

La jeune femme avait soigneusement fermé son imperméable. Elle avait rabattu sa capuche sur ses cheveux et elle en avait même serré le lacet. Un étrange besoin de s'enfermer, de se calfeutrer, l'avait saisie. Et elle marchait vite, sans regarder ni voir ce qui l'entourait. Seuls les propos du François l'habitaient.

Et cette monstruosité cheminait doucement en elle. Elle devenait évidence et Marie-Laure ne s'en défendait plus. Stéphane n'avait pas disparu. Il avait été proprement escamoté, caché, mis à l'abri, comme un objet, par celui ou ceux qui avaient su être assez calculateurs et cyniques pour qu'un enfant puisse ainsi devenir l'enjeu de leurs luttes sordides. L'angoisse qui la brûlait jusque-là venait de faire place à un gigantesque effroi et elle en était à se demander ce qui valait mieux…

Et la mère Blanchard qui égrenait fébrilement son chapelet ! « Seules les prières nous le rendront », psalmodiait-elle. Pouvait-on si loin pousser l'hypocrisie ?

Qui ? Qui cachait Stéphane ? Qui avait monté cette monstrueuse comédie et dans quel but ? Germain pour contraindre son frère à admettre son retour et son droit à l'héritage ? Elle ne parvenait pas à y croire. Mais que pouvait-elle encore croire ? Félix pour se débarrasser une fois pour toutes de ce frère gênant ? Un père pouvait-il se montrer si monstrueux ? Delphine pour compromettre son mari et s'en débarrasser ? Le regard de métal qu'elle avait rencontré, quelques jours auparavant, dans les rues des Rambarges, lui revenait à l'esprit. Et le doute s'installait. Et pourquoi pas Lachenaye ? Quel jeu jouait-il, celui-là ? Quelles ficelles tirait-il ? Et pour quel bénéfice ?

Elle leur trouvait à tous des raisons d'autant plus plausibles qu'elle était bien incapable, elle-même, d'imaginer pareille vilenie. Et elle frissonnait d'horreur à l'idée que, pour les autres, elle puisse être comptée au nombre de ceux qui savaient…

XV

LE MAUVAIS TEMPS S'ACHARNA jusqu'à la mi-juillet. On avait fini par ne plus y prendre garde. Il se trouvait au diapason des cœurs que rongeaient lentement le silence et l'indifférence feinte. Et il s'en trouvait pour penser qu'il était aussi bien que la pluie qui ne désarmait pas ait dissuadé bon nombre de touristes de s'arrêter aux Rambarges. C'était autant à qui on n'aurait pas à jouer la comédie…

Les rues vides, le village retrouvait sa somnolence des années d'avant la civilisation des loisirs avec, en moins, quelques centaines d'habitants… On n'y prenait pas garde. Comme si de rien n'était, les regards, les saluts, les haines et les sourires restaient les mêmes, immuables. S'il leur manquait quelques bonnes raisons d'être authentiques, on leur trouvait toujours celles, inépuisables, du souvenir ou de la tradition.

« C'est comme ça, et puis c'est tout. Pourquoi faudrait-il que ça change ? »

Ça ne changeait pas et Delphine, les rares fois où elle dut se montrer dans le village, n'eut d'autre conversation à soutenir que celle faite de considérations à l'emporte-pièce sur le temps qu'il faisait et sur les soucis qu'il faisait naître dans la gestion de la ferme.

Seuls son regard un peu bouffi et de sombres poches sous ses yeux au regard plus dur que jamais trahissaient le désarroi et le désespoir de la mère. Quand bien même elle en aurait eu les moyens, elle ne s'en serait pas cachée. Elle n'était pas indifférente et voulait qu'on le sache. Nul ne devait ignorer l'exacte conscience qu'elle avait du drame dans lequel son fils et elle se trouvaient pris. Nul ne devait ignorer qu'elle en connaissait parfaitement les implacables règles du jeu. Nul ne devait imaginer qu'un instant, un seul, elle puisse renoncer à la moindre bribe de sa vigilance.

Et il fallait, pour cela, se taire. Le silence laissait tout croire, ce que l'on savait et le reste... Un mot, un seul eut trahi ses angoisses et donc ses faiblesses... Il fallait parler de tout plutôt que de ça...

Alors, on parlait de la pluie et du beau temps. Et de la pluie plus particulièrement puisqu'elle tombait sans discontinuer. Ou bien l'on se taisait et l'on restait chez soi. C'était encore ce que préférait Delphine qui ne se montrait que contrainte et forcée dans les rues du pays.

Même avec Félix, elle se taisait… Comme lui… Tout juste si, plus encore que par le passé, elle remarquait ses dents serrées, les muscles de ses mâchoires en permanence plus saillants qu'à la normale… Pour sûr qu'il souffrait, le Félix. C'était ce qu'elle croyait, la Delphine, même si cela ne l'inclinait à aucune indulgence pour son mari.

Parce qu'il n'y avait rien d'autre à faire, ils avaient repris un semblant de vie commune, pour les heures du jour, tout au moins. Ils partageaient les mêmes repas, le même travail, comme toujours. Mais, le soir venu, Félix continuait d'aller s'enfermer dans sa chambre du bout. Delphine n'aurait pas toléré qu'il en fut autrement, même si, apparemment, il avait perdu l'habitude de ses sorties nocturnes.

Mais cela n'importait plus à Delphine. Si elle comprenait et appréciait ce qu'elle prenait pour une espèce de colère silencieuse du père, l'idée ne lui avait même pas effleuré l'esprit que cela puisse changer quoi que ce soit à leurs rapports et à la situation de la ferme.

Il lui arrivait bien pourtant de rester de longs moments immobile, le regard dans le vague, à chercher à comprendre. Un matin, il l'avait surprise debout au milieu de la cour, figée, deux seaux à bout de bras. Ils étaient restés là plusieurs minutes, l'un observant l'autre qui ne voyait plus rien que les contradictions se heurtant en elle.

– Oh ! Tu n'y es plus ? avait-il fini par articuler d'une voix sourde.

Des fois que quelqu'un soit entré dans la cour à ce moment-là. C'était pas pour le monde qui venait… bien rare. Mais est-ce qu'on sait ? Il suffit d'une fois.

Elle avait sursauté et s'était lentement tournée vers lui. Il avait vu la question se former sur les lèvres de sa femme… Mais l'instant d'après, elle était éteinte. Les traits de Félix s'étaient durcis à un tel point que Delphine avait jugé préférable de ravaler les mots qui lui venaient aux lèvres. C'est tellement dangereux, les mots…

Alors, elle restait avec ses « pourquoi ? ». Qu'est-ce qu'il voulait, le Germain ? Qu'est-ce qu'il demandait et qui pouvait valoir plus que son gamin auprès d'elle ? Et si c'était vrai ce que l'on disait que c'était le frère de Félix, ce grand *breulot* de sonneur de cloche, fallait-il qu'il en vienne à lui enlever son fils pour qu'elle lui soit rendue, sa juste part d'héritage ? Ou alors… il y avait autre chose ? Mais quoi ?

Delphine n'en pouvait plus de les contenir au fond d'elle-même, ses « pourquoi ? » et ses « comment ? ». Elle aurait voulu les hurler. Elle aurait voulu le faire céder comme lorsqu'elle lui avait fait savoir que, après tout, il n'était jamais que le commis sur sa ferme à elle… Mais là, pas de notaire et de longs actes qu'on discute des heures durant. Du moins, pas encore…

Et elle ravalait sa douleur. Elle revenait à la seule raison qui lui restait et qui lui faisait entendre que le temps travaillait pour elle, que, surtout, il ne fallait pas brusquer les choses, qu'il fallait faire comme si de rien n'était... Seuls la trahissaient son visage bouffi de larmes et d'angoisse, et les sombres poches, sous les lames de son regard.

Ainsi s'étaient traînés les premiers jours de l'été. En les condamnant à l'oisiveté forcée, la pluie avait aiguisé le drame jusqu'à un point difficilement soutenable. Et puis, un matin, des langues de brume blanchâtre au creux des vallons avaient fait se lever les regards vers le coq du clocher. Il avait tourné et ne mettait plus « le bec dans l'eau ». Remonté au nord-est, s'il voulait bien s'y tenir, il laissait espérer un peu de soleil.

À 9 heures, il était là. Et avec lui, bien avant que les champs d'herbe se soient suffisamment « ressuyés » pour qu'on puisse y entrer, c'était le grand branle-bas du matériel qu'on préparait. Félix tenait prête depuis des semaines la belle faucheuse à disques dont il était si fier.

Il s'était empressé d'expédier les quelques bricoles quotidiennes et, sans même s'attarder à ausculter une dernière fois le ciel, il avait reculé son tracteur sur l'outil encore rutilant de sa révision annuelle. À côté, son vieux tracteur était déjà attelé à la faneuse. Il en était au branchement de la prise de force lorsque la Delphine vint le rejoindre.

C'était plus fort qu'eux. Il y avait les gestes à faire, quoi qu'il arrive et quoi qu'on dise. Il y avait ces moments où la pire haine ne pouvait rien contre l'évidente nécessité de travailler ensemble.

– T'y vas ?

Il avait opiné du chef.

– Je monte en Narant. Là-haut, ça se ressuie encore assez vite. C'est sec et il y a de l'air. Dès que je peux, je coupe. D'ici une heure, une heure et demie au pire, il y en aura déjà une belle touffe par terre. Toi, si ça continue de s'éclaircir comme ça, sur les onze heures et demie, tu prends la faneuse et tu montes. Profites-en pour monter le casse-croûte. Bien rare que je redescende aujourd'hui. Si ça veut bien tenir, tu faneras deux fois d'ici à 4 heures. Après, en fin d'après-midi, tu mettras en rouleaux. Demain matin, il suffira de les éclater. Avec un peu de chance, demain après le casse-croûte, ça sera bon à prendre.

Des mots qui roulaient comme de l'or... Des mots qui se réjouissaient déjà des peines, de la poussière que colle la sueur, du tas qui allait monter dans le fenil, et qui seraient, tous mêlés, autant d'inquiétudes en moins pour l'hiver qui venait déjà, alors que l'été n'était même pas commencé...

– Allons !

Il avait escaladé la cabine de son Ford 95 CV à quatre roues motrices et son regard, fixe, s'était posé loin devant, alors qu'il faisait les derniers gestes, rituels. L'outil, happé par la force de l'hydraulique, se souleva en douceur. Félix enclencha une vitesse. Rien ne comptait plus que le service de la machine pour que rentrent le foin et, avec lui, l'argent et la considération.

Lentement l'énorme attelage s'ébranla et Félix se paya le plaisir de ne pas accélérer, de défiler lentement dans la cour, pour lui seul, pour se prouver, une fois de plus, que cette puissance qu'il s'était offerte lui donnait une sorte de pouvoir sur le temps. Il allait dépasser la maison et sentir le lent glissement de la direction assistée, sur la gauche, qui le mettrait dans l'alignement du portail. Alors, alors seulement, il enfoncerait l'accélérateur. Et ce serait une fois encore la véritable jouissance qui le faisait frémir jusqu'à la moelle lorsque se déchaînerait le feulement de la belle mécanique répondant sans frémir à la simple sollicitation de son pied.

Déjà, coordonnant avec précision d'imperceptible mouvement de sa main et sa pression sur l'accélérateur, il sentait croître l'effet de la force centrifuge qui chassait l'outil sur la droite et entraînait toute la masse de l'attelage. De la main, il allait annuler le déport à gauche. Et il allait enfoncer franchement la pédale d'accélérateur lorsqu'il vit Delphine surgir sur le pas de la porte de sa cuisine. Elle lui faisait des grands gestes impératifs.

Il eut un mouvement d'humeur, hésita un bref instant, et se résolut enfin à lever le pied droit pendant que le gauche enfonçait la pédale d'embrayage. Très doucement, le puissant ronronnement s'estompa pendant que, l'air furieux, il interrogeait Delphine d'un geste du menton.

– Téléphone. C'est pour toi.

– T'as dit que j'étais là ?

– J'ai rien dit du tout. J'ai dit simplement que j'allais voir.

Il hésitait encore. Le foin... le foin qui attendait... Mais le téléphone... Qui ça pouvait bien être ? Un marchand, pour une bête ? Si ça tombe... Ça ne se manque pas, ça. Pour trois minutes ! Il avait serré le frein à main et sautait de sa cabine, laissant tourner le moteur au ralenti.

Delphine était déjà rentrée dans sa cuisine et s'était réinstallée devant sa table où, sans conviction, elle préparait leur triste repas. Il lui passa dans le dos en coup de vent et elle voulut ignorer ce qu'il répondait au téléphone. Ça ne l'intéressait pas.

Ce fut son silence qui finit par attirer son attention. Elle réalisa qu'il n'avait guère proféré que quelques brèves onomatopées. Et puis, ce mutisme qui se prolongeait. Un instant elle resta le nez levé de son ouvrage à tenter de comprendre ce qui pouvait bien se passer, dans son dos, dans le coin de la salle où était installé le téléphone. Mais comme rien ne se produisait, elle finit, lentement, très lentement, par se retourner, brusquement assaillie par la certitude que quelque chose venait de se produire... Félix se tenait debout adossé au pupitre sur lequel était installé le téléphone. Il tenait encore le combiné à la main et il était aussi blanc qu'un linge. Bien qu'il se cramponnât au montant du pupitre, de sa main restée libre, Delphine devinait, depuis sa table, qu'il tremblait comme une feuille.

– Qu'est-ce que t'as ? Qu'est-ce qui arrive ? C'est... C'est Stéphane ? Dis-moi... Dis-le-moi... Hein que c'est Stéphane ? Où est-il ? Qu'est-ce qui lui arrive ? Mais tu vas parler, dis ? Son ton, progressivement, était devenu presque hystérique. Elle hurlait, à demi tournée, sur son banc, un petit couteau pointu à la main, tétanisée par une soudaine peur panique.

– Mais parleras-tu ? Qui c'était ? Qu'est-ce qu'on t'a dit ?

Il la fixait avec une vilaine lueur d'effroi dans les yeux. Et elle était persuadée qu'il tremblait de plus en plus. Ouvrir la bouche fut, pour lui, un effort colossal. Elle comprit qu'il allait parler et parvint à ravaler les phrases qui allaient encore jaillir.

– Il a disparu...

À l'effroi s'ajouta, dans les yeux de Delphine, de la stupeur puis, très rapidement, de la colère.

– Tu te fous de moi ? Disparu... Comme si je ne le savais pas ! On t'a dit autre chose. Dis-moi quoi.

– Il… Il a vraiment disparu.

Bouche bée, la Delphine considéra longuement son mari. Il y avait, dans ce « vraiment » sur lequel la voix de Félix s'était appesantie, tant d'aveux et de conséquences qu'il lui fallut prendre le temps de réaliser toute la portée de ces quatre mots.

– Vraiment… finit-elle par bredouiller. Vraiment… Il a vraiment disparu. Parce que, avant, ce n'était pas « vraiment » ? Félix… Félix… Dis-moi que ce n'est pas vrai… Dis-moi que je me trompe, que je rêve.

Félix ne disait rien. Toujours pétrifié, tout raide, la tête un peu rejetée en arrière, comme sous l'effet d'une grande douleur, il ne la regardait même pas. Son regard, atone, se perdait loin, très loin devant lui, bien au-delà de la pièce et probablement de la ferme. C'est alors qu'elle réalisa qu'avait disparu cette crispation des muscles de la mâchoire qu'elle avait naïvement attribuée à la souffrance. Au moment même où, de feinte, cette souffrance aurait pu devenir réelle, elle ne put ni ne voulut empêcher un violent sentiment de dégoût qui montait en elle devant les signes évidents de veulerie que marquait l'affaissement complet des traits mais aussi de toute la silhouette de son mari. Une fois de plus, elle le retrouvait complètement dominé par une réalité qu'il n'avait certainement pas voulue, même si elle n'était que la conséquence de ses actes.

– Félix, il vaut mieux que tu parles.

Cette fois, elle s'était levée, la Delphine. Elle s'était levée et elle s'était adossée à la porte de la cuisine. Très droite, les traits encore plus lourds, plus épais que d'habitude tant se marquait en eux l'effort qu'elle faisait pour dominer les violents sentiments d'angoisse et de colère qui se heurtaient en elle, elle lui faisait face et, malgré toute la largeur de la pièce qui les séparait, elle le dominait et l'écrasait littéralement de la formidable détermination qu'il sentait monter en elle et submerger son propre désarroi.

– Tu vas parler, dis ?

Cette fois la colère avait été la plus forte. Peut-être aussi le très vague reste de respect un peu craintif qu'elle avait pu lui porter venait-il d'être submergé, emporté par le spectacle qu'il lui offrait de ses propres faiblesses. Elle s'était emparée d'une canne qui traînait là, au coin de la porte, à portée de main, les jours où il manipulait des bêtes. Elle l'avait levée très haut en marchant sur lui.

– Parle !

Il reculait, il glissait le long du mur, il rampait vers l'angle de la pièce, gorge sèche et œil toujours perdu aussi loin. Elle le laissa venir s'échouer contre l'angle de la grande armoire de merisier qui continuait imperturbablement à jouer de ses moulures dans l'ombre et les rais de lumière qui rampaient jusqu'à elle.

– Parle, ou…

La canne avait eu un mouvement violent et très bref en avant. D'un bras, il s'était vite protégé du coup qu'il avait vu venir et elle le méprisa.

– C'est toi qui as monté le coup du vélo dans l'appentis de la Croix du Carage ?

Il eut un pauvre hochement de tête affirmatif.

– Mais alors, Stéphane, tu vas me le dire, ce que tu en as fait ?

Il eut vers elle un dernier regard complètement perdu. Puis ce fut comme s'il revenait sur terre. Il traversa la pièce, frôlant son épouse, sans plus un regard pour la canne qu'elle avait lentement rabaissée. Et il vint s'asseoir à la table. Delphine, sans rien en dire, se fit tout de même la remarque qu'il n'avait pas eu le culot de s'installer à son haut bout. Du menton, il lui fit signe de venir le rejoindre. Et il lui indiquait ce même haut bout, comme si, une fois pour toutes, il avait admis qu'il lui revenait de droit.

– Viens te mettre là. Faut qu'on cause.

Délibérément, elle contourna la table et ignora la place qu'il lui avait désignée. Elle se glissa sur le banc, en face de lui. Pour tout ce qu'ils avaient à se dire ou, plus exactement, pour tout ce qu'il avait à lui expliquer, sa sensibilité de femme n'avait pas voulu lui imposer cette humiliation supplémentaire.

– Alors ?

– Alors ?… Eh ben oui, quoi, c'est moi qui ai tout monté. T'étais peut-être bien la seule du pays à ne pas avoir compris.

Il n'avait pas pu s'en empêcher. Elle fit celle qui n'avait pas remarqué.

– Raconte…

Il la fixa un instant, très bref, juste ce qu'il fallait pour que disparaissent ses derniers doutes : elle ne lui laisserait rien passer. Il allait falloir lui dire tout, jusqu'au dernier détail. Il y avait un rien de rage et d'exaspération dans le geste rapide qu'il eut pour se saisir du petit couteau de cuisine qu'elle avait abandonné sur la table, près des légumes qu'elle épluchait, quand elle avait compris qu'il s'agissait de Stéphane.

– Alors ? Ça vient ?

Déjà, le ton conciliant avait disparu.

Il ne quittait plus des yeux le petit couteau dont il éprouvait le fil, sans même s'en rendre compte, sur la cale grisâtre de son pouce.

– Ben voilà… Le soir où il est monté là-haut, le Stéphane, j'y étais aussi…

– T'y étais ?

– Pour sûr… Ce soir-là comme beaucoup d'autres… Ça me faisait tellement rager de le savoir là-haut, l'autre grand *breulot*. Qu'est-ce qu'il avait besoin de revenir, celui-là… Tout ça, c'est bien de sa faute…

– Alors, t'allais traîner là-haut…

Félix leva brièvement un œil noir sur sa femme et replongea aussitôt le regard sur son couteau qu'il tripotait toujours sans bien le voir.

– Ben oui, quoi, ça me faisait tellement misère de voir ce qu'il avait fait de mes sapins… et que je ne pouvais rien dire et rien faire…

– Alors t'allais traîner dans les prés de ton père, en te cachant, comme un malfaisant ?

Il fit piteusement oui de la tête.

– Et tu surveillais ?

Il haussa les épaules.

– J'surveillais… j'surveillais… Il n'y avait trop rien à surveiller. J'regardais, quoi.

– Et tu regardais tellement tes prés que c'est sur le chemin que t'as vu passer Stéphane ?

Il acquiesça.

– Alors là, c'est pour le coup que tu t'es précipité. Pour surveiller ?

– C'est mon gamin, non ? J'avais le droit de savoir ce qu'il faisait là.

– Tu penses, un gamin qui vient voir son oncle ! Sûr que ça se surveille de près !

Il eut un nouveau haussement d'épaules. Mais elle insistait.

– T'es allé écouter au coin de la fenêtre. Et t'as entendu qu'ils s'entendaient plutôt bien, l'oncle et le neveu. Et ça, ça t'a fait mal aux tripes. Des qui s'entendent, des qui ne vivent pas dans la méchanceté, ça peut pas aller, pour toi. Il faut que tu t'en mêles, que tu sèmes ta merde. Tu l'as attendu quand il est sorti ?

Le regard qu'il lui lança était plus implorant que furieux. Elle devinait tout. Elle le mettait à nu. Et il ne supportait plus.

– Eh ben oui, quoi. J'l'ai attendu. J'ai même dû attendre un fameux temps. Et j'l'ai vu, l'autre, mon frère, qui sortait avec lui. J'étais à la croix, derrière une haie. J'ai bien compris que, le gamin, il se faisait prier pour partir.

– Et tu l'as arrêté quand il est passé devant toi ?

Pour une fois, il put faire durer son geste de dénégation.

– Non, dit-il…

Et il resta longtemps silencieux, s'acharnant à regarder sans le voir le petit couteau qu'il faisait tourner sur son pouce. Il suffisait d'attendre. Au point où il en était, il allait parler. Delphine, bras croisés sur la table, toujours aussi droite et raide, pas un instant ne relâchait le poids de son regard que Félix sentait sur lui comme une poigne d'une rare énergie.

Alors il eut le courage de se redresser et de la défier littéralement du regard.

– Je suis redescendu jusqu'à la voiture que j'avais laissée au bord de la route. Il m'avait doublé, sur le chemin. Je m'étais caché. Je l'ai rattrapé bien avant le bourg. Je l'ai forcé à s'arrêter. Je lui ai flanqué une bonne tarte pour lui ôter l'envie de me tenir tête. Je l'ai enfermé dans la voiture. J'ai mis le vélo dans le coffre…

Il parlait vite à phrases brèves, comme essoufflé, sans quitter Delphine des yeux, des fois, peut-être, qu'elle aurait voulu l'interrompre et que le peu de courage qu'il avait laborieusement pompé au plus profond de lui n'aille s'évaporer…

– Et on est monté à Paris d'une seule traite. Il m'a bien demandé où on allait. Il a même voulu faire semblant de se mettre à trépigner. Je lui en ai mis une autre qui valait bien la première. Il a compris. Il s'est tu. On est arrivé chez ma sœur sur le coup de minuit. Je les ai réveillés. Son mari et elle, ils braillaient comme des putois… Jusqu'à ce que je leur explique. Alors là, tu vois, c'était plus la même chanson ! Tu penses, un quart de l'héritage qui menace de s'envoler, ça vaut bien qu'on s'en occupe un peu !

« Alors on s'est mis d'accord. Elle gardait Stéphane. Tant qu'il était chez elle, on ne risquait pas que ça se sache dans le pays. Pour tout le monde, avec un rien de mise en scène, c'était Germain qui avait fait le coup. Mais il ne fallait pas que les flics s'en mêlent. Sinon eux, ils le coffraient. Et, de ce moment-là, il n'était plus considéré comme disparu. Il fallait que ce soit le pays qui lui foute une telle trouille qu'il se sauve lui-même et qu'il replonge dans la nature. C'était tout ce qu'on lui demandait. Tu parles si j'ai biché quand ce grand *breulot* de Lachenaye est allé le prévenir de lui-même sans qu'on lui ait rien demandé... »

Il s'enthousiasmait, se grisait de ses propres paroles et, pour un peu, aurait voulu récolter les applaudissements de son auditoire pour la perspicacité avec laquelle il était convaincu d'avoir monté sa petite affaire minable. Du coup, il en oubliait l'essentiel...

– Et... Et Stéphane, il a accepté, comme ça, sans histoire, sans rien dire ?

Il en aurait fallu plus pour faire dévier Delphine d'un demi-pouce de sa seule, unique et tragique préoccupation. Soudain, c'était comme une supplication qui était montée de sa gorge nouée.

Méchamment, Félix à qui elle n'était pas passée inaperçue, prit son temps pour répondre en tâchant d'inverser les rôles. Il parvint même à faire briller une vague lueur qui se voulait méprisante au fond de son regard.

– Parce que tu crois qu'on lui a demandé son avis ? On lui a dit que c'était comme ça et qu'il n'y avait pas à en revenir. Au fait, qui c'est qui a voulu aller au lycée plutôt qu'au centre d'apprentissage ? Un lycée parisien, qu'on lui a promis ! Une école de bourgeois, de « Monsieur », ou presque. Et ça, ma foi, ça ne l'a pas laissé indifférent, fais-moi confiance. Rare qu'on le revoit souvent à la campagne, celui-là. Tu croyais tout de même pas qu'il allait continuer longtemps à te traîner dans les jupes ? Pour ça, il aurait fallu que tu sois une citadine, une dame. Il méprise bien trop sa cambrouse, celui-là. Et la cambrouse, t'es dedans, t'y resteras, et il s'en fiche comme de sa première chemise… C'est pas moi qui lui ai donné des idées comme ça. C'est bien toi, non ? Alors, de quoi tu te plains ?

– Est-ce que je me plains ? Est-ce que j'en ai l'air ?

Il resta un instant interdit. La réplique avait cinglé comme une gifle. Le moment de faiblesse était déjà loin. Delphine le matraquait à nouveau du regard. Ce qu'il en disait, elle n'en avait rien à faire. Est-ce qu'elle ne le savait pas qu'il la quitterait un jour, son gamin ? Est-ce qu'elle ne le savait pas qu'il mépriserait vite ses origines ? Est-ce qu'il savait, lui, Félix, que c'était son calvaire de tous les jours, mais de ces calvaires dont se nourrit sans sourciller et comme avec délectation cette forme d'amour qu'on appelle maternel ? Souffrir pour le bonheur de son enfant ! Si seulement…

– Et après ?

Il eut l'air sidéré. Après quoi ? Déjà, il s'était évadé du récit qu'elle lui imposait.

– Ben oui, quoi. Tu l'as laissé chez ta sœur. Et après ? Qu'est-ce que t'as fait ?

– Ben j'suis rentré, tiens.

– Et t'es allé cacher le vélo là où je l'ai trouvé, quelques heures plus tard ?

Il acquiesça brièvement, déjà replongé dans la contemplation de son couteau de cuisine. D'un geste vif, exaspérée, elle le lui arracha des mains.

– Tu t'es bien fichu de ma gueule, tout de même.

– T'aurais pas compris.

– Peut-être que je suis trop bête ? Dis plutôt que tu savais que je n'aurais pas marché dans ta combine. Tes magouilles pour lui piquer sa part, à ton frère, je n'en ai rien à faire. Honnêtement, je me suis fait avoir. Tes sœurs, je ne les connais pas. Depuis le temps qu'on ne les a plus vues au pays, je ne m'en souviens même pas. Mais j'aurais dû me méfier. Avec un frère pareil, elles peuvent bien être les franches salopes qui acceptent de tremper dans un coup pareil… Essaie, pour voir !

Sous l'injure, il avait renâclé. Et sa main s'était soudain dressée haut, au-dessus de sa femme. Sans la moindre hésitation, la main de la Delphine, dans le même instant, était tombée sur le petit couteau pointu qu'elle avait posé sur la table, à sa droite. Et Félix se retrouvait avec la petite lame d'acier bleu dardée sur la poitrine alors que les yeux de Delphine lui confirmaient qu'elle n'hésiterait pas à continuer son geste.

– Faudra que tu t'y fasses, Félix. C'est fini ; ici, t'es plus rien maintenant que t'as même perdu le droit de te dire le père de ce gamin. Alors, un geste comme celui que tu viens de faire, je préfère que tu le saches, tu le recommences une fois, une seule, et c'est la rue. T'as compris ? Maintenant, tu parles. Ça a suffisamment duré, la comédie… Mon gosse, il est où ?

Félix s'était contenté de hausser les épaules.

– Il est allé faire des courses… Et il n'est pas revenu… Voilà tout…

Dehors, imperturbable, le moteur du tracteur continuait de ronronner, au ralenti…

XVI

PLANTÉ DEVANT LA PORTE DE SA FORGE, se frottant énergiquement les mains d'un énorme chiffon grisâtre, Bonaventure affichait un sourire radieux.

Il aimait ces brusques réveils, après la triste léthargie de quelques jours de pluie, quand le travail pressait. Cela n'avait pas commencé très tôt. Bien sûr, il fallait qu'il revienne un jour, ce fichu beau temps ! Mais les jours derniers avaient été si tristes qu'on n'y avait pas trop cru, ce matin, lorsqu'il avait fallu admettre que les voiles de brume qui couraient les vallées étaient faits d'un coton bien trop léger pour durer. Sur le coup de 8 heures, le soleil avait réussi sa première percée. Il avait jeté là-dedans tant de feu et de lumière que la débandade s'était mise dans les brumes. Elles avaient reflué à l'est avant de s'évaporer et de révéler le grand miracle d'un ciel, d'un village, de bois et de prés tout neufs, récurés, décapés par tant et tant de jours de pluie.

On s'était affairés au pansage des quelques animaux encore à l'étable. Il y avait les poules, le cochon. Il fallait bien penser à tout et prendre encore le temps de lever le nez, toutes les cinq minutes, sous prétexte de s'assurer que ça allait bien durer, et surtout pour le plaisir.

Alors, cela avait été comme un sursis, un souffle qui se retient. Puis on avait entendu le premier tracteur. Du bas du pays, il était monté à pleine puissance. Un long mugissement qui était né comme un souffle et qui allait en s'amplifiant, en se gonflant comme un vent d'orage. Il était passé en trombe devant la forge, se balançant légèrement sur ses roues arrière, au rythme de la lourde faucheuse qu'il berçait, derrière lui. Son conducteur avait levé le bras. Bonaventure avait répondu de même. Et déjà décroissait le bruit du puissant diesel fonçant vers sa première coupe.

Après, cela avait été le défilé. Un défilé disparate de gros et de petits tracteurs, quelques modernes et bien plus encore de pas trop récents arborant avec la même fierté d'antiques faucheuses à lames dont l'orgueil tenait au brillant que leur donnaient tout à la fois des années d'usage et l'acharnement de leurs propriétaires à prolonger parfois au-delà de toute raison l'activité d'engins dont l'efficacité comptait bien moins que la marque qu'ils étaient d'une appartenance.

Et le même empressement, la même urgence tranquille qu'il y avait, pour tous, à sacrifier sans plus de délai à ce rite de l'herbe que l'on récolte, du foin que l'on engrange et auquel on reconnaît soi-même que l'on existe.

– Regarde donc celui-là, clamait Bonaventure, au passage d'un engin plus vieux et plus rafistolé encore que les autres, au flanc duquel battait une faucheuse d'un autre âge. Crois-tu donc qu'il en a besoin, de foin, depuis qu'il est à la retraite ? Ses deux biques, il ferait bien mieux de les vendre... Qu'est-ce qu'il va s'escrimer, avec ses ruines d'outils à rentrer trois balles ? Et qui c'est encore qui devra rafistoler tout ça ?

Il râlait, le Bonaventure, il gueulait de tout le souffle formidable de ses poumons. Et son sourire éclatait sur sa face de bonhomme. Il râlait du bonheur de voir qu'elle n'était pas tout à fait morte, la vieille passion de ces hommes simples pour leur terre, pour le travail de damné qu'elle leur donnait, pour les tortures qu'elle leur infligeait, pour les effroyables dérouillées qu'elle leur flanquait, tous ces jours de mauvais temps passé à se morfondre au fond des granges.

Alors, ils y allaient, ils fonçaient, ils la jouaient au centuple, la comédie de l'herbe que l'on coupe, de l'herbe que l'on fane, de l'herbe que l'on andaine, de l'herbe que l'on presse, de l'herbe que l'on rentre, de l'herbe que l'on entasse. Ce rendez-vous de l'herbe, le manquer, y manquer... Pensez donc ! « Et quoi je donnerai à mes bêtes, cet hiver ? » Et qu'est-ce que je serais si mon fenil ne déborde pas du foin de l'année soigneusement empilé ? Je fais du foin, je rentre du foin, j'ai du foin, donc je suis...

Et c'est à partir de là, de là seulement, la démonstration de mon existence étant faite, que je peux prétendre à placer mon mot comme les autres, à ce qu'il soit écouté, discuté. « Qui t'es, toi, à la ramener, si t'as pas rentré ton foin ? »

Il allait rentrer, le foin, à pleines voitures, à pleins fenils. Durant deux ou trois semaines ce serait un plaisir que de lever le nez et de saisir, au passage, les senteurs lourdes des foins volant en nuées d'or dans les soleils des faneuses, tout autour du village.

Après, après seulement, et il serait bien temps d'y penser quand le moment en serait revenu, chacun selon son mérite, selon les charretées de foin soigneusement décomptées, par traits de craie successifs, au tableau de la forge, on pourrait à nouveau entrer dans le grand débat silencieux où un pas d'un côté ou d'un autre, un acquiescement, au bon ou au mauvais moment – c'est selon – la casquette un peu trop vite rabattue sur les yeux ou, au contraire, rejetée au-delà de la ligne blanche du front, vous prennent des allures de grandes manœuvres, d'entrée ou de sortie d'un camp ou de l'autre, de mouvements de troupes essentiels, à l'instant où chacun compte ses points, ses alliances et ses voix…

Et Bonaventure, à sentir se pétrir ainsi la pâte de leur vie, dans le bonheur comme dans le drame, indissociables, en hurlait sa colère et sa joie !

– Bon Dieu de bois ! Vise donc un peu si c'est pas un malheur ! Qu'est-ce qu'il croit donc qu'il va faire, celui-là, équipé comme il est ? J'y donne pas deux heures à tourner avant de venir pleurer dans le giron du papa Bonaventure… M'en vais te les envoyer ch…, moi ! Tu vas voir !

Lachenaye, du fond de la forge, n'en manquait évidemment pas une et souriait doucement aux commentaires du forgeron. Il était peut-être bien le seul, dans le pays, que la grande fièvre de l'herbe laissait parfaitement indifférent. C'était là qu'il sentait la différence. Et, ces jours-ci, cette différence-là, elle le gênait bougrement. Car il n'en perdait rien, lui, de ses préoccupations. Herbe ou pas, les problèmes continuaient de se bousculer dans sa tête. Cela l'horripilait bien un peu de les voir tous partir à courir, à se donner la comédie. Mais qu'y pouvait-il ? Alors, il rongeait son frein, gardait ses inquiétudes et ses interrogations pour lui, guettant le moment, l'instant où il pourrait renouer les fils et lancer son pavé dans la mare.

– Tiens ! Vise donc qui c'est qui vient nous rendre visite. Elle s'est consolée, la petite demoiselle, du départ de son grand *breulot* !

Pour finir sa phrase, le père Bonaventure avait fait deux pas en arrière, dans l'ombre de sa forge. Et il restait là, son chiffon toujours à la main, à attendre que Marie-Laure, qu'il avait vue descendre la rue, s'encadre dans le grand porche d'où le soleil gagnait, de minute en minute, sur l'ombre du grand bâtiment gris.

– La Marie-Laure qui vient nous rendre visite ! On aura donc tous les plaisirs, tous les soleils, ce matin !

La jeune femme fit celle qui n'avait pas remarqué le compliment. Elle n'avait pas bien compris, mais elle n'était pas sûre que les mots précédents, alors qu'elle était encore trop loin pour tout saisir, aient été aussi flatteurs…

– C'est pour mon cheval… attaqua-t-elle sans autre forme de préliminaire.

– Tu vois, Lachenaye, je te le dis : on n'est plus rien, nous autres. Crois-tu que ce serait pour nous, qu'elle vient à la forge, la Marie-Laure, pour un bonjour, quoi ? Penses-tu ! C'est pour son cheval ! Et puis, elle te laisse pas le temps de souffler. C'est tout de suite qu'elle t'annonce la couleur. « C'est pour mon cheval » qu'elle te dit, des fois que tu te ferais des illusions ! Et qu'est-ce qu'il a donc, ce cheval ? Ne me dis pas qu'il s'est déferré ? Ou alors, c'est qu'il a de mauvais pieds. Et, sans pied… Tu connais le dicton ? Sans pied, pas de cheval.

Marie-Laure s'était forcée à sourire à la façon de ce discours dont elle restait persuadée qu'il était un peu forcé, tout de même, sur les bords.

– Non, M'sieur Bonaventure. Il n'est pas déferré. Mais, justement, depuis plus d'un mois qu'il est ferré, il faudrait peut-être penser à le parer, vous ne pensez pas ? D'autant plus que je remonte à Paris dans huit jours. Je vais y rester jusqu'à la fin du mois. Je ne reviendrai pas avant les tout premiers jours d'août. Alors j'ai pensé qu'on pourrait bien lui tailler au moins les antérieurs avant que je ne parte.

– Et t'as bien pensé, ma fille.

Il en restait un peu pantois, le Bonaventure, et peut-être même un peu vexé, au fond de lui, de ne pas avoir pensé le premier à ces soins pourtant indispensables.

– Voilà bien notre temps, continuait-il comme par habitude. Ça vous a des allures de Parisienne jusqu'au bout des ongles et ça vous donnerait des leçons de soins aux chevaux ! Je te félicite. En voilà un qui y est bien retombé, le jour où tu l'as acheté ! D'autant plus qu'il ne se fatigue pas de trop…

Ça, c'était la petite pique, la petite allusion à peine voilée aux promenades à la Croix du Carage qui, jadis, n'avaient ce brave cheval que comme prétexte et qui, maintenant, si elles restaient quotidiennes, se faisaient de plus en plus brèves.

Marie-Laure avait lancé un regard noir au maréchal-ferrant. C'était bien parce qu'elle avait besoin de lui…

– Voyez-vous, répliqua-t-elle tout de même, je n'ai plus tellement le cœur à la promenade à cheval, tant que le sort de ce gamin ne sera pas éclairci… Il y en a peut-être à qui ça ne fait ni chaud ni froid… Moi…

Bonaventure s'était rembruni. Là, la petite Parisienne, toute enfant du pays qu'elle était, toute connaisseuse qu'elle était en pieds de chevaux, elle venait de dépasser tout juste la limite qu'il ne fallait pas franchir. Mieux valait… Et il allait répliquer, il allait vous la moucher, la petite ! Mais c'était Lachenaye qui avait été le plus rapide.

– Oh ! avait-il fait.

Mais sur un tel ton, d'une telle façon à la fois décidée et grave qu'il n'en avait pas fallu plus pour que Bonaventure, la bouche déjà ouverte, se tourne vers lui. Il avait quitté sa chaise et était venu, à son tour, se planter sur le pas de la porte de la forge.

– T'as pas remarqué ?

Bonaventure eut l'air sidéré. Il hocha la tête lentement en signe de dénégation. Non, décidément, il n'avait rien remarqué.

– Le Félix…

– Eh ben quoi, le Félix ?

Ça commençait à lui chauffer les oreilles qu'on le lui serve, celui-là, à toutes les occasions. Si c'était pour ça qu'il les avait interrompus, le vieux, il aurait mieux fait de rester à lire son journal sur sa chaise.

– Eh ben, le Félix, continuait tout de même Lachenaye, il n'est pas passé !

Pour le coup, Bonaventure s'était figé. C'était Bon Dieu vrai ! On ne l'avait pas vu. Le Félix qui n'ouvre pas la danse, dans un cas pareil… Sûr que ça ne devait pas être pour rire, aux Maraudes.

– Tu crois ?…

– Qu'est-ce que tu veux que je croie ? Je constate simplement : il n'est pas monté aux foins ce matin. Par un temps pareil, faut une fameuse raison. C'est tout ce que je peux te dire.

Marie-Laure n'y comprenait pas grand-chose. C'était si important que ça de ne pas partir pour les foins ? Mais l'air grave des deux hommes lui en imposait. S'il se passait quelque chose aux Maraudes, cela ne pouvait concerner que Stéphane et Germain. Déjà, sa colère contre Bonaventure était oubliée. Et lui, apparemment, avait mis son mouchoir par-dessus les impertinences de la petite Parisienne.

– Vous… Vous croyez qu'il sait où est son fils ?

Ils levèrent les bras au ciel. Comme elle y allait, la Marie-Laure ! Comme si on disait si directement les choses ? Et puis, qu'est-ce qu'on pouvait en savoir ?

– Tout ce qu'on sait, c'est que le Félix, il n'est pas monté aux foins. Et comme on connaît l'oiseau, il en faut une fameuse pour qu'il n'ait pas été le premier à traverser le pays. Le reste…

Le silence était retombé sur la forge et sur le pays. Marie-Laure comprit qu'elle n'en saurait pas plus.

– Je… Pour mon cheval… Je peux venir quand ?

– Sur les coups des 10 heures, demain, ça ira ?

– Ça ira.

Elle partit en traînant avec elle son amertume. Un mot, une phrase brève qui leur échappait, de temps à autre, une faille aussitôt refermée, colmatée, rendue si étanche que, déjà, c'était comme si elle n'avait jamais existé.

Le soleil, désormais haut dans le ciel et débarrassé des dernières brumes matinales, commençait à chauffer. L'air allait devenir irrespirable. Le dernier tracteur passé, les rues étaient à nouveau parfaitement vides. Un village désertique où il semblait pourtant à Marie-Laure qu'elle sentait, comme une brûlure sur sa peau, le feu croisé des regards qu'elle ne voyait pas, derrière chaque rideau.

– Vous savez ! Vous savez mais vous êtes trop lâches. Vous savez mais vous préférez qu'un gosse continue de souffrir plutôt que d'être celui ou celle qui aura le premier le courage de parler. Vous savez mais vous ne parlerez jamais que dans la masse, dans l'anonymat de la délation…

Elle avait envie de crier, de hurler tous ces mots qui lui brûlaient le cœur, Marie-Laure. Mais, elle qui ne savait rien, elle devait se contenter d'aller, dans ces rues vides, sous le feu croisé des regards, comme si de rien n'était…

Comme si de rien n'était !

XVII

LE JOUR N'ÉTAIT ENCORE, pourtant, qu'une vague lueur grisâtre. Mais, déjà, on le sentait chargé de toutes les espérances de lumière et de soleil. Il devait faire frais, presque froid. Il était si bien, dans ce minuscule et si confortable cocon du duvet, qu'il sourit doucement, encore aux marches du sommeil, de la simple conscience qui lui venait de son bien-être. Il était bien. Et il n'avait nulle autre envie que ce bien-là !

D'abord à peine audible, le pépiement des oiseaux, dans les arbres qui les entouraient, s'était progressivement enhardi. Et c'était un autre enchantement qui ne faisait que conforter et rendre plus douce encore la sensation de bien-être. Les oiseaux, bien sûr, n'avaient rien à voir avec la douillette chaleur de son duvet. C'était un peu comme jadis, à la ferme, quand il était gamin et que, les matins d'hiver surtout, son plaisir à rester là, au fond du lit, à somnoler, n'était jamais aussi grand qu'au moment où il entendait son père et sa mère aller et venir, en bas. Il lui fallait à la fois cette référence rassurante de leur présence et le plaisir un peu cynique de comparer son oisiveté et le doux confort de son lit à leur activité déjà confrontée au froid, à la pluie et au vent.

Bien sûr, ce qu'il y avait de rassurant dans cette présence lui faisait évoquer sa mère, alors que c'était son père qu'il identifiait à cette activité un peu fébrile, quels que soient le temps ou l'heure.

Il y eut un bruit de chaînes traînées, à sa droite. C'était son copain Brutus qui continuait inlassablement son casse-croûte nocturne. Il tourna légèrement la tête mais ne vit rien. Pour lui adresser un premier sourire matinal, il aurait fallu entreprendre une importante gymnastique à laquelle il préféra renoncer avant même de l'avoir sérieusement envisagée. On était si bien !

Il fallait en profiter autant que possible. L'idée venait de lui revenir que ça n'allait plus durer. Elle aurait pu attendre un peu pour jaillir, trop claire, trop nette, du confortable brouillard dans lequel baignait tout le reste de son être et de ses pensées. Mais enfin, voilà, elle était là ! Il fallait faire avec. Et, au fond, elle ne lui était pas si désagréable que ça. La belle vie, ce pittoresque nomadisme, il savait bien que ça ne pouvait pas durer. Déjà trop beau d'avoir pu le vivre.

Et puis, à tout prendre, l'avenir, comparé aux tourmentes et aux cataclysmes du début de l'été, ne lui paraissait pas si sombre que ça. Malgré tout le charme de sa vie actuelle, il ressentait même comme une sorte d'impatience, comme si l'énormité de ce qu'ils allaient provoquer lui apparaissait comme une perspective des plus réjouissantes. Et c'était peut-être bien ça, à la réflexion.

Lorsque, bien sagement, il rangeait les livres de la bibliothèque, à l'instant précis où cette belle jeune femme blonde était entrée avec son affiche sous le bras, si on lui avait dit tout ce qu'il allait vivre, durant ces quelques jours de vacances, tous les chamboulements qui allaient secouer son existence paisible d'écolier, l'aurait-il cru ? Aurait-il cru à cet acte insensé de son père le kidnappant littéralement pour venir l'enfermer dans l'univers gris et triste de cette banlieue où il avait bien cru que c'en était fait de sa vie de petit campagnard ?

La tante, pour tout dire, ne s'était pas montrée trop aimable. Il ne lui avait pas fallu longtemps, avec ce qu'il avait entendu de leur conversation, même si, à chaque fois, on faisait silence lorsqu'il apparaissait, pour comprendre les raisons pour lesquelles on l'avait ainsi brutalement arraché à son village. Il avait bien compris que, par sa faute – mais qu'y pouvait-il ? –, cet oncle qu'il venait à peine de retrouver et qui lui avait tellement plu était accusé de son enlèvement et vraisemblablement en fuite, « retourné à sa cloche », comme ils disaient.

Sa première réaction avait été de s'enfuir, de repartir, par n'importe quel moyen, par tous les moyens, vers les Rambarges, ne pas rester dans ce trou de banlieue, dans le pavillon étroit et gris de sa tante où tout était si petit, si mesuré que ses grands gestes très spontanés de paysan maître de son espace se heurtaient toujours à la colère de la tante et à l'angoisse de l'oncle pour tous ses bibelots, ses bricolages, ses petits aménagements pour lesquels il n'arrêtait pas de trembler.

L'autre tante, la plus jeune, il ne l'avait vue qu'une fois. Elle avait bien l'air plus souriante, plus aimable. Mais elle habitait au quatorzième étage d'une tour, un appartement minuscule dont elle avait fait une telle description à Stéphane qu'il avait préféré se résigner au jardin mouchoir de poche. Au moins, il y retrouvait un semblant de verdure…

En fait, dès le lendemain de son arrivée, il était parti. Dès le matin, très tôt, il avait quitté le pavillon de sa tante et il avait marché droit devant lui. Il avait quelques sous en poche et son idée était de rejoindre l'autoroute du Sud qu'il savait relativement proche. « Après, s'était-il dit, on verra bien. Il suffit que j'arrive jusqu'à Avallon. Là, on est dans le Morvan, je me débrouillerai bien. »

Il avait longuement marché. Et puis, il avait fini par se rendre compte qu'il allait droit devant lui, sans réellement chercher l'autoroute. Il le savait bien que c'était trop bête de repartir comme ça. D'abord, il avait très peu de chance d'arriver avant qu'on ne le reprenne. Si on le reprenait, il devenait le fugueur qui s'était mis dans son tort. Et puis, en admettant qu'il y parvienne, au pays, qu'est-ce qu'il aurait de plus ?

Aller raconter aux gens le triste magouillage imaginé par son père pour pouvoir, avec ses deux tantes, frustrer Germain de la part d'héritage lui revenant ? Le gamin avait déjà tant de mal à concevoir qu'une telle idée ait pu germer dans la tête de son père…

Aller expliquer ça à qui ? Tout ce que ça ferait, s'il parvenait à rejoindre les Rambarges, c'était encore un peu plus d'hostilité, encore un peu plus de haine entre son père qu'il en venait à mépriser et sa mère à qui il en voulait de ne plus parvenir à concevoir, à son égard, d'autre sentiment qu'une très grande pitié…

Alors, Stéphane s'était arrêté. Il était en face d'un centre commercial. Jamais il n'avait vu tant de mouvements, tant de monde, tant d'allées et venues. Il s'était assis sur une murette dominant le parking de la grande surface et il était resté là plusieurs heures, sans même s'en rendre compte, à se griser au spectacle de tous ces gens plus pressés et plus grognons les uns que les autres. Il n'en avait pas vu un seul sourire. C'était un samedi, le jour incontournable des courses en famille. Il avait vu des enfants de son âge débarquant de belles voitures bien propres que leurs parents rangeaient sur le parking, à ses pieds. Quelques-uns avaient levé sur lui des regards hostiles. Bien peu. Les autres ne l'avaient même pas vu. Et il était resté sidéré devant leur air éternellement préoccupé. Comme s'ils souffraient d'une profonde et permanente insatisfaction.

Stéphane avait fini par hausser les épaules. Il était descendu de son muret et était reparti vers chez sa tante. Il y était arrivé alors que la maison était en pleine révolution. On croyait qu'il s'était sauvé. Sa tante, au bord de la crise de nerfs, s'était précipitée vers lui. Elle l'avait attrapé par les épaules et l'avait secoué comme un prunier en le mitraillant de questions idiotes dont il ne comprenait que la moitié, tant elle parlait vite, en hurlant sur un ton hystérique. Et elle avait fait le geste de le frapper. Avec une agilité qu'elle n'attendait pas, il s'était mis hors de sa portée. Il n'avait pas prononcé un mot. Mais tout devait être dans son regard car elle était restée immobile, pétrifiée.

– Ne vous inquiétez pas, avait-il fini par prononcer. Pour l'instant, je ne me sauverai pas. Je sais bien que ça ne servirait à rien. Mais l'héritage de l'oncle Germain, vous pouvez me croire, il n'est pas encore dans votre poche.

Et il était monté dans sa chambre.

Sa tante, depuis ce jour-là, avait tout fait pour se concilier ses bonnes grâces. Avec le coup de l'héritage, il avait visé juste. La tante avait des enfants, deux grandes bringues de filles qui avaient prétendu, le premier jour, prendre Stéphane sous leur protection. Mais il s'était bien gardé de leur donner satisfaction. Il les avait envoyées vertement bouler et elles n'avaient pas insisté. Ce n'était certainement pas elles qui, à l'âge de Stéphane, se seraient mêlées d'une telle affaire. Lui, on ne lui avait pas donné le choix. Ce genre de chose, il connaissait, n'en déplaise à sa tante. Stupéfaite et complètement affolée qu'il ait pu comprendre, elle tentait avec la plus grande des maladresses de s'en faire un allié.

Il n'y avait qu'une chose qui avait attiré réellement l'attention de Stéphane même s'il n'en avait rien laissé paraître. Suivant les conseils de son frère, elle s'était empressée de vouloir inscrire Stéphane dans un lycée. Bien sûr, les vacances étant entamées depuis longtemps, on l'avait rapidement éconduite en lui signifiant d'avoir à se représenter à la rentrée, au cas où il resterait une place…

Mais ses démarches pour brèves qu'elles aient été avaient laissé le temps au gamin de perdre pas mal d'illusions. Un collège parisien ! Quel rêve pour une graine d'intellectuel comme lui. Montrant un intérêt que rien, jusque-là, n'avait pu éveiller, il avait voulu suivre sa tante. Et il avait découvert la triste caserne en préfabriqué, aux murs couverts de graffitis qui aurait pu devenir « son » école. L'aversion qu'il lui porta, après cette visite, était à l'échelle de l'intérêt qu'il montrait avant qu'il ne franchisse sa porte.

Ce n'était là qu'une raison de plus, parmi toutes celles qui nourrissaient sa détermination, d'attendre son heure pour rentrer chez lui. En lui laissant miroiter l'espoir de cette école de rêve, on lui avait fait promettre, en contrepartie, de ne pas écrire à sa mère ni à qui que ce soit, aux Rambarges. Après sa visite au triste lycée aux murs gris et lépreux où il ne sentit rien de tout ce qui l'attirait déjà vers le petit collège d'Autun, il s'était senti délié de sa promesse. Une fois de plus, on l'avait trompé. Il pensa écrire à sa mère et à l'instituteur. Mais il ne s'y résolut pas tout de suite. À quoi bon ?

Il en avait assez de tous ces drames et il ne pouvait pas envisager une autre solution à son problème que celle qui y mettrait fin une fois pour toutes. Comment ? Il ne le savait pas. Et comme, pour l'instant, il n'envisageait aucune issue, il préférait faire celui qui acceptait cet état de chose, persuadé qu'une idée plus lumineuse lui viendrait bien un jour.

Ainsi passa le mois de juillet. Stéphane, dans cette triste banlieue où il ne connaissait personne, s'ennuyait ferme. Bien sûr, il avait trouvé refuge dans ses habituelles lectures. Encore avait-il dû batailler ferme avec sa tante qui jamais n'avait eu l'idée d'encourager un tel penchant chez ses filles. Aller à la bibliothèque municipale ? Il n'y avait pas idée ! Et d'abord, ça allait coûter des sous ! Pas beaucoup ? Ah, bon !

Stéphane eut envie de lui promettre que tout cela lui serait remboursé sur la part d'héritage de son père. Mais il tenait trop à sa bibliothèque pour faire du mauvais esprit. La tante finit par céder. Mais elle fut complètement affolée quand elle vit le gamin revenir avec des livres…

– Ben quoi ? se défendit-il, une bibliothèque, c'est bien pour prendre des livres, non ?

– Mais, à ton âge, je pensais que tu prendrais des bandes dessinées ou des choses comme ça… Des livres ! Et des livres pareils ! Mais ce n'est pas de ton âge… Qu'est-ce qu'il va dire, ton père ?

Stéphane préféra ne pas répondre. Ses livres sous le bras, il monta vers sa chambre, s'y enferma et s'y offrit un de ces grands moments de bonheur que lui procuraient ses lectures dans lesquelles il entrait tout entier dès la première page pour n'en sortir que longtemps après le mot « fin », comme d'une bienfaisante immersion. Et, à chaque fois, il refaisait surface avec une nouvelle et large part de rêve dont il faisait son plus précieux capital.

La plus jeune de ses cousines, la plus dégourdie, la seule qui, de temps en temps, montrait un réel plaisir à tenir tête à sa mère, eut un jour la bonne idée d'emmener Stéphane à la piscine. Il en revint avec des sentiments mitigés. Bien sûr, c'était drôlement bien équipé ! C'était beau et propre. Mais il y avait un tel monde... Et puis, faire une telle comédie pour se baigner avec tous ces gens qu'il ne connaissait pas alors qu'il était si simple, aux Rambarges, d'aller se jeter dans la petite retenue que, génération après génération, les gamins du pays entretenaient sur la rivière, à force de cailloux et de branches. On s'y jetait tout nu. On se faisait sécher sur le pré, en face, au milieu des vaches. On y était bien. Et voilà tout !

Mais, au moins, cette piscine, avec ses imperfections et sa foule qui allait en augmentant au fur et à mesure que le soleil de juillet se faisait de plus en plus chaud, Stéphane y avait trouvé un dérivatif qui, pour une fois, contentait tout le monde puisque sa tante n'y voyait aucun inconvénient.

Il en revenait un soir, avec sa cousine, lorsqu'il eut l'impression que le monde basculait. Balançant son sac à bout de bras, comme toujours, il trouvait le plus grand plaisir à taquiner sa cousine que ce paysan, qui en savait pourtant bien plus long qu'elle sur des tas de choses, troublait un peu.

Ils passaient devant la gare lorsqu'ils virent venir vers eux un grand clochard disparaissant dans un manteau gris vaste et informe. Dans la foule, ils n'y avaient évidemment pas prêté attention. Mais l'autre, en même temps qu'il s'approchait d'eux, se mit soudain à faire des crochets brutaux.

– Qu'est-ce qu'il nous veut, celui-là ? fit la cousine, partagée entre le soulagement d'échapper quelques instants aux taquineries de son cousin et la vague peur que lui inspirait cette grande silhouette dépenaillée.

Elle ne vit pas les yeux exorbités de Stéphane, le rouge qui lui montait aux joues et sa bouche grande ouverte sur le cri qu'il avait retenu *in extremis*. Sous la chevelure hirsute jaillissant d'un vieux feutre grisâtre, c'était l'incomparable sourire de son oncle Germain qui venait ainsi de jaillir devant lui. Il eut juste le temps de voir le clin d'œil qui lui était évidemment destiné. Il y eut une très légère tape sur l'épaule, au passage. Et c'était déjà fini.

– Ben quoi ? T'es fâché ?

De tout le reste du chemin, il n'avait plus desserré les dents. Et la cousine, inquiète, se reprochait déjà des tas de choses. Il fit non de la tête, se força à lui sourire et monta directement dans sa chambre.

Il passa une bonne partie de la nuit au coin du rideau, persuadé que l'oncle Germain allait apparaître, à un moment ou à un autre, dans le halo de lumière que dessinait un lampadaire, sur le trottoir, de l'autre côté de la rue. Il ne vint pas. Et Stéphane finit par se résoudre à se coucher. Exténué, il s'endormit comme une masse. Et sa tante, le lendemain matin, avait été tout étonnée de devoir venir le réveiller alors que, d'ordinaire, il était le premier debout.

– Alors, on s'y fait, aux horaires de la ville ? Si c'est des idées de se lever si tôt, aussi ! T'es plus à la campagne. Tu peux dormir, les matins. T'as aussi bon compte d'en profiter…

Elle n'arrêtait plus. Quand elle s'était trouvé un sujet de bavardage, il lui durait ainsi des heures entières. Et ce n'était pas la peine de l'aider à remonter la machine. Elle faisait les questions et les réponses, ressassait jusqu'à plus soif la même idée simpliste en la présentant à chaque fois d'une façon différente.

– C'est aussi bien de dormir… Dormir, c'est de ton âge… Tu verras, quand tu seras grand, ce que c'est de devoir se lever tôt, pour le travail… Il sera bien temps… Et puis, les vieux qui ne dorment plus… Profite, gamin… Profite, que je te dis. Si tu veux dormir, dors donc…

Il suffisait de ne plus écouter. Et Stéphane y arrivait fort bien en lançant son esprit toujours disponible sur la trace d'un rêve quelconque. La tante continuait sans même s'apercevoir que son neveu était loin, mais alors si loin d'elle !

Seulement, ce matin-là, Stéphane n'avait pas eu besoin de rêve pour ne plus entendre le verbiage de sa tante. Ou, du moins, contrairement à ce qui se passait ordinairement, l'esprit encore tout pâteux de sommeil, il faisait de grands efforts pour tenter de discerner ce qui était du domaine du rêve et de celui de la réalité. L'oncle Germain… L'avait-il vraiment vu ou était-ce seulement dans sa tête, à force de l'avoir rêvé ?

Il lui fallut cinq bonnes minutes pour se convaincre que c'était bien vrai. Mais alors, que faire ? Du fond de son lit où, pour avoir la paix, il continuait de faire semblant de dormir, il envisageait mille solutions, mille escapades, plus folles les unes que les autres et qui toutes se terminaient par une grande tape d'amitié dans le dos de l'oncle Germain. Mais Stéphane savait bien que, pour le coup, tout cela n'était que du rêve. S'il y avait une solution, ce n'était pas lui mais bien l'oncle qui la trouverait. Il lui suffirait de se laisser faire.

Il y avait tout de même une chose, une seule, qui lui paraissait impérative et qui était du ressort de sa seule initiative. Il fallait qu'il fasse en sorte de rencontrer l'oncle Germain dans des conditions où ils pourraient parler. Il ne s'arrêtait pas à sa petite déception de la nuit. S'il n'était pas venu, l'oncle, c'est qu'il avait ses raisons. Et elles devaient être bonnes. Non… C'était dans la rue, au milieu de la foule qu'il l'avait abordé la première fois. Il fallait recommencer. Mais, cette fois, il fallait être seul. Bien sûr qu'avec la cousine, jamais il ne s'arrêterait, l'oncle Germain.

Il eut beau faire, la cousine eut envie d'aller à la piscine, l'après-midi même… Et comment voulez-vous vous y prendre pour l'en dissuader ? L'oncle était assis sur les marches de la gare. Et Stéphane, atterré, dut bien se rendre à l'évidence : il faisait la manche ! Leurs regards, une fois de plus se croisèrent. Germain eut un large sourire et fit un clin d'œil à son neveu qui marchait, tout raide, aux côtés de sa cousine.

Le gamin fut à la fois réconforté par le paisible sourire de son oncle et bouleversé par cette envie furieuse qu'il sentait en lui de se précipiter, de se jeter sur cet homme qu'il ne connaissait, après tout, que fort peu. Retrouver ce grand paysan solide et souriant qui l'avait conquis, au premier soir de ses vacances ; ignorer, oublier, ne plus avoir à se souvenir de ce grand manteau gris, de cette crasse et, surtout de cette main tendue… Vite, il lui fallait faire en sorte que ce délabrement entr'aperçu n'ait pas le temps de tacher la première et si belle image… Mais comment faire ?

Il lui fallut plusieurs jours pour trouver la bonne occasion. Infatigable et parfaitement insensible aux mille arguments de son cousin pour la décourager de venir à la piscine, la cousine s'accrochait… Et l'oncle Germain, toujours aussi souriant, semblait rivé à ses marches sur lesquelles il était installé, comme à demeure, la main tendue au-dessus d'une petite affichette décrivant des tas de malheurs parfaitement imaginaires. Stéphane, outré, préférait ne pas la voir…

Et puis, un beau matin, la tante qu'énervait passablement la perspective d'un départ collectif en vacances prévu pour la fin de la semaine, s'aperçut qu'elle n'avait plus de pommes de terre. Elle voulut envoyer une de ses filles chez l'épicier voisin. Elles eurent à peine le temps, l'une après l'autre, de manifester leur peu d'enthousiasme pour cette sortie inopportune que déjà Stéphane, d'ordinaire parfaitement réfractaire à ce genre de coopération, se proposait d'y aller à leur place ! La tante n'y trouva pas malice. Elle manifesta même sa satisfaction de voir son neveu devenir serviable et voulut en faire honte à ses filles qui haussèrent les épaules en fusillant le cousin du regard.

Stéphane se prêta au jeu, fit celui qui était tout content de ridiculiser ainsi ses cousines, se saisit du porte-monnaie que lui tendait sa tante et fut vite dans la rue. Car il les comptait, les heures ! Et la ridicule excitation collective de toute la famille à la perspective de ce départ vers une plage de l'Atlantique lui paraissait la pire des menaces qui ait pu planer sur sa tête. Au fur et à mesure que passaient les jours, il lui devenait de plus en plus insupportable de savoir l'oncle là, pratiquement à portée de sa main, et de ne rien pouvoir faire, même pas de l'avertir de ce départ imminent.

Ces pommes de terre, il les bénissait en même temps qu'il courait comme un dératé vers la gare, à l'opposé de l'épicerie. Maintenant qu'il était seul dans la rue, plus rien n'avait d'importance que l'oncle qu'il allait retrouver et qui, il n'en doutait pas, avait déjà en tête le moyen de lui faire quitter cette ville sinistre et idiote.

Il courait, Stéphane, zigzaguant d'une rue à l'autre, se faufilant entre les piétons, parfaitement indifférent à leurs reproches. Il attrapa la grande avenue qui passait devant la gare, la remonta sans ralentir, se cramponna au réverbère qui marquait le coin du passage clouté pour casser son élan en même temps que, d'un quart de tour, il faisait face au feu qui était au rouge. Là, en face…

Eh bien non, il n'y était pas… Stéphane sentit ses jambes se dérober sous lui… Ce n'était pas possible… Les marches étaient vierges de tout clochard… Personne… Alors que tous les jours, depuis plus d'une semaine maintenant… Oui mais, l'après-midi…

Le feu était passé au vert. Un flot de piétons bouscula Stéphane qui restait planté sur son trottoir, en face de la gare de sa déception.

– Bien la peine de bousculer les gens pour les empêcher de passer maintenant, grogna un vieux Monsieur.

Stéphane ne l'entendit pas. Il avait levé les yeux sur l'horloge, au-dessus de la porte de la gare. Il était onze heures et demie. Au pire, il avait une demi-heure devant lui. Le retard des pommes de terre ferait un peu grogner. Mais ça n'irait pas bien loin. Au-delà de cette demi-heure, il lui faudrait trouver des explications… Lesquelles ?

Et si l'oncle ne venait que cette après-midi ? Et… s'il ne revenait plus jamais ? Stéphane se sentit soudain glacé d'effroi à cette seule pensée.

Non… Ce n'était pas possible… Bien sûr qu'il allait venir. C'était normal, c'était tous les jours à la même heure, l'après-midi, qu'il les voyait passer tous les deux, sa cousine et lui. Alors, bien sûr, le matin, il faisait autre chose. C'était l'après-midi qu'il venait. Il attendrait. Maintenant, c'était trop tard. Il ne rentrerait pas chez la tante. L'oncle Germain, s'il était là, c'était pour venir le chercher. Le reste…

Il avait traversé l'avenue et il était venu s'installer sur les marches, à l'endroit même où, tous les jours, depuis plus d'une semaine, à la même heure, il voyait son oncle lui sourire et lui adresser, en douce, de grands clins d'œil.

Il parvint à rester parfaitement immobile, sur sa marche, plus d'une demi-heure, malgré le monde qui passait à le raser et les réflexions qu'il entendait. « Si c'est pas malheureux, à cet âge-là… Encore un qui ne sait pas où aller… J't'explique pas ce que ça va donner, ça, quand ça aura vingt ans… De la graine de potence… »

Stéphane, ça lui était indifférent. Ils pouvaient dire tout ce qu'ils voulaient, ça ne lui ôterait rien à son univers à lui. Et cet univers-là, dans leurs mauvaises pensées et leur petitesse, ils étaient incapables d'en avoir même l'ombre d'une idée. Alors, ce qu'ils en disaient…

Tout de même, rester là, c'était le bon moyen de se faire repérer. Des fois que la tante s'inquiète plus vite que prévu de l'envol de son porte-monnaie… Il tâta sa poche. C'est vrai qu'il est là, celui-là. Qu'est-ce que je vais en faire ? On verra bien avec oncle Germain. Mais, en attendant, il vaut mieux se faire plus discret. Il s'était levé et s'était mêlé à la foule de la rue piétonne, en face de la gare. En s'appliquant à ne pas se montrer plus fébrile, plus impatient que les passants qui l'entouraient, il déambulait entre les vitrines et n'y voyait rien d'autre que l'image de lui-même qu'elles lui renvoyaient. Et elle l'affolait, au milieu de celles de tous ces passants, autour de lui, dont il lui semblait qu'ils ne pouvaient pas ne pas s'apercevoir qu'il était un petit garçon en fuite…

En fuite… Il était en fuite… L'idée ne lui en était pas venue tout de suite. Attendre son oncle et être en fuite, ce sont deux choses bien différentes. Et puis, peu à peu, alors que le temps passait bien trop lentement, il réalisait que son attente d'un oncle clochard dont les sourires, ses seules manifestations, depuis qu'ils s'étaient retrouvés, n'avaient pu être que clandestins ; sa décision de garder le porte-monnaie de la tante au fond de sa poche, bien au-delà du temps normalement nécessaire à l'investissement dans un sac de pommes de terre, si ce n'était pas être en fuite, ça y ressemblait bougrement !

Comme un flot contre lequel on ne peut rien, il sentait monter en lui les vagues successives, de plus en plus amples, de plus en plus puissantes de son angoisse. Jamais il n'avait ressenti ce sentiment de solitude qui l'envahissait, le crispait et lui rendait hostile tout le monde qui l'entourait. Une peur panique s'insinuait en lui. Tout ce monde qui allait et venait autour de lui, il avait cru pouvoir s'y perdre, se dissimuler dans le flot ininterrompu de ces allées et venues. Maintenant, il sentait monter en lui la certitude qu'il était surveillé, épié et que, d'un instant à l'autre, le geste amical ou indifférent de l'un ou l'autre de ces passants allait se transformer en main au collet…

Tête basse, sans même en avoir pris conscience, il ne déambulait plus au même rythme que la foule : il fonçait, droit devant lui, tout à coup incapable de se raisonner.

– Oh ! Tu vas loin, comme ça ?

Sans même le voir, il était venu s'enfouir dans l'énorme manteau gris que son oncle avait ouvert en grand pour mieux lui barrer le chemin. Il y eut quelques passants pour s'étonner, pour regarder avec surprise ce clochard interceptant ainsi ce gosse. Certains eurent même le geste d'intervenir durant le bref instant où Stéphane, complètement perdu, resta silencieux, figé devant son oncle, comme terrorisé. Puis il réalisa.

– Oncle Germain !

Et les passants reprirent leur course pressée dès qu'il lui eut sauté au cou.

– T'as réussi à t'en séparer, de ton amoureuse ?

Le gamin haussa les épaules. C'était bien le moment de blaguer bêtement…

– J'me suis sauvé.

– T'as bien fait.

La réponse de Germain était venue toute sèche, laissant Stéphane sidéré. Lui qui avait eu si peur !

– Maintenant, t'es avec moi. T'es en vacances, non ? Jusqu'à quand ?

– Début septembre.

– Et où tu vas à l'école ?

– J'étais inscrit au collège d'Autun ?

– Pourquoi « j'étais » ? T'y es plus ?

– Si fait, je pense. Mais maintenant que mon père m'a amené ici…

– T'occupe de ton père. Les choses qui mettent en colère, on aura bien le temps d'en reparler. Tu veux venir avec moi ou pas ?

Le gamin avait marqué un temps d'hésitation. Aller avec son oncle, tel qu'il était attifé, ça ressemblait à quoi, ça ? Germain s'y attendait.

– T'inquiète, dit-il. Cette tenue-là, c'était pour te rechercher. Maintenant que je t'ai retrouvé, viens, tu vas voir…

Et le gosse, trop heureux de s'en être sorti, l'avait suivi. Ils avaient pris un premier train de banlieue. Puis ils avaient pris le métro. Ils avaient changé deux fois. Ils étaient arrivés dans une autre gare. Parfaitement indifférent aux regards des voyageurs qu'étonnait cet étrange couple d'un gamin bien propret et d'un grand clochard tout gris, Germain, planté devant le tableau des départs, l'avait longuement détaillé.

– Les vaches : on en a pour une bonne heure d'attente. T'auras pas tout perdu !

Et il entraîna Stéphane hors de la gare.

– Viens. Tu m'en diras des nouvelles !

Le gamin l'avait suivi, insouciant et heureux de ce nouveau rythme qui lui semblait une vraie libération. Il était resté sans voix lorsqu'ils étaient entrés dans un immense café aux tentures rouges et aux cuivres rutilants. Suspendu à la main de Germain qui le pilotait comme s'il était chez lui, il avait louvoyé entre les tables de faux marbre brun et au milieu des consommateurs dont il lui semblait qu'ils ne cessaient pas de le dévisager.

– Assieds-toi.

Il avait choisi une table entre deux cloisons pourpres surmontées d'une galerie en cuivre étincelant. Il fallait monter une marche, pour y accéder, et se glisser sur une banquette de velours brun, très profonde. Germain s'était installé en face de lui.

– Tiens. Choisis.

Et il lui avait étalé devant ses yeux ébahis une carte des glaces dont le gamin ne savait plus s'il devait l'admirer pour les couleurs dont elle ornait chacun des délices qu'elle proposait, pour la taille de chacun de ceux-ci, pour la subtilité et la complexité de leurs compositions ou pour toutes ces raisons à la fois. Un peu au hasard, il mit le doigt sur celle qui, par le chatoiement de ses couleurs, avait, la première, attiré son regard. Et lorsqu'elle arriva devant lui, il resta pétrifié de surprise. Il n'osait pas se saisir de la cuillère qu'on avait posée à côté de la coupe, et attaquer cette montagne rouge, verte et blanche, légèrement scintillante sous le foisonnement de crème Chantilly qui coiffait le tout.

– Eh bien, qu'est-ce que t'attends ? Elle va fondre.

Germain remuait doucement le café qu'il s'était commandé et ce geste on ne peut plus ordinaire accentuait encore ce qu'il y avait d'étonnant à voir là ce grand clochard miteux qui avait dû, avec ostentation, sortir de sa poche quelques gros billets pour que le serveur accepte sa commande. Stéphane aimait déjà la façon superbe qu'il avait d'ignorer les regards choqués qui coulaient vers eux.

À petits coups de cuillère prudents, il s'était attaqué à la glace en même temps que refaisait surface en lui une question mille fois rabâchée depuis la première apparition de l'oncle. Il avait longuement hésité, puis la cuillère s'était immobilisée en l'air. Il avait levé les yeux vers lui. Il dégustait son café à petites gorgées en considérant son neveu d'un air satisfait.

– Comment tu m'as retrouvé ?

Germain eut un petit rire bref.

– Pas sorcier ! D'abord, je me suis demandé où tu avais bien pu passer. Je dois dire que cette histoire-là, que tu te sois envolé, comme ça, après m'avoir quitté, ça me tarabustait, tu t'en doutes. Que tu n'aies pas eu très envie de rentrer aux Maraudes, ce n'était pas la peine d'être très malin pour le comprendre. Mais pour aller où ? Je n'arrivais pas à croire que tu aies fait une bêtise. Et puis d'abord laquelle ? Je comprenais bien qu'il y avait un élément qui me manquait. Et tant que je ne l'aurais pas, celui-là, je savais qu'il n'y avait pas à en revenir, je ne m'en sortirais pas.

« Alors je me suis dit qu'il ne fallait pas que je me sauve comme ça, sans savoir. Je savais bien qu'ils allaient tous s'y précipiter, à la Croix du Carage. J'ai laissé Brutus dans les bois et je suis revenu en douce au-dessus de la maison. En lisière de bois, je n'étais pas à plus de trente mètres d'eux. J'ai tout vu. Je les ai vus autour de ma cloche à ne même pas oser s'en approcher, comme s'il y avait un maléfice. J'ai vu ton père arriver tout penaud pour annoncer que j'avais disparu. J'ai surtout entendu ta mère clamer qu'elle avait retrouvé ton vélo. Alors, là, j'ai commencé à comprendre. Je les ai vus se bousculer, dans les ronces, derrière l'écurie, pour le sortir d'un petit appentis en ruine. J'ai entendu ton père brailler un peu trop triomphalement que ça ne pouvait être que moi qui avais fait le coup.

« J'étais tout de même bien placé pour savoir que ce n'était pas moi ! Il suffisait d'en tirer les conclusions. Le coup, c'était lui qui l'avait monté. Et alors, je me suis souvenu de ce qu'il m'avait dit, un matin où je l'avais surpris à rôder dans les prés, autour de la Croix du Carage. “L'héritage, jamais tu ne l'auras”, qu'il braillait alors que je ne lui demandais rien. Tu penses ! Et il a ajouté : “Tout ça, on le partagera en trois, jamais en quatre !”

« Sur le coup, je n'ai pas fait trop attention. Moi, ces histoires d'héritage… Mais là, alors que je repartais vers Brutus, ça m'est revenu. “On le partagera en trois…” Lui et mes deux sœurs, tes tantes, pardi ! Donc elles étaient dans le coup. Et si c'était bien lui qui t'avait escamoté pour me faire porter le chapeau, où pouvait-il être allé te cacher si ce n'est chez l'une ou l'autre d'entre elles ?

« Alors, j'ai replongé à la cloche ! Remarque que, pour moi, ça n'a pas été trop difficile. L'habitude… Mais c'était le meilleur moyen que j'avais de passer inaperçu. Et j'ai traîné autour de chez mes chères sœurs. Je n'ai pas été bien long à te repérer. Mais il fallait toujours que tu sois encombré de ton amoureuse ! Des jours et des jours, je t'ai surveillé, comme ça. Pas moyen de te coincer seul. Je te voyais partir tout guilleret pour ta piscine et en revenir bien propret, le cheveu peigné à plat. Et crois-tu qu'il aurait eu un regard pour le pauvre clodo sur les marches de la gare ? Trop occupé de ses amours, le jeune homme ! »

– C'est pas vrai ! avait tout de même fini par se défendre Stéphane qui continuait de piocher dans sa glace en écoutant son oncle. C'est pas mon amoureuse.

Germain avait éclaté de rire et lui avait ébouriffé les cheveux d'un geste rapide.

– T'inquiète, va ! C'est pour rire que je disais ça. N'empêche qu'elle m'a bien encombré, cette grande gigue-là ! Jusqu'au soir où j'ai dit, tant pis, il faut que j'y aille. Je savais bien que, une fois que tu m'aurais repéré, tu ferais le nécessaire pour venir me rejoindre.

La cuillère, une nouvelle fois, s'était immobilisée en l'air. Stéphane avait à nouveau levé son regard vers Germain. Cette calme certitude lui plaisait. C'était bien vrai qu'il n'avait même pas hésité. Et que sa propre détermination ait ainsi retrouvé celle de son oncle lui laissait entrevoir des immensités d'entente simple sans sous-entendus ni ambiguïté dont il n'imaginait même pas, jusque-là, qu'elles puissent exister.

Il avait soigneusement raclé la coupe de sa glace. Et, lorsqu'il n'en resta plus le moindre soupçon, ils étaient repartis vers la gare. Le train qu'ils avaient pris était un omnibus. Il fit d'abord toutes les stations de banlieue, l'une après l'autre, sans en manquer une. Puis elles s'espacèrent. On traversa quelques bois qui devinrent forêt en même temps que la nuit les gagnait. Stéphane, la tête appuyée au montant de la fenêtre contre lequel il s'était fait un bien maigre oreiller du rideau, commençait à somnoler. Aussi longtemps qu'il l'avait pu, il avait observé avec la plus grande attention les paysages qui défilaient devant ses yeux.

Comment pouvait-on imaginer qu'une ville puisse être si grande ? Depuis la fin de la matinée, depuis qu'ils s'étaient retrouvés, ils avaient voyagé à travers cette même et monstrueuse ville. Stéphane n'en pouvait plus. Mais il se désespérait de se sentir glisser irrémédiablement vers le sommeil alors qu'enfin, dans le soir qui noyait peu à peu les choses de la même ombre grise, la ville se faisait plus clairsemée, plus discrète et qu'une épaisse forêt, progressivement, la remplaçait.

– On arrive !

Le gamin sursauta. Germain s'était penché sur lui et l'avait doucement secoué. Où était-on ? Ça voulait dire quoi, tout ça ? Il lui avait fallu quelques instants pour rassembler ses esprits et émerger à nouveau. Juste le temps qu'il fallut au train, dans les grands cris de ses freins grinçants, pour s'aligner le long d'un quai à peine éclairé de quelques lampadaires blanchâtres. Une voix lointaine répéta à plusieurs reprises un nom que Stéphane ne comprit pas.

– On est où ?

– Presque arrivés ! Suis-moi. Tu vas voir !

Il jubilait déjà, le grand Germain. Si c'était comme la glace, ça valait la peine qu'on se force. Stéphane haussa les épaules et, sans plus chercher à savoir, le nez bas, sur les talons de Germain, il l'avait suivi par un dédale de ruelles bordées d'arbres et de petites maisons grises, au fond de jardins, dont il remarqua simplement qu'elles se faisaient de plus en plus rares alors que la nuit s'épaississait.

– C'est encore loin ?

Il avait glissé sa main dans celle de son oncle. Cette fois, c'était la nuit complète. Plus une maison, plus un jardin entrevus dans la lueur des réverbères. Rien que la forêt plus pressentie qu'autre chose tant l'obscurité devenue quasi totale se prêtait aux errances dangereuses de l'imagination.

– On y est presque.

Et il rigolait toujours, l'oncle ! Comment faisait-il pour s'y retrouver ? Et s'il allait au hasard ? Où pouvait-il bien courir comme ça alors qu'on n'y voyait pas à trois pas ?

– Tu… T'es… T'es sûr d'où on va ?

– Regarde !

Devant eux, à une distance que Stéphane eut été incapable d'évaluer, brillait une petite lueur. Elle semblait se balancer doucement et clignoter au même rythme. Puis il y en eut une seconde, toute aussi modeste, une troisième, une autre encore à gauche, puis deux, trois, quatre à droite. Ils étaient environnés de ces lumières qui prenaient peu à peu, alors qu'ils s'en approchaient, la forme parallélépipédique des fenêtres dont elles émanaient, tout en continuant de clignoter doucement au rythme des feuillages qui se balançaient au ras de leur nez.

– Viens.

Germain avait poussé le portillon d'un jardin. Stéphane s'empressa de bondir dans ses traces. Ils suivirent une allée, du moins à ce qui lui sembla au contact des larges dalles de ciment séparées de joints de mousse sur lesquelles il se sentait marcher. Toujours aussi sûr de lui, malgré l'obscurité que, en dehors des petites surfaces qu'ils éclairaient, ces rectangles de lumière rendaient plus profonde encore, l'oncle avait atteint une porte à laquelle Stéphane, en butant contre son grand manteau gris, l'entendit frapper.

– Qu'est-ce que c'est ?

Une voix formidable, de l'intérieur, avait bramé cette question. Stéphane, sidéré, eut l'impression qu'elle était là, tout près de lui et en tous les cas pas derrière le filtre des murs.

– C'est Germain.

– Entre donc. Qu'est-ce que t'as besoin de faire des cérémonies ?

Il braillait toujours autant et il paraissait toujours aussi proche, comme si rien ne les séparait. Germain poussa la porte. Stéphane, dans son ombre, se penchait déjà pour voir quel était le phénomène qui pouvait parler si fort, au mépris le plus complet des murs, des fenêtres et des portes.

La pièce paraissait si grande que ses coins se perdaient dans l'ombre que leur abandonnait une pauvre petite lampe de camping à gaz suspendue au plafond, au-dessus de ce qui devait être la table. Stéphane, bouche bée, s'était immobilisé sur le seuil et tentait de détailler le plus vite possible l'invraisemblable domaine dans lequel ils venaient de pénétrer. Les murs étaient un étalage assez remarquable de toutes les marques d'huile et d'essence qui puissent se trouver. À peine si, à espaces irréguliers, un porte manteau, une masse informe qui devait avoir été une armoire, le rectangle noir de la fenêtre ou d'étranges empilements difficilement identifiables, cassaient le rythme bien établi des couleurs et des logos de tout un univers de station-service.

Seule une toile cirée aux angles râpés et aux couleurs devenues indéfinissables lui avait fait identifier à une table la masse qui barrait presque toute la pièce et tout au long de laquelle des petits bidons faisaient office de tabourets.

– Qui c'est ça ?

Curieusement cette voix énorme et qui avait paru d'autant plus monstrueuse à Stéphane que les murs de tôle, loin de la filtrer, avaient plutôt tendance à l'amplifier, émanait d'un petit bonhomme tout fluet qui se tenait assis au bout de la table. Une énorme casquette lui mangeait la moitié du visage dont on ne voyait guère, en fin de compte, qu'une moustache parfaitement disproportionnée juste en dessous de laquelle un mégot battait la mesure des paroles.

– Ça, dit Germain en poussant Stéphane devant lui, c'est mon neveu. Je te l'avais dit que je le retrouverais !

– T'es complètement fou ! Quoi que tu vas faire, maintenant, encombré d'un môme ?

– T'inquiète ! Et Brutus ? Il va bien ?

– Et pourquoi qu'il n'irait pas bien ? Quand on confie quelque chose ou quelqu'un à Dédé, y a pas de souci à se faire. Maintenant, si tu veux aller contrôler…

– Sera bien temps demain.

Germain avait tiré un petit bidon-tabouret et l'avait tendu à Stéphane pendant qu'il s'installait lui-même, sans façon, devant l'amoncellement monstrueux qui, équipé de sa toile cirée rapiécée, faisait fonction de table.

– Parce que demain, on démarre ! Pour l'heure, y fait faim. Qu'est-ce que t'as à brouter ?

Ils avaient passé une soirée complètement folle. Stéphane, captivé, avait vite compris que, sous ses dehors un peu grincheux et malgré sa grosse voix, Dédé était le meilleur des hommes. D'ailleurs, pourquoi l'oncle serait-il venu ici si cela n'avait pas été ?

Sa maison était une caverne, un antre où tout se trouvait, tout existait. Il suffisait de demander ou même, simplement, de prendre. En un tour de main, il leur avait préparé un ragoût pantagruélique que les deux hommes avaient copieusement arrosé d'un joyeux tord-boyaux à vous faire monter l'ambiance vite fait. Et elle monta.

À vrai dire, ce devait être un signal. Car rapidement la porte se mit à battre dans le dos de Stéphane. Et bientôt, si le ragoût, vaillamment, résistait à tous les assauts, il n'y eut plus assez de petits bidons-tabourets. Et il fallut d'urgence désigner une corvée de ravitaillement en tord-boyaux. Les réserves devaient être suffisantes et pas trop lointaines car c'est à peine si on eut le temps de glisser quelques planches sur les petits bidons-tabourets pour en faire des bancs capables de répondre à l'afflux de convives, que le peloton de corvée était déjà de retour.

Stéphane n'en manquait pas une. Bien sûr, il aurait bien voulu savoir qui était Brutus, vers où et comment, demain, on allait démarrer. Mais il était évident que ce n'était pas le moment de poser une question à laquelle, au reste, il n'y aurait pas eu de réponse. Quelle importance ? Déjà il s'était fait à l'insouciance de son oncle et au plaisir évident qu'il trouvait à vivre dans la seule préoccupation de l'instant.

Installé au bout de la table, là où l'ombre commençait à se moquer de la pauvre lampe à gaz qui sifflait au plafond, il se serait contenté d'observer toutes ces allées et venues, d'écouter les grands coups de gueule de Dédé et d'échanger, de temps à autre, un clin d'œil complice avec son oncle, si une fillette à l'allure délurée n'était pas venue s'installer à côté de lui.

– T'es qui toi ?

Stéphane l'avait dévisagée des pieds à la tête sans trop d'aménité. D'abord, elle faisait trop de manières. Et puis, il avait bien trop de choses à voir et à entendre pour perdre encore son temps avec une pisseuse !

– T'es de la police ?

– Oh ! Ça va. Si t'en fais des secrets… Moi, je garderai les miens.

Elle fit des mines et lui tourna ostensiblement le dos. Débarrassé !… Encore que… Ça lui revenait à l'esprit, comme ça, peut-être qu'elle aurait pu lui dire, elle, qui c'était, Brutus. Et peut-être que ça l'aurait aidé à comprendre ce qu'on allait faire, demain…

– Je suis Stéphane, le neveu au Germain. Comme ça, ça te va ? T'es contente ? Et toi, t'es qui ?

Elle s'était vivement retournée vers lui avec un large sourire qui illuminait sa drôle de bouille mangée de taches de rousseur.

– Moi, j'suis Angèle, la fille à l'Arpète. Tu connais pas l'Arpète ?

Stéphane eut une moue d'ignorance.

– Tu connais personne, alors ?

– Ici, non.

– Ben alors, d'où tu viens ?

Il eut un geste vague. Aller lui expliquer tout ça… Et puis, elle l'énervait avec ses questions. Ce qui lui importait, lui, c'était Brutus. Mais elle ne lui laissait pas le temps d'en placer une.

– C'est qui Brutus ?

– Tu connais même pas Brutus ? Ben alors, t'es pas le neveu du Germain. Sinon, tu connaîtrais Brutus. Mais dis, tu ne m'as pas répondu, d'où tu viens ?

Elle y tenait !

– De loin, fort loin… Le pays du Germain, justement.

– C'est pas vrai. T'es qu'un menteur. Si tu venais de son pays, tu connaîtrais Brutus. Parce que lui, le Germain, il est venu de son pays avec. Il nous l'a raconté. Même qu'il dit qu'il y repart demain. Alors, si c'était vrai que t'étais son neveu, tu le saurais bien !

Pauvre Stéphane ! Ce n'était pas vrai que ça lui arrivait, à lui ! Pourquoi fallait-il qu'elle complique à plaisir une question qui était si simple, dans sa tête ? Sa pauvre tête qui, avec l'heure qui avançait et l'ambiance qui, autour de lui, continuait de chauffer sérieusement, commençait à ne plus trop savoir faire front !

Et si c'était un cheval, Brutus ? Ça lui était venu comme ça, pas tout à fait par hasard, parce que, tout de même, dans sa fatigue qui lui brouillait peu à peu les idées, il avait bien noté ce qu'elle avait dit, cette drôle d'Angèle, que l'oncle était venu avec ce Brutus, depuis son lointain pays. Et alors là, d'un seul coup, Stéphane avait eu devant les yeux l'image de cette incroyable voiture peinte de toutes les couleurs et de dessins fantastiques, avec ce cochon et cet âne, sur la bâche. Il l'avait bien vue, cette voiture-là, dans la cour de chez son grand-père, le soir où il y était monté. Alors, si l'oncle avait dit qu'il était venu jusque-là avec…

– Brutus, articula-t-il avec difficulté, demain, quand on partira, avec mon oncle Germain, c'est moi qui le conduirai. Et ce sera bien fait pour toi…

Il mit les bras sur la table, appuya la tête dessus et s'endormit comme une masse…

XVIII

Enfin, Stéphane se décida à bouger. Lentement, très lentement, il s'étendit dans son duvet, tout surpris d'y trouver d'un bout à l'autre une égale chaleur. Il se mit sur le dos, osa extraire les bras de son doux cocon, et se croisa les mains sous la tête.

– Alors, on est réveillé ?

En même temps que ces inopportunes paroles l'extrayaient sans espoir de retour du doux univers de sommeil dans lequel il se maintenait à plaisir, une bonne odeur de café venait lui chatouiller les narines. Et puis cette lumière qui se faisait plus vive, d'instant en instant, au point que, déjà, il avait exclu le levant, devenu éblouissant, de l'angle de ses dolentes observations. Et encore ces oiseaux maintenant déchaînés qui emplissaient l'air de leurs chants et de leurs inépuisables bavardages.

Rien à faire : il fallait émerger. C'était le moment désagréable de la fermeture à glissière que l'on ouvre et de l'air frais qui fait irruption ! Il fallait faire vite.

Stéphane, dans le même geste, ouvrit son duvet, se saisit de son blue-jean et l'enfila à la volée. Une chemisette et un pull cessèrent d'être oreiller pour reprendre leurs fonctions diurnes. Et il fut debout.

À trois pas, Germain, assis en tailleur devant les restes rougeoyants du feu qu'ils avaient allumé la veille au soir, buvait son café.

– Salut !

Germain répondit d'un sourire et tendit au gamin une épaisse tartine beurrée et confiturée.

– Profites-en : ça ne va pas durer !

Stéphane était venu s'asseoir sur une souche, devant le feu. Sa tartine en main, fixant sans les voir les braises d'où montaient encore, par instants, de brèves flammèches, il mastiquait consciencieusement, appliqué à soigner comme il le fallait cette grande faim qu'entretenait en lui, depuis leur départ, l'aventure qu'il vivait avec Germain.

Quel voyage ! Sa prédiction prononcée dans un demi-sommeil, avant qu'il ne s'effondre sur la table du Dédé, la veille de leur départ, s'était réalisée en tous points. Il s'était réveillé dans une sorte de lit d'une profondeur vertigineuse où il se sentait disparaître sous un invraisemblable amas de couvertures et de vieilles fourrures dont il n'eut pas l'idée, fort heureusement, d'aller contrôler s'il en était le seul habitant !

L'oncle Germain et son ami Dédé, ne portant aucune trace apparente de leur gigantesque fête de la veille au soir, étaient déjà debout. Très affairés, ils allaient et venaient en parlant bas et Stéphane ne comprenait rien de ce double discours à peu près continu qui lui parvenait comme un sourd bourdonnement d'insectes.

Avant de se lever, il prit le temps d'observer la pièce, à la lueur du jour qui commençait à en rendre les détails perceptibles. Manifestement, c'était une grande cabane, une construction de bric et de broc, à même la terre, dont l'unique pièce servait tout à la fois d'habitation et de hangar à un inimaginable capharnaüm auquel Stéphane reconnut sans risque d'erreur la profession de Dédé : il était chiffonnier. Ça ne faisait pas l'ombre d'un doute. Sa maison était l'image agrandie de la camionnette de celui qui passait, de temps à autre, aux Rambarges et qui attirait les gamins de son âge comme une lampe les papillons. Il se réveillait dans l'antre d'un chiffonnier !

– Allez, debout là-dedans : on y va !

Stéphane avait obtempéré. Et, se frottant les yeux, pieds nus, il faisait le tour de la pièce en détaillant les fabuleuses richesses qu'elle recelait et qui, au hasard, tombaient sous ses yeux.

– On y va où ?

– Mais aux Rambarges, bien sûr ! À la Croix du Carage. Allez, en route ! On casse la croûte et c'est parti.

– Avec Brutus ?

– Et qui crois-tu qui va nous faire faire le chemin ? Tu voudrais pas qu'on y aille en T.G.V., des fois ?

Jamais tartines et café n'avaient paru si bons à Stéphane. Il s'habilla en quatrième vitesse, oubliant un peu la toilette, et on sortit.

– Il est où, Brutus ?

Stupéfait, sur le pas de la porte, il contemplait l'étrange village. Dans le bois, entre les arbres dont certains s'étaient retrouvés inclus au milieu de constructions tentaculaires et dont d'autres jouaient les secourables béquilles pour des bicoques de bouts de tôle et de carton-pâte, au long d'une allée pompeusement appelée « rue », ce n'était qu'une succession sans fin de ces cahutes plus ou moins grandes, plus ou moins de guingois, plus ou moins décorées d'invraisemblables artifices, de restes pitoyables ou grandioses réunis là par cette étrange société faisant profession de rassembler, de collecter, de collectionner, de comparer, d'entasser, de commercer tout ce dont les autres, ceux des maisons de briques et de pierres, ne voulaient plus. Une ville de chiffonniers ! Stéphane n'en revenait pas. Comment imaginer cela ?

– Ça t'en bouche un coin, hein ? Tu vois, ici, je n'ai que des amis. Nous n'avons tous que des amis. Tous ceux de la cloche, de la trime, du bas-côté, comme moi, ici, on a toutes les portes ouvertes, toujours, tous les jours et toutes les nuits. Et toi pareil, maintenant que tu y es venu avec moi. Tu savais que ça pouvait exister, un monde comme ça, toi ? Tu vois, quand tu es dans les ennuis et que tu découvres ça, ton envie de tout finir, de tout envoyer en l'air, de te supprimer, quoi, elle s'envole… Pfuit ! Disparue ! Et tu te retrouves avec un moral à cent à l'heure… comme moi !

« Eh ben, qu'est-ce que t'attends ? Il doit s'impatienter, le Brutus. »

Déjà, la moitié du village assemblée avait inventé une fête autour de ce prétexte à ce que ce jour-là ne soit pas comme les autres. On avait sorti la voiture, on la briquait, chacun y allait de sa petite décoration ou de son accessoire déposé religieusement sur un bagage qui, à ce rythme-là, n'allait pas tarder à dépasser allègrement en poids et en volume ce que le dénommé Brutus pouvait légitimement accepter de traîner.

Extrait de la cabane en planches dépareillées qui lui faisait fonction d'écurie et où il s'inquiétait déjà de voir venir l'hiver, rapport aux courants d'air, il était, pour l'heure, paisiblement installé devant un gargantuesque gueuleton de foin. Et il se laissait tripoter, brosser, étriller, peigner, épouiller par quinze, vingt, trente mains plus inexpertes les unes que les autres. À peine si Stéphane put reconnaître le bon gros équidé qu'il avait entrevu sur les prés du grand-père, lorsqu'il était monté à la Croix du Carage.

Germain eut tôt fait de remettre de l'ordre à tout ça. Il avait empoigné la bricole, placé Dédé au support religieux de l'avaloir et confié d'un geste à Stéphane le rare privilège de porter la bride. En cortège, aussitôt accompagné de tonitruants cantiques repris par cinquante poitrines en mal d'expressions collectives, ils avaient marché vers la bête que tous ces parasites s'écartant leur avaient révélée comme une apparition.

Brutus avait levé un œil de son foin, s'était bien gardé, des fois que ça lui donne la grosse tête, de manifester le soulagement qu'il ressentait à voir apparaître son maître légitime et, continuant imperturbablement de mastiquer un superbe bouquet de graminées et de dicotylédones odoriférantes qui se trémoussaient énergiquement, de chaque côté de son volumineux orifice buccal, il avait tendu un dos accueillant au harnais que les officiants lui avaient religieusement ajusté.

Seul, ce pauvre Stéphane, sa bride en main, face à Brutus qui lui octroyait un regard quelque peu vidé de toute expression, se désespérait de pouvoir placer le mors dans cette bouche monstrueuse toujours pleine de foin ! Il lui fallait le secours de Germain.

– T'inquiète : je t'apprendrai. Aujourd'hui : pas le temps !

Ce n'était pas là l'essentiel. Surtout si on était de la revue. Stéphane fut vite sur la voiture, à l'inspection de son nouvel univers. C'est même de là-haut qu'il découvrit la môme Angèle. Elle se tenait un peu à l'écart de la troupe en folie et le regardait avec des yeux rendus en soucoupes tant l'envie d'être auprès de lui la tenaillait.

Lucide, il eut la modestie de ne pas s'approprier cette grande envie-là. Ce n'était évidemment pas sa précieuse petite personne mais bien le char à bancs et le cheval qui avaient ainsi l'heur d'éveiller la convoitise de la jeune personne. Magnanime et nourrissant peut-être, tout de même, le vague espoir de tirer un bénéfice quelconque de la position avantageuse dans laquelle il se trouvait, il lui fit signe de venir le rejoindre.

Elle n'y crut pas. Il dut insister et lui confirmer que c'était bien d'elle qu'il s'agissait. Non, mademoiselle, il n'y a personne derrière vous. N'en rajoutez tout de même pas. Ma mansuétude a des limites. Ah vous voilà, vous avez compris ? J'en suis fort aise !

Tout sourire, il lui avait fait une petite place pendant que, religieusement, Germain d'un côté, Dédé de l'autre, on reculait le Brutus dans les brancards. Vue de leur imprenable belvédère, à elle seule, sa croupe monstrueuse avait tout d'un promontoire, d'un mont, d'un massif.

On ajusta les traits. On régla l'avaloir. Germain, à gestes lents et pleins de majesté déroula les guides, les enfila dans toute une série d'anneaux et de boucles en relais, de la bouche du cheval au pare-crotte de la voiture sur lequel, religieusement, il posa ses instruments de conduite. Puis, se retournant vers la foule en cercle des chiffonniers, une main sur la voiture, l'autre levée dans l'auguste geste du tribun :

– Mes amis, lança-t-il... Mes amis... Une fois de plus, voici arrivée l'heure des séparations. C'est tout de même curieux, c'est toujours dans le même sens que ça se passe : c'est moi qui pars et vous qui faites cercle autour de moi comme si vous vouliez m'empêcher de partir ! Sauf que, cette fois, ce n'est pas vers le trimard que je me casse... Me voilà, pour quelques jours en tous les cas, avec charge d'âme. Et, là où nous allons, au risque de vous décevoir, de chuter au plus profond de vos estimes, moi qui, pourtant, vous dois tant, il faut que je vous confesse que des murs, des vrais, des de pierre, des champs et des prés m'attendent.

« Si je n'ai pas tout perdu de votre estime, s'il vous reste, tout au fond de vous, un tant soit peu des rigolades qu'on s'est payées ensemble sur le dos des bourgeois, alors, je vous attends. Ma maison, celle du Gaston et de l'Émilie que vous ne connaissez pas mais ça ne fait rien, celle de Stéphane ici présent, mon neveu et petit-fils des précédents, elle vous est ouverte et vous attend dès lors que Brutus, redevable à vos seigneureries de vos soins excessifs, aura su perdre assez de gras pour nous reconduire jusque là-bas. »

– Dédé, une bouteille : ça m'a donné soif !

Et, joignant le geste à la parole, dans l'éternel et immortel garde-à-vous du joueur de clairon, il fit cul sec.

S'essuyant la bouche d'un grand revers de manche, il s'était tourné vers Stéphane.

– Ça t'a plu ?

– Je veux !

– Alors, en route. Mademoiselle, je vous serais éternellement reconnaissant de l'intérêt que vous avez bien voulu prendre de mon neveu mais, à moins que vous ne prétendiez, l'un et l'autre, à convoler, ce qui me paraîtrait, à première analyse, quelque peu prématuré, je vous serais infiniment reconnaissant de bien vouloir abréger des adieux nécessairement déchirants : Brutus attend !

Sans trop avoir compris tout ce discours, mais néanmoins pépiant d'un rire aigrelet, la même Angèle fit une légère révérence et, légère comme un papillon, sauta de la voiture en s'appuyant sur sa courte jupe. Ouverte en corolle, elle lui fit fonction de parachute.

– À toi !

Germain avait mis les guides dans les mains de Stéphane, éberlué.

– Mais… Mais… J'sais pas !

– Tu ne sais pas quoi ? T'inquiète. Brutus sait pour toi !

Et c'était bien le cheval qui avait débouché dans la « rue », prenant son virage au large pour ne pas accrocher le tronc un peu trop proche d'un arbre à qui on ne pouvait tout de même pas faire le reproche d'avoir poussé là. D'un pas solennel mais néanmoins empreint de la raisonnable vivacité que faisait monter dans ses vieilles jambes ce départ qu'il pressentait vers de nouvelles aventures, Brutus remonta la rue de bout en bout, défilant gravement devant toutes ces joyeuses masures faites de bric et de broc. Devant chacune d'elles, ils étaient dix, quinze à agiter des petites bannières étoilées toutes d'une touchante similitude.

– On est en Amérique, ici ? s'inquiéta tout à coup Stéphane.

– Penses-tu ! C'est tout simplement qu'il y en a un là-dedans – va savoir lequel ? – qui s'est réveillé, ce matin, la tête posée sur le paquet de ces fichus petits drapeaux, invendus d'une visite d'un président de la république d'Amérique annulée pour cause d'un quelconque pet de travers. Il a repris tout ça dans un lot de frusques, chez le fabricant ou chez le grossiste. C'est pas plus compliqué que ça. Et si c'était le roi des Papous qui avait eu ce pet de travers, t'aurais appris comment est fait le drapeau de Papouasie !

– Parce que tu le sais, toi ?

– Bien sûr !

– Alors, il est comment ?

– Ce sera la surprise de notre prochain départ !

Stéphane avait éclaté de rire sans insister.

Déjà arrivait le bout de la rue. Plus de maison, rien que des bois. Ils y avaient marché des heures. Brutus, imperturbable, allait sans qu'il soit nécessaire d'intervenir. Il connaissait si bien la musique qu'il se mettait au trot tout seul dès que c'était plat. Que ça se mette à monter, même un rien, même si peu que Stéphane qui tenait toujours les guides sans trop s'en servir ne s'en apercevait pas, et il reprenait un pas aussi sage que cadencé. Et si ça descendait, il se mettait à se trémousser énergiquement de la croupe.

– Serre la mécanique, disait Germain.

Stéphane donnait deux tours de manivelle, juste ce qu'il fallait pour que le cheval ne soit plus assis dans son avaloir, et il reprenait gaiement sa bonne allure bien cadencée.

Les chemins, il les connaissait presque aussi bien que Germain ! Celui-ci avait attiré un gros ballot de couvertures derrière le dossier de la voiture. Il s'en était fait un énorme coussin et les jambes allongées autant que possible, le chapeau rabattu sur les yeux, il se la coulait douce pendant que Stéphane et Brutus faisaient équipe. Quand la voiture virait à droite ou à gauche avec détermination, il ne se donnait même pas la peine d'ouvrir un œil. Deux fois, déjà, qu'ils étaient passés par là. Ce n'était pas la peine de faire un dessin au cheval. Tant que le gamin ne s'en mêlait pas. Si ça hésitait, il entrouvrait un œil, juste le temps d'évaluer la situation, et il s'abandonnait à nouveau à sa somnolence en lâchant :

– Prends à droite. Et laisse-le donc faire. Il connaît mieux le chemin que moi...

Entre le cheval qui pilotait et son oncle qui dormait, Stéphane n'en continuait pas moins, imperturbable, de se cramponner aux guides.

Et les heures passaient. Ils avaient quitté les bois et avaient dû se résoudre à trottiner le long de petites routes de campagne bordées de champs gigantesques sur lesquels allaient et venaient, à des allures folles, des engins monstrueux comme jamais Stéphane n'en avait vu.

– T'as vu, s'exclamait-il, une « sept socs » ! Et celui-là qui pousse trois socs devant lui et qui en tire quatre ! Tu te rends compte, la puissance ?

Germain entrouvrait vaguement un œil, haussait les épaules, et replongeait dans sa rêverie. Stéphane lui lançait un regard de réprobation et s'en retournait à sa contemplation. Comment pouvait-on rester indifférent à un tel spectacle ? En contrepoint à son admiration béate pour l'aisance de ces monstres parfaitement adaptés aux grandes plaines sur lesquelles ils évoluaient, le gamin sentait confusément tout ce que ce spectacle portait en lui de condamnation pure et simple de l'agriculture au milieu de laquelle il était né et avait grandi. À quoi ressemblait-elle, la plus grosse ferme des Rambarges, comparée à ce qu'il avait sous les yeux ?

À voir pour la première fois cette agriculture puissante et bien organisée, sur des terres lui convenant, lui venait la révélation de tout ce qu'il y avait eu de tristement dérisoire à vouloir la copier, la plagier sans la moindre imagination, depuis des lustres, des décades, dans des pays comme le sien auxquels rien ne lui permettait de s'adapter. Au fond de lui, Stéphane sentait monter la conscience douloureuse d'une gigantesque tromperie. Depuis tant d'années, de ces régions comme le Morvan auxquelles tout cela allait aussi bien qu'une « queue-de-pie » à un clochard, les marchands de tracteurs, d'engrais, de pesticides et de techniques n'avaient pas eu d'autre préoccupation que de faire des « marchés », avant qu'elles ne meurent…

Et lui venait un amer sentiment de pitié pour son père. Il y avait tant cru, à l'illusion de puissance que lui conféraient le gros tracteur et la faucheuse dernier modèle ! Il en était tombé tout cuit dans l'ignoble piège que laissaient tendre tous ceux qui savaient qu'on n'a plus besoin de ces agriculteurs-là mais qui n'ont jamais eu le courage de le leur dire en face, quand bien même cela eût été de leur responsabilité première.

Dérisoire… Et sa mère qui, aveuglément, sa vie durant, aurait travaillé comme une bête pour rien… Pour que lui soit caché, durant toutes ces années, qu'un tracteur plus puissant, une technique mieux appliquée, une terre plus généreuse, moins tourmentée et mieux adaptée, à quelques centaines de kilomètres de chez elle, rendaient ses efforts inutiles... Une vie inutile...

– Oh ! T'as l'feu ? s'était étonné Germain.

Stéphane, de rage, avait mis brutalement Brutus au trot et, le regard planté loin devant lui, entre les oreilles du cheval, sur l'horizon vers lequel la route filait tout droit, il voulut vite quitter ce pays qui le narguait.

Il leur avait tout de même fallu deux jours du trot paisible de Brutus pour que, peu à peu, les prés puis la forêt viennent à bout des immensités de champs sur lesquels de gigantesques moissonneuses-batteuses effectuaient les dernières récoltes alors que, déjà, on déchaumait et on labourait.

La première nuit, il faisait si beau que Germain, en un tour de main, avait dressé le bivouac, au cœur d'un bosquet qu'ils avaient réussi à atteindre, rescapé de la forêt originelle, au milieu des immensités de culture. En cherchant bien, ils avaient pu trouver assez de bois mort pour allumer un feu honorable. Stéphane avait beaucoup admiré l'adresse de son oncle pour vous faire cuire là-dessus quelques succulentes brochettes pendant que des pommes de terre, dans la cendre, prenaient peu à peu le fondant qui allait les régaler.

Il s'était tout de même glissé avec un peu d'inquiétude dans le duvet que son oncle lui avait installé à quelques pas du feu.

– Tu vas voir comme on dort bien à la belle étoile, lui avait-il dit.

Stéphane n'en doutait pas… Mais tout de même !

Il avait dormi comme un sonneur. Et Germain avait dû le secouer, le lendemain matin, alors que le jour n'était encore qu'une lueur grise. Le gamin s'était frotté énergiquement les yeux et avait réalisé que cette pâle lueur n'était en rien un effet de sa somnolence.

– Il est trop tôt ! Pourquoi tu me réveilles ?

Son oncle avait éclaté de rire.

– Allez debout ! Quand on voyage, c'est comme ça. On démarre à l'aube. Sinon, on fait des étapes ridicules. Et puis… c'est si beau, quand le soleil se lève !

Le gamin avait ronchonné pour la forme. Il s'était tourné trois ou quatre fois dans son duvet. Puis il s'était levé. Quand Brutus, d'un énergique coup de collier, avait ébranlé la voiture, le soleil n'était encore qu'un espoir qui commençait à peine à embraser la ligne d'horizon, à l'est.

– La journée sera belle, avait annoncé Germain.

Et il ne s'était qu'à moitié trompé. Il avait fait beau jusqu'à 3 ou 4 heures de l'après-midi. Puis de lourdes nuées avaient envahi l'horizon. À 6 heures, il pleuvait et c'était comme si le soir tombait.

Ils suivaient une allée forestière dont il semblait qu'elle n'aurait pas de fin. Tout droit, sans se soucier des vallonnements qu'elle prenait perpendiculairement et dans lesquels s'essoufflait ce pauvre Brutus, elle se perdait loin devant, dans une grisaille dégoulinante d'eau.

– On est bons pour dormir dans la voiture, avait décrété Germain. Pour manger, ça ne va pas être trop compliqué…

Ils s'étaient contentés d'une vague soupe chauffée sur un minuscule réchaud de camping. Ils l'avaient tout de même complétée d'un bout de pain et d'un morceau de fromage. Deux pommes volées sur un arbre dont les branches ombrageaient un bas-côté avaient été le point d'orgue de leur repas du soir. Germain consentit à ouvrir l'énorme ballot de couvertures qui lui servait d'oreiller depuis leur départ. Ils déroulèrent leurs duvets là-dessus. Et ils dormirent à poings fermés.

Ce matin-là, Stéphane n'attendit pas son oncle pour se réveiller. Il était debout pratiquement en même temps que lui. Aidée par un ventre qui commençait à crier famine, l'habitude, déjà, se prenait !

À peine si on y voyait clair lorsqu'ils avaient démarré dans une brume épaisse.

– T'inquiète, avait dit le Germain. C'est parce qu'on est dans une vallée. À 9 heures, 10 au plus tard, on est dans le soleil.

Et lorsque, à l'orée d'un bois, ils avaient jailli dans la lumière, l'horizon, devant eux, loin au sud, était tout entier barré de collines couvertes de forêts.

– Arrête, lui avait dit son oncle.

Brutus avait obéi avant même que Stéphane qui tenait les guides lui en ait transmis l'ordre.

– Le Morvan, avait simplement prononcé Germain en désignant du menton l'immense moutonnement de forêts qui s'étendait très loin devant eux.

– C'est le Morvan, ça ?

Stéphane n'en revenait pas.

Germain, qui ne le quittait pas des yeux, approuva gravement du chef.

– Ben alors, on est arrivé !

– Pas vraiment, non ! D'abord, il est encore loin devant nous. À peine si on l'atteindra ce soir. Et puis, après, il faut encore deux jours pour le traverser. Ça, c'est le nord. Les Rambarges, c'est tout au sud. Et ça fait du chemin, des côtes, des descentes, des zigzags dans tous les sens, des rivières à traverser. On n'est pas encore rendus !

Ils étaient repartis dans la lumière triomphante d'un matin qui avait vaincu les nuées. Et Stéphane, impitoyable, toute la journée poussait énergiquement Brutus tant l'espoir le tenaillait, à chaque sommet de côte, de découvrir encore ce vaste manteau de forêts dont la vision, le matin, l'avait ébloui. À chaque fois qu'il l'entr'apercevait, il cherchait le signe qui lui eût fait reconnaître son pays. Mais ce fut en vain. Rien, dans cette immensité moutonnante et anonyme ne pouvait s'identifier au petit univers bien clos qui avait veillé sur ses premières années.

Ils avaient à nouveau dormi à la belle étoile. Et dans les premières lueurs du matin alors qu'ils marchaient déjà depuis un bon moment, le Germain avait tendu le bras à droite.

– Regarde.

Déjà éclairée par le soleil alors qu'ils étaient encore dans l'ombre, sur une colline dominant les autres, Stéphane se demandait si la vision qu'il avait d'une ville dominée d'une immense église n'était pas encore du domaine des songes.

– Sainte-Madeleine de Vézelay, avait simplement dit Germain.

Et puis il avait arrêté Brutus.

– Tu vois, avait-il ajouté, les compagnons qui l'ont bâtie, il y a dix-neuf siècles, c'était comme ça qu'ils la voyaient, comme tu la vois.

Stéphane lui avait adressé un regard étonné.

– Et toi, ce matin, tu ne la vois pas comme tout le monde.

Cette fois le gamin, pour habitué qu'il commençait d'être aux fantaisies de son oncle, n'en prenait pas moins un air pour le moins sceptique. En quoi ne la voyait-il pas comme tout le monde ?

– Imagine, avait continué l'oncle. Imagine que tu sois arrivé sur le Morvan par l'autoroute. Deux heures, à peine, de Paris. Il y a un endroit, on a une vue un peu comme celle que tu as eue, hier, sur le moutonnement des forêts. Tu crois que tu les aurais remarquées, cette ville et son église ? À peine si tu les aurais vues. Et pour sûr que ça ne t'aurait pas impressionné comme hier... Dis pas non : je t'ai vu ! C'est exactement comme ici. Qu'est-ce que tu veux que ça leur fasse, aux millions de bœufs qui défilent, chaque année devant l'église Sainte-Madeleine, en se donnant à peine le mal de lever leur cul du siège moelleux de leur bagnole ?

« La merveille des merveilles, une des œuvres de l'homme parmi les plus inspirées qui soient, on leur fourre le nez dessus sans la moindre préparation, on te leur décortique quelques chapiteaux, quelques frises, une ou deux corniches, on leur torture les méninges pour leur expliquer les significations soi-disant profondes de tout ça et, hop, les voilà repartis vers autre chose. Je ne leur donne pas deux mois pour ne plus avoir d'autres vrais souvenirs de Vézelay que la photo de la bobonne prise devant le parvis !

« Alors que toi... Trois jours qu'on marche, Stéphane ! Trois jours de chemins, de soleil, de pluie, de bivouacs, de colère après ces grosses machines qui tuent ta vision de l'agriculture... Ne dis pas non ! Tu crois que je ne t'ai pas vu ? Trois jours là où, eux, ils ne mettent pas deux heures. Trois jours d'un rythme de vie qui est celui le plus proche qui puisse être de la nature. Et tu crois que tu es encore le même, après ça ? Et non, bonhomme ! Te voilà un autre !

« Et cet autre-là, pas besoin de guide pour lui expliquer les gargouilles de Vézelay. Cette église, tu vois, la vision que tu en as là, tu l'as jusqu'à la fin de tes jours. Le beau, le bon, le bien, quand ça se vit comme il faut, c'est impérissable ! »

À peine s'il avait effleuré la croupe de Brutus. Le cheval était reparti à petits pas, comme s'il était, lui aussi, plus occupé à assimiler tout cela qu'à marcher.

– Moi, je te dis, les chevaux, c'est comme nous : ils admirent le paysage. Et il faut les laisser faire.

À Saint-Père, totalement indifférents à l'embouteillage que créait l'allure de sénateur de leur attelage, ils avaient marqué un temps d'arrêt sur le pont, au-delà du parapet duquel Stéphane voyait une belle rivière scintiller sous la caresse des premiers rayons du soleil.

– La Cure, avait dit Germain. Regarde-la bien. On va la remonter jusqu'à sa source.

Ils s'étaient arrêtés devant le portail de l'église et Stéphane était resté longtemps figé devant le spectacle captivant d'une multitude d'hirondelles. Elles entamaient leur journée par un prodigieux ballet d'une telle vivacité qu'il parvenait à donner l'illusion de la vie aux dentelles de pierre dans le foisonnement desquelles résonnait le furioso suraigu de leurs pépiements.

Moitié par la route, moitié par des chemins que connaissait Germain et où la voiture, fouettée par les branches, passait à peine, ils avaient gagné Pierre-Perthuis.

À midi, ils avaient atteint une ferme à l'écart de Saint-André-en-Morvan où, sans façon, Germain les avait invités d'office à la table accueillante d'un paysan jovial. Il les avait reçus avec des cris de joie et en levant les bras au ciel.

– Si j'm'attendais… si j'm'attendais !

Stéphane, sans un mot, s'était glissé derrière la table avec un véritable ravissement. La première fois, depuis sa fugue, qu'il retrouvait un toit, une table et une ambiance à peu près conforme à ce qu'il avait connu jusque-là ! Longtemps, la patronne, une grande et belle femme souriante, l'avait contemplé qui mangeait en silence pendant que son oncle et celui qu'il appelait Roland n'en finissaient pas de discuter et de rigoler en s'échangeant de grandes claques dans le dos.

– Pauvre gamin, avait-elle fini par dire. Vous le laissez mourir de faim !

Stéphane avait eu beau se défendre et défendre son oncle, elle n'avait pas voulu en démordre. Et il lui avait fallu continuer de manger non pas pour la faim qu'éveillait en lui ses fabuleuses journées mais pour rassurer cette brave femme.

Quand ils étaient repartis, il somnolait un peu. Germain n'avait pas pipé mot quand, sans rien dire, il avait enjambé le dossier du char à bancs et était allé s'affaler sur les couvertures étalées sur les bagages, derrière eux. Il avait dormi comme un sonneur jusqu'à ce que son oncle le réveille pour qu'il puisse admirer, de loin, le château de Chastellux.

Ils longèrent le lac du Crescent, dépassèrent Marigny-l'Église et plongèrent dans le réseau des longues allées de la forêt au Duc. Cela avait été une nouvelle nuit d'enchantement sous le doux scintillement de myriades d'étoiles brodées sur un ciel de velours.

Longeant la Cure, le lendemain en fin de matinée, ils avaient atteint le saut de Gouloux. Puis ils durent contourner le lac des Settons par la route. Sur les panneaux d'indications qu'il repérait dans les carrefours, Stéphane commençait à lire des noms qui évoquaient son pays. Malgré la sage lenteur de Brutus et grâce à son imperturbable régularité, ils se rapprochaient d'un Morvan qu'il allait enfin reconnaître pour sien.

Alors le rêve s'était estompé et les préoccupations avaient repris le dessus. Assis à côté de son oncle, longtemps, il était resté silencieux. D'un simple mouvement de tête, il avait même refusé de prendre les guides que celui-ci lui tendait. Il fallait que ce soit grave. Germain, du coin de l'œil, l'avait surveillé. Les coudes aux genoux, les bras croisés, il semblait ne pas quitter des yeux les oreilles du cheval dont le balancement marquait la cadence de son trot. Germain eut vite deviné le sens des sombres pensées dans lesquelles son neveu était évidemment perdu. Il hésita à intervenir. Mais il préféra, en fin de compte, attendre que les questions viennent seules. Elles arrivèrent alors qu'ils quittaient la vallée de la Cure, devenue un petit ruisseau, pas bien loin en dessous de sa source, pour monter vers la forêt d'Anost.

Ils passèrent Ruisseau-Morin et, alors que la voiture s'enfonçait sous d'épaisses frondaisons, le gamin se redressa tout à coup et se tourna vers son oncle.

– Je ne comprends pas, lança-t-il brutalement.

– Tu comprends pas quoi ?

– Ça fait maintenant quatre jours que je me suis sauvé de chez ma tante. On devrait me rechercher. Et puis rien. Chez ton ami Roland, tu n'as pas vu… Mais moi j'ai bien remarqué : il y avait un journal. J'ai eu peur qu'ils me reconnaissent. J'ai regardé : il n'y avait rien… Personne ne me recherche…

Il y avait comme de la frustration, dans sa voix. Alors quoi, il valait si peu, il avait si peu d'importance qu'on ne s'inquiétait même pas de sa disparition ? On en faisait pourtant, du bruit, à la télévision et dans les journaux, quand un enfant disparaissait.

– Ça ne risque pas, qu'on te recherche !

Le gamin l'avait regardé, stupéfait.

– Imagine-toi que, tes parents, ils savent très bien où tu es. Et ta tante, ma sœur, également.

– Ils le savent et ils ne disent rien ?

– Alors là, crois-moi, on ne risque rien !

Cette fois c'était la plus sombre incrédulité qui s'était peinte sur le visage du gosse.

– Et pourquoi on craindrait quelque chose ? Ton père comme tes tantes, ils n'ont qu'une idée en tête : que, officiellement, devant mon nom, chez le notaire, il reste porté la mention « disparu ». Si on me retrouve, leur petite combine pour se l'approprier, ma part d'héritage, elle tombe à l'eau, elle est foutue. Alors, tout simplement, le matin, avant qu'on ne parte de chez le Dédé, je suis allé lui téléphoner, à ton père. Je lui ai dit que tu étais avec moi. Et que s'il mettait les flics là-dessus, eh bien c'est moi qu'ils trouveraient, les flics ! Et, pour le coup, je ne serais plus « disparu » ! Je serais retrouvé et le partage pourrait se faire… en quatre. Et puis, je l'ai rassuré. Je lui ai dit que tu passais quelques jours de vacances avec moi et que je te ramenais aux Rambarges. Comme ça, qu'est-ce que tu veux qu'il dise ? Je l'ai même chargé de rassurer ta tante sur le sort de son porte-monnaie. Je lui ai dit que c'était toi qui l'avait et que, si tu n'avais pas acheté ses pommes de terre, tous les sous étaient dedans. Parce que, pour elle, les sous, c'est toute sa vie, les sous, tu sais !

Le gamin avait eu un large sourire. Mais il n'avait pas changé de position. Son regard ne quittait pas ce point lointain, fort loin devant les oreilles de Brutus. Ils étaient restés longtemps silencieux. On avait dépassé la Grange-Vermoy. En cahotant, la voiture était descendue jusqu'au Vernet. Brutus s'était jeté dans son collier pour la hisser vers les Grandes-Cornes. Lorsqu'ils avaient atteint la crête, Germain l'avait laissé souffler quelques minutes.

Déjà le soleil s'abaissait sur l'horizon, de l'autre côté des Gaulots, et l'ombre de velours des versants occidentaux était le faire-valoir du flamboiement des coteaux que venait caresser la lumière rasante du couchant.

– Encore quelques minutes, avait dit Germain, et on sera au bivouac… le dernier, avait-il ajouté.

Peut-être parce que c'était le dernier, il avait été le plus beau. Ils s'étaient installés dans un large carrefour, au pied d'une superbe futaie de hêtres. Jusqu'à très tard, le soir était resté une feuille d'or vieilli habillant chaque chose et se renouvelant sans cesse. Le silence, peut-être, avait été le plus poignant, rehaussé qu'il était du chant infiniment discret d'un ruisseau qu'on imaginait, en contrebas, derrière d'épais taillis. Le ciel, en se faisant de velours noir, s'était très lentement et très régulièrement allumé des innombrables lucioles de ses étoiles.

À peine si, de toute la soirée, ils avaient échangé les trois mots indispensables. Sans s'être concertés, l'un et l'autre se délectaient du parfait équilibre qui s'était établi autour d'eux. L'homme et le gamin n'en finissaient pas de se désaltérer à cette source rare du calme et de la beauté originels.

Pour la première fois, Stéphane avait été très long à s'endormir. Allongé sur le dos, les mains sous la nuque et les yeux grands ouverts, il n'en finissait pas de se noyer dans l'infini du ciel penché sur sa couche.

XIX

QUAND BRUTUS AVAIT ÉBRANLÉ la voiture, ce matin-là, Stéphane avait senti comme un nœud au fond de la gorge. Ce soir ils seraient aux Rambarges. Et tout à coup, il mesurait ce qu'avait de peu ordinaire ce retour-là.

Il s'était tourné vers son oncle et l'avait longuement observé. Lui aussi avait l'œil grave. Légèrement penché en avant, les coudes aux genoux, il tenait les guides avec une application qui lui était rare. Et son regard se perdait loin devant eux, bien au-delà des oreilles de Brutus. Le petit ballet qu'elles menaient rythmait pourtant un bon petit trot qu'il entretenait sans grand effort sur une belle piste de terre battue.

– Dis, avait gravement attaqué le gamin…

Mais ça s'était noué dans sa gorge.

Germain avait pris le temps de lui adresser un long sourire sans grande gaieté.

– Qu'est-ce que tu veux que je te dises ?

Stéphane avait fait un gros effort sur lui-même pour dominer cette émotion bête qui lui barrait la gorge.

– Je… Je voulais te demander… Quand t'as téléphoné à mon père… elle était là… ma mère ?

Germain avait marqué le coup. Celle-là, il ne s'y attendait pas.

– Je ne sais pas… Je ne crois pas… C'est Félix qui m'a répondu.

– Alors, si ça tombe, elle ne sait pas…

– Elle ne sait pas quoi ?

– Ben que je suis avec toi, tiens.

– Ton père le lui aura dit.

Le gosse avait eut un bref haussement d'épaules.

– Tu penses ! Ils ne se disent déjà presque rien d'habitude. Alors là…

Le silence s'était rétabli entre eux. Et dans la douceur du matin où fondaient les dernières brumes légères de la nuit, il n'y eut plus que le léger claquement de la cheville ouvrière de la voiture et le chuintement régulier des pieds du cheval sur la terre, réglés au même rythme régulier de son trot.

Presque sans ralentir, ils avaient traversé une petite route forestière et le chemin, après avoir longuement longé un coteau sur lequel se dressaient les fûts superbes d'une futaie de hêtres, s'était mis à monter en grandes courbes alanguies.

Sans demander son avis à son meneur, Brutus s'était mis au pas de sa propre initiative. Il s'était bien calé dans son collier pour monter toute la côte du même rythme volontaire. On voyait rouler les muscles de sa croupe et, sur les jarrets, la peau se froisser en faisant ressortir le réseau dru de ses veines gonflées par l'effort.

– On est sur le chemin des Potrons, commenta Germain.

– Des quoi ?

Il se garda bien de montrer sa satisfaction. Sa petite diversion avait marché. L'esprit du gosse avait saisi la perche qu'il lui avait tendue.

– Le chemin des Potrons, c'est par là que Vercingétorix, il y a deux mille ans, a traversé tout le Morvan pour aller se faire flanquer la pile par César à Alésia.

– T'es sûr ?

– Si je suis sûr ? Bien sûr que je suis sûr !

– Comment tu le sais ?

– Parce que c'est l'histoire et qu'il y a un certain Jules César qui a raconté tout ça dans un livre qui s'appelle les *Commentaires de la guerre des Gaules*.

– Et tu l'as lu ?

– En grande partie, oui.

– Et il raconte même qu'ils sont passés par ici, il y a deux mille ans ?

– Non… pas tout à fait. Mais il donne suffisamment de détails sur leur itinéraire pour qu'on ait pu le reconstituer.

– On ne sait même pas où c'est, Alésia, alors…

Germain avait éclaté de rire.

– Maintenant, tout de même, si, on sait. Il n'y a plus de doute.

– Et c'est où, alors ?

– Eh bien, c'est au-dessus d'Alise-Sainte-Reine, au nord de la Côte d'Or.

– T'es calé, hein !

Aux frais des Gaulois, l'atmosphère s'était détendue. Et le chemin avait coulé sous les roues de la voiture. Au Touron, le Germain y était allé de sa petite explication sur le premier étang installé là, au milieu du XVIe siècle, pour permettre le flottage du bois du Morvan vers Paris. Le gosse avait considéré, au passage, la boue noirâtre qui avait peu à peu comblé l'étang et sur laquelle se penchaient de vilains aulnes mal venus. Il avait eu une moue écœurée et son rêve d'eau vive charriant tout ce bois du Morvan s'était envolé !

Ils avaient traversé la grand-route aux Pasquelins et le chemin, tout de suite, s'était mis à monter raide.

– Cette fois, c'est le Haut Folin. On met pied à terre.

Et, sans prendre la peine d'arrêter Brutus, Germain avait sauté de la voiture. Stéphane en avait fait autant de son côté et il était vite venu rejoindre son oncle. Il aimait ces marches délassantes, dans les côtes où il fallait ménager les forces du cheval.

– Le Haut Folin… Alors, derrière, c'est la maison ?

– Ou presque. D'abord, il va falloir passer le Bois du Roi. Altitude ?

Le gosse eut un faux air penaud. Il haussa les épaules en écartant les mains.

– J'ai su… Mais j'sais plus !

– Bien la peine d'habiter au pied. Neuf cent deux mètres d'altitude. La voie impériale, depuis la Ville, vers le nord du pays eduen, les Rèmes, la Belgique… Mais nous, on en vient, on marche au sud. Alors, après le Haut Folin, ce sera le Préneley. Et le col…

Tout à coup il s'était tu et Stéphane, étonné, avait légèrement pressé le pas pour mieux voir, en se retournant, ce qui se passait sur la figure et dans les yeux de son oncle. Sidéré, il y lut un mélange d'inquiétude et de détermination qui donnait à ses yeux ordinairement si rieurs comme une lueur de colère.

En un instant, le charme s'était envolé. Et, malgré le bon soleil qui montait dans un ciel somptueusement d'azur, ils s'étaient laissés reprendre par le silence et leurs sombres pensées.

Au chalet du Folin, le Roger, tout heureux de leur débarquement qui rompait sa solitude, les avait installés d'autorité sur sa terrasse. Il avait ouvert au-dessus de leur tête un prodigieux parasol rouge, jaune et vert et, en un tour de main, ils s'étaient trouvés devant des assiettes bien garnies en tête desquelles veillaient le verre et la bouteille qui allait avec.

L'ambiance était revenue, le temps du repas.

– Ton frère, avait dit le Roger, il paraît qu'il n'a plus trop son mot à dire, aux Maraudes. Mais le pire, c'est que, à ce qu'on dit, il n'a pas fait trop de foin, cette année… On ne sait pas bien à quoi il est occupé. Mais pour sûr qu'il y aura du rationnement dans l'air, dans les crèches des étables, cet hiver !

Et ça l'avait bruyamment fait rire, cette idée de rationnement, le Roger. Germain avait fait semblant d'en rire aussi. Mais Stéphane, qui commençait à connaître son oncle, avait bien vu que ce n'était pas ça. Ce n'était pas son vrai rire. Et s'il ne sortait pas, le vrai rire, c'est qu'il y avait un souci bien plus gros qui le coinçait quelque part. L'oncle avait des questions sur le bord des lèvres. Mais, à la dernière minute, il s'était retenu de les poser.

– Allez, avait-il dit. C'est qu'on n'est pas d'ici, nous. On y va !

Il avait bien fallu prendre encore le café et le pousse-café. Et on s'était enfin levé.

– Z'avez bien le temps ! disait Roger. Guère plus de deux heures et vous y êtes.

Germain avait acquiescé d'un mouvement du menton. Mais on voyait bien qu'un autre souci lui taraudait l'esprit.

– Viens donc, Stéphane. On y va !

Roger les avait aidés à atteler Brutus. Et il était resté au milieu du chemin à faire des grands moulinets des bras jusqu'à ce que le premier virage le fasse manger par la futaie de sapins.

Silencieux, Stéphane contemplait son oncle qui, mâchoires serrées, portait la plus grande attention à la conduite de Brutus comme s'il s'était agi d'un jeune cheval à qui il n'avait pas laissé les guides sur le cou depuis Paris, ou presque !

– T'es pas content de rentrer aux Rambarges ?

Il avait fini par se jeter à l'eau, le gamin. Germain s'était forcé à lui sourire.

– Pour sûr que je suis content !

Et, sans autre explication, il avait repris sa position figée et son semblant de surveillance du cheval. Stéphane avait compris qu'il n'en tirerait rien de plus. Et comme il ne voyait pas les raisons qui rendaient son oncle si inquiet, il préféra en prendre son parti. Il s'installa du mieux qu'il le put dans le coin du siège et se perdit dans la contemplation des arbres qui défilaient le long du flanc de la voiture.

Au port des Lamberts, après avoir traversé la route, ils appuyèrent légèrement à droite. Le chemin se fit un peu fangeux et cahoteux. Brutus se mit au pas. Ils arrivaient. Encore trois cents mètres et ils allaient déboucher au-dessus du col, dans les prés. Par dessus les haies, sur leur gauche, ils verraient monter la forte silhouette de la montagne de la Ville.

Et bientôt, ce serait la croix.

Il n'y aurait plus qu'à laisser Brutus se jeter, comme il savait si bien le faire, dans la côte de la maison du Gaston et de l'Émilie...

XX

– ÉCOUTEZ VOIR… On dirait… Mais oui… Mais, c'est pas Dieu possible… La cloche… C'est la cloche… La cloche qui sonne… La v'là revenue !

En un instant le village s'était figé. Il écoutait…

Le soir tombait. En disparaissant derrière les collines boisées, le soleil avait abandonné, accrochées aux arbres dont les silhouettes noires se découpaient sur fond de sang, de longues écharpes d'or qui embrasaient tout le couchant et dont la poussière recouvrait tout le pays.

Un de ces soirs d'une telle douceur qu'on les voudrait éternels. D'une telle douceur qu'il y a, en eux, de l'irréalité.

Bonaventure, qui fermait sa forge, avait attendu pour voir ce qu'on allait faire du côté de chez la Julienne.

Le Fonse avait d'un trait vidé le fond de son verre. Il jeta un coup d'œil vers la chopine dont l'état ne laissait pas de doute : pas de rab à attendre.

– Faut y aller, et vite, hurla-t-il, comme à son habitude. Pour cette fois, y sera pas dit qu'y s'fout d'not' gueule à chaque coup, l'arracheur de sapins.

Lachenaye avait grimacé en se redressant un peu trop vite du rang de poireaux qu'il était en train de repiquer. Son chien, couché dans l'allée, au bout du rang, avait lui aussi dressé la tête. Oreilles en cornet de frite, il fixait son maître et cherchait à comprendre en quoi ce bruit lointain et obstiné pouvait bien lui faire ce regard brillant et inquiet.

Marie-Laure avait bondi et bien failli laisser tomber la vaisselle qu'elle rangeait avec sa mère.

– T'entends ? dit-elle comme pour s'assurer qu'elle n'était pas victime d'une illusion.

Sa mère opina lentement du chef.

– J'entends et je n'aime pas trop ça.

Marie-Laure fit celle qui ignorait le commentaire.

– Il faut que j'y aille.

– Qu'est-ce que tu vas faire dans cette histoire ?

Elle n'entendait déjà plus. Elle enfila ses chaussures de marche, jeta sur ses épaules une vieille veste et elle courait déjà par les chemins, sans même avoir remarqué le regard inquiet, un peu affolé de sa mère.

Dans son étable où elle pansait quelques bêtes à l'engrais, Delphine s'était raidie comme sous l'effet d'un coup. La cloche… Et elle y allait, et bing, et bang, à coups redoublés qui venaient jusqu'aux

Maraudes, assourdis, si lointains. C'était comme à plaisir qu'une légère brise du nord, qui s'était levée en fin d'après-midi, portait jusque-là les battements de la cloche qui sonnait comme une fête ou comme un glas...

Stéphane... C'était plus fort qu'elle, elle le voyait, elle le sentait déjà là-haut. Stéphane dont elle n'avait plus de nouvelles depuis ce coup de téléphone et dont Félix, s'il savait quelque chose, ne lui disait rien... Le Félix qui disparaissait des journées entières, qui rentrait boueux et crotté, hirsute, l'œil mauvais, le fusil à la main qu'il jetait sur la table en même temps qu'un ou deux braconnages pendant que les foins pourrissaient sur pied...

Le Félix qui raflait tout ce qu'il pouvait dans le frigidaire et allait s'enfermer dans sa chambre. Elle l'avait entendu aller et venir des heures durant. Puis il redisparaissait comme il était venu. Et le travail de la ferme qui ne se faisait pas.

Delphine avait osé une question ou deux, une ou deux remarques. Ses regards avaient été pires que des injures. Elle n'avait plus osé risquer ses mots. Et elle vivait au jour le jour, sans nouvelles de son gamin et sans savoir de quoi demain serait fait.

Et qu'est-ce que ça pouvait lui faire ce que serait demain, à la Delphine, si son Stéphane ne lui était pas rendu ?

Fallait-il qu'elle soit inquiète pour s'être résolue, pendant une de ces absences à n'en plus finir de

Félix, à appeler au téléphone sa garce de belle-sœur. L'autre l'avait prise de haut et lui avait froidement répondu que si elle n'était pas capable de se faire tenir informée par son mari, ce n'était pas à elle de le faire…

Une façon comme une autre de ne pas avouer qu'elle n'en savait rien de plus. Ou alors, elle n'était peut-être pas trop fière de n'avoir pas su garder le gamin qui lui avait été confié. À savoir si ce n'était pas plutôt la part d'héritage envolée qui la chagrinait le plus… La garce !

Et Delphine était restée seule dans sa terreur panique. Son gamin, son Stéphane, où pouvait-il bien être ? Et ce cri de douleur qu'elle ne pouvait même pas jeter… À la face de qui ?

Et cette cloche, maintenant, qui sonnait… Qui d'autre, pour tirer la corde, que ce grand *breulot* de Germain, son beau-frère, à ce qu'il paraît ; son beau-frère « le disparu » que cette crapule de Félix avait eu si vite fait de faire accuser de l'enlèvement du gamin ?

Alors… Si c'était bien lui qui était revenu, si c'était bien lui qui reprenait ses concerts de cloches, si c'était bien lui qui n'avait plus peur à se cacher, c'était que… Pour sûr, ça ne pouvait être que ça… Le gosse… Stéphane… Il était là, bien sûr !

Delphine avait arraché son tablier, abandonné là seaux et fourche, attrapé son vieux vélo au passage et, déjà, elle fonçait sur la route, vers le Carage, pendant que continuaient les coups de plus en plus violents, de plus en plus rapprochés, de plus en plus angoissants, de la cloche dont le son, à chaque coup de pédale, se faisait plus clair.

– Pourvu que... Pourvu que... se répétait Delphine, sans trop savoir ce qu'elle redoutait à ce point. Mais l'angoisse montait en elle, comme un flot puissant, pulsé par ces volées de cloche toujours plus dramatiques.

– Pourvu que... Pourvu que...

Peu après le bourg, elle avait doublé le gros de la troupe de tous ceux qui montaient, en se bousculant et en vociférant, vers la Croix du Carage. Elle avait dû hurler littéralement pour que s'écartent le Fonse et quelques braillards qui occupaient toute la largeur de la route. Mais elle n'avait pas ralenti. Elle leur serait passé dessus sans même y prendre garde. À peine si elle avait vu Bonaventure qui, d'un geste large, leur faisait dégager l'étroit passage dans lequel elle s'était engouffrée.

On avait crié quelque chose, derrière elle. Mais elle n'avait pas compris. Et qu'est-ce que ça faisait de ne pas avoir compris ce qu'ils criaient derrière, tous ces charognards qui montaient là-haut au spectacle ?

Debout sur les pédales de sa vieille machine, elle allait, Delphine, sans fléchir, mettant toutes ses forces de tant d'années de fourchées soulevées, de sacs balancés, de bêtes maîtrisées, comme un homme, et même sans se poser la question de savoir si c'était là travail d'homme ou de femme. C'était travail à faire, un point, c'est tout. Et elle l'avait fait, Delphine, enfouissant en elle toute cette force qu'elle mettait aujourd'hui à se ruer, sur son vieux vélo, vers cette Croix du Carage où battait toujours obstinément cette cloche au rythme de malheur.

Au pied de chez François, elle dut mettre pied à terre. C'était vraiment trop raide. De loin, courant presque, dans la côte, en poussant son vélo, elle vit le vieux gars. Épais, il était au milieu de la route, les jambes légèrement écartées, parfaitement immobile, à écouter la cloche et à regarder vers la Croix sans la voir. Rare qu'il ose y aller seul ! Il devait mourir de trouille, le François !

Elle l'avait doublé sans dire un mot. Il avait sursauté en la voyant surgir à côté de lui.

– Laisse donc là ton vélo. Tu le reprendras en descendant.

C'était tout ce qu'il avait trouvé à lui dire, le François. Mais ce n'était pas sans bon sens. Elle jeta son vélo aux orties, aux pieds du vieux gars et continua en courant.

La cloche, désormais proche à être touchée, sonnait de plus en plus fort, de plus en plus vite…

« La cloche, lui avait dit un jour Germain, c'est tant de choses !… Mais, les autres, comment voulez-vous qu'ils comprennent ? »

Marie-Laure montait d'un pas rapide, bien rythmé. Les travaux de réfection de la maison, de longues sorties à cheval quasi quotidiennes et de fréquentes marches en forêt la tenaient en forme, sous ses airs de frêle Parisienne. Elle allait vite sans donner trop l'air de se presser. Mais cette cloche qui n'arrêtait pas, ces battements comme un souffle de plus en plus fort, de plus en plus rapide…

C'était un jour du printemps où ils étaient sortis ensemble, lui avec son attelage et elle en selle. Il voulait essayer quelques chemins, voir comment passait encore un char à bancs sur ces voies pour lesquelles il avait été fait, en un temps où la pelle du cantonnier n'y était pas encore un vain mot…

C'était en revenant. Ils allaient au pas, sans se presser, profitant de la douceur d'un soir de printemps, un peu à l'image de celui-ci qui sentait sa fin d'été.

– Faudrait tout de même pas que je loupe l'heure de ma cloche, avait-il lancé.

Elle avait haussé les épaules

– La cloche… La cloche… On dirait qu'il n'y a que ça qui compte ! Et puis, d'abord, cette cloche, c'est quoi ? Pourquoi vous tenez tant à la sonner matin et soir ?

Ce n'était pas la première fois qu'elle lui posait la question. Mais, jusque-là, il s'en était toujours tiré par une pirouette.

Il se tenait de biais, une jambe négligemment allongée sur son siège, laissant aller son cheval sur le chemin de l'écurie. Elle suivait, rênes longues, le nez de son cheval sur la ridelle de la voiture. Il lui avait adressé un long sourire.

– Vous y tenez !

Cette fois, il ne refusait pas tout net de répondre. Et elle se mit à espérer. Cela dut se voir dans son regard. Il fit taire ses dernières hésitations et il se lança.

– La cloche... La cloche... C'est une affirmation et un refus... L'affirmation d'une continuité et le refus de quelques absurdités... du moins, à mon point de vue...

Il se cherchait. Il ne savait pas trop comment attaquer, comment exprimer par de simples mots tout ce qu'il ressentait en vrac, à l'état brut, en lui-même.

– Tenez, la croix... La croix des chrétiens. Voilà une absurdité... Comment peut-on vénérer un instrument de torture ? C'est exactement comme si on vénérait la roue ou la guillotine. Remarquez bien que ce n'est pas moi qui ait inventé ça. On a brûlé des milliers de cathares pour ça. Moi, j'ai la chance de vivre à une époque où on ne brûle plus les gens pour ce qu'ils croient... pas tous.

« Alors la cloche... les cloches, les cloches de partout, de tous les clochers, pour moi, c'est un peu ça. Une intolérable contradiction. Sous prétexte qu'un curé quelconque les a bénies, a fait une vague simagrée devant elles et les a arrosées d'un peu d'eau déclarée bénite, leur son ne peut plus véhiculer que cette foi chrétienne et rien d'autre. Même les cloches des vaches, dans les pays où c'est la tradition, une tradition qui remonte à bien avant les curés, ils ont voulu les interdire. Ils n'y ont pas réussi. Alors il a fallu qu'elles soient bénies, elles aussi…

« Des cloches bénites et véhicules d'une seule et unique foi sur la terre des Celtes… Pourquoi cette appropriation ? Savez-vous que, jusqu'au IVe siècle, les cloches apportées par les druides sonnaient aussi bien pour les prêtres que pour eux, qu'il n'y avait pas de différence ?

« Au VIe siècle encore, les premiers moines qui n'étaient rien d'autres que des druides, comme Colomban qui venait d'une école irlandaise de druides, qui a fini évêque et qui a même été canonisé, les cloches de leurs monastères, vous croyez qu'elles sonnaient pour les seuls chrétiens ? Elles sonnaient pour la foi. Et la foi, d'où qu'elle vienne, elle n'avait qu'un nom : amour.

« Amour et liberté ! Quoi de plus libre que le son d'une cloche ?

« Et voilà qu'ils brisent le pacte ; qu'ils s'approprient ce qui était à tous… Bien pire, la cloche, la cloche de joie, de secours, d'amour, devient le grave appel à la contrition. Parce que l'ambition du pouvoir leur est venue. Il leur faut dominer les hommes là où n'existaient, chez les Celtes, que respect mutuel. Et pour dominer, ils ont inventé le pire des instruments, le plus machiavélique des outils : la culpabilisation collective. La faute prétendument originelle.

« Et la cloche, là-dedans, me direz-vous ? Elle est devenue la pire des verges, celle qui flagelle à distance, celle qui, où que vous soyez, prétend vous rappeler qu'il faut courber l'échine, accepter d'être dominé, châtié en permanence pour le rachat d'une faute que personne n'a commise… »

– Et c'est pour ça que vous la sonnez, votre cloche ?

Il avait eu, un bref instant, un regard parfaitement stupéfait. Lui qui hésitait et ne savait pas comment se jeter à l'eau, il était maintenant tellement dans ses mots, une telle passion le brûlait que, en l'interrompant, elle l'avait littéralement réveillé.

– Qu'est-ce que vous en savez ? Si vous m'interrompez tout le temps…

– Je vous demande pardon.

Il avait hoché la tête et son regard s'était à nouveau perdu dans les profondeurs du sous-bois pendant que ce brave Brutus, pas un pas plus rapide que l'autre, se chargeait seul de ramener l'attelage.

– J'en étais où ? Ah oui. La faute… C'était tout de même des futés, ces curés. La communication dont on nous fait tout un fromage, maintenant, il y a belle lurette qu'ils avaient compris à quel point c'était important. Le seul instrument capable de porter leur message loin, très loin, il le leur fallait et il le leur fallait à eux seuls. Et pas pour rigoler. Pour que, à chaque fois qu'elle battrait, cette cloche qu'ils s'étaient appropriée, ce soit pour rappeler leur pouvoir et mieux l'affirmer…

« Adresse diabolique ! Ils ont réussi à asservir le plus pur symbole de liberté pour lui faire porter leur message d'asservissement loin, très loin, aussi loin qu'il clamait jadis sa joie d'être libre. Des cloches captives, des cloches réduites en esclavage, des cloches mercenaires ! Voilà à quoi on a été réduit, durant près de deux mille ans.

« Sauf… Sauf la mienne. On va y venir. Et puis quelques autres comme les cloches des clochers des tourmentes. Vous connaissez les clochers des tourmentes, dans les Cévennes ou sur les Causses ? Oh, bien sûr, elles avaient été bénies, comme les autres. Mais, celles-là, ce n'était pas pour le rachat de la faute qu'elles sonnaient. La faute, elles s'en fichaient. Quelle faute ?

« Elles battaient pour guider les hommes. Dans les tempêtes de neige, dans la tourmente de vent, dans le brouillard, à toute volée qu'ils la sonnaient, les vieux gars du mont Lozère, des gorges du Tarn ou de l'Aigoual. Pour sortir le voyageur de sa détresse et le guider vers leur lumière et la chaleur de leur feu ! Ça c'étaient des cloches qui servaient à quelque chose !

« Et la mienne ? Ah, bien sûr, il n'y a que ça qui vous intéresse, celle du Germain, pourquoi il nous casse les oreilles avec sa cloche, matin et soir ? Eh bien, si vous voulez savoir, un peu pour tout ça. Parce que cette cloche-là, elle a une histoire. Vous la connaissez. Elle a été bénie, bien sûr. Comment y échapper ?

« Mais pour quoi et pour qui croyez-vous qu'elle sonnait, sur la montagne de la Ville ? Pour culpabiliser le désert ? Pour appeler les derniers païens de là-haut à battre leur coulpe d'une faute dont ils rigolaient ? Pour les sortir de la tempête de leurs vieilles croyances ou de la vraie tourmente du vent, du froid, du brouillard et de la neige ? Clocher des croyances ou vrai clocher des tourmentes ?

« Peut-être bien qu'un jour, ils ont voulu se prendre au sérieux, nos moinillons, là-haut. Peut-être que, par négligence, ils ont fini par oublier que ce sont les druides qui ont créé les premiers monastères, les plus purs. Peut-être qu'ils ont voulu jouer avec le feu du pouvoir que Rome s'est arrogé... Et leur petit couvent de rien du tout a brûlé...

« Rien... Il n'en est rien resté que cette cloche... Purifiée par le feu ! Vous entendez : purifiée par le feu ! Devenue indestructible en même temps qu'investie de tous les pouvoirs qu'avaient tués en elle et en toutes ses pareilles leurs simagrées de bénédictions…

« Plus rien, depuis ce jour-là, ne pouvait la détruire. Malgré les ans, malgré les guerres, malgré les hommes, elle est venue jusqu'à nous. Purifiée une fois encore par le feu qui a ravagé le château dont elle ornait la chapelle, à la Révolution et elle, elle seule, en réchappant. Purifiée par la terre où des années, des siècles, peut-être, elle a séjourné. Purifiée par l'homme qui l'a trouvée et qui a su la rendre à sa pureté originelle.

« Alors, la voilà, ma cloche. La voilà qui sonne chaque jour, matin et soir, pour affirmer le droit à la beauté de son son et sa capacité à véhiculer autre chose que l'angoisse et la honte de la faute. Une croix n'est jamais qu'une croix. Une cloche ainsi purifiée acquiert de redoutables pouvoirs. Adorer l'une, c'est se révéler incapable de s'affranchir des anathèmes. Glorifier l'autre, c'est retrouver son libre arbitre en même temps que l'on clame sa libération.

« La voilà qui sonne, ma cloche, comme sonne la cloche du clocher des tourmentes, pour indiquer qu'il existe une lumière et une chaleur qu'ils ont niées, par cupidité et ambition, durant deux mille ans… La voilà qui sonne pour briser le cercle de la faute que nous n'avons pas commise et dans lequel on a voulu nous tenir enfermés. La voilà qui sonne et qui sonnera jusqu'à ce qu'advienne le temps qui nous libérera de cette imposture… Et il est proche… »

Ils arrivaient à la Croix du Carage. Il avait sauté de voiture sans se préoccuper de son cheval qui s'était tranquillement arrêté au milieu de la cour. Et il s'était précipité sur la corde de sa cloche dont il avait semblé à Marie-Laure que jamais elle n'avait rendu un son si clair.

… Et elle sonnait toujours, à coups redoublés. Il semblait à Marie-Laure, qui descendait des bois de Préneval vers la Croix du Carage, que son mystérieux message emplissait l'espace, le saturait, se gonflait jusqu'à l'occuper tout entier.

Elle sonnait, la cloche, comme jamais elle n'avait sonné. Et Delphine passait la croix, sous la ferme. Elle allait appeler. Déjà, bouche grande ouverte, elle cherchait désespérément le souffle que lui avait ravi sa course désespérée, pour lancer le grand cri, l'appel du fond du cœur, du fond des tripes qui allait lui rendre son fils. Elle avait aperçu Marie-Laure qui arrivait du col, descendant des bois. Et elle s'était figée. D'où sortait-elle celle-là ?

Les deux femmes s'étaient enfin rencontrées.

– Vite… Allons-y, avait juste dit Marie-Laure.

Et elles repartaient. Elles traversaient la cour, qu'emplisssait à en faire mal le son de la cloche maintenant continu. Elles contournaient la maison sans même s'étonner de la présence stoïque du cheval attelé à son char à bancs et arrêté devant le perron.

– Stéphane !

Le gamin n'eut pas eu l'air étonné. Contre toute attente, ignorant les bras éperdument ouverts, il avait lâché la corde et se précipitait vers le chemin.

– Suivez-moi, vite. Ils sont par là-haut.

Et déjà il remontait le chemin par où venait d'arriver la jeune femme. La cloche avait encore battu une fois ou deux, très brièvement. Puis, entraînée par son contrepoids, elle s'était arrêtée de travers, figeant le dernier élan de son battant. Seules les vibrations occupèrent encore l'éther, durant quelques secondes qui parurent une éternité.

– Stéphane ! Dis-nous. Qu'est-ce qui se passe ?

– Pas le temps ! Dépêchez-vous…

Delphine n'en pouvait plus. D'avoir ainsi entrevu son fils avait eu raison de ses dernières forces. Et elle ne voyait plus les raisons de cette nouvelle course échevelée. Marie-Laure l'avait prise par le bras. Elle la tenait solidement, à lui faire mal, et elle l'entraînait, presque de force.

– Vite, répétait-elle. Vite… Il faut se dépêcher.

Et c'était à son tour de sentir la grande angoisse de l'amour menacé qui montait en elle.

À la croix, elles eurent le temps d'apercevoir le groupe vociférant des hommes qui dépassaient la ferme du François.

– C'est par là-haut ! Suivez-nous…

– Le Stéphane, il est là…

Et elles se ruaient sur ses traces, vers la forêt.

– Et le Félix ? Où c'est qu'il est, le Félix ? avait grogné Lachenaye qui avait rejoint le groupe au Carage.

– Et le Germain ? Tu saurais me dire où il est, le Germain ? lui avait répondu sur le même ton le père Bonaventure alors que, emboîtant le pas aux deux femmes, ils dépassaient la croix sans se préoccuper du chemin de la ferme.

– Où c'est qu'ils nous entraînent comme ça ?

Ils avaient vite atteint les bois. Devant eux, ils voyaient toujours les deux femmes qui s'épuisaient à suivre on ne savait quoi. Marie-Laure avait beau soutenir, aider et entraîner de force Delphine, ils fondaient littéralement sur elles dont on ne savait plus trop ce qu'elles étaient de poursuivies ou de poursuivantes.

– Là, devant… Il est à trois pas…

Delphine parlait comme si elle allait expirer.

– Et ton mari, il est où ?

En les dépassant, c'était Lachenaye qui lui avait lâché la question.

– Ce que j'en sais, moi…

Et puis, tout à coup, lui était revenu ce que leur avait crié le gamin : « Ils sont là-haut ! »

– Là-haut ! Ils sont là-haut ! Félix, attends-nous ! Félix, fais pas de conneries…

Instantanément, Delphine avait retrouvé tout son souffle. S'arrachant à l'étreinte de Marie-Laure, elle avait rattrapé les hommes qui commençaient à les distancer.

– Vite… Il serait fichu de le descendre… Il a son fusil…

Cette fois ils avaient compris. Ils se précipitaient, ils se ruaient sur les traces du gamin qu'ils venaient de voir enfiler un petit sentier grimpant raide. En file indienne, le souffle court, le nez au sol, ils allaient, toujours suivi des deux femmes qui poussaient. Et ce fut comme si ce sens rendu à leur poursuite échevelée avait été le signal donné à l'irréparable.

Il y eut un coup de feu, là, de l'autre côté de la crête vers laquelle ils montaient. Et puis, presque aussitôt un autre, comme pour un beau doublet de perdreaux.

Ils s'étaient tous immobilisés. Il y eut encore un long moment de silence et de stupeur. Puis le cri d'une femme…

– Germain !

C'était Marie-Laure qui, déjà, bousculait tout le monde, se précipitait, les entraînait. Ils peinaient pour la suivre, englués dans la pente. Il ne serait pas dit qu'une femme…

Elle était immobile au milieu du chemin, serrant contre elle le gamin qu'elle avait rattrapé. Et, devant eux, il y avait Félix. Félix qui tenait son fusil à la hanche, braqué sur eux, sur le gamin, devant, en tout premier.

– Où c'est-y que vous courez comme ça ?

– Félix, Bon Dieu, fais pas le con…

C'était Lachenaye qui essayait son autorité.

– Qui parle de faire le con ? Il ne s'est rien passé. Vous m'entendez ? Il ne s'est rien passé du tout. Mon frère, le Germain, il n'est jamais revenu aux Rambarges. Personne ne l'a plus jamais vu depuis qu'il est parti, gamin, pour la ville. C'est bien entendu ? Et si jamais il y en a un de vous qui oublie ce que je viens de dire, qui veut jouer au malin…

Il n'avait pas été assez rapide, pas autant que Marie-Laure. D'un geste vif elle avait réussi à passer devant le gosse dont elle avait vu dans un éclair qu'il allait se saisir. Bonaventure, qui se trouvait juste derrière elle, avait attrapé Stéphane à son tour et l'avait passé derrière lui. En quelques instants, il était enfin dans les bras de sa mère, glacé et muet d'effroi.

Devant, Marie-Laure faisait face.

– Germain, il est revenu. Et ce n'est pas votre fusil qui m'empêchera de le dire et de le répéter. Vous êtes un assassin, Félix. Vous avez assassiné votre frère parce que vous vous croyez seul avec lui, dans les bois. Pas de chance, on était là. On était là parce que Stéphane a su nous prévenir. Et si les autres ont peur de vous, avec vos airs de coq, moi, il y a belle lurette que j'ai compris que vous n'étiez pas grand-chose, Félix. Un fort en gueule et encore… Alors vos menaces…

Indifférente à la stupeur générale et au canon du fusil qui perdait déjà de son assurance, elle le dépassa et elle reprit sa course dans le sous-bois pendant que le père Bonaventure avançait sans hésiter vers le Félix et lui prenait sans difficulté son fusil.

Pendant que Delphine et Stéphane entraînaient tout le monde sur les traces de Marie-Laure, il cassait le deux-coups et en extrayait les cartouches sans quitter Félix des yeux.

– Couillon, va !

Il l'avait dépassé et, le fusil sous le bras, sans plus s'occuper d'un Félix à nouveau totalement abattu, il se pressait derrière les autres.

– Il est là !

La face au sol, à deux pas de la grande fosse à sacrifices qu'il avait vainement tenté d'atteindre, le grand corps du Germain, ainsi étendu, manifestement fauché dans sa course, évoquait ces personnages des chansons de geste, mi-dieux mi-hommes dont les fées savaient les mots qui, sans cesse, après les pires combats, faisaient revivre les dépouilles…

Maire-Laure, avec mille précautions mais sans la moindre hésitation, l'avait allongé sur le dos. Elle avait ouvert sa chemise et était restée un bref instant l'oreille collée à la puissante poitrine.

– Il vit. Vite…

Les deux femmes et Stéphane, très droit, blême et silencieux, étaient restés près du blessé. En quelques instants, les hommes improvisèrent un brancard fait de trois vestes enfilées sur des branches.

– Si on ne tarde pas trop, on peut le sauver, avait dit Marie-Laure.

Il reprit conscience au moment où ils démarraient. Elle l'avait vu ouvrir les yeux. Il contempla un instant la danse des branches au-dessus de lui, sans trop comprendre ce qu'il voyait. Puis il tourna lentement la tête vers elle et eut le courage de sourire.

– Ça ira, avait-elle simplement dit.

Son sourire avait retrouvé cette expression de malice tranquille qui n'appartenait qu'à lui.

– Menteuse !

Elle lui prit la main.

– Ne bougez pas et vous verrez ce que je vous dis : ça va aller.

Il avait serré ses doigts en même temps qu'il fermait les yeux. Ils marchèrent ainsi jusqu'à la croix. L'ambulance… On était parti la prévenir. Elle monterait bien jusque-là…

Quand on s'était arrêté, Germain avait rouvert les yeux. Lentement, il cherchait autour de lui.

– Stéphane… finit-il par murmurer.

Le gamin, presque aussi blême que son oncle, avait suivi, légèrement en retrait du groupe, les yeux hagards, la démarche saccadée. Il se tenait debout, le long de la haie, les poings serrés, à côté de sa mère qui ne faisait plus rien pour le retenir tant elle le sentait loin d'elle. Marie-Laure lui fit signe. Il se précipita.

Germain lui avait réservé un de ses longs et larges sourires qui fit venir les larmes aux yeux du gamin.

– T'inquiète, lui dit-il en parvenant à lui envoyer un clin d'œil complice. De toute façon, c'est nous qui avons gagné… Même si j'en crève… Parce que, tu vois, tout ça, ma part, comme ils disent, la maison du Gaston et de l'Émilie, les prés, le Brutus, même la cloche et tout le reste, c'est à toi et à toi seul que je veux que ça revienne…

En silence, longuement, il considéra le gamin qui, ravalant ses larmes, parvenait vaillamment à ne pas quitter son oncle des yeux, sans faire trop mauvaise figure.

– Au moins, comme ça, reprit Germain en même temps que son regard se perdait dans l'infini du ciel, je sais que je n'aurai pas à revenir pour arracher les sapins…

Alors qu'on se remettait en route, il avait refermé les yeux et le même sourire d'aise avait continué de fleurir sur ses lèvres exsangues.

Anost 23/10/93

Dans la même collection

Les textes de la collection Terre de poche nourrissent la mémoire collective à travers des histoires fortes, des récits de voyage, des documents historiques ou des chroniques intimes.

AGUILLON Arlette
La Maîtresse du moulin
Le Puits aux frelons

AMOUROUX Henri
La Vie des Français sous l'Occupation

ANGLADE Jean
Le Chien du Seigneur
Le Pain de Lamirand

AUBARBIER Jean-Luc
Les Démons de sœur Philomène

AUDIDIER Robert
Les Sentiers de traverse

AUDOUX Marguerite
Marie-Claire

AUJOULAT Noël
Le Village perdu

BATUT Maryse
Les Monvalan

BELARD Paul
Moissons d'enfance

BESSON André
Folle avoine
La Grotte aux loups

BOBECHE Adrien
La Fille de la meunière

BORDES Gilbert
Le Chat derrière la vitre

BOUDOU Josette
La Maison d'école
Les Grillons du fournil

BOURRET Johan
Dans la gueule du loup

BOUSSUGE Micheline
La Maison d'Anaïs

BRIAND Charles
Le Seigneur de Farguevieille

CABROL Laurent
L'Enfant de la Montagne noire

CAPPEAU Marie-Nicole
Chantemerle
La Mule blanche

CASTELAIN Anne-Marie
Les Amours de Louise
Le Loup du marais

CLEMENT-MAINARD Michelle
La Foire aux mule
La Fourche à loup

COMBE Rose
Le Mile des Garret

CORNAILLE Didier
Le Forgeron d'Eden
Le Vent des libertés soulevait la terre
Le Vol de la buse
Les Gens du pays

COSMOS Jean
La Dictée

DE MAXIMY Hubert
Le Bâtard du Bois noir

DE MAXIMY René
La Ferme des neuf chemins
Le Puits aux corbeaux

DE PALET Marie
Les Terres bleues

DECK Olivier
Cancans
Les Chopines
Les Rumeurs du Gave

DELPASTRE Marcelle
Cinq heures du soir
Les Chemins creux

DODANE Michel
Les Enfants de la Vouivre
Les Enfants de la Vouivre - Les Herbes noires

Les Enfants de la Vouivre
- La Malédiction des Mouthier

DOURIAUX Hugues
Gens de la Paulée
- La Saison des vendanges
Gens de la Paulée
- Le Bois des Auriotes
Gens de la Paulée
- Les Temps d'orage
Le Temps des loups

DUBOIS Yvonne
Couleur de terroir
La Vallée des cyclamens

DUFOUR Hortense
Au vent fou de l'esprit
Ce que l'océan ne dit pas

DUPUY Daniel
Fontcouverte

FRONTENAC Yvette
Les Années châtaignes

GAGNON-THIBAUDEAU
Marthe
La Boiteuse

GAMARRA Pierre
Le Maître d'école

GERAUD Roger
Le Pré derrière la grange
Les Vaches rouges

GLEIZE Georges-Patrick
Le Chemin de
Peyreblanque
Le Destin de Marthe
Rivière
Le Temps en héritage

GRIFFON Robert
Au bonheur du pain

JAILLER Isabelle
La Ferme des hautes terres

JUDENNE Roger
Les bons Jours

LABORIE Christian
L'Appel des drailles
L'Arbre à pain

LAFAYE Claude
La Maison de l'espoir

LEMAIRE Philippe
Le Chemin de poussière
Les Vendanges de Lison

MALROUX Antonin
La Noisetière
Le Soleil de Monédière

MAMERE Noël
Gens de Garonne
- Les Forçats de la mer
Gens de Garonne
- Le Combat des humbles
Gens de Garonne
- La Malédiction des justes

MAZEAU Jacques
La Malédiction de Bellary

PINCE Jacques
Les Blouses grises
Tustou et Marie

PLAIT Annie
Les longues Saisons

QUEREILLAHC Jean-Louis
Trois sillons de terre rouge
- La Moiss-batt
Trois sillons de terre rouge
- Rouge est ma terre

ROYER Roger
La Colombière

SABOURIN Pierre
La Terre des coteaux

SOURY André
Le Pain blanc

SOYEZ Jean-Marc
Julia
Les Galoches de Julia

TOUATI Claude-Rose
et Lucien-Guy
Une maison dans
les herbes

VERRIER Michel
Le Chien qui faisait peur
au diable

VINCENT Claude
Quatre pieds de terreau